대원군 2

대원군 2

펴낸날 | 2001년 8월 1일 초판 1쇄

지은이 | 류주현
펴낸이 | 이태권
펴낸곳 | 소담출판사
　　　　　서울시 성북구 삼선동4가 37번지 (우)136-044
　　　　　전화 | 927-2831~4　팩스 | 924-3236
　　　　　e-mail | sodamx@chollian.net
　　　　　등록번호 | 제2-42호(1979년 11월 14일)
기　획 | 박지근 이장선
편　집 | 조희승 이진숙 김묘성 김광자 김효진
미　술 | 박준철 김정희
본부장 | 홍순형
영　업 | 박종천 이상혁 안경찬
관　리 | 안근태 변정선 박성건 안찬숙 김미순

사　진 | 박준철

ⓒ 류주현, 2001
ISBN 89-7381-459-1 04810
ISBN 89-7381-457-5 (전5권)

● 책 가격은 뒤표지에 있습니다.

대원군 2

권좌權座의 장章

류주현 대하역사소설

소담출판사

차 례

류주현대하역사소설

제2권 권좌權座의 장章

행운유수行雲流水, 길이 아득하외다	9
인왕하仁旺下의 괴노怪老가 말하기를	61
파계破戒 또한 미덕美德이 아니리까	86
만백성萬百姓아 내 이름은 대원군大院君	121
길은 왕도王道, 전하殿下라 부르오리다	141
산山너머엔 또 산山이더이다	175
태산명동泰山鳴動에 서일필鼠一匹이지요	213
금위대장禁衛大將 나가신다	246
동매冬梅는 피는데 여정女情 구만리九萬里	276
나를 따르는 자者엔 복福이 있나니	317

❦ 제1권 낙백落魄의 장章

나는 왕손王孫이 아니로소이다
대감大監, 차라리 돌이나 되시지요
공명功名도 부귀富貴도 다 잊었노라
양귀비楊貴妃는 석양夕陽에 지는고야
낙엽落葉은 밟지 말라더이다
명주초원明紬草原엔 꽃사슴이 노닐고
가슴을 헤치고 전주全州 이가李哥다
하늘보고 주먹질 허무虛無하구려
동창東窓이 밝느냐 밤이 길고나

❦ 제3권 웅비雄飛의 장章

보복報復은 천천히 끈덕지게
꽃샘을 타고 눈보라가 온다
사랑이란 독점獨占하고픈 집념執念
죽은 자者엔 외면外面, 산 자者엔 충고忠告
공功을 세우라 출세出世할 게다
아무도 보지 않았다
궐기하라 왕부王府가 초라하다
치마를 둘렀거든 질투를 하라
장단長短을 쳐라 춤을 출 게다
심상心像이 흐리거든 하늘을 보라

❦ 제4권 척화斥和의 장章

운현궁雲峴宮 용마루에 십자가十字架를
절두산切頭山 밑에서 칼춤을 춘다
어느 정사情事가 종말終末이 날 때
가례嘉禮날 꿈이 괴상도 했단다
양합습래洋艦襲來, 비보飛報는 말을 타고
집념執念은 병病, 정情은 물일레라
외침外侵이다, 한강수漢江水를 막아라
나그네 반기는 강도江都 갈매기
꿈은 설익어 천년千年이란다
뭣인가 잘못돼 가고 있다

❦ 제5권 실각失脚의 장章

상소上疏를 올려라 권좌權座가 보인다
달도 차면 기운다던가
야로野老는 말하기를, 두고 보자
영화榮華는 짧고 보복報復은 가혹苛酷
노옹老翁 돌아와서 한 일이
수호修好는 일방통행一方通行이었다
군란軍亂과 운변雲邊과 왕궁王宮과
영화榮華의 말로末路는 처참했다
정情든 산천山川은 고국故國에 두고
굿도 잦고 괴물怪物도 많은 밤중에
왕비王妃, 왜 여자女子로 태어나서
추선秋仙은 사랑을 앓다가
대문大門을 닫아 걸어야지
아소당我笑堂 주인主人은 웃음이 없었다

권좌權座의 장章

행운유수行雲流水, 길이 아득하외다

암자 바로 뒤에는 솔방울이 달린 가지를 바다로 향해 늘어뜨린 노송 한 그루가 서 있었다. 그 늘어진 가지 사이로 희부연 바다가 내려다보였다.

바다에는 수많은 이름 모를 크고 작은 섬들이 적당한 위치에 적당히 들 떠 있었다.

범선이 조는 듯 흐르고, 검은 화물선이 검은 연기를 뿜으며 어디론가 가고 있었다.

우웅 우웅.

검은 화물선의 고동소리였다. 그 고동소리는 여운을 길게 끌며, 등뒤 삼랑성 성벽에 부딪고는 다시 바다 쪽으로 울림해서 내려가다가 늙은 소나무 앞에 앉고 선 두 여인의 귀청을 한가로이 어루만졌다.

「최행자는 언제 저 바다를 건너 봤어?」

이런 말을 묻는 여인은 이승(尼僧), 나이 아직 스물이 됐을까, 안 됐을까, 새파랗게 젊었다.

「벌써 3년두 더 됐나 봐.」

앉은 자리에서 발딱 일어서는 최행자라고 불린 여자는 더욱 앳된 소녀였다.

그러나 회색 승복은 풀기가 빳빳해서 가슴께가 불룩하게 들려 있었다.

목이 쑥 빠지고 태깔이 흰 옆모습은 먼젓 여승보다도 분명히 두세 살은 아래였다.

자진해서 옛이야기처럼 말을 꺼낸다.

「고향에 홀로 계시던 어머니가 돌아가셨을 때 건너가고 건너온 담엔 여적……..」

바닷가에 살면서 3년 동안이나 바다에 나가 보지 못했다는 아기중의 얼굴에는 잠깐 구름 그림자가 지나간다.

「비가 올라나? 너무 가문 것 같은데.」

먼저의 여승, 운여가 하늘을 쳐다보며 커다란 눈동자를 굴린다.

솜사탕 같은 뭉게구름이 소나무 가지끝에 탐스럽다.

「비 안 오는 여름은 사랑 없는 청춘과 바람 안 탄 갈대와 같애. 호호호.」

놀라운 발언이었다.

불가에 몸을 담고 아직 수도의 문턱에 들어서 있는 행자로서는 너무나 놀랍고 당돌한 발언이다. 그리고 불가 법도에 어긋난 사바의 속언(俗言)이다.

운여니(雲如尼)는 깜짝 놀라면서 동생처럼 귀여워하는 최행자의 잔등을 손바닥으로 철씩 때렸다.

「최행자! 너 그게 무슨 속된 말이냐? 누구한테서 그런 사바의 말을 듣고 입에 올렸니?」

가볍게 눈을 흘기는 운여의 얼굴은 붉게 물들어 있다.

「나무아미타불, 나무아미타불, 나무아미타불, 나무아미타불!」

철모르는 동생을 위해 대신 속죄하고 스스로의 마음을 청정하게 하기 위함인가.

운여는 연거푸 나무아미타불을 마치 줄줄이 펜 염주알처럼, 줄줄이 흘리기 시작했다.

바람이 휘익 불어 와 활엽수의 이파리들을 흔들었다.

쏴아 하고 바람소리가 눈에 보이듯 서북 방향으로 흘러간다.

솔바람일까, 바닷바람일까. 솔내음, 소금냄새가 함께 곁들인 바람은 동남풍이었다.

「참, 오늘이 초복이라는데 더위도 이제부터죠?」
최행자가 무안했던지 화제를 슬쩍 돌린다.
「속계에선 오늘 개를 살상하는 날이구나.」
운여가 무심히 지껄이자 이번엔 최행자가 까르르 웃었다.
「왜 웃는 거냐?」
운여가 의아해 하며 물었다.
「피장파장이야. 내가 사랑 얘길 하는 거나 언니가 살상 얘길 하는 거나!」
어린 최행자는 좀더 짓궂었다.
「관세음보살. 불살생(不殺生), 불투도(不偸盜), 불사음(不邪淫)은 언니에게두 내게두 아직 공염불이었나 봐.」
바닷가엔 갈매기들이 가랑잎처럼 호로록호로록 날고 있었다.
저녁놀이 바다에 깔리기 시작했다.
바람꽃이 대안(對岸) 하늘에 뽀얗다.
운여가 자괴하듯 뇌까렸다.
「출세간법(出世間法)의 법리도 깨우치지 못하고 나는 중이 됐구나.」
행자란 아직 중이랄 것도 없지만, 이미 사미니계(沙彌尼戒)를 받은 운여는 어엿한 이승(尼僧)이었다.
운여는 소리없이 한숨을 뽑았다.
「동생한테만 말이다만, 아직두 나는 모르겠어.」
친동기처럼 다정하게 지내는 최행자에게 운여는 자기 심경을 토로하고 싶은 모양이었다.
「뭘?」
최행자는 솔잎 몇 개를 쑥 뽑아 입에 물고 잘근잘근 씹으며 운여의 좀 쓸쓸해진 옆모습을 훔쳐 본다.
「한평생 가사에 몸을 감추고 부처님 밑에서 살아갈 수 있을는지 나 자신을 믿을 수 없어.」
두 여인의 대화는 이어지지 않았다.
제각기 제 생각으로 잠시 먼 바다를 바라보고들 있었다. 한참 만에,

「수도하면 낫는 병 아냐?」
 아기중이 혼잣말을 뇌까린다. 아마 저 자신한테도 절실한 문제라서 심각했던 모양이다.
「중의 모습은 가사만 보아야겠는데 내 눈엔 자꾸 가사 속에 감춰진 육신이 보이니 탈이야. 가사는 입으나마난걸.」
「언니는 피가 남달리 뜨거운가 봐. 행자 방에서 같이 잘 때…….」
 나이 이미 열 일곱인 최행자는 얼굴을 붉혔다.
 그러나 하고 싶은 말은 계속한다.
「언니의 살이 닿으면 놀랄 만큼 뜨겁던걸 뭐.」
 운여는 최행자의 손을 덥석 잡는다. 말한다.
「그렇지? 나는 남보다 피가 뜨거운 계집이야!」
 젊은 여승 운여는 별안간 〈참회진언〉을 입 밖에 뇌기 시작했다.
　옴 살바못쟈 모디 사다야 사바하.
　준제공덕취
　적성심삼송
　일체제대난
　무능침시인
　천상급인간
　수복여불등
　우차여의주
　정획무등등
　나무칠구지불모 대준제보살, 나무칠구지불모 대준제보살, 나무칠구지불모 대준제보살.
 행자 소녀는 옆에서 조용히 운여가 뇌는 불경을 들으며 속으로 그 뜻을 헤아려 본다.

　　(준제보살 공덕보배
　　고요한 마음 늘 외우면
　　온갖 재난 무엇이나

    조금인들 안 변하리
    천상이나 인간에서
    부처님 복받으리라
    여의주를 가졌으니
    가장 큰 법 이루리라.)

먼 곳을 바라보고 서 있는 운여의 두 눈에는 눈물이 번뜩인다.
최행자는 그의 손을 잡아 흔든다.
「언니, 오늘은 왜 그래? 무슨 일이 있어?」
「일은 무슨 일.」
운여니는 손끝으로 젖은 두 눈을 가볍게 비비고는,
「내려가자! 저녁 예불 시간이다.」
암자 쪽으로 발길을 옮기기 시작했다.
 그때였다. 삼면이 큰 바위벽으로 된 암자, 정사암(靜思庵) 안에서 탐스럽게 쪽을 진 부인 하나가 나왔다.
소복 차림이었다.
손에는 백팔염주를 들었다.
후리한 키에 행보의 자태가 퍽 점잖다.
그 부인은 두 여승을 보자 기다리고 서 있다.
산사의 땅거미는 구름 그림자처럼 유동한다. 삽시간에 한 골짜기를 덮어 버린다.
뻐꾸기가 뻑 뻐꾹 성 밑쪽에서 울고 있었다.
숲속 비탈길을 불쑥불쑥 오르내리는 두 여승의 삭발한 머리통은 고르게 둥글었다.
「같이 내려가세요.」
최행자의 앳된 음성이 호들갑스럽진 않게 숲 사이를 울렸다.
「묵언은 신인(信人)의 근본 수양이다. 소리는 왜 지르니.」
운여의 나무람엔 제법 위엄이 있었지만 정겨운 음성이었다.
그네들은 암자 앞에서 소복 차림의 부인과 만났다.

부인은 잔잔로운 미소로써 두 젊은이를 맞으며 자진해서 입을 연다.
「저녁 예불에 다른 손[客]은 없겠지?」
최행자가 대답한다.
「안 계실 거예요.」
다른 순례자도, 불공 신도도 없다는 대답을 듣자 부인은 앞장을 서면서 산길을 내린다.
암자에서 본사 대웅전까지는 꽤 거리가 있다.
10분은 좋이 내려가야 한다.
저녁 예불을 알리는 법고 소리가 들리기엔 아직 좀 이른 시각인 것 같다.
두 여승은 앞서 걷는 부인의 뒷모습을 보면서 언제나 느끼는 부인의 아련한 그 신비성이 도대체 뭣인가 잠깐 생각해 본다.
고귀한 집안의 여인인 것은 그 언동거지로 보아 처음부터 짐작은 하고 있었다.
그러나 어디 사는 누구네 누구냐.
많이들 입초시에 올리긴 하지만 분명한 것은 알 길이 없고 오직 추측적인 결론만을 내리고들 있었다.
「서울의 대갓집 며느리인 것만은 틀림없어요. 자기 신분을 그처럼 함구불언 감추는 걸 보면 아마 칠거지악 중의 어느 한 가질 범한 게 아니겠소? 뭘까? 사음(邪淫)?」
「설마 그처럼 얌전하고 지체 있어 뵈는 여자가, 설마?」
「설마가 사람 죽이지요. 누가 보든 탐낼 수 있는 여자니까 비밀을 가진 게 아니겠소?」
「주지스님은 알고 계실 거야.」
「주지스님도 모르신대요. 일각스님만이 아신대.」
「하지만 늘 소복단장인 걸 보면 남편이 죽은 게 아닐까?」
「흔히 그런 사람들이 소복으로 가장을 하는 거지! 가끔 젊은 남자가 찾아와서 소근거리다가 가는 걸 보면 꼬단은 있는 여잘 게요.」
처음, 절에서는 이 부인에 대해서 호기심이 대단했으나 벌써 열 달 가량이나 되도록 수도를 하고 있으니 이젠 호기심보다도 하나의 신비로운 존재가 돼 있다.
 시중은 최행자가 들고 있다. 잠은 암자 속에서 혼자 잔다. 한두 번 심상찮은 소문이 난 일이 있다.
「오늘 새벽 일각스님이 암자에서 나오는 걸 상좌스님이 봤대.」
 그러나 중 일각사(一覺師)는 칠십이 가까운 나이다. 어딜 가든 주지승 노릇을 할 사람이지만 본인이 그것을 원하지 않고 초연하다니 도승(道僧)이 아니냐 했다.
 그는 승적도 이 전등사엔 있지 않다. 전국의 유수한 사찰을 떠돌아다니는 순례하는 승이다.
 그가 새벽에 암자에서 나오는 것을 봤다고 해서 무슨 사담(邪談)이 될 수는 없으나 하여간 화제는 될 수 있는 것이다.
 최행자가 그 부인의 뒤를 따르면서 말한다.
「마님은 왜 속신도(俗信徒)들의 눈을 피하시는지 모르겠어요.」
 왜 세상 사람들의 눈을 피하느냐고 물었다.
 그러자 부인은 서슴지 않고 반문한다.
「내게 대해서 얘기들이 많은가 보지?」
 뒤따르던 두 여승은 서로 눈짓을 했다. 그리고 얼굴들을 붉혔다.
 그러자 앞선 부인은 이런 말을 했다.
「남의 일에 무관심할 수 없는 건 사람들의 본성인가 봐. 스님들은 내 내력을 궁금히 여기지만 나는 또 스님처럼 젊은 색시들이 왜 그 삼단 같은 머리채를 자르고, 그 꽃 같은 젊은 몸에다 가사를 걸치게 됐는지가 궁금하다오.」
 최행자가 말한다.
「저희들의 내력은 별것 아닌 얘기지만, 마님은 다를 것 같아요. 궁금해 몸살이 나겠어요.」
 어리광 같은 최행자의 구변은 늘 사람들의 귀염을 받는다.
 부인은 웃었다.
「궁금하기로 몸살까지 날 거야 뭐 있어? 우리 최행자 몸살 나기 전에 내 언제 얘길 좀 해 줘야겠군.」
　최행자는 손뼉을 탁 친다.
「어머나, 언제요? 언제 들려 주시겠어요?」
　부인은 나무 등걸에 걸린 치맛자락을 감아 쥐었다.
「아무 때나, 조용할 때.」
　최행자는 뒤따르는 운여니를 돌아봤다.
「그럼 오늘 밤요? 그 대신 운여스님 얘기두 들려 드릴께요.」
　이번엔 운여가 나섰다.
「물귀신처럼 왜 남을 끌고 들어가니. 누가 내 얘기 듣겠대.」
　그러나 부인이 인자스런 음성으로 말했다.
「밤에 놀러들 와요. 내 암자루.」
　삐리릭! 솔새가 옆 가지에서 울었다.
　약사전 앞에는 무궁화 한 그루가 외로웠다. 꽃철이었다.
「마님!」
　최행자가 부인의 옆으로 섰다.
「음?」
　부인은 소녀를 돌아봤다.
「운여스님은 행운유수(行雲流水)의 탁발 길을 떠난대요.」
　부인의 반응은 뜻밖에 민감했다.
「언제?」
「내달 초승예요.」
「내달 초승?」
「칠칠이 사십 구램요.」
「칠칠이 사십 구라니?」
「사십 구 일 동안이래요.」
「어느 고장으루?」
「서울, 경기, 강원도로요.」
「그래?」
　부인은 운여를 돌아보며 물었다.

「주지스님의 허락이 내렸어요.」
운여니가 대답했다.
「서울에 소식 전할 일 없으세요?」
운여니가 부인에게 물었다.
「서울에 가 봤어?」
부인이 되물었다.
「아아, 마님은 역시 서울서 오셨군요?」
최행자가 비로소 확인했다는 듯이 약간 호들갑을 떨었다.
「첨 길예요.」
운여가 솔직히 말했다. 또 말했다.
「그렇지만 마님의 심부름이라면 어디든지 찾아가겠어요.」
그네들은 약사전을 돌았다.

관음전에서 꽹! 꽹! 종이 울리기 시작했다.
그 우렁찬 음향은 산을 나가 바다를 건너 하늘 끝나는 데까지 울려 퍼질 것처럼 그 음량이 우렁찼다.
미움의 세월을 쫓아 버리는 종소리라면 과장된 감상일까. 종소리는 언제나 청정해서 좋았다.
「예불 준비 안 했다구 야단맞겠네.」
최행자가 쪼르르 수곽 옆을 지나 별당 쪽으로 사라졌다.
「저녁에 최행자하구 꼭 놀러 와요.」
뭘까. 부인은 '꼭'에다 힘을 주었다.
일년이면 3백 54일, 태음력으로 치면 말이다.
십년이면 3천 6백 일, 날이면 날마다 아침 저녁 두 차례의 예불은 있는 것이다.
그러나, 언제나 한결같이 엄숙했다.
목어소리는 따닥딱 딱 딱 청풍보다 해맑았다. 지극히 단조롭지만 지극히 리드미컬했다.
시방세계(十方世界)를 깨끗이 맑혀 주는 투명한 음향이었다.

송경소리는 물소리보다도 더욱 장중했다.
 법당에 풍기는 지향(紙香) 내음은 사람의 마음을 안정시키고, 깜박거리지도 않는 본존불 좌우의 황촛불은 석가모니의 그 '해탈의 미소'를 사람들 가슴속에 부어 준다.
 합창과 같다. 똑같은 음성 똑같은 리듬으로, 송경은 절정에 이른다.
「……시 대신주 시 대명주 시 무상주 시 무등등주 능제일체고 진실불허 고설반야바라밀다주 즉 설주왈, 아제 아제 바라아제 바라승아제 모디사바하…….」
 〈마하반야바라밀다심경〉의 독송이 끝나면, 그 투명하고 청정하던 목탁소리도 탁탁 타그르르, 먼저보다 훨씬 둔탁해진다.
 오늘 낮은 유난히 더웠던 것 같다.
 산중인데도, 밤인데도, 지열은 아직 식지 않았다.
 바다 저쪽엔 달이 휘영청 밝았다.
 소쩍새가 한두 번 울었다.
 두견 말이다.
 어느 곳에서나 노오란 다리, 흰 배를 가진 그 소쩍새를 흔히 볼 수는 없다.
 희귀하게도 강화 전등사 경내엔 많이 서식한다.
 밤이면 애처롭게 울어 대는데 꼭 원한에 사무친 울음소리다.
 밤새도록 울어예일 때가 있다. 피를 토하며 설움을 호소하는 듯하다. 회포 있는 사람의 잠을 끝내 설치게 하는 특이한 새, 그 이름은 왜 두견일까.
 '소쩍'은 그 울음소리에서 따온 속명일는지도 모른다.
 그 소쩍새가 몇 번 가볍게 울었다.
「언니, 가 봐!」
「어딜?」
 운여니가 하얀 이빨을 어둠속에 드러내며 생감하게 물었다.
「어딘 어디, 정사암에 말야.」
 운여는 깜빡 잊고 있었다.

저녁에 '꼭' 놀러 오라던 부인 말을 까맣게 잊고 있었다.
「정말 가두 괜찮을까?」
운여는 망설였다. 주지승의 엄명이 내려 있는 것이다.
정사암에서 수도하고 있는 부인한테는 허락없이, 볼일없이 마구 접근하지 말라는 것이었다. 쓸데없는 말을 함부로 지껄이지도 말고, 필요없는 말을 함부로 묻지도 말라는 엄명이 내려 있는 것이다.
「어때, 그쪽에서 꼭 놀러 오라구 하셨는데.」
두 여인은 잠깐 주위를 둘러본다.
「목욕이나 했음 좋겠다.」
운여가 개울 쪽을 보며 필요 이상으로 큰소리를 내서 말했다.
「할까, 나두.」
나옴직한 말들이었다. 낮엔 몹시 더워 땀들을 흘렸다. 지열은 아직도 완전히 식지를 않았다. 후덥지근한 밤이다. 마침 달이 밝다.
두 여인은 발소리를 죽여 가며 계곡 쪽으로 올라갔다.
동남을 향한 계곡엔 물소리가 영글었다.
달빛이 산간수(山澗水)에 찬란히 부서지고 있다.
두 여인은 장난꾸러기들처럼 옷을 훌훌 벗기 시작했다.
흰 살결에 달빛이 부딪치면 푸르름을 띤다.
거침없이 옷을 벗어 팽개친 두 여체는 달빛 아래에서 스스로 푸른빛을 발산하는 것 같았다.
물감나무의 싱그러운 이파리가 달빛을 받고 두 나신에 어른거렸다.
「사람이 있음 어떡허니?」
운여니가 주변을 다시 한번 둘러보며 좀 불안해 했다.
「있으면 그쪽에서 피하겠지 뭐.」
최행자는 지극히 태연했다.
바위나리가 바위 틈에 홀로 피어 있었다.
최행자는 노란 바위나리꽃을 똑 따서 코끝에 대 보고는 가볍게 앞 아래를 가렸다.
집채만한 바위 위에서 떨어지는 산 옥수(玉水)는 가뭄에도 그 양을

줄이지는 않았다. 한간통 넓이 늪을 이루고 있는 것이다.
　두 여체는 미끄러지듯 물속으로 잠겨 버렸다. 철벙 소리도 나지 않았다.
　두 여인의 네 개의 유두가 수평선 위에서 조용히 노닐었다.
　달빛도 투명하고 물빛도 투명했다. 그리고 두 젊음의 나신도 또한 투명해 보였다. 요정들 같았다. 산의 요정과 물의 요정이 달밤을 시새워 호젓이 자신들의 아름다움을 경염(競艶)한다면 지금의 저 광경과 어느 정도 다를까.
「언니! 많은 스님들이 이 물에서 목욕을 했겠지? 그러면서 모두 늙어 갔을 거야.」
　최행자가 제법 어른다운 말을 하고,
「그랬겠지. 속세의 인생을 아쉬워도 하구, 부처님이 가르치시는 무상을 터득도 하구, 저 달을 쳐다보며 눈물도 흘리구, 그러는 사이에 이 물과 세월은 흘러가구…….」
　운여가 감상에 젖으며 조용히 물소리를 냈다.
　한참만에 최행자가 또 불쑥 묻는다.
「언니는 아무래도 속세가 그리운가 봐! 그렇지?」
　운여는 자기의 그 난숙한 몸, 그 완만한 곡선을 손바닥으로 더듬어 보면서 엉뚱한 대답을 했다.
「어렸을 때, 집에 시주받으러 온 중을 보고, "저 사람은 왜 중이 됐을까"라구 물었어. 어머니가 대답하시기를, "그 사람은 부처님을 모시기 위해서 이 세상에 태어난 사람이란다" 하셨는데, 내가 중이 됐지 뭐야. 이 세상엔 나 아니라도 부처님을 모실 사람이 많은데 내가 꼭 가사를 입고 절에서 살아야 하는 건가 싶을 때가 있어.」
「그럼 애초에 왜 절에 들어왔수?」
「왜 들어왔느냐가 문제가 아니구, 여자의 몸으로 끝내 중노릇을 해야 할 것인가가 문제야.」
　최행자는 잠시 침묵할밖에 없었다. 이야기가 너무 심각하고 어려운 것이다.

「언닌 참 예뻐! 몸두 좋구, 살결도 곱구.」
이번엔 운여가 침묵을 지켰다.
자애(自愛)라는 말이 있다. 스스로가 스스로를 사랑한다는 말이 된다.
여승 운여니는 아름다운 얼굴에 고운 피부에 좋은 체구를 가진 여자였다.
자애하는 마음이 남보다 강할 수가 있는 것이다. 여자의 본성이 아닐까.
그런 아름다운 얼굴과 고운 피부와 좋은 체구라면 남달리 파계의 유혹에서 고민하는 게 여성의 본성이 아닐까.
능라로 몸을 감고, 보화보다 소중히, 꽃보다 아름답게 자신을 가꾸며 살기를 원하는 게 여자의 본성이 아닐까.
「언니는 남자를 사랑해 봤지? 사바에 못 잊는 남자가 있는 거지?」
달빛은 프리즘보다 찬란하게 물에 내려 부서졌다.
운여는 가슴에 지닌 비밀을 최행자한테만은 살짝 보여 주고 싶었다.
그러나 운여는 쓸쓸한 웃음을 입가에 띠었을 뿐 말은 하지 않았다.
운여는 맑은 물에 얼굴을 씻고는 불가에서 과거 이야기는 피하는 법임을 명심하며,
「나무관세음보살! 나무관세음보살!」
관세음보살께 이미 몸과 마음을 바쳤음을 다시 한번 확인하는 것이었다.
최행자도 캐어묻지는 않았다.
역시 불가에선 남의 이야기를 캐어묻지 않는 것으로 되어 있었다.
달빛에 구름 그림자가 어른거렸다.
운여는 물 가운데에 일어섰다. 몸에 실오리 하나 걸치지 않은 것에 대해서 그다지 개의하지 않는 자세로 일어설 수 있는 것은 음심(淫心)이 없는 탓인지도 모른다.
최행자는 황홀한 시선으로 운여의 몸을 바라보며 저도 일어서 본다.
최행자는 아련한 시새움이 일었다.

운여의 옆으로 다가가서 나란히 서 본다.
(나두 언니보다 못하지 않아!)
여자의 마음이었다.
그 순간이다. 두 나신들은 질겁을 하면서 몸을 물 속에 잠가 버렸다.
「인기척이 났지?」
운여가 골짜기 길 쪽을 쏘아보며 말했다.
「어머나! 일각스님이 오시네.」
정말이다.
노승 일각선사가 어느 틈에 지극히 가까운 곳에까지 나타난 것이다.
두 여승은 숨을 죽이고 그의 동정을 주시했다.
일각선사는 여승들이 벗어 놓은 옷을 발견했다.
노승 일각선사는 무슨 생각에선지 그네들의 옷을 집어 들고는 걷기 시작했다.
이쪽에서 미처 소리칠 사이도 없었다.
일각선사가 먼저 말했다.
「정사암에다 갖다 놓을 테니 와서들 찾아 입어라!」
물 속에 몸을 잠근 채, 최행자가 날카롭게 소리친다.
「안 돼요! 스님! 왜 그런 장난을 하세요!」
일각선사가 정사암 쪽으로 올라가며 대답한다.
「장난이 아니다. 원래 옷이란 육신을 가리는 게 아니라 음심을 가리는 것이다. 너희들의 신심만 두텁다면 벌거벗었다 해서 부끄러울 게 없느니라.」
신심을 시험해 보겠다는 것인가.
일각선사는 휘적휘적 정사암 쪽으로 태연히 걸어가고 있었다.
「그렇지만 정말 너무하세요, 스님. 제발 옷 거기 놓고 가세요.」
최행자의 애원은 간절했으나 일각선사에겐 통하지 않았다.
소쩍새가 또 울었다.
구름에 가렸던 달이 바스스 얼굴을 내밀었다.
두 여승은 하는 수 없이 노승 일각선사의 말을 풀이해 본다.

(원래 옷이란 육신을 가리는 게 아니라 수치를 가리기 위한 것, 신심이 두터운 불제에게 수치로운 마음이 있어선 안 된다는 말씀!)
　알몸의 두 여승은 아무런 거리낌도 없이 산길을 조용조용 오르고 있었다.
「나무관세음보살…….」
「나무관세음보살…….」
　불도가 나무관세음보살을 연발하는 동안엔 일체의 잡념이 사라지고, 무아의 경지에서 불타의 마음이 될 수 있는 것이다.
　두 여승은 시방세계에 사람이라곤 자기네 둘뿐인 것처럼 초조하지 않고 부끄러움 없이 달빛을 받았다.
(보살님이 우릴 시험해 보시는 거다!)
　그네들은 그렇게 생각하며 걸었다.
「나무관세음보살, 나무…….」
　일각선사는 가벼운 장난기였을는지도 모른다.
　여승들의 옷은 정사암으로 가는 길, 중로(中路) 바위 위에 놓여 있었다.
　두 여인은 삼베 고의적삼을 지체에 끼우고는 한숨을 뽑아 냈다. 아무래도 그동안 몹시 긴장했던 것 같다.
「아아, 홀가분하다.」
　운여가 가볍게 팔을 놀려 보며 이들이들한 얼굴로 달을 쳐다봤다.
「몸이 날을 것 같애.」
　최행자가 손바닥으로 얼굴을 부득부득 문지르며 정사암 쪽을 바라봤다.
　숲속 정사암에선 반딧불 같은 빛이 깜박이고 있다.
「정사암엘 갈까 말까. 일각스님이 가신 것 같은데 말야.」
　최행자는 망설였으나, 운여는 앞장을 서서 걷기 시작했다.
「정사암마님, 일각스님관 전부터 퍽 친한가 봐.」
　최행자의 말에,
「일각스님이 이 절에 오시자, 며칠 안 돼서 그 마님두 오셨지?」

운여니는 돌부리를 찼는지 한쪽 발을 절기 시작했다.
「하여튼 두 분 다 정체가 뭔지 모르겠어.」
일각선사도 떠돌아다니는 노승인 줄만 알지 그밖에 그에 대한 내력은 아는 이가 거의 없었다.
정사암마님이라는 그 수도 부인도 그렇다. 자기 자신에 대한 이야기는 일체 말을 않는 그 부인은 돈 있고 점잖은 여자라는 것만 짐작될 뿐, 역시 그 정체는 신비로운 베일 속에 감춰져 있었다.
「"마님 왜 소복을 하셨어요?" 언젠가 내가 이렇게 물어 봤지 뭐야.」
최행자의 말이었다.
「그래 뭐라고 대답해?」
「흰 옷을 좋아한다는 거야. 깨끗하게 입기 위해서 늘 흰 옷을 입을 뿐, 별다른 이유는 없다면서 퍽 쓸쓸한 얼굴을 하는 걸 보면 아무래도 만단 사연이 있는 분이야.」
정사암은 돌계단 위에 있었다.
정사암 정면 양쪽에는 홍도 한 그루와 벽도 한 그루가 마주서 있었다. 잎이 무성했다.
두 여승은 계단을 올라서사 잠깐 망설이지 않을 수 없다.
분명히 일각선사가 와 있는 줄 아는데 암자 안에선 목탁소리도 송경소리도, 그리고 대화소리도 새어 나오질 않는 것이다.
달빛만이 교교할 뿐 만산은 적요하기 죽음과 같았다.
최행자는 언제나 장난기가 있는 소녀다.
최행자는 살금살금 암자의 문으로 다가서더니 빠끔한 틈으로 안을 기웃거려 보고는 뒤꽁무니에다 손을 얹어 운여에게 다가와서 함께 보자는 시늉을 했다.
「엿보는 게 아냐.」
운여는 최행자를 나무랐으나 자기도 암자 문 쪽으로 조심조심 접근해 갔다.
두 여승은 정사암 내부의 광경을 훔쳐보고는 서로 눈짓을 하면서 한 발씩 뒤로 물러섰다.

「어떻게 된 거야?」
최행자가 물었다.
「글쎄.」
운여니는 앞가슴을 여미면서 대꾸했다.
「왕비마마가 아냐?」
「글쎄, 일각스님이 깍듯이 모시는군.」
왕비마마가 아니냐고는 했으나 그럴 리는 없고, 나이 칠십이 가까운 일각선사가 젊은 정사암마님 앞에 단정히 무릎을 꿇고 앉아 뭣인가 조용조용 이야기를 하는 것을 보면, 부인의 신분이 여느 사가(私家) 사람은 아니잖느냐는 것이었다.
「밖에 누가 왔느냐?」
별안간 암자 문이 열리며 일각선사가 얼굴을 쑤욱 내밀었다.
나이는 칠십이 머잖았으나, 일각선사의 안광은 푸르도록 날카로웠다.
「비구니가 자기 용모에 자신을 가지면 불도는 못 닦는 법, 운여는 내 보기에 너무나 예뻐!」
암자의 주존(主尊)상 관세음보살 앞에서 일각선사는 대범한 화제를 꺼냈다.
그는 운여의 가슴속을 투시하는 것처럼, 또 한마디 툭 던진다.
「나도 50년을 세존을 의지해 살고 있다만 젊었을 때는 세상에 나가 할 일이 많은 것 같아서 여러 번 망설였지.」
그는 손에 든 염주알을 굴리며 또 말한다.
「부처님 앞이다만, 사람이란 한번 나서 한번 사는 것, 뭣을 하든지 마음속에 회의가 있어선 안 돼. 너희들은 젊다. 이제라도 늦지는 않았다. 속에 남겨 놓은 꿈이 있으면 산을 내려가 그 꿈을 살려 보는 것도 괜찮다. 속세 또한 인간이 사는 세상 아니냐. 말하자면 실제로 인간 세상의 무상을 체험한 연후에 다시 입산해야만 어시호 진짜 중이 될 수 있는 게니라.」
정사암마님은 눈을 가볍게 감은 채, 한 무릎을 세운 명상의 자세였다.
일각선사가 굴리는 염주알은 간단없이 손끝에서 돌아가고 있다.

운여는 합장을 하고, 관세음상 좌대(坐臺)에 밝혀진 촛불을 응시했다.
 최행자는 대담하게 일각선사의 짙은 눈썹을 바라보며, 그가 왜 이런 배율적인 말을 꺼낸 것인지 잠깐 생각해 본다.
 무거운 침묵. 산중의 밤은 정적의 세계인데, 우웅우웅하고 멀리 바다에서 뱃고동소리가 은은하게 들려 왔다.
 「나는 다른 스님들과는 생각이 달라요.」
 노승 일각은 딱 잘라서 말한다.
 「한창 젊은 나이의 승려들을 보면 가엾은 마음이 들어. 길이 창창한데 구태여 금욕귀불(禁慾歸佛)의 길을 택한 게 스스로의 굳은 의지일까 싶어서 말이다. 불심은 만인한테 고루 퍼지길 원하지만 가사는 입을 사람만이 입으면 되는 게 아니냐?」
 최행자가 참고 들을 수가 없어서 묻는다.
 「그럼 스님께선 소승들한테 파계를 권하시는가요?」
 운여니는 고개를 번쩍 들어 일각선사의 대답을 기다린다.
 최행자의 질문이 지극히 적절한 것처럼 그 질문에 대한 답을 기다린다.
 수도 부인 정사암마님도 감고 있던 두 눈을 번쩍 떴다.
 순간, 일각선사는 껄껄 웃는다. 짐짓 호탕한 웃음을 터뜨린 것 같다.
 그는 서슴없이 대답한다.
 「그렇다. 파계를 권한다. 환속을 권한다. 안 될 소릴까?」
 놀라움에 눈들을 둥그렇게 뜨고 자기를 쏘아보는 이승(尼僧)에게 그는 다시 말한다.
 「너희들을 진정한 불제로 만들기 위해선 불법의 강론보다 속세의 경륜을 권장하고 싶다. 속(俗)을 모르고 불(佛)에 귀의한다는 건 순서가 아냐. 좋은 예가 있다. 여기 앉아 계신 마님께선 가사를 안 입으시고 삭발만 안 하셨지 내 알기론 이미 보살의 마음이셔.」
 두 여승은 정사암마님을 바라본다.

정말이다.

보살과 같은 미소가 그 입가에 잔잔한 파문을 일으키고 있다.

「너희들은 우선 탁발승 노릇을 해 봐야 한다. 세상을 견문해야 해.」

「그렇잖아두 언닌 곧 길을 떠나게 돼 있어요.」

그러자 일각선사는 기다렸다는 듯 앉은 자세를 고치는 것이었다.

그리고 부인도 얼굴에 긴장의 빛을 띤다.

「자아, 그럼 난 내려가 볼까.」

노승은 웬지 화제를 갑자기 끊어 버렸다.

그날 밤 정사암에 그 세 사람이 모였다는 사실은 다른 아무도 몰랐다.

정사암마님을 비롯한 승려 세 사람이 일절 입 밖에 내지 않았으니 누구도 알 수 없는 것이다.

여름은 점점 더 여물고, 절의 일과는 매일 똑같이 반복되고 있었다.

어느 절인가. 전등사였다.

창건 역사는 퍽 오래다.

신라 아도화상(阿道和尙)이 개산(開山)했다는 기록이 있다.

당시엔 진종사(眞宗寺)라 했다던가.

고려조에 와서 원비(元妃) 정화궁주(貞和宮主)가 옥돌로 만든 연등을 이 절에 헌납했다 해서 절 이름을 바꿨다는 설이 전한다.

전등사라고 말이다.

강화뿐만 아니라, 그 이름은 전국에 널리 알려져 있다.

추녀끝에 나열한 보주(寶珠)가 특히 아름다웠다.

이씨조선 중엽의 건축미를 대표한다는 것이며, 불단의 풍부한 조각과 빛깔, 장식 등이 정교하기로 이름이 높다.

약사전 정면이 삼 칸, 측면이 이 칸의 단층 건물로 그 형태가 아담하고 수법이 교묘, 견실해서 찾는 이의 상찬을 받는다. 이 전등사는 선종, 교종 양파의 본산인 데다가 경내엔 삼랑성(三郞城)을 에워싸고 해묵은 노송들이 우거진 채 남쪽으로 트인 인천만을 굽어본다.

수많은 크고 작은 섬들이 한눈에 보이니 그 조망이 뛰어나다 해서 강화를 찾는 이들은 한번 둘러보지 않을 수 없다.

이 전등사가 어느 날 아침 발칵 뒤집혔다. 벌집 쑤셔 놓은 것처럼 발칵 뒤집혔다.

주지승 허암사(虛岩師)는 갈팡질팡 몸둘 곳을 몰라했다.

노승 일각은 황급히 정사암으로 달려갔다.

수좌, 상좌, 여승, 행자 이십 명 가까운 중들은 덩달아 흥분하고 술렁거렸다.

「우리 절에 서울의 불공이 든다!」

「왕궁에서 우리 절에 와서 불공을 드리신단다!」

도성에서 그런 기별이 왔던 것이다. 강화부사를 통해서 그런 기별이 왔다는 것이다.

「상감마마가 사시던 고장이라 특히 잊지 않으시고 우리 전등사를 지정하셨다오.」

「낙백 시절에 이 절 경내에 오셔서 지게목발을 베어 가신 일도 있답니다.」

「명산대찰이야 어딘 없겠소만 자라신 곳, 정든 산천만이야 하겠소. 당연하시지. 진작 있어야 했을 일이지.」

불자들의 화제는 풍부했다.

소문은 바람결을 타고 삽시간에 강화 온 섬을 휩쓸었다.

「전등사에 서울 불공이 든다더라. 상감님의 만수무강을 비는 불공이래.」

「강화섬에 경사났군. 정족산이 좁아라 하구 구경꾼이 모이겠는걸!」

「낮밤 사흘을 계속하는 불공이래요.」

「안 그렇겠소. 나랏님을 위한 불공인데.」

「서울 손님들이 많이 오시겠지?」

「귀한 손님 많이 오실 게요.」

「제엔장! 불공두 좋지만 백성들 굶어 부황난 꼬라지두 좀 보구 가라지.」

「쉿! 못할 소릴!」

섬사람들의 이야기는 더욱 복잡했다.

「불공은 좋지만 또 부역날 일 안 생길까?」
안 생길 리가 없었다. 이튿날부터 강화섬의 백성들은 괭이 들고 삽 갖고 가가호호 모조리 나서라는 영이 내렸다.
강화나루에서 전등사까지 삼십릿길을 탄탄대로로 활짝 닦아 놓으라는 것이다.
며칠을 두고 강화 온 섬이 발칵 뒤집혔는데, 아는지 모르는지, 지극히 냉정한 태도로 두문불출 명상에 잠겨 있는 정사암마님의 심경은 무엇일까.
정사암의 외쪽 문은 낮이나 밤이나 닫힌 대로였고, 그 속에서 수도하고 있을 정사암마님은 한결같이 두문불출이었으나 그런 눈치를 알아챈 사람은 절 안에서도 한두 사람뿐이었다.
특히 최행자가 정사암의 동정에 관심을 모으고 있었다.
(그렇게 외면을 하고 있을 수 있을까?)
강화 온 섬 안이 술렁대고 있는데 어째서 그토록 무관심한 태도로 밤낮없이 암자에만 박혀 있는가.
모레면 서울에서 손님들이 온다는 날 아침, 최행자는 틈을 보아 암자로 올라갔다.
미상불 이상했다.
최행자가 문을 열고 들어서자 부인은 부처님 앞에 엎드려 있다가 벌떡 몸을 일으켰다.
보니, 얼핏 보니, 부인의 눈두덩은 부석해 있었고 약간 큰 듯한 그 두 눈엔 눈물이 번득였다. 울고 있었던 것 같다.
「왔어?」
최행자한테 알은 체를 하는 그 음성에도 울음이 섞여 있었다.
최행자는 뭣인가 한마디 말을 해야 했다.
「왜 어디 몸이라두 불편하세요?」
부인은 고개를 옆으로 저으며 그 신비로운 미소를 입가에 흘렸다.
그럼 왜 울고 있었냐고 물을 수는 없다. 대신 다른 말을 꺼냈다.
「모레 아침엔 서울 손님이 오신대요. 내일 밤 강화에 도착해서 거기서

묵고 모레 아침 일찍 이리로 오신대요.」
 묻지도 않은 보고를 하니까, 부인은 고개도 끄덕이지 않고 소리없이 한숨을 뽑는 것이다.
 정사암마님의 속마음을 최행자가 쉽게 짐작할 길은 없다.
 임금의 만수무강을 비는 불공이라면 국왕을 비롯해서 왕사나 국사가 참례한다. 묘당의 고관 현직들이 내려올 게고 궁중의 비빈을 비롯한 내외 명부들까지 참석하는 것이다.
 그러나 그런 정식 불공을 올리기엔 서울과의 거리가 너무나 먼 곳이 아닌가.
 (필시 약식으로 몇 사람의 차관(差官)과 나인이 내려오지 않을까?)
 남 앞에선 언제나 원만한 표정을 유지하기에 극력 힘써 오던 정사암마님은 이런 생각을 해 보면서 자신도 모르게 눈언저리에 가벼운 경련을 일으키고 있었다.
 정사암마님은 한참 만에 무거운 입을 열었다.
「모두들 바빠지시겠군.」
 이 한마디를 하고는 두 눈을 지그시 감는다.
 최행자는 무심히 지껄였다.
「아마 이 암자두 며칠 동안은 비우셔야 할 거예요. 나랏님의 불공이니까 온 절을 다 쓰시잖겠어요? 그런 불공엔 만등(萬燈)을 밝힌다나요. 어유, 등 일만 개를 밝히면 아마 이 정족산이 대낮처럼 밝겠죠.」
「대낮처럼 밝겠지.」
 부인의 말투는 다소 비양거리는 것 같았으나 최행자는 깨닫지 못했다.
「마님께선 서울서 그런 구경 하셨어요?」
「못 했어.」
「그럼 마님께서도 우리 절에 오셨다가 좋은 구경 하시게 됐네요.」
 순간 부인의 얼굴에는 찬 기운이 돌았다.
「최행자!」
 새삼스런 어조로 부인은 최행자를 바라본다.

「나는 내일 새벽 여기를 떠나야겠어. 그동안 주지스님을 비롯해서 여러분한텐 신세 많이 졌어요.」

최행자는 총명한 눈을 동그랗게 떴다. 너무나 뜻밖의 말인 것이다.

「별안간 떠나시다뇨? 아니 불공 구경두 안 하시구요?」

소녀의 마음은 정에 약하다.

정사암마님이 갑자기 떠난다는 말을 듣자 최행자는 눈물이 글썽했다.

부인도 언짢아하는 표정이었다.

「절이 이렇게 시끄럽지만 않으면 한달쯤이나 더 있을까 했는데…….」

어차피 떠나긴 떠날 예정인 것을 이 기회에 앞당긴다는 것이다.

「그럼 주지스님두 알구 계시나요?」

간밤에 말씀을 드렸다고 한다.

「일각스님은요?」

「알구 계셔.」

「그래두 이왕이면…….」

왕가의 불공 구경이나 하고 떠나야 하지 않느냐는 최행자의 말에 쓸쓸히 웃을 뿐 대답을 삼켜 버린다.

「서울 어디루 감 마님을 찾아뵐 수 있어요?」

「이담에 주지스님이 말씀해 주실 거야.」

「그럼 곧장 서울로 가시나요?」

「글쎄……구름 가듯 물 흐르듯 떠나는 몸이니까.」

「행운유수(行雲流水), 중의 발길 같으신가요?」

최행자도, 부인도 웃었다.

이튿날 아침 예불이 끝나자, 부인은 곧 길을 떠난다고 했다.

이십 명 가까운 남녀 승려들이 마당에 늘어선 채 합장하며 부인과의 이별을 서운해 했다.

주지 허암사가 절 경외까지 앞장서 나오면서 줄곧 염주알을 굴렸다.

「마님께선 떠나시더라도 첫 기일엔 고인의 명복을 빌어 드리겠습니다.」

허암사의 음성은 낮았다.
「고맙습니다. 스님의 덕화(德化)로 저도 마음이 안정됐사옵니다. 소망으로는 이번 기일에 원혼을 위로해 드리는 재(齋)나 올리고서 갈길을 갈까 했는데 그것조차 뜻대로 안 되는군요.」
「도정궁나으리의 억원(抑冤)은 천하가 다 아는 사실입니다. 소승이 이 절에 있는 한, 아니 어디로 옮겨가더라도, 도정궁 이하전나으리의 기일은 평생 잊지 않고 그때그때 형편껏 명토(冥土) 길이 편안하시길 축원해 드리겠습니다.」
일각사는 한마디의 말도 없이 뒤를 따르고만 있었다.
일각사의 뒤에는 운여니와 최행자가 역시 묵묵히 따르고 있었다.
마을로 내려가는 석문 앞에 이르자, 주지 허암사는 합장하며 부인과 마주섰다.
「참으로 섭섭합니다. 서방님을 위해 그토록 성력(誠力)을 다하셨는데 소상 날을 얼마 안 남기고 산을 내려가시게 됐으니 소승도 가슴이 아픕니다.」
부인도 쓸쓸히 웃었다.
「저의 고집이니, 대사님 용서하십시오. 공덕이 모자라 아직 마음속에 미움이 남았으니 죄만스럽습니다.」
부인은 합장하며 허리를 굽혔다.
「당연하십니다. 공교롭게도 왕가의 불공이 들게 됐습니다그려. 도정궁나으리의 원혼을 위로하러 오셨다가 사약을 내리신 그 어른(왕)을 위한 축원 소리를 듣고 계실 심경이 되실 수 없는 것은 사바의 인정상 당연한 노릇입지요.」
주지가 물러가자 최행자와 운여니가 부인의 손목을 양쪽에서 덥석 잡았다.
두 여승은 울먹이며 말을 하지 못했다.
부인은 미소를 머금고 눈을 감으며 두 여승의 손을 흔들었다.
「잘들 계셔요. 또 만날 날이 있으리다.」
부인은 홱 돌아섰다.

푸른 하늘엔 뭉게구름이 동으로 동으로 흐르고 있었다.
도정궁 이하전의 미망인이었다.
남편을 그토록 억울하게 잃자 극도로 혼란된 여자의 마음은 수습할 길이 없었다.
지난 가을에 홀연히 집을 나와 전등사에 와서 몸과 마음을 기탁하고 조용히 숨어서 남편의 명복을 석가모니에게 빌고 있었다.
본시가 불교적인 가정 환경에서 자라난 몸이다.
그러다가 근래 천주교의 교리에 매혹되어 한동안 천주를 믿었다.
그런데 남편을 그토록 허망하게 잃은 것이다. 그 죽음을 그렇게 지켜본 것이다. 그리고 마음이 변한 것이다.
실성한 사람처럼 출분(出奔)해서 불가에 귀의했다.
팔월 초순의 남편 소기(小朞)나 치르면 머리를 깎고 아주 중이 돼서 전등사에 눌러앉고 싶은 생각이 없잖아 있었다.
그런데 별안간 그런 뜻 않은 사태에 부딪친 것이다.
직접 임금의 의사는 아니었을는진 몰라도 하여간 남편은 임금이 내린 사약을 마시고 죽어 갔지 않은가.
부인은 아직도 역력히 기억하고 있다.
죽음의 빛, 그 시커먼 빛깔의 독약을 스스로의 손으로 달여 짜서 남편에게 바쳤다.
펄펄 끓는 방에 정좌한 채 어명이라는 죽음의 약을 마시던 남편의 그 마지막 모습을 평생 잊을 길은 없다.
임금이 내린 약이기 때문에 한마디 변백도 항거도 못 해 보고 마셔야 했다.
그런데 그 임금은 이제 전등사의 부처님마저 가로챈 것이다.
남편 이하전을 위해 조석으로 빌어 온 부처님한테 엄청난 권위를 가지고 그 임금의 명복을 빌겠다니, 어떻게 그런저런 광경을 보고 있을 수 있겠는가.
그래 부인은 또다시 수습할 길 없는 마음의 폭풍을 가슴에 안은 채 홀연히 전등사를 떠나간 것이다.

오늘 아침 주지승이 묻던 말을 몇몇 사람은 들었다.
「댁으로 돌아가셔야죠?」
부인은 쓸쓸하게 대답했다.
「글쎄요. 이왕 부처님의 교화를 받은 몸, 산수 찾아 행운유수의 행자나 될까 합니다만.」
여기서의 행자란 단순히 길 가는 나그네를 뜻하는 게 아니었을까.
회자정리는 하나의 진리이지만, 그 표현은 불교에서 비롯된다.
원래 절에는 낮밤으로 많은 낯선 사람들이 오고가게 마련이다.
그러나 이번 이하전 미망인에 대한 절 사람들의 아쉬운 마음은 남다른 바 있었다.
한두 사람을 빼 놓고는 그 부인이 어디 사는 누구인지도 모르면서 막연히 존경하고 친밀감을 느꼈던 것은 부인 자신의 고결한 인품에 연유한 것이겠지만, 보다도 부인의 체취엔 설명할 수 없는 신비로움이 있었던 것 같다.
한 수도자가 절에 있거나 떠나갔거나, 전등사에 예정된 임금을 위한 행선축원(行禪祝願)의 대축전은 엄숙한 절차에 따라 호화롭게 진행돼 가고 있었다.
만 등은 아니었으나 삼천 등은 밝혀졌다.
국왕을 비롯한 문무백관이 참석하는 것이지만 한림의 대제학 김병학 내외가 상궁 몇 사람과 함께 스물 여덟 명의 인원을 거느리고 파견돼 내려 왔다.
누가 오거나 온 사람들은 참예하는 데에만 목적이 있는 것, 축전은 절의 주지승인 법주가 주재하고, 바라주가 보좌하면서 진행돼 나간다.
이틀 뒤 밤부터 시작됐다. 일곱 수를 세곱한 스물 한 번의 종소리가 만산을 울리고 여운을 남기자 법고가 울리고, 석가상 앞에 숙연히 열좌한 승려들이 법주의 인도에 따라 따닥딱딱 드디어 목탁을 치기 시작했는데, 누가 생각해도 당연히 거기 있어야 할 승려 한 사람의 모습이 보이지를 않았다.
모습을 나타내지 않은 승려는 일각선사였다.

그는 승적이 이 절에 없다고 해서 참예를 하지 않은 것일까. 그렇지는 않을 듯싶다.

여래상을 향해 정면에 법납(法衲)이 많은 승려의 차례로 정좌해 있다.

거기 어느 자리에도 일각선사의 모습은 보이지 않는다.

만약 국왕이 참예했다면 승려들 뒤 한쪽 모서리에 자리했을 것이다.

국왕의 맞은편에는 품계를 가린 문무백관과, 사가(私家)의 고귀한 신분을 가진 사람들이 참석하는 게 통례다. 그리고 국왕 뒤편엔 시종 상궁들이 앉는다.

국왕의 자리는 비워 놓고 있었다.

참석은 안 했으나 참석한 것처럼 자리가 마련돼 있었다.

문무백관 자리에는 대제학 김병학이 정식 관복 차림으로 수원(隨員)들을 거느린 채 엄숙히 자리잡고 있어 그 온후한 풍채가 한결 두드러졌다.

한편 쪽 옆에는 장악원(掌樂院)에서 내려온 악사들이 제각기의 악기를 앞에 놓고 앉아 있었다.

둘러봐야 어디에도 괴승 일각선사의 모습은 보이질 않았다.

달은 아직 중천에 없었다.

그러나 줄줄이 매달린 삼천 개의 연등은 경내를 밝히고, 정족산을 밝히고, 강화 온 섬을 달빛보다 아름답게 밝히고 있었다.

거기 만산엔 구경꾼들이 찼다.

개식(開式)이 되면 삼귀의(三歸衣), 독경, 찬불가(讚佛歌)의 국악이 등장하고, 이어 정신 통일을 위한 묵념 끝에 설교, 헌공, 축원, 그 다음엔 문무백관을 위시한 참석자들이 차례로 행하는 퇴공(退供)으로 식전은 끝난다.

식전은 순서대로 숙연하게 진행돼 갔다.

축원이 시작됐다.

상래소수 공덕해(上來所修功德海)
　　　회향삼처 실원만봉위(回向三處悉圓滿奉爲)

따그르 따그르 딱딱딱, 목어의 합창이 해맑았다.

　　　국왕폐하 수만세(國王陛下壽萬歲)
　　　문무백료 진충량(文武百僚盡忠良)
　　　감당세류 위익고(甘棠細柳位益高)
　　　영각금헌 가일품(鈴閣琴軒加一品)
　　　우순풍조 민안락(雨順風調民安樂)
　　　천하태평 법륜전(天下泰平法輪轉)

　귀절귀절, 절실한 축원이 제창으로 장중하게 울려 퍼지고 있었다.
　국왕폐하 수만세. 국왕은 건강이 너무나 좋지 않다. 궁중 생활이라는 게 술과 여자와 안락에만 탐닉돼 있었기 때문에 이 강화 산천에서 원시적으로 뛰놀던 육신을 더오래 지탱시키지 못할 듯싶다.
　우순풍조 민안락. 오랜 세월을 민(民)은 안락과는 등을 진 채 살고 있다. 풍우가 고르지 못한 거야 누굴 탓하랴.
　허나, 천하태평 법륜전이 안 되는 것은 순전히 치자(治者)의 탓이다. 축원은 소망이다.

　　　세세상행 보살도(世世常行菩薩道)
　　　구규원 성살바야(究窺圓成薩婆若)
　　　마마하바야 바라밀
　　　나무석가모니불, 나무석가모니불, 나무석가모니불

　삼창으로 끝났다.
　이 축원은 밤낮 사흘을 두고 계속됐는데, 계속해서 일각선사의 모습은 아무도 절 안팎에서 볼 수가 없었다.

「일각스님은 어딜 가셨습니까?」
주지에게 묻는 승려도 있었다.
「글쎄, 내게도 아무 말씀 없었는데.」
주지 허암사는 이렇게 대답하지만 모르는 것 같지는 않았다.
또 한 가지 중대한 질문을 받고 주지승 허암사는 내심 몹시 당황했다. 그리고 어떻게 답변을 해야 할는지 망설였다.
그것은 서울에서 온, 한 아낙네가 남 안 들게 슬며시 물어 온 질문이었다.
「서울서 수도하러 내려온 아낙네 한 분이 계실 텐데요?」
묻는 사람은 젊고 아름다운 여자였다.
주지승 허암사는 뭐라고 대답을 해야 좋을지 몰라 어리벙벙한 표정으로 대답 대신 합장을 했다.
허암사는 그 젊은 아낙네가 고귀한 신분의 여자는 아님을 알고 있다. 대제학 김병학의 아내를 시중하는 여인으로 알고 있다. 대제학의 아내라면 정부인(貞夫人), 역시 남편의 관등을 따라 정이품의 품계를 가지고 있다. 시종(侍從)이 따라야 하는 것이다.
(그렇다면 정부인이 알아 보라 하셨는가?)
허암사는 망설이다가 반문해 본다.
「뉘신지요?」
그런 걸 묻는 아낙네, 당신은 누구냐고 물었다.
허암사가 알 리가 없다.
아낙네는 윤(尹)여인이었다.
언젠가 홍선군 이하응을 집으로 찾아와 자기 오라비의 억원을 호소하고는 오라비의 아들이라는 윤소년을 심부름이나 시켜 달라면서 맡기고 사라진 그 여인이었다.
언젠가 영의정 김좌근의 기첩 나합한테 접근해서 자라의 목을 잘라 피를 받아 정력제라고 먹게 하던 그 젊은 아낙네 윤여인이었다.
윤여인은 잼처 묻는다.
「도정궁의 대방마님께서 이 절에 와 수도하고 계셨을 텐데요?」

뻔히 알고 묻는 데야 바른 대로 대답을 안 할 재간이 없다.
허암사는 허리를 굽히며 또 습성화된 합장 자세로 말한다.
「지금은 안 계십니다.」
김씨네의 사람인 모양이니 경계를 해 본다.
「안 계셔요? 어딜 가셨습니까?」
「이 절에서 떠나셨습니다.」
「언제요?」
윤여인은 놀라는 기색, 허암사는 여인의 그 놀라움을 풀이해 보려고 한다.
「언제 떠나셨어요?」
윤여인이 주위를 살피며 은근한 태도로 묻자, 허암사는 어쩌면 이 여자는 떠나간 '도정궁 마님'에게 해를 끼칠 사람이 아닐지도 모른다는 생각을 해 본다.
「2, 3일 전에 떠났습니다.」
「어디로 떠나셨습니까? 서울 댁으로 가셨나요?」
존댓말을 쓰는 것으로 보아 허암사는 다소 안심하며 대답한다.
「글쎄요, 댁으로 가신다는 말씀은 없었고, 그저 정처없이 떠나시는 눈치였습니다.」
순간 윤여인의 눈은 젖어 갔다.
윤여인은 잠시 동안 먼산만 바라보더니 갑자기 입가에 야릇한 미소를 흘린다.
「대사님, 안심하십시오. 저는 그 어른의 심경을 잘 이해할 수 있는 처지에 있습니다. 차마 이 북새를 옆에서 보고 계실 마음이 못 되셨겠습지요.」
국왕의 명복을 비는 엄숙한 불공을 '북새'라고 거침없이 표현하는 윤여인에게 주지는 비로소 경계의 빛을 거두고 말한다.
「참 옆에서 보기에도 정성을 다해서 망인의 명복을 비셨는데…… 엊그제 갑자기 행장을 수습하시고 표연히 길을 떠나시고 마셨습니다.」
「다시 오신다고 안 하셨나요?」

「안 오실 겝니다.」
「암자를 세우셨다지요?」
「예에. 정사암이라고 소승이 암자 이름을 붙여 드렸습지요.」
「조용히 생각한다는 뜻이옵니까?」
「예에.」
이때 그네들 앞으로 두 궁인과 함께 김병학의 아내 정부인이 행보를 옮겨 온다.
점잖은 탯거리들이었다.
세 여인이 다 남갑사 스란치마에 흰 반회장 저고리를 입었다.
고귀한 여인들은 삼복 여름날에도 홑치마 홑적삼은 못 입는다.
국왕의 성수를 빌러 온 길이다.
맨머리일 수가 없다. 용신(龍身) 끝에 개구리 조각을 날름 앉힌 은첩지를 이마 위 정면 가리마에 꽂고 있다.
태극선들을 들고 있다.
절 경내의 산수라도 구경하려는가. 걸음걸이들이 한가로웠다.
윤여인이 그네들한테로 다가섰다.
「마님, 이 산엔 뻐꾸기소리가 유별나게 아름다워요.」
주지승 허암사도 합장을 하며 한마디 한다.
「뒷산에 오르시면 바다가 환히 내려다 보입니다. 청명한 날이면 제물포도 보입지요.」
정부인이 대답한다.
「대사님, 새벽녘엔 새소리로 잠이 깨었습니다.」
주지승이 자신의 공로라도 되는 것처럼 합장하며 대답한다.
「그러실 겝니다. 다른 곳에선 들을 수 없는 새소리들이 많습니다. 전하는 말로는 일백 가지의 새들이 우리 전등사 경내에 서식하고 있다니까요.」
「밤에는 두견이 우는가 보더군요?」
정부인의 말에 윤여인이 한마디 참예한다.
「두견은 서러운 넋이랍지요, 마님?」

윤여인의 말에 허암사가 한마디 거든다.
「이 산에는 서러운 넋이 많이 찾아드는가 봅니다. 날이라도 궂은 양이면 밤새도록 두견이 울지요.」
윤여인도 허암사도 이하전의 서러운 넋을 연상하며 하는 말 같다.
허암사는 중이기 때문에 이 여인들과 허물없이 대화할 수 있었다.
약사전 쪽으로 돈다. 나무 그늘 밑으로 들어섰다.
「나무가 크면 그늘도 크다더니!」
한 궁녀가 태극선으로 할랑할랑 바람을 일구며 말했다.
「보리수군요?」
정부인이 까마득한 나무 위를 쳐다본다.
「아시는군요..」
서울 양반댁 부인이 용케 보리수를 알아본다는 주지승의 상찬 같기도, 감탄 같기도 한 말이다.
「속명 염주나무라고도 합니다. 수령이 너무 오래라서 밑둥이 강정처럼 속이 비었습니다.」
허암사의 말에 궁녀 한 사람이 묻는다.
「그럼 오래 못 살겠네요?」
허암사는 손에 든 염주알을 굴리며 눈이 부신 듯 화사한 궁녀의 얼굴을 본다.
「삼라만상 무엇에나 수명이 있는 법, 감나무는 감을, 밤나무는 밤을, 보리수는 염주알을 땅에 뿌릴 만큼 뿌렸으면 죽는 게 당연하지요. 인생 또한 같습니다. 성인은 덕(德)을, 현자는 지혜를, 간교한 자는 죄악을, 어리석은 자는 권세를, 땅에 뿌릴 만큼 뿌렸으면 역시 죽는 게 아닙니까. 제왕도 정승도 미희도 거러지도 모두 제나름의 족적을 남기면 죽어가게 마련, 빈손으로 와서 족적을 남기고 빈손으로 가게 마련, 아무도 이 이치에는 거역 못합니다. 인생은 결국 살아 생전 자기 한 일의 발자취만을 남기는 것입니다. 부처님께선 오로지 그 발자취만을 보시고 영혼의 거처를 정해 주십니다. 영겁의 거처지요. 극락과 지옥엔 현세처럼 시간이란 게 없고 영겁이니, 살아서의 권세란 한낱 물거품과도 같은 겝니다. 나무아미타불.」
 허암사의 표정은 준엄했고, 여인들의 표정은 굳어져 있었다.
 약사전 처마끝에선 풍령(風鈴)이 뎅그렁뎅그렁 울었다.

 동대문을 나서서, 제기재를 지나서, 북바위와 비옷재와 벌리를 빠져서 동북쪽으로 꼬불꼬불 논둑길을 한참 가노라면 큰 내[川]가 나타난다. 중랑내의 상류로서 언내 또는 한내라는, 그 폭이 강만큼이나 넓은 모래내다.
 이름 그대로 물이 몹시 차고 맑다.
 장마철이면 황톳물이 범람해서 양주땅 동녘과 서울과의 교통을 막는 귀찮은 존재이지만, 비가 그친 지 하루이틀이면 황톳물이 맑은 물로 변하고 사람 키를 넘던 수량이 무릎 위에 올 정도로 줄어 버린다.
 좀 가물면 사장(砂場) 한쪽으로 물줄기가 몰리고, 가다가는 늪을 이루고, 거기 피라미, 불거지, 모래무지, 징검새우, 메기, 뱀장어 등속의 담수어가 득실댄다.
 양쪽 냇둑에는 물오리나무들이 즐비하게 무성해서 그늘이 좋고, 둑 아래 물가에는 잔디와 사초가 부드럽게 깔렸고, 엉겅퀴가 피고, 그래서 앉아 놀기에 제격이다.
 서울 근교에 여름 천렵 자리로는 손꼽히는 장소였다.
 말복 날이었다.
 동녘 기슭에 큼직한 차일이 쳐지고 수십 명 농군들이 흥겹게 놀고 있었다. 벌거벗은 하동(河童)들이 어른 수효보다 훨씬 많았다. 아낙네들도 있고 수염을 날리는 노인들도 있었다.
 농군들의 복놀이였다.
 둑 아래에다 흙을 파고 큰 무쇠솥을 여러 개 걸었다. 밥을 짓고, 쇠머리를 삶고, 내에서 잡은 물고기로 고추장찌개를 끓이는 모양, 뽀오얀 연기가 푸른 하늘로 구름처럼 피어 올랐다.
 장단이 잘 맞았다. 장구소리가 흥을 돋우고 있었다. 꽹과리 소리가 요란하게 울렸다. 그리고 소고소리가 둥당 두둥당 간간이 흥겨웠다.

늬나니 나니 나나니 난실, 호적의 가락이 전설(傳說)처럼 공간에 번져 나갔다.

명창이 따로 있을까. 듣는 사람들을 흥겹게 하고 감동시키면 명창이다.

머리에 베수건을 질끈 동인 장년 하나가 장구를 사타구니에 차고 앉아 어깨를 넘실대며 〈공명가(孔明歌)〉의 엮음 대목을 홀더듬고 있었다.

영감들은 둔덕 위 멀찍이 앉아서 댓진이 끄륵끄륵 끓어 오르는 다 탄 담뱃대를 빨아 대며 넋을 잃고 있었다.

한 무더기의 젊은이들은 노래엔 아랑곳없이 막걸리 동이에 쪽박 담그기가 바빴다.

아이놈들은 고추를 흔들며 물에서 물쌈을 하기에 정신없고, 아낙네들은 그릇 닦고 땀 씻으며 잡담하기에 여념이 없었다.

이 고장 농군들은 여름 삼복 중의 어느 한 복날을 가려서 해마다 이렇게 물놀이를 하는 풍습이 있다.

거기에 한 서투른 사나이가 나타났다.

얼굴이 희고, 입고 있는 고의적삼이 태깔 고운 한산모시라면 이 고장의 농군은 아니있다.

그는 한손에 옹배기 하나를 들고 서서 농군들의 흥겨운 모습을 한식경이나 구경을 하더니 한 촌민을 붙잡고 서쪽 대안을 가리키며 이렇게 말하는 것이었다.

「우리도 천렵을 왔는데 오다가 고추장 단지를 깨뜨렸소그려. 찌개를 끓여야겠는데 고추장을 좀 나눠 주셔야겠소.」

촌민은 그를 흘끗 쳐다보고는 어렵지 않은 청이라는 듯이 대답했다.

「허긴 천렵 와서 고추장이 없음 탈이지요. 대관절 어디서 오셨소.」

「서울서 왔소.」

「얘! 이 어른한테 고추장 좀 퍼 드려라.」

촌민은 그러나, 서울의 천렵꾼을 적의에 찬 눈으로 째려보면서 엉뚱한 소리를 했다.

「노형, 거 고추장 좀 드리는 건 아깝잖소만 남의 것을 얻어 가려면 우선 통성명쯤은 해야잖소!」
 시빗조는 아니었으나 완연히 서울 천렵꾼을 얕보고 하는 말이었다.
 서울 천렵꾼은 비위가 상했으나 남의 대동놀이판에 와서 섣불리 굴다가는 봉변이나 당할까 싶었던 것 같다.
 그는 헤식은 웃음을 흘리며 촌민에게 넌지시 인사를 청했다.
「미상불 그렇게 됐소그려. 나는 서울 사는 이서방이오.」
 촌민은 웃지도 않고 팽팽한 음성으로 말했다.
「이 양반 되게 건방지시군. 서울 사는 이서방이라니, 남대문 입납과 같구려. 난 노원 사는 이서방이오. 그럼 우리 서로 종씨구려.」
 촌민은 이 고장에서 행세깨나 하는 유생인 것 같았다.
 그렇잖고야 서울 사람한테, 그것도 어디로 보나 막사람은 아닐 성싶은 서울 사람한테 그런 농지거리를 할 리가 없는 것이다.
「노원이 어느 마을이오?」
 서울 천렵꾼이 물었다.
「둑 너머, 저어기 저 마을이오.」
 시골 천렵꾼은 둑 너머 수락산 아래에 있는 취락을 가리키며 말했다.
「그곳에도 점잖은 선비들이 더러 사시는가요? 노형과 같은.」
「몇 사람 있지요. 내야 농사꾼이지만.」
「서원이라도 있습니까?」
「왜, 양주 땅엔 서원 하나도 없는 것으로 아시우?」
 잠시 뜸했던 꽹과리가 또다시 꽹 꽹 요란스럽게 울기 시작했다.
「이 고장엔 어느 절이 유명합니까?」
「절요? 유명한 건 없지만 덕절이 꽤 크고 산수도 괜찮지요.」
「덕절요?」
「흥국사를 덕절이라고 부릅니다.」
 이번엔 호적이 띠띠띠 띠따띠따 목청을 더높게 뽑았다.
 농군들은 경쾌한 호적의 가락에 맞춰 춤을 덩실덩실 추기 시작했다. 저마다의 꽁무니엔 길고 짧은 담뱃대가 가로꽂힌 채 넘실거렸다.
 서울 천렵꾼은 냇물을 건너 대안에 자리잡은 자기네 패거리한테로 돌아갔다.
「얻었나?」
고추장을 얻었느냐고 한 젊은이가 물었다.
「얻었죠. 고추장은 얻었지만 꽤 건방진 녀석이 하나 있더군요.」
고추장을 얻어 온 젊은이가 대안의 놀이터를 건너다보며 말했다. 걷어올린 정강이엔 거뭇거뭇 털이 길었다.
「어떻게 건방지던가?」
민승호가 물었다.
「통성명을 하자기에 서울 사는 이서방이라고 했더니 남대문 입납과 같지 않으냐고 비양거리더군요.」
이재선은 대안을 덤덤히 바라보며 그런 말을 했다.
민승호는 언제나 어리숭하기만 한 이재선을 웃어 주었다.
「하하하, 그건 자네가 책잡힐 짓을 했네그려. 그 흔해빠진 이서방 명색이 있어야지. 안동 김가요, 했더라면 촌놈이 허리를 굽실거렸을 걸 가지구.」
이재면도 옆에 있었다. 조성하도 옆에 벌렁 누워 있었다.
모두들 술이 기나하게 취해 있었디.
홍선의 아들 형제와 외숙뻘이 되는 민승호와 조대비의 승후관 조성하와, 그리고 하인으로 장순규가 어울려서 멀리 천렵을 와 있었다.
장순규는 멀찍이 떨어진 상류에서 혼자 반두(그물)질을 하느라고 정신이 없었다.
「여보게 성하!」
별안간 민승호가 조성하를 불렀다.
이재면도, 그의 서제(庶弟) 재선도 민승호를 주목한다.
민승호는 모랫바닥에다 발가락을 고물고물 묻으며 조성하에게 말한다.
「민심은 지나치게 소연한데 언제까지 궁가(宮家)에서 심부름이나 하고 있을 작정인가? 차라리 두손 툭툭 털고 야인이나 되는 게 신상에 나을지도 모를걸.」

이 말을 들은 조성하는 완연히 불쾌한 표정으로 모래 위에 벌렁 누우면서 대꾸한다.

「새삼스레 민심이 소연하다니 어떻게 소연한가요? 나는 태평성세로 알고 있는데요.」

민승호는 조성하를 불쌍하다는 듯이 돌아다보면서 담뱃대에 담배를 담는다.

「태평성세라구? 하하하. 자네도 집권층의 그 안일한 사고가 몸에 배었네그려.」

두 사람의 대화를 들으며 이재면도 모래에 배를 깔고 엎드린다.

이재선은 모래 위에다 낙서를 하고 있다.

조성하가 말했다.

「대관절 뭐가 어떻게 소란하다는 겝니까?」

민승호가 담배 연기를 후우 뿜으며 대답한다.

「여직까지도 민란이 자주 일어나긴 했으나 아마 또 크게 일어날 걸세.」

「자주 일어났으나 다 힘 안 들이고 평정됐잖습니까?」

「나는 동학의 준동을 만만찮게 봐.」

「오합지졸 아닙니까. 그러나 뜻은 있습니다.」

「오합이기 때문에 위험할세.」

「사교가 국기를 위태롭게 한 일은 흔하지 않습니다. 세력으로야 지금 팽창일로에 있는 천주학이 더 크지 않습니까? 위험하다면 천주학이에요. 그들 양교도들은 이미 북경 천지를 유린했습니다. 그 여세가 어디로 방향을 돌릴까요? 조선입니다. 이미 왕가 권문에서부터 고리(賈吏) 아녀들에게까지 천주학의 마력이 감염돼 가고 있어요. 나는 동학보다도 서학을 꺼려 합니다.」

아닌게아니라 서울에는 각가지 풍문이 나돌고 있었다.

북경을 공략한 영불(英佛) 연합군은 머지않아 조선으로 쳐들어 올 것이라고들 떠든다.

기해년에 있었던 세 선교사 살해에 대한 보복으로 양군(洋軍)이 대거 내침해서, 국왕은 북한산 산속으로나 아니면 금강산 계곡으로 피난할 것이라는 풍문이며, 그들의 내습은 이미 조선에 잠입해 와 있는 10여 명의 불인(佛人) 선교사의 내통과 그네를 따르는 신도들에 의해서 그 기운이 성숙했다는 것이다.

「지금 서울 거리를 내왕하는 사람들의 몸을 수색해 볼 수 있다면 실로 가관일 겝니다. 지명의 인사, 권문의 여성일수록 양이의 화를 면하려고 그 가슴마다에 십자가를 늘이고 있다는 풍문이에요. 무서운 것은 동학이 아니라 서학입니다.」

이재면은 모래 위에다 배를 깐 채로 잠들어 있는지 조용했다.

이재선은 그런 화제엔 흥미도 없다는 듯 멀거니 대안의 농군들 놀이를 정신없이 바라보고 있었다.

민승호는 머리를 옆으로 저었다.

「서학은 분명히 하나의 신앙이며 종교일세. 종교는 선(善)이 목적이고, 사랑이 그 수단이야. 그렇지만 동학은 달라. 주로 무지몽매한 농군들을 상대로 번져 나가는 『정감록』의 미신이야. 이재궁궁이 어쨌다는겐가. 두고 보게. 왕궁이 동학도들한테 유린될 날이 있을 게니.」

싱겁게 시작된 화제였는데 두 사나이는 필요 이상으로 열을 올렸다.

조성하는 별안간 이재선의 적삼 앞가슴을 덥석 잡으며 민승호에게 소리친다.

「보십시오! 여기도 십자가가 매달려 있습니다.」

조성하는 어리둥절하는 이재선을 아랑곳하지도 않고 승호에게 도전하듯 흥분한다.

「이 사람이 종교인입니까? 천주학의 교리 한줄이라도 아는 사람인가요? 하지만 유사시엔 서양놈들의 명령만을 철저히 지킬 사람이에요. 그게 병폐란 말입니다. 말하자면 양이는 이미 서울에 내침했다는 말씀이에요.」

조성하는 또 할말이 남아 있었다.

「나으리! 그 가슴도 헤쳐 보십시오.」

그는 민승호의 가슴을 손가락질하면서,

「거기에도 십자가가 매달려 있을 겝니다. 그렇죠? 그래 나으린 천주교의 교리를 공부하셨나요? 예수의 언행을 아시는 게 있느냐 말입니다.」

조성하는 빙그레 웃음을 흘렸다.

「유생들은 공맹의 언행을 알고 있으면서도 빗나갑니다. 하물며 천주를 모르는 천주학쟁이들의 할 일이 뭐겠습니까? 뇌동이 있을 뿐이에요. 착한 일에 대한 뇌동이 아니라 양이의 침략 목적에 대한 뇌동입니다. 그 뿐인가요? 군자국의 도덕이 땅에 떨어지고 있습니다. 양가의 유부녀가 외인과의 밀통을 하고, 포교의 자유를 빙자해서 외적으로 하여금 제 나라를 토벌해 달라고 요청한 일조차 있잖습니까?」

주문모 신부 사건과 황사영 백서사건을 쳐드는가 싶다.

민승호도 지고 있지는 않았다.

심각한 토론도 아니었는데 손아래 사람한테 자존심을 몹시 상하게 되고 보니 자연 발끈하지 않을 수 없었다.

그는 끝내 동학을 매도하고 있다.

「내가 동학을 한낱 혹세무민하는 사학으로 보는 건 근거가 있어. 성하가 알다시피 동학은 『정감록』파의 아류가 아닌가. 『정감록』의 유래를 살펴보게나!」

광해군 때엔 이의신이란 사람이 한양기쇠설(漢陽氣衰設)을 주창, 천도(遷都) 소청을 할 일이 있는데, 그 근원은 『정감록』에서 나와 있다.

인조조 때 유효립이 주장한 계룡산 건도설(鷄龍山建道說)도 역시 『정감록』에 근거를 두고 있다.

숙종 정미년에 허정이 제창한 삼백년기운진(三百年氣運盡)의 소본(疏本)도 『정감록』에 의한 것.

영종(英宗) 때의 김원팔사건, 그리고 이지서의 이재궁궁(利在弓弓)의 옥사, 정조 때 정후겸의 계룡작사옥(鷄龍作舍獄), 그리고 홍복영의 정감록옥(鄭鑑錄獄), 훨씬 내려와서 순조 신미년에 있었던 저 유명한 홍경래란(洪景來亂)도 그 표방은 농민혁명이지만 역시 『정감록』의 그

마력이 대중을 선동한 것이다.

「이번 동학의 출처는 경주가 아닌가? 경주는 옛 서라벌이 아닌가? 엉뚱한 배포를 가진 사람이 나올 만한 고장일세. 최복술은 미미한 한낱 사부(士夫)지만 우매한 농민을 속이기 알맞은 신분 아닌가?」

듣고 있던 조성하가 빙글빙글 웃었다.

그가 묻는다.

「최복술이 제창하는 열 석 자(十三字)의 경문을 모르십니까?」

민승호는 말문이 막힌다.

「위천주고 아정(爲天主顧我情), 영세불망 만사의(永世不忘萬事宜)가 아닙니까? 역시 서학과 한가지로 하늘을 위한다고 했습니다. 그러나…….」

사람 몇만 모이면 서학 이야기와 동학 이야기로 떠들썩했다. 나라 안이 모두 떠들썩했다. 신경이 둔하다고 할까.

이재선은 남이 무슨 얘길 하거나말거나 나무 그늘 아래서 코를 드르릉 골았다. 삐뚜름해진 상투끝이 무겁게 뒤로 늘어졌다. 은동곳이 나무 그늘 사이로 새어든 햇볕에 빛났다.

상류에서 반두질을 하던 장순규는 고기를 얼마나 잡았는지, 반두를 휘휘 말아 어깨에 메고, 한손엔 고기종다래끼를 들고 어슬렁어슬렁 대안의 놀이터를 향해 가고 있었다.

「저녀석 술 생각이 난 모양이지, 체면없이 남의 놀이터로 찾아 들게.」

이재면이 대안을 바라보며 중얼대자,

「자형(姉兄)한테서 배운 버릇이 아닌가!」

민승호가 말했다.

자형이라면 흥선, 흥선이라면 이재면의 아버지, 그러니까 '자네 아버지를 닮아서 그런 게 아니냐'는 말이 된다.

이재면은 묵살했다.

조성하가 한마디 한다.

「요새 대감께선 화를 잘 내시더군. 술청 출입도 싫증이 나신 것 같구.」

이 말에,
「이제야 철이 드시는 게지.」
민승호가 종아리를 긁적거리며 말했다.
그러자 별안간 이재면이 침을 튀긴다.
「이놈의 세상 언제 망한다는 게야?」
민승호가 그 말을 받는다.
「왜? 망하면 자네가 보위에 등극이라도 하겠다는 말인가?」
조성하도 이재면을 보면서 말한다.
「왜? 망하면 뭐가 속이 시원할 게라구? 잘못하다간 임금의 성이 바뀌게? 이씨 문중에 사람이 없으면 김씨네라두 해야 할 테니까.」
이 말이 떨어지자 코를 골고 있던 이재선이 벌떡 일어나 앉는다.
「도대체 아버님 때문에 우린 벼슬 한자리 못해 보구 죽을 겝니다. 내야 서출이니까 감히 바라지도 못하지만.」
조성하가 어리숭한 이재선을 바라보며 묻는다.
「왜 아버님 때문이야?」
모두들 이재선을 본다.
이재선은 눈망울이 붉어졌다.
「그렇지 뭡니까. 아버님이 천하의 바보 취급을 받고 있으니 그 자식들의 장래가 꽉 맥혔지 뭐냐 말이에요.」
조성하가 코끝을 벌름거리며 묻는다.
「대감께서 영악하시면 세상이 어떻게 달라질 수 있는가? 재선의 장래가 어떻게 트일 수 있다는 겐가?」
「트일 수 있죠. 김씨네가 제아무리 날뛰더라도 아버님만 똑똑히 구신다면 그래 지금처럼 내버려두겠느냐 말씀이에요? 종친이 뭐 번죽하다구. 다 아버님 탓입니다.」
민승호가 껄껄 웃는다.
「자네 말이 옳으이! 성인도 종시속(從時俗)하랬다구, 대감께서만 슬기롭게 처셀 하신다면 종친뿐 아니라 우리 민씨네도 심심찮게 한자리씩 딸 수 있겠지. 재선이 말이 옳으이.」

그는 조성하를 돌아다본다.
「여보게, 성하.」
조성하는 벌떡 일어서며,
「예?」
대답하고는 더욱 흥겨워진 대안의 농군들 놀이를 건너다본다.
「자네가 힘을 좀 써 보게나.」
「뭘요?」
「대비마마께 간청해 볼 수도 있잖은가.」
「뭘 말씀입니까?」
「아무리 실권이 없으시기로 그래도 대비마마께서 힘만 쓰신다면 시골 원 몇 사람 못 보내시겠나?」
조성하는 피식 웃었다. 그는 모래를 한 움큼 집어서 공간에다 뿌리고는 핀잔을 준다.
「한껏 시골 원이 소망이십니까?」
어째 배짱이 그렇게 없느냐는 말투다.
조성하만은 그네들의 대화가 비위에 거슬리는 것 같았다.
이재선이 바로 모래바닥을 비벼대며 민승호에게 동조한다.
「하긴 고을[郡] 하나 따가지고 가서 일년만 견디면 앞길이 트이지요.」
가렴주구로 재물을 긁어모아 중앙의 벼슬 자리를 사서 올라오는 길이 있다는 뜻이다.
조성하는 가래침을 칵 뱉었다.
「선비들 생각이 다 그래서야 백성만이 불쌍하군.」
그 말에 민승호가 히힝 웃는다.
「하긴 좋은 말이야. 진흙 속에서 한두 사람이 고고한 체 해봤자 뱃속에서 쪼르륵소리나 나지 누가 알아 준다던가. 이런 세태에선 꿩 잡는 게 매야. 성하는 그래도 궁(宮) 안에 있으니까 염량세태의 맛을 몰라요. 우리네처럼 백수건달이 돼보면 의(義)니 불의니 하는 따위의 말 자체가 낯간지러워 입에 올릴 수 없더군.」

민승호의 진심인 것 같다.
이재선이 또 민승호한테 동조한다.
「아아.」
그는 커다란 입을 벌려 하품을 하고 나서,
「쇠털 같은 날, 자고 나면 그날이 그날처럼 하는 일 없이, 하릴없이 가난에 쪼들리니 사람 미칠 지경이오.」
역시 외롭고 권태로운 자기의 생활을 한탄한다.
이때 건너편 놀이터가 갑자기 떠들썩했다.
씨름판이 벌어진 모양이다. 꽹과리가 꽹꽹 울리더니 사람들이 원진(圓陳)을 치고, 원진 속에선 두 젊은이가 맞붙어 힘을 겨루기 시작했다.
「저 사람들 노는 걸 보면 태평성세같군!」
이재선이 일어나 발돋움을 하면서 뇌까렸다.
「임금이 누구든, 영의정이 누구든 아랑곳없이!」
조성하가 자기 앞가슴에서 길게 자란 털 하나를 뽑으며 말했다.
「상감은 후사도 없이 어쩌실 작정인가. 부족병이시라면서?」
민승호도 건너편 씨름판에다 흥미로운 시선을 던진 채 말했다.
「마련이 있으시겠죠. 그렇잖아도 하옥대감 부자는 종실의 세계(世系)를 자주 들여다보며 궁리가 많다는 소문이에요.」
조성하가 심심찮은 화제를 꺼내자,
「나이나 어리면 저 사람도 물망에 오를 수 있을 텐데.」
민승호는 이재면을 눈짓으로 가리키며 조성하의 말을 받는다.
「대감께서 원체 체신을 잃어 놓으셔서.」
조성하의 이 뇌까림을 이재선이 들었던 모양이다. 엉뚱한 말을 한다.
「난 머리 깎고 중이 되고 싶어요.」
「중은 또 왜?」
민승호가 물으니까
「부처님께서야 "네 어미가 첩이라지?" 하고 묻지 않을 테니까요.」
누구한테서 그런 봉변을 당한 것처럼 이재선은 말했다.
「그 쓸데없는 객담은 그만둬!」

이재면이 듣기 싫었던지 소릴 치고,
「종친은 적서(嫡庶)를 가리지 않아요. 누가 아나, 사람 팔자를.」
조성하도 한마디 놀려 주니까,
「나는 어려서부터 중이 되기가 소원이에요. 흥국사라던가, 저 산에도 꽤 큰 절이 있다는군.」
건너편에선 여러 번 와 와 와 함성이 일었다. 씨름의 승부가 날 때마다 함성이 일었다.
그들이 이렇게 한편 절실하면서도 한편 무료한 한담을 하고 있을 때였다.
마침 건너편 둔덕에 한쌍의 남녀가 나타나더니 냇물을 건너오기 시작했다.
사람들의 관심은 일제히 그 남녀에게로 쏠렸다.
「상사람들은 아닌 것 같군.」
아무리 시골 개천일망정 속살을 드러내놓기가 안돼서 치맛자락이 물에 닿을 만큼 내리고 내를 건너오는 여자의 행동으로 보아 상사람은 아닌 것 같다고 조성하가 먼저 관심을 표명했다.
사나이는 물이 무릎께까지 차자, 뒤에서 쩔쩔매는 여자의 손을 잡아 주었다.
여자는 내를 건너 모래사장에 주저앉아 이내 발의 물기를 닦고 버선을 신었다.
「업어 건네 줄 게지.」
민승호가 한마디 하자,
「부부 사이가 아닌 것 같군요.」
조성하도 한마디 했다.
어느 틈엔가 이재선도 일어나 앉아 그 광경을 흥미있게 바라보고 있었다.
건너편 씨름판에선 또 하나의 승부가 났는지 와와 하는 함성이 일고, 꽹 꽹 하는 꽹과리소리가 요란하게 터졌다.
이윽고 두 남녀는 발이 빠지는 모래사장을 타박타박 걸어오기 시작했다.
 이쪽에 여러 사나이들이 앉아서 자기네를 보고 있으니까, 그들은 외면을 하고 길에서 벗어나 멀찍이 걸어가는 것이었다.
「가만 있자아!」
 그때 별안간 이재면이 목을 길게 뽑으면서 멀찍이 걸어가는 그 사나이를 유심히 바라봤다.
「왜?」
 조성하도 목을 뽑았다.
 민승호는 상반신을 들고 있고, 이재선은 입을 좀 벌린 채 다소곳이 걷는 여자의 모습에서 시선을 떼지 못했다.
「어디서 본 사람 같잖은가?」
 이재면이 재선을 돌아보며 혼자 뇌까렸다.
 그제서야 재선도 여자에게서 남자한테로 시선을 옮겨 갔다.
「글쎄요, 나두 어디서 본 사람 같구만요.」
 이때 건너편 씨름판에서 장순규가 크게 고함을 지르고 있다.
「서방님! 나으리! 씨름해서 이겼어요. 막걸리 한 말을 상으로 탔어요!」
 장순규는 뱃심 좋게 그 놀이판에 뛰어들어 씨름을 한 모양이다. 그리고 몇 사람 동댕이친 성싶다. 그래서 농주(農酒) 한 말을 상으로 탔다는 것이다.
 손을 흔들며 아이들처럼 호들갑을 떠는 장순규를 봤으나, 이쪽의 사나이들은 아무도 그에겐 반응을 표시하지 않고 멀찍이 앞을 지나가는 남녀에게 관심을 쏟았다.
 그 순간이다. 이번엔 재선이 손으로 자기 넓적다리를 철썩 때리며 말했다.
「아하, 저 사람 누군지 알았어요!」
「누군가?」
 민승호가 즉각 반문했다.
「언젠가 우리 집에 들었던 자객이오!」

자객이라는 바람에 사람들은 너나없이 긴장했다.
「그런 일이 있었나? 자객이 들었었단 말이야?」
민승호가 처음 듣는 소리라서 이재면을 돌아봤다.
그는 언젠가, 밤중에 구름재 홍선댁에 정체 모를 복면자객이 들었다가 잡혀서 혼이 나고 방면됐던 일을 알지 못한다.
홍선의 엄명이 있었던 것이다.
그 일은 일체 소문을 내지 말라고 홍선이 집안 사람들에게 일렀던 것이다.
「여보시오! 노형!」
순간, 이재면이 자리를 차고 일어나면서 그 과객을 불렀다.
그러자, 그 과객은 발길을 멈추고는 이편을 돌아본다.
「나를 부르셨소?」
사나이의 음성은 퍽 우람했다. 그리고 그의 미목(眉目)은 준수했다.
이재면도 비로소 그 사나이가 언젠가 자기 집 담장을 넘어 들어왔던 그 자객임을 확인했다.
「미안하오만, 이리 좀 와 쉬어 가시오.」
지나는 사람한테 쉬어 가라고 부를 수는 없다. 그것은 그에게 볼일이 있다는 게 된다.

사나이는 전혀 망설이지를 않았다. 그는 발길을 멈추는 법 없이 저만큼 걸어가고 있는 여인에게,
「누님, 거기서 좀 쉬시우.」
누님이라면서, 쉬었다가 함께 가자고 소리치고는 서슴지 않고 이쪽으로 걸어온다.
그는 이재면을 보고 좀 바라지게 인사를 했다.
「편안하시오?」
그리고 그는 여러 사람을 당당하게 일별한 다음 말하는 것이었다.
「천렵놀이들을 오셨군요!」
그렇게 담보가 작은 소인들뿐이었던가. 민승호는 물론 다른 젊은이들

도 오히려 그 사나이의 기백에 눌렸던지 묵묵부답이었다.

건너편 놀이터에선 또 호적소리가 띠띠 따따 하고 터져 나왔다. 그리고 깨어진 음향의 징소리가 간간이 섞였다.

민승호는 태연하게 앉아 있었으나 그가 자객이라는 바람에 완연히 불안한 눈으로 그 오만한 사나이를 쳐다본다.

조성하도 마찬가지였다. 이따금 눈을 치뜨면서 사나이의 인상을 훔쳐봤다.

재선은 일어서 있었다. 재면이 일어서 있으니 자기도 일어서는 게 형제간의 의리라는 듯 일어서 있었다.

긴장한 일순이 흘렀다.

그 사나이는 처음부터 이쪽 패거리를 얕잡아본 게 분명하다. 서슴지 않고 또 한마디 하는 것이었다.

「궁가(宮家)의 서방님들께서 이렇게 먼 곳에까지 놀러 나오셨군요? 물고기는 많이 잡으셨나요?」

비양거리는 말투다. 해사한 얼굴엔 갓 그림자가 어른거렸다.

이재면이 비로소 용기를 내어 입을 연다.

「보니 초면이 아닌 분, 낯선 고장에서 우연히 만났기로 땀이나 좀 식혀 가라고 불렀소이다.」

제법 의젓한 말투였으나 그 음성은 약간 떨린 것 같다.

그러자, 사나이는 하하하 하고 호탕하게 웃었다. 의식적으로 크게 웃는 게 틀림없다. 그리고 말한다.

「나는 실패한 자객, 실패한 자객은 그 뜻이 어디에 있거나 일단 죄인이외다. 나으리들은 이 죄인을 놀려 주려고 부르셨겠지요?」

듣고 보니 이것은 완연히 시빗조다.

마치, 마침 잘 만났다는 태도였다. 관자놀이에 파랗게 힘줄이 돋아나는 것을 보면 그 성미가 어지간히 팽팽한 사람임을 증명한다.

조성하가 나섰다. 어리숭한 이재면 형제한테 맡겨 놓고 방관하기엔 너무나 불안한 상대임을 깨달은 것이다.

조성하는 일어섰다.

「노형, 우리 인사나 합시다. 나 조성하라는 사람이외다.」
불의에 나서는 조성하를 사나이는 지그시 노려보다가 고개를 끄덕거린다.
「알고 있습니다. 조성하느으리, 대왕대비마마의 승후관 조성하느으런 소인도 익히 알고 있으며 존경합니다. 저는 순화동 사는 이상지올시다.」
조성하 당신에게만은 적의가 없다는 말투가 분명하다.
조성하는 분위기를 부드럽히기 위해 민승호에게도 사나이를 소개하려고 했다.
그러자 그 눈치를 알아챈 이상지는 아직 앉아 있는 민승호에게 자진 인사를 청하는 것이다.
「민승호느으리시죠? 인사 드릴 기회가 없었습니다.」
이상하게도 그는 이쪽 사람들의 신분을 모조리 알고 있었던 것이다.
사람들은 불안했다. 저마다 마음속으로 경계 태세를 취했다.
그러자 민승호는 연배로 보아 좌장(座長)답게 말했다.
「날도 좋고 이름 있는 날이라 바람이나 쐴까 해서 나왔소이다. 과히 바쁜 걸음이 아니면 함께 노시다가 가시지.」
조성하도 한마디 거든다.
「그거 좋습니다. 마침 잡은 물고기로 얼큰하게 고추장찌개를 끓이려는 참이니 들고 가시죠?」
그렇게 해서 그 사나이의 정체를 캐보고 싶었다.
여유를 주지 않고 민승호가 말했다.
「비례(非禮)지만 부인께서도 이리로 오시라 하시오. 듣자니 매씨[姉]인 것 같은데.」
여인은 둔덕 아래 오리나무 그늘 밑에서 건너편 놀이터를 바라보고 있는 중이었다. 그 치맛자락이 바람에 가볍게 나부꼈다.
「내 내외종 누입니다.」
여인이 자기의 내외종이라고 말하는 것을 보면 함께 쉬었다 가도 무방하다는 의사 표시였던가 싶다.
이렇게 해서 뜻 않은 식구가 늘었다.

그래서 사뭇 따분하던 이쪽 천렵놀이도 아연 활기를 띠기 시작했다. 묘령의 여인이 등장했기 때문에 더욱 활기를 띠었다.

장순규는 혼자서 꽤 많은 물고기를 잡아 왔다.

은빛으로 빛나는 날추리, 프리즘처럼 햇빛에 오색이 영롱한 불거지, 등이 노오란 쏘가리, 너겁을 뒤져 잡았다는 메기 두 마리, 그리고 다리 긴 징거미 몇 놈, 고기종다래끼가 제법 묵직할 만큼 대견한 양을 잡아 왔다.

거기다가 씨름을 해서 상으로 탔노라고 막걸리 한 말을 통째로 들고 왔다.

「노원 장사라는 녀석을 메다꽂고 막걸리 한 통을 뺏었습죠.」

장순규는 신바람이 나서 떠들어 댔다.

그는 고기 배를 딴다고 종다래끼를 들고 물께로 향해 겅둥겅둥 뛰어 갔다.

여자는 어딜 가나 여자, 사나이들 앞으론 오지 않고 솥 걸린 곳으로 가서 찌개를 안치고 있었다.

흉허물없는 놀이터의 일이라서 모두가 자연스러웠다.

잠시 후 식사를 할 때, 여인은 그들과 합석을 했다. 그러나 돌아앉아서 간단히 음식을 먹고 일어나 그늘 밑으로 가 앉아서 건너편 놀이터에 흥미를 쏟고 있었다.

그런데 장순규가 이재면의 귀에다 대고 속삭인다.

「서방님.」

「음.」

「저 여자가 누군지 아십니까?」

「누구냐?」

이재면과 장순규는 여인한테로 시선을 보내며 남 안 듣게 소곤댄다.

「모르십니까, 저 여잘?」

「내가 남의 여잘 어떻게 아느냐. 더구나 처음 본 여잘. 저 이상지의 내종이라더라.」

두 사나이의 시선은 이상지에게로 쏠렸다.

이상지는 조성하와 어느 틈에 꽤 친숙해져 있었다. 서울서 가지고 온 매실주를 권커니 잣거니 하면서 간혹 서로 탐색적인 대화들을 나누고 있는 중이었다.
　이제 건너편 놀이터의 농군들도 지쳐 있는 것 같았다. 호적도 장구도 울리지 않았다. 소고소리도 꽹과리소리도 없었다. 냇물에서 뛰노는 아이들만이 여전히 활기를 잃지 않고 있었다.
「서방님.」
「그래 누구냐, 저 여자가?」
「집에 있는 윤수백의 고모라던 여자 아닙니까.」
　윤소년을 데리고 와서 홍선에게 심부름이나 시켜 달라고 맡기고 간 그 대담한 여자가 바로 저 여자라고 장순규가 말했다.
　장순규는 모르지만, 장순규 말고 여기 있는 아무도 모르지만, 이 여인이 바로 나합에게 자라 피를 정력제로 먹이고, 임금의 명복을 빌기 위해 강화 전등사에 김병학 부인을 따라갔던 그 윤여인인 것이다.
　그렇다면 그녀들은 모두 누구의 첩자(諜者)들인가.
「아버님께 말씀 드려 수백이란 녀석을 쫓아 보내라고 해야겠구나.」
　이새면이 말하자,
「내버려 둡쇼. 대감께선 다 짐작이 있으시지만 버려 두고 계신 겁니다.」
　장순규는 여인을 흘끔흘끔 훔쳐보면서 막걸리 한 사발을 단숨에 마셔 버린다.
　과객 이상지와 윤여인은 그 자리에 오랜 시간을 머물지는 않았다.
　그러나 이재면은 술기운을 빙자해서 한마디 묻고 싶은 말을 묻고야 말았다.
「어떤 이유에선진 모르오만, 지금도 내 가친에 대해서 적의를 가지고 계시오?」
　이 질문을 받은 이상지는 일순 얼굴에 긴장의 빛을 나타내면서 뚫어지도록 상대편을 쏘아보더니 결연히 대답한다.
「나는 당분간은 홍선대감을 주목할 거외다. 설혹 그것이 내 독단적인 오해로 인한 무모한 행동일지라도 말이지요.」

그 말에 조성하가 나섰다.

「항시 노형 말씀대로 독단적인 오해로 인한 무모한 행동일 줄로 압니다만, 대관절 어떤 종류의 오해입니까?」

사나이는 주저없이 대꾸한다.

「지금은 밝힐 계제가 못 됩니다.」

민승호가 말했다.

「비록 오해가 있더라도 서로 만나서 흉금을 털어놓고 이야길 해 보면 쌍방이 껄껄 웃고 말 일일 수도 있지 않겠소?」

조성하도 말했다.

「홍선대감으로 말하자면 세상이 다 아는 불우한 종친이신데 그분께 무슨 원한을 품을 일이 있겠소. 있다면 그건 반드시 일방적인 오해이리다. 서로 흉금을 개진하면 미워할 길 없는 어른일 게요.」

이재면도 말했다.

「권세라곤 가져 보지 못한 어른인데, 남에게 수모만 당하고 다니시는 어른이신데, 당신에게 무슨 원한 살 일을 하셨겠소? 이왕 우리 이렇게 만났으니 얘기나 좀 해 보십시다.」

그러자 이상지라는 사나이는 정색을 하면서 반문한다.

「지금 노형들과 나 사이에 무슨 오고갈 대화가 있겠소?」

그는 의관을 바로하고 일어난다.

「나는 분명히 귀댁 담장을 넘어 침입했던 '실패한 자객'인데 관가에 인계하지 않고 방면시켜 주신 대감의 분별 있는 조처가 끝내 마음에 걸릴 뿐이외다.」

「어떻게 마음에 걸린단 말씀이오?」

이재면이 따지듯 물으니까,

「어찌 되었든 관가에 잡혀가 고역을 치르지 않은 것은 대감이 내게 베푸신 신세라 하겠소. 신세를 지면 마음이 약해지는 것, 그것이 좀 꺼림칙할 뿐이외다.」

그의 이 말을 어떻게 해석해야 할지 몰라 사람들은 묵묵불언일 수밖에 없었다.
 (끝내 적대 행위를 버릴 수 없다는 말인가?)
 이상지는 또 이런 말을 한다.
 「노형들은 지금 나에게 어떠한 폭력이라도 써서 보복하실 수 있습니다. 그러나 이처럼 선비다운 언동으로 점잖게 대해 주시니 역시 내 작심에 큰 부담이 됩니다그려. 하하하하.」
 그는 호탕하게 웃고 나서,
 「혹시 내 생각이 그릇된 것으로 판별이 나면 뒷날 다시 찾아뵈리다.」
 이런 말을 남기고 떠나려고 한다.
 꼭 수수께끼 같은 사나이였다. 사나이 이상지뿐이 아니라 여자 윤여인도 마찬가지로 그 정체를 파악할 길이 없는 것이다.
 그래 이재면은 발길을 돌리는 사나이에게 한마디 더 물었던 것이다.
 「그건 그렇고, 노형은 이 근처 마을에 사시오?」
 그러니까 이상지라는 사나이는 그에게 여지없이 핀잔을 주었다.
 「귀공자시라 기억력이 좋지 않으시군요. 내 기억으론 분명히 서울 순화동에 사는 이상지라고 밝혀 드린 줄로 아는데요.」
 이재면은 그러나 좀 짓궂게 한마디 더 물었다.
 「그럼 지금 어딜 갔다 오시는 길이오? 바른 대로 말 안 할지도 모르겠소만.」
 그러니까 이상지는 피식 웃으면서,
 「바른 대로 말하리다. 저기 보이는 저 산이 수락산이지요. 저 산에 덕절이라는 고찰이 있소이다.」
 그는 나무 그늘 아래에 외면을 한 채 혼자 서있는 여인을 흘끔 돌아본 다음 말했다. 그리고 저 갈길을 갔다.
 「그 덕절은 내 누이와 인연이 좀 있지요. 그래 길동무나 하면서 절 구경이나 하려고 왔던 길이외다.」
 이렇게 해서 홀연히 나타났던 남녀는 가고, 남은 사람들은 멍청하고, 건너편 놀이터에선 왁자하게 술주정인지 싸움인지가 벌어지고, 둔덕에 무성한 오리나무에선 찌르륵 찌익 말매기가 더위를 쥐어짜고 있었다.

인왕하仁旺下의 괴노怪老가 말하기를

이튿날. 그날의 그런저런 이야기는 홍선댁을 방문한 조성하의 입을 통해서 이하응에게 낱낱이 보고됐다. 조성하가 대궐에서 나오는 길이었으니까 밤이 늦은 시각이었다.

홍선군 이하응은 마침 사랑에서 불가의 경서를 읽고 있다가 조성하의 심방을 받았다.

홍선은 책장을 덮으며 조성하를 반겼다.

「여러 날 만이군그래.」

「일래 무양하시지요?」

「내야 늘 그날이 그날 아닌가.」

「어젠 천렵놀일 했습니다.」

조성하는 어제 이상지를 만난 이야기를 낱낱이 털어놓았다.

그는 조성하의 이야기를 대수롭지 않은 태도로 듣고 있더니 지극히 가벼운 반응을 보였다.

「그래? 그런 일이 있었나?」

대통을 재떨이에다 딱딱 두드리면서 가벼운 반응을 보이더니 혼자 고개를 수없이 끄덕이는 것이었다.

「뭐 짐작되는 일이라도 있으신지요, 대감?」

조성하가 묻자,

「며칠 두고 봅세나.」

홍선은 양철간죽 수복 꼬가리에다 삼등초를 꼭꼭 눌러 담으면서,

「모함을 당할지도 모르겠군.」
혼잣말로 뇌까리고는,
「나는 개천에 빠진 맹인들에게 길을 인도해 주다가 그 젊은이에게 허무맹랑한 오해를 받았네. 그 사람이 거기 나타난 것은 단순한 우연이 아닐지도 몰라.」
잠깐 근심해 보는 듯하더니,
「공명정대한 정치를 하면 남의 눈치를 살필 필요가 없는 것인데, 그렇지 못하니까 첩자들을 거리에 풀어 놔 불안한 요소를 캐내려고 혈안이 돼 있네그려.」
하고는 담배를 뻑뻑 빨아 대는 것이었다.
그는 그 이상지라는 사나이를 척신들의 밀정인 것으로 단정하는 말투였다.
그러니까 이번 천렵놀이는 그 첩자의 모함으로 말미암아 엉뚱하고 맹랑한 정치적 사건으로 날조되어 불의의 봉변을 당하게 될지도 모른다는 암시가 내포돼 있었다.
이런 일이 있은 지 꽤 여러 날 뒤였다.
아침엔 비가 오고, 하오에는 날이 반싹 들면서 동녘 하늘엔 오색 찬란한 무지개가 영롱한 석양 무렵이었는데, 대문 밖에 낯모를 손님이 찾아왔다고 청지기가 홍선 앞에 와서 허리를 굽혔다.
「누구라더냐?」
홍선은 웬지 불안한 생각이 들어 물었다.
홍선은 입에 물고 있던 옥물부리를 쑥 뽑으며 다시 한번 물었다.
「어디서 왔다더냐?」
「훈련대장 댁에서 왔다 하옵니다.」
청지기는 대문께를 흘끔 돌아보고는 대답했다.
「훈련대장 댁에서?」
「들어오랄까요?」
「으음.」
홍선은 웬지 신음소리 같은 대답을 하면서 자리로 돌아가 좌정한다.

마당가엔 파초 잎이 한껏 싱그럽고 석류는 가지끝에 묵직이 매달린 채 붉게 물들어 있었다.
 이윽고 청지기의 인도를 받아 낯모를 젊은이 하나가 대뜰 아래에 와서 허리를 굽힌다.
 홍선이 먼저 묻는다.
「훈련대장 댁에서 왔다구?」
「예에.」
「무슨 전갈이냐?」
「과히 바쁘시지 않으면 잠시 왕가(枉駕)를 청하십니다.」
「댁으로?」
「아닙니다.」
「어디 계시더냐?」
「사직골에 계십니다.」
「사직골 어디냐?」
「소인더러 모셔 오라는 분부이십니다.」
「교가는 가지고 왔느냐?」
「가마를 가지고 왔습니다.」
「가마를?」
 홍선은 잠깐 의아했다.
 훈련대장 김병국이 하필이면 가마를 보낼 리가 없는 것이다.
 그러나 김병국이라면 홍선과는 친근한 사이다. 그가 남여를 보내지 않고 가마를 보냈다면 그대로의 어떤 의도가 있는지도 모를 일이다.
 홍선은 더 의심치 않고 외출할 채비를 차렸다.
「사직골 어디냐?」
 바깥마당에 대령한 가마 앞에 이르자 홍선은 다시 한번 사자(使者)에게 물었다.
「가 보시면 압니다. 약주를 드시다가 갑자기 대감을 모셔 오라기에 왔사옵니다.」
 홍선은 구미가 동했다.

그렇잖아도 권태롭던 순간이다. 그가 주석에서 자기를 일부러 청한 일은 극히 드물고, 언제나 이쪽에서 자진해 찾아다녔지만, 그러나 김병국으로선 있을 수 없는 일이 아닌 것이다.

홍선을 태운 가마는 그 행보가 몹시 빨랐다. 순식간에 사직골 어느 깊숙한 골목 안을 더듬고 있었다.

「아직 멀었느냐?」

하도 꼬불꼬불한 비탈을 지루하게 가는 바람에 홍선은 검은 포장을 떠들고 종자에게 물었던 것이다. 뒤따르던 종자는 대답했다.

「이제 곧 닿습니다.」

「이 근처에 기방이 있단 말이냐?」

「가 보시면 아십니다.」

홍선은 포장을 내리고 잠깐 눈을 감았다.

그는 이런 곳에까지 불러 주는 김병국의 우의(友誼)가 고마워 마음이 흡족했다.

(그놈이 김가 중에선 지인지안(知人之眼)이 있어서!)

홍선은 흔들리는 가마 안에서 빙그레 웃음을 흘리는 것이었으나, 남보기엔 아무래도 초라하기 짝이 없는 행각이었다.

그를 태운 가마는 한참 동안 언덕길을 올라가더니 드디어 어느 집 대문 앞에서 주춤하고 머물렀다.

「다 왔느냐?」

홍선은 지루하고 답답했기 때문에 가마가 멈추자 이내 포장을 떠들고 밖으로 내려서면서 들고 있던 합죽선을 화라락 펼쳐 훨훨 바람을 일으켰다.

그러나 주변을 둘러본 홍선은 불현듯 의아로운 생각이 머리에 떠올랐다.

홍선의 눈에 비친 주변의 광경은 어디로 보나 기방이 있을 만한 곳이 못 되었다.

아무리 봐도 인왕산 밑에 있는 빈촌인데, 만약 술을 파는 곳이 있다면 고작 선술집 정도겠지, 일국의 훈련대장인 김병국이 드나들 만한 기방이 있을 성싶지는 않았던 것이다.
 더구나 이상한 것은 가마가 머무른 집 앞엔 떠꺼머리 총각 두 녀석이 문 안에 서서 심상찮은 눈초리로 홍선을 바라보고 있는 것이다.
「예가 어디냐?」
 홍선은 경계하며 묻지 않을 수 없었다.
 그러자 그를 인도해 온 젊은이가 앞장을 서면서,
「누추하지만, 좀 들어오십시오.」
 끝내 정중한 태도를 꾸미며 평범한 민가로 안내하는 것이었다.
 홍선은 큰기침을 한두 번 하고는 젊은이의 뒤를 따른다.
「여기 훈련대장께서 오셨단 말이냐?」
 홍선이 이런 말을 물으며 집안을 둘러보는데, 뒤에서 대문이 덜커덕 잠겨 버린다.
 홍선은 아무래도 예감이 이상했으나, 그러나 태연히 젊은이의 뒤를 따라 안사랑으로 인도되었다.
 그러자 또 다른 젊은이 하나가 나타나는 듯하더니 홍선에게 정중히 허리를 굽힌다.
「이렇게 누추한 곳엘 오시게 해서 대단히 죄송합니다. 대감, 마루로 오르십시오.」
 보니, 그 젊은이는 이름을 아직 잊지 않은 그 자객 이상지였다.
 그러나 홍선은 당황하지는 않았다. 의연한 동작으로 빛 낡은 강화 화문석이 깔려 있는 마루에 올라 좌정했다.
 좌정하면서 합죽선을 화라락 폈다. 그리고 점잖게 부채질을 했다.
 그러자 이상지가 뜰아래 서서 공손히 말한다.
「대감 의아롭게 여기시겠습니다만, 허언을 해서라도 대감을 소생 누옥에 모시고 싶었습니다.」
 이 말에 홍선은 언성을 높였다.
「그럼 훈련대장 김병국대감이 여기 와 계시단 말은 허언이란 말이오?」
「예에, 송구스럽습니다.」

「그럼 말해 보시오. 왜 나를 예까지 오게 했는가를.」
「그것은 제 가친께서 말씀드릴 것이옵니다.」
「춘부장께서?」
「예에, 실은 제 가친이 대감을 한번 뵙기가 소망이었습니다.」
 홍선은 침묵했다.
 마치 동화 속에 뛰어든 소년의 환상처럼 그는 지금 자기가 놓여 있는 상황이 현실 같지가 않아서 정신을 가다듬어야 했다.
 이윽고 한 노인이 장정 두 사람의 부축을 받아 가며 대뜰 아래에 나타났다.
 수염이 참으로 아름답고 탐스러웠다.
 은빛 구렛나룻이 솜털처럼 부드럽게 보이는 탐스런 수염을 가진 노인의 그 눈썹도, 또한 희고 길었다.
 몸이 늙어 부축을 받았을망정, 그 얼굴은 고귀하고 정열적이었다.
 홍선은 자신도 모르게 일어나서 그를 맞아 대좌했다.
 눈, 그 눈, 사람을 쏘아보는 노인의 그 눈은 광채로 번뜩였으며, 온화하게 흘리는 미소는 연륜의 주름살을 성자의 관용처럼, 보는 사람으로 하여금 스스로 무릎꿇게 하는 그런 신비성을 지닌 노인이었다.
「대감을 한번 뵙기가 소망이었습니다. 몸이 늙어, 가 뵙질 못하겠기로 이렇게 누옥으로 모신 무례를 과히 허물 마십시오.」
 진수성찬은 아니지만 육류를 뺀 주안상이 만만찮은 가풍을 말하는, 그런 접대를 받으며 홍선은 노인의 이야기를 듣게 되었다.
「문안드리겠습니다. 이 늙은 사람은 이인서, 저 애는 막내자식이면서 오직 하나 남은 혈육입니다.」
 노인은 이렇게 우선 자기 소개를 한 다음 홍선에게 술을 권하면서,
「꽤 오랫동안을 두고 술서(術書) 공부를 좀 했습니다.」
 그는 홍선의 관상을 세세히 살피는 듯하더니,
「대감께선 미구에 이 나라 정사를 맡으실 어른이기로 평소 소인이 생각던 바를 외람되나마 말씀드릴 기회를 얻고자 이런 자리를 마련한 것입니다.」

전연 예기치도 않은 말을 꺼내는 바람에 홍선은 어리둥절했다.
홍선은 껄껄 웃었다.
「……허허, 무슨 그런 말씀을. 나는 세상이 다 아는 무뢰한이 아닙니까. 이 나라의 정사를 맡다니, 꿈에도 생각 못 할 말씀입니다.」
그러나 노인은 고개를 옆으로 젓는다.
「대감, 대감의 그 크신 배포를 이 늙은이는 다 알고 있습니다.」
그는, 노인은, 형형한 눈빛으로 홍선의 가슴속을 투시하는 듯 자신있는 말을 하는 것이다. 그는 홍선에게 발언할 기회를 주지 않았다.
「사실 소인은 연전에 횡액을 당한 이도정을 지목했었지요. 그러나 그것은 소인의 눈이 흐렸던 까닭입니다. 그래 저 애는 도정 이하전에게 사사(師事)를 시켰습니다. 허나 그게 소인의 그릇된 판단임을 깨닫자 이내 도정은 그런 변을 당하고 말았습니다.」
노인은 눈을 지그시 감으며 말했다.
「도정이 그릇되자 비로소 소인의 눈은 밝아졌습니다. 대감, 이렇게 지척에서 대감을 뵙는 자리에서 이 늙은이가 할 말은 다른 게 아닙니다. 집권하시거든 자중(自重)하소서.」
홍선은 노인의 위엄에 잠시 고개를 숙이고 있다가 빙그레 웃었다.
그는 은젓가락으로 마른 안주를 입에 들뜨리며 다시 한번 웃음을 터뜨리는 게 보기에도 의식적인 행동이다.
「노인, 그 무슨 그런 말씀으로 사람을 놀리십니까? 상감이 엄연히 계시고, 척족들의 세도가 하늘을 찌를 듯한 이 판국에 노인장, 왜 그런 무모 무심한 말씀으로 이 사람을 궁지에 빠뜨리려 하십니까? 차라리 이 사람을 여기까지 납치하는 데 성공했으면 다른 방법으로라도 곯릴 수 있는데.」
자기 아들을 자객으로 월담케 했고, 홍선 자기 주변 사람들의 물놀이까지 밀탐케 한 노인의 집요한 집념이고 보면, 반드시 꼬단 있는 말로 경계해야 하겠으나, 그러나 그의 그런 예언은 반드시 적중할 것이며 그는 틀림없는 예언을 하고 있으니 이른바 영광이라고 생각한 홍선은 자신의 처신을 어떻게 해야 할는지 판단을 할 수가 없었다.

노인은 허리를 꼿꼿이 가누고는 또 흥선을 쏘아본다.

「대감은 과욕하신 성품, 큰일을 많이 하시긴 하겠으나 그 공과에 대해선 반드시 후인들의 시비가 상반되리라고 봅니다. 바라건댄 제도의 혁변(革變)이나 무한대의 힘의 과시보다는 민심의 맥류(脈流)가 제 길을 찾아 흐르도록 백성의 갈 길에다 빛을 밝혀 주는 게 치자의 근본임을 명심하소이다. 급한 마음으로 환부만 치료하는 것은 유의(幼醫)의 소행, 의술에 능한 사람은 오장의 병원(病源)을 더듬어 그 원인을 없이하는 것입지요. 대감, 집권하시거든 부디 백성한테 올바른 길을 밝히실 일이지 힘으로 습복시키시면 그늘에서 자란 또 다른 힘에 의해서 망신하실 것을 잊지 맙시오.」

그래도 흥선은 불안이 앞서 딴전을 부리지 않을 수 없었다.

흥선은 도정 이하전이 당한 일을 연상하지 않을 수 없었다.

정체 모를 맹인에 의해서 왕기설(王氣說)을 유포시키고는 지체없이 잡아다가 죽인 그 검은 세력이 무엇인가를 연상하지 않는다면 어리석은 것이다.

흥선은 그 좋아하는 술맛도 잊은 채 딴전을 부렸다.

「노인장이 하시는 말씀은 옳소이다만, 내겐, 이 낙척 왕손에겐 가당치도 않은 몽상. 함부로 그런 말씀을 유포시켰다간 노인께도, 내게도 돌아올 재화가 눈에 보이는 듯합니다. 오르지 못할 나무는 쳐다보지도 말라 하잖습니까. 나는 주시는 술이나 마시겠소이다.」

흥선은 술잔을 들어 냉수 마시듯 마시고 있는데, 노인의 말은 다시 귓가에 은은하다.

「내가 보기엔 우리나라를 눈독 들이는 외이(外夷)들이 너무 많습니다. 대국[淸]이야 말할 것도 없지만, 왜국을 위시해서 불국이니, 영길리[英]니 하는 서양놈들의 마수가 우리 등덜미에서 어른거리고 있어요. 양이(洋夷)는 서학으로 그 촉수를 삼아 침입하고, 왜국은 수교라는 허울을 쓴 채 상권 침구로 이 나라를 괴롭힐 것이외다. 사람들의 지혜도 이제는 개화해서 직접 총기나 병원(兵員)으로 판도를 넓히려 하지 않고, 그런 사교나 상술로 조급하지 않게 저네들 세력을 부식해서 실리(實

利)를 얻으려는 움직임 같습네다. 대감, 집권하시거든 우선 파쟁을 없이 하시고 고리타분한 유생들 뱃속에 신선한 바람을 불어 넣으시고, 관기를 엄히 다스리시고, 나태한 이 나라 백성들에게 근면의 기풍을 소생시키고, 안목을 사해(四海) 밖으로 넓히시어 지구 위의 생존 경쟁이 어떤 판국으로 돌아가나를 잘 관찰해서 이 나라의 명운을 타개하셔야 될 줄로 사뢰옵니다. 대감, 고래로 십년 세도가 없다 하오는즉, 세도 잡아 십년 안에 썩지 않으면 선정이옵고, 만일 썩으면 그 치자의 말로란 참혹하리니, 바라옵건대 부대 명심합시오.」

아무것도 새롭지 않은, 누구나 할 수 있는 충언이긴 했으나, 이인서 노인의 언투는 서릿발같이 준엄해서 호담한 흥선으로 하여금 위축 묵언(默言)케 하는 신비로운 힘이 있었다.

흥선은 묵묵히 듣고 있는 동안에 이것은 위장된 농언(弄言)이 아님을 직감했다.

(이 노인은 무엇인가 알고 있는 기인이다!)

흥선은 비로소 몽롱해진 정신을 가다듬고는 몇 가지 확인해 볼 것을 결심했다.

그는 앉은 자리에서 허리를 굽혔다.

「선생은 뉘시오니까? 이 사람에게 그런 것을 타이름해 주시는 선생은 뉘신지요?」

흥선은 정중하게 물었으나 그의 대답은 지극히 간단했다.

「이인서라는 사람, 간혹 술객(術客)이란 말을 듣지요.」

「그럼 자제로 하여금 왜 이 사람을 죽이려 하셨습니까?」

「그것은 내 의사가 아니었소. 그 점 대감께 이 늙은이가 진심으로 사과합니다. 물론 정말 대감을 시해하려던 것은 아니었지만.」

노인 이인서는 아들 이상지가 왜 자객이 되어 흥선 댁 담장을 뛰어넘었는가를 간단히 설명했다.

「그 애는 도정궁 이하전에게 심취했던 애올시다. 그 애는 이도정이 그런 변을 당한 건 대감의 농간이라고 그릇 판단했던 모양입니다. 종친 중에 대감의 정적이 될 만한 분은 그분뿐이었고, 그 증거로 전일 도정댁에 나타나 요언(妖言)을 농했던 맹인이 대감과 어울린 것을 목도한 순간 젊은 혈기로 그릇 판단한 게 올시다.」
　이인서 부자가 흥선에게 그토록 지대한 관심을 가지고 있는 이유는 퍽 단순한 것이라고 노인은 스스로 설명했다.
「나도 근본은 반골(班骨)이지요. 하나 이 나이가 되도록 벼슬길이란 거들떠보지 않았습니다.」
　그것은 처음부터 은둔사상이 아니라고 했다.
「이 나라 백성처럼 벼슬길을 숭상하는 겨레는 없어요.」
　원래 벼슬길이란 백성의 심부름꾼이란 것이다.
「백성을 권력으로 다스리는 게 벼슬아치로 착각하기 때문에…….」
　이 나라의 지식층은 모두 벼슬길만이 출세의 길이라고 잘못 생각한다는 것이다.
「저 애한테도 그렇게 가르쳐 왔습니다.」
　노인은 젊은 아들 이상지를 눈으로 가리키며 좀더 구체적으로 설명한다.
「저 애가 나랏 일에 관심을 갖는 것은 순전히 의협입지요. 저 자신은 결코 관직을 소망하지 않기로 이 애비와 맹세하고 있습니다. 만약 대감께서 밉지 않게 보아 주신다면 주변에 두시고 나랏일에 심부름이나 시키시되, 행여 벼슬자리엔 앉히지 마십시오.」
　나이는 젊었으나 흥선의 눈이 흐려질 때, 귀가 어두워서 사물에 대한 판단이 잘못되기 쉬울 때,
「측근에 둬 두시고 말벗으로 삼으시면 의로운 간언을 할 만한 지혜가 있으리라고 봅니다. 고슴도치도 제 자식은 귀엽다 합니다만, 이 늙은이의 소망이 그러하기로 대감을 오늘 이렇게 외람한 방법으로 모셨으니 관용합시오..」
　그의 말을 듣자 흥선은 피식 웃음이 터질 듯싶은 것을 참으며 속으로 생각한다.
　(벌써부터 내게 대한 엽관 운동인가?)
　그러나 이인서 노인의 그 근엄한 태도로 해서 흥선은 그런 비웃음을

가질 마음의 여백을 잃고 있었다.

홍선은 연거푸 술잔을 비우기에 바빴다. 그네들의 정체를 파악하기 위해서 말이다.

그는 한참 만에 결연히 잘라 말했다.

「노인장! 나는 타고난 시정(市井)의 무뢰한입니다. 그런 어마한 말을 하시는 노인장의 의도를 알 길이 없으며, 설혹 무슨 의도가 있어서 하는 말씀이라 하더라도 이 사람과는 아무런 연관성이 없습니다. 그렇지 않습니까? 상갓집 개라고 조롱을 받는 한낱 시정잡배가 집권을 하다니, 말이 됩니까. 만약 그런 세상이 오면 이 나라는 망합니다. 망하지요.」

홍선은 자리를 차고 일어섰다. 술이 취한 것은 아니지만 몸을 건들대며 뜰아래로 내려섰다.

「댁까지 모셔다 드려라!」

노인이 뒤따르며 아들 상지에게 분부를 했다.

「괜찮습니다. 슬슬 혼자 걷지요.」

그때였다.

고양이 한 마리가 그네들 앞을 홱 지나가며 '야옹' 하고 울었다.

노인 이인서는 그 고양이의 울음소리를 듣자, 홍선의 귀에다 대고 엉뚱한 말을 소곤거리는 것이었다.

「고양이를 기르고 있습니다. 수탉이 한 놈 있지요. 가끔 그놈들이 싸움인지 씨름인지 모르게 아옹다옹합니다. 수탉의 위풍이나 자세는 볼 만하지만, 고양이의 슬기와 암상 앞엔 어이없이 줄행랑질을 치고 맙니다. 대감! 대감을 뵈오니 고양이와 수탉의 씨름 같은 아귀다툼을 하셔야 할 듯싶습니다. 여난(女難)의 상(相)이십니다. 명심하십시오.」

홍선은 그 소리를 들으면서 피식 웃었다.

순간 추선이 머리에 떠올랐다.

(설마 추선이가…….)

추선을 두고 하는 말은 아니길 바랐고, 만약 추선을 두고 하는 말이라면 허무맹랑한 소릴밖에 없다.

「자네 붙이 중에선 벼슬하고 싶어하는 사람도 없나?」

나합의 이런 실없는 말 한마디로 해서 그들의 묘한 인연은 싹이 트기 시작한 것이다.

「왜 없겠습니까만.」

나합의 집엘 자주 드나들어 친분이 생긴 젊은 아낙네 윤여인도 첨엔 대수롭잖게 대꾸했던 것이다.

「말해 보게나! 똑똑한 사람이 있음, 내 한자리 시켜 줌세나.」

나합이 서슴지 않고 그런 말을 하는 바람에,

「저의 내종뻘되는 오라비가 무던히 생겼습죠.」

윤여인이 생각나는 대로 끌어 대니까,

「그래? 낼이라도 한 번 데려와 보게.」

나합은 즉석에서 그런 말을 했던 것이다.

마당가의 오동잎이 말끔히 떨어진 초가을의 어느 날 석양 무렵이었다.

윤여인은 이상지를 졸라 나합과 한번 대면시킨 일이 있다.

그런 지 며칠 후, 별 볼 일도 없이 들른 윤여인에게 나합은 웬지 쑥스런 듯싶은 미소를 흘리며 말했다.

「그 이상지라는 젊은이, 내일 저녁에 내가 다시 한번 보잔다고 하게나.」

치마폭을 외로 여민 양반 아낙네한테 기생 출신이자 남의 첩인 나합은 서슴지 않고 그런 반말을 쓰는 것이었다.

이튿날 석양 무렵에 이상지는 윤여인에게 이끌려 또 한번 나합의 집을 방문했다.

「누가 꼭 벼슬을 하시래요? 만나자니 다시 한번 만나나 보시라니까.」

윤여인의 말이 이런 것이었으니까 이상지가 그날 나합의 집에 나타난 것은 순전히 장난기였다.

나합은 곧잘 외간 남자를 안뜰에까지 불러들이는 여자였다.

자기를 통해 엽관 운동을 해 온 사람은 늙은이거나 젊은이거나 직접 만나보지 않고는 일을 성사시켜 주지 않는 성미였다.

나합은 그날따라 칠보단장을 했는지 요염하기 이를 데 없었다.
윤여인이 대청 툇마루 끝에서,
「마님!」
하고 조용히 부르니까, 마치 기다리고 있었다는 듯이 쪽미닫이를 빠끔히 열면서,
「데려왔나?」
하는 것이었다.
나합은 중문 앞에 외면을 한 채 서 있는 이상지를 흘끔 보더니 고개를 끄덕이며 또 말했다.
「내 긴히 할 이야기가 있으니 함께 방으로 들어오게나.」
윤여인은 어리둥절하면서 집안을 둘러봤다.
어느 집 내실인데 외간 남자와 함께 섣불리 들어가겠는가.
그러나 안팎은 이상하리만큼 조용했다. 상노도 부엌 사람들도 눈에 띄지 않았다.
「내 긴히 할 얘기가 있어 모두 자리를 피하게 했으니 들어들 와요.」
나합의 채근이었다. 사양할 수도 없었다.
이상지는 잡혀 온 소년처럼 몸 둘 곳을 몰라했다.
나합은 남갑사 겹치맛단을 각장 장판 위로 줄줄이 끌면서 서두르지 않고 외간 남자를 맞이했다.
「마침 대감께선 몸이 불편하셔서 여러 날째 안 오시는군.」
나합은 누구에게 하는 말인지 모르게 혼자 뇌까렸다.
윗목에는 둥근 호족(虎足) 소반에 조촐한 술상이 미리 마련돼 있었다.
「이렇게 내실에까지 들어오시라 해서 미안스러워요.」
나합은 서슴없이 이상지에게 그런 말을 하면서 눈웃음을 쳤다.
그러나 그것은 의식적인 대담성인 것 같았다. 역시 불안하고 초조한 얼굴이었다.
「예는 아니지만 여기 아우님도 있으니 약주나 한잔 드시면서 얘기하실까요?」

나합은 별안간 윤여인을 아우님이라고 지칭하면서 손수 방석을 내밀었다.

젊은 사나이 이상지는 이미 진퇴유곡에 빠져 버리고 말았다. 시키는 대로, 하자는 대로 할 수밖에 없었다.

「대감께서 환후가 중하신가요?」

이런 때, 대감 김좌근이라도 돌연히 나타난다면 모두의 목숨은 없어지는 것이 아닐까 싶어 윤여인이 묻자,

「오늘 아침에도 알아봤더니 한 사날 조리를 잘 하셔야 기동하실 수 있으시다는군.」

나합은 태연하게 대답하면서 이상지 앞에 놓인 술잔에도 은주전자를 기울이는 것이다.

「아우님한테 말씀은 많이 들었어요. 친동기간 같은 생각이 들어서 허물없이 지내려고.」

말이 모자랄 나합이 아니다.

노오랗게 그 빛깔이 아름다운 인삼주를 은잔에다 따르면서 그런 말을 했다.

「너무나 비례(非禮)가 돼서……」

이상지가 얼굴을 붉히며 비로소 한마디 하니까,

「아시다시피 나는 전신이 기녀예요.」

나합이 너무나 엉뚱한 말을 하는 바람에 이상지도 윤여인도 묵묵불언이 되고 말았다.

안개처럼 짙은 침묵 속에서 잠시 술잔들이 오고갔다.

나합은 술이 그다지 세지는 않은 모양이었다. 이내 양볼이 발개지고 눈동자가 몽롱했다. 취해서 하는 말일까,

「하두 체모와 격식에 얽매인 채 갇혀서 지내다 보니까 사람 사는 것 같지가 않아서. 눈앞에 나타나는 사람들은 모두 아첨뿐이고, 용건은 빤하구, 그러면서 종지굽을 돌리면 빈축과 욕설이구. 부귀가 싫은 건 아니나 이밥(白飯)처럼 물리니까 속이 메스꺼워지네요.」

실토 같았다.

나합은 뜻 있는 눈총으로 이상지를 대담하게 쏘아보면서,
「중도 파계를 해 봐야 몸에 걸친 가삼(袈衫)이 어울린다지 않아요? 권세에 굽히지 않는 도도한 남자분과 술 한잔 하면서 멋대로 지껄여 보고 싶었어요.」
나합은 이상지의 긴장을 풀려고 그러는지 언동에서 꾸밈을 싹 빼 버리는 것이었다.
전광석화의 묘한 분위기가 조성됐다. 꿈엔들 상상할 수 있었던 일인가.
이상지는 흡사 뭣에 홀린 것만 같아서 정신이 얼떨떨했다. 순진하다면 더할 수 없이 순진한 사나이였다. 때문에 비겁하지 않고 도도한 젊은이였다. 바보처럼 솔직했고 의로운 일이라면 살인도 해낼 만큼 맹목인 일면이 있었다. 때문에 여자에겐 능숙하지 못했다.
마음에 없는 언동, 꾸밈 있는 처세를 못하는 사나이였다.
그것이 나합의 눈엔 '권세에 굽히지 않는 도도한 남자분'으로 비쳤던 것인가.
그래서 호감을 가졌다는 것일까. 그래서 한번 손아귀에 넣고 그 순진성을 무자비하게 유린해 보고 싶은 야녀적(野女的)인 충동을 느꼈다는 것일까.
(그래서 지금 이 자리가 마련됐다는 뜻이 되는가?)
그래서 나합은 자기가 기녀 출신이라고 전제하고 덤비면서 단숨에 쭉 마시는 것인가.
「제가 한잔 드립지요.」
나합은 소녀처럼 생긋이 웃으며 이상지가 건네는 술잔을 받았다.
그리고는 좀 교만하게 묻는다.
「어떤 자릴 소망하시지?」
무슨 관직을 원하느냐는 것이다.
「난 그런 것 원치 않습니다.」
이상지의 대답을 듣자, 나합의 짙은 눈썹은 꿈틀 위로 치켜졌다.
나합은 그 순간 자기가 모욕을 당한 것으로 알았던 성싶다.

그럴 것이, 오늘날까지 나합 앞에 와서 머리를 숙인 사람치곤 벼슬자리나 이권을 소망하지 않은 사람은 없다.
나합도 그것을 알고 있다. 자기를 찾는 사람들이 나합 자기를 존경해서가 아니라 모두 나합 자기의 권세를 이용해 보자는 목적인 것을 뻔히 알고 있다.
그런데, 이 도도한 젊은이는 '그런 걸 원치 않는다'는 것이다.
나합 양씨는 고개를 끄덕이며 약간 비양대는 언투로 말한다.
「아하, 그래요? 그럼 댁의 소망은 뭔가요?」
나합의 머리 가리마에는 첩지가 꽂혀 있었다.
엄격히 따지면야 첩지를 꽂을 신분이 아니다. 그러나 꽂았다. 그래도 용이나 봉화의 첩지는 차마 못 꽂았다. 개구리 첩지였다.
어차피 저 혼자 있을 때에 남몰래 꽂아 보는 것이지만 그렇다고 기첩의 신분이야 변할 것인가.
그 머리의 개구리 첩지를 멀거니 바라보며, 이상지는 말했던 것이다.
「내 소망은 관직에 있지 않아요.」
「그럼 뭐에 있나요?」
「내 뜻대로 살아보는 게 소망이오..」
나합은 얼른 알아듣지 못했다. 술잔을 가볍게 입에다 대면서 잠깐 생각하는 것이다.
그러자, 윤여인이 슬며시 일어나서 쌍바라지를 소리없이 열고 밖으로 나갔다.
안마당에는 이슬 같은 가을비가 축축하게 내리기 시작했다.
「아니, 한잔 드시오.」
나합이 불현듯 술잔을 건네면서 젊음으로 얼굴이 팽팽한 이상지를 노려본다.
그러고 말했다.
「어떻게 사는 게 뜻대로 사는 것이오?」
시비하는 말투만 같다.
이상지는 입가에 뜻모를 웃음을 머금었다. 그가 반문한다.

「내게 어떤 벼슬을 주실 수 있소?」
나합의 눈꼬리가 치켜진다.
「젊은 선비! 그 말버릇 좀 고쳐 보시지!」
이상지는 못 들은 체하면서 술을 입에 부었다.
나합은 삼킬 듯이 사나이를 쏘아본다. 그 눈언저리엔 잔주름이 깊고, 그 눈총엔 불붙기 시작하는 욕정이 있었다.
속이 메스꺼운 것처럼 침을 꼴칵 삼키며 또 한마디 한다.
「무슨 벼슬을 주면 받겠소?」
「영의정 자리면 받지요.」
나합은 발끝으로 소반 다리를 밀었다. 그리고 흐흥 코웃음을 쳤다. 그리고 말했다.
「영의정의 소실한테 영의정 자리를 달라시오?」
이상지가 반문한다.
「결국 내게 주실 벼슬자리는 없군요?」
나합은 벌떡 일어섰다.
「이봐요, 젊은 선비! 순진한 줄 알았더니 우리 대감의 자리를 노리는군!」
나합은 불현듯 방안을 한바퀴 돌더니 제자리로 돌아와 풀썩 주저앉는다.
얼굴이 벌겋게 상기돼 있었다.
의욕적인 행동 직전에서 스스로를 자제하노라고 잠시 숨을 몰아쉰다.
나합은 미움이 이글대는 시선으로 젊은이를 노리면서 말한다.
「나는 그대를 죽일 수 있구먼! 내 말 한마디로 그대의 목이 날아간단 말이여!」
그러나 나합은 열에 들뜬 한숨을 뿜었다. 그것은 우수(憂愁)와 같은 한숨이었다.
「이 나주합하는 천하의 악녀, 철저히 악해 보고 싶소. 기녀 출신의 천한 몸으로 영의정의 권세를 잡았으니 어찌 요부가 아닐 것이오.」
나합의 눈은 이제 간절한 호소로 변해 가고 있었다.

정(情)이란 칠면조처럼 그 모습이 변하기 쉬운 것, 자칫 미움으로 변신을 잘한다.

욕(慾)이란 인간의 이성을 죽이는 것, 그것이 과할 때 사람들은 양식(良識)을 걸레쪽처럼 던져 버리길 잘한다.

나합 양씨는 정과 욕이 과잉한 중년 여인이었다. 촛불도 꺼질 무렵엔 반짝 그 빛을 더한다던가.

영의정의 소실로 앉아 천하의 권세를 마음대로 휘두르는 처지라고 해서, 한 여인으로서의 욕구가 충족되는 것은 아니다.

양씨는 한숨처럼 말했다.

「세상엔 나처럼 외로운 계집도 없소이다. 천하에 죽일 년이라고 입초시에 오르내리고, 마음먹은 일 안 되는 일 없고, 재물이 곳간에 넘쳐 흐르고, 때로는 생사여탈의 힘을 발휘할 수 있고……하지만 한 여자로서의 외로움만은 어찌하는 도리가 없어요. 인젠 나도 늙었지만 우리 대감은 더욱 늙었소이다…….」

나합은 팔을 뻗어 기지개를 켰다. 그것은 온몸에 축적된 욕정의 몸부림이었다.

나합은 술상을 옆으로 물려 놓는다.

밖에는 빗소리가 제법 요란했다.

그러나 젊은 사나이 이상지는 딴청을 부렸다.

「나 이제 물러가야겠습니다.」

나합은 그를 지그시 쏘아보다 말고 잠깐 밖에다 귀를 기울인다.

「비가 저렇게 오는데.」

이상지도 밖에다 귀를 기울인다. 그러나 그는 빗소리에 귀기울인 게 아니었다.

어딜 갔는지 돌아오지 않는 윤여인을 궁금하게 여기는 것이었다.

그는 윤여인의 눈과 귀가 바로 방문 밖에 있음을 직감하면서, 그 조심스러운 숨소리를 들어 보려고 귀를 기울인 것이었다.

이때 나합이 그에게로 다가앉으며 손을 불쑥 내밀었다.

「손금 볼 줄 아심 내 손금 좀 봐 줘요. 아무래도 내 영화가 길지는 못

할 것 같으니 말이야.」
 이상지는 눈앞에 와 있는 희고 오동통한 여자의 손을 손끝으로 밀어 버리면서 말했다.
「무슨 말씀이신가요? 영화가 길지 못하다니.」
 나합은 자기의 손금을 들여다보며 혼자 지껄인다.
「상감의 환후는 이제 짐이 기우는 것 같습니다. 상감께서 만일 여차직 하는 날엔 권세의 판도가 어떻게 돌변할는지 누가 아오. 영상께서도 상감의 후사 물색이 막연하다는 말씀, 나합의 장래도 좀 불안하구려. 그건 그렇구, 댁은 퍽 답답한 양반이셔!」
 여자가 이처럼 간절한 눈치를 보이고 있는데 어째 그리 목석 같으냐는 핀잔이 짜증으로 변해 가고 있었다.
 욕정에 불이 붙어 버린 여자의 눈은 벌겋게 젖어든다.
 일단 자기의 욕정을 남자에게 노출시키면 여자란 모든 수치를 던져 버릴 뿐 아니라 현재 이후의 모든 것을 깨끗이 포기한다.
 나합의 눈은 이글이글 탔고, 그 탄력 있는 피부에선 열기가 발산했다.
 제철에, 마당에 피는 작약 꽃잎을 바라보고 있노라면 그 꽃잎의 움직임이 보인다. 서서히 벌어지는 그 꽃잎의 움직임이 보인다.
 이상지는 나합의 시선을 피하면서 문득 풍문을 연상한다.
 청(淸)나라의 서태후가 치마폭에 감싸서 기른다는 발바리라는 개를 이 나합도 기르고 있다는 풍문 말이다.
 발바리의 네 다리에다 비단버선을 신겨서 기르고 있다는 것이다. 왜 비단버선으로 발톱을 가린 채 방안에서 기르겠느냐고, 사람들은 킬킬거리고 웃는다.
 그러나 이상지는 나합의 집에서 아직 그런 동물을 본 것은 아니다.
 남의 말 좋아하는 사람들이 만들어 하는 소리겠지만, 미상불 나합 양씨라는 여자는 정욕적인 일면이 약여했다.
 이상지는 나합의 가슴께가 살아 있는 바다처럼 크게 파도치고 있는 것을 보자, 이상하게도 현실을 생각했다.
 그것이 남자다. 여자와 달라서 남자란 먼저 실제면의 계산을 해 본 다음에야 욕정의 계곡으로 서서히 떨어져 간다.
(큰일 날 짓이렷다!)
이상지는 몸을 떨었다.
그는 이미 함정에 빠져 들어가고 있는 한쪽 다리를 뽑으려고 어금니를 주근주근 씹었다.
나합은 그러한 이상지의 속마음을 알아챘다. 그래 조용히 소리쳤다.
「물러가시오! 그렇게 장래 생각까지 하면서 위축될 것 없이 물러가시오.」
서릿발같이 싸늘하게 선언하는 나합의 얼굴은 차마 체념되지 않는 집착으로 해서 고통스럽게 일그러졌다.
능란한 양씨는 이내 봄바람 같은 웃음을 입가에 머금으면서 다정한 언투로 그러나 협박을 했다.
「여자의 함원(含怨)이 오뉴월에도 서리를 내리게 한다는 말을 명심하시오.」
나합은 이번엔 다정한 눈으로 이상지를 애무하듯 보면서,
「나는 죽었다 또 태어나더라도 기녀가 될 작정이야. 이렇게도 저렇게도 살아 봤으나 역시 멋대로 한세상 살 수 있는 건 기녀야. 평안히 가시오.」
나합은 일어서면서 오장 깊숙히서 솟아나는 회한처럼 키득키득 웃는다.
「재물이 쌓여 갈수록, 권세가 늘어날수록 점점 고독은 커집니다. 주위의 모든 사람들이 탈을 쓰고 나를 대한단 말예요. 젊은 선비도 멋대로 살아 보는 게 소망이라고 했지만, 그 말 내 맘에 꼭 맞아요. 평안히 가시오.」
나합은 성난 짐승처럼 방 안을 서성댔다.
「밖에 누가 없느냐! 손님 가신다.」
나합의 이 말이 떨어지기가 무섭게 미닫이가 스르륵 열렸다.
윤여인이 들어선다. 마치 문 밖에서 방 안의 동정을 엿보고 있었던 것인지 윤여인의 출현은 재빨랐다. 순간,

「이상한 젊은이야. 벼슬을 도통 원치 않는 선비군.」
나합은 혼잣말인 양 윤여인한테 중얼대며 쑥스러운 웃음을 흘리는 것이었다.
이 날, 이 무렵, 구름재 흥선 댁에선 부인 민씨가 외출 준비를 하고 있었다.
「너 큰사랑에 나가 봐라.」
민부인은 둘째아들 명복을 불러 마루끝에서 그런 분부를 하고 있었다.
「큰사랑엔 왜요, 어머니?」
얼굴이 둥글고 눈이 인자한 소년은 어머니의 밤외출은 좀처럼 없었으니만큼 의아해 하는 눈으로 물었다.
「어떤 손님이 와 계신가 보고 오너라. 슬며시 말야.」
「어머닌 어딜 가시는데요?」
「유모하고 좀 나갔다 올란다.」
대뜰 아래엔, 명복의 어릴적 유모가 서 있었다.
명복은 그 유모를 흘금 쳐다보고는 쪼르르 큰 사랑께로 달려갔다. 그리고 돌아왔다.
「누가 계시더냐?」
「삼청동 아저씨.」
부인의 친동생인 민승호가 와 있다는 것이다.
「또?」
조성하도 있다고 했다.
조성하의 장인 이호준도 와 있다고 했다.
「뭣들을 하시더냐?」
「바둑.」
「혹시 아버지께서 나를 찾으시거든 이웃에 좀 나갔다고 여쭤라.」
민부인은 대뜰로 내려서면서 장옷을 머리 위에 걸친다.
연옥색 장옷을 머리에서부터 내리쓴 두 여인이 흥선 댁 대문을 나섰다.

변장을 한 것이다.

심상찮은 외출이며, 남에게 알리고 싶찮은 밤나들인 것 같다.

「잘못했다간 소문이 나겠지?」

민부인이 나직하게 말하자,

「소문이 날 까닭도 없지만 설혹 나면 어떻겠어요.」

유모 박씨가 태연하게 대꾸했다.

「그래두 대감의 체모가 있는데.」

남편 홍선의 체면이 있다는 것이다.

「그 어른두 짐작은 하구 계시잖을까요, 마님?」

「글쎄.」

「짐작은 하시면서두 모르는 체하실 거예요.」

두 여인은 교동길로 나와 어느 골목으로 들어섰다.

「사람들이 많이 오겠지?」

「오늘은 많지 않을걸요. 몇몇 지체 있는 부인네만 만난다구 하셨으니까.」

가을비가 안개처럼 거리에 내리고 있었다.

두 여인의 장옷이 촉촉이 젖어 가고 있었다.

질척한 골목 안엔 솔가리를 때는 푸른 연기가 땅으로 낮게 기어 흐르고 있었다. 냄새가 구수했다.

「이 집이에요, 마님.」

돌담이 꽤 긴 기왓집이었다.

낡은 고가이긴 했으나 솟을대문이 골목 안에 우뚝 높았다.

「누구 댁일까?」

민부인이 얼굴을 장옷자락으로 더욱 가리면서 물었다.

「독실한 신도(信徒)의 집입지요.」

아마 박씨도 그 집이 누구의 집인가는 모르는 듯싶었다.

대문은 굳게 닫혀 있었다. 그 닫혀진 대문을 왼편으로 돌면서 좁은 골목을 가니까, 담장 중간쯤에 샛문이 있었다.

두 여인은 그 샛문으로 흡수되듯 사라져 들어갔다.

민부인은 유모 박씨의 뒤를 따라 그 별채로 조심조심 접근해 갔다.

「아, 말타 박께서 오시는군요.」

한 사나이가 그 별채집에서 나오면서 유모 박씨에게 그런 인사를 했다.

그러자 유모 박씨는 두 손을 합장하고 공손히 허리를 굽히며 사나이에게 말한다.

「남선생님, 좀 늦었습니다. 마님을 모시고 오느라구.」

두 남녀의 대화는 어색하지 않게 척척 맞아들어갔다.

한 아낙네가 외간남자와 그처럼 친숙히 대화하는 것을 흔히 보지 못한 민부인은 약간 당황하면서 외면을 했다.

그러자 사나이 남종삼이 망설임없이 민부인 앞으로 다가서면서 허리를 굽히는데, 그의 손에는 묵주가 들려 있었다.

「황송합니다. 이렇게 어려운 걸음을 하셔서. 저리로 올라가시지요.」

남종삼은 두 여인을 인도하며 별채 대뜰로 올라섰다.

넓적한 세칸방에는 7,8명의 여인들이 모여 있었다.

모두 행세하는 집 아낙네들인 성싶었다. 방 가운데에 놓인 두 개의 촛대를 중심으로 늘어앉아 있다가 지참(遲參)한 두 여인에게로 일제히 시선들을 집중시켰다.

「흥선대감 댁 정경부인이십니다.」

남종삼이 말하자, 모두들 허리를 굽히며 진심으로 민부인을 반기는데, 세태와는 무관한 대접이었다.

민부인은 감격한 나머지 갓 시집온 색시처럼 고개도 못 들고 그네들 사이에 끼여 앉았다.

그러자 마당에서 또 남종삼의 음성이 들렸다.

「이제 오셨습니다.」

순간, 안방에 모여앉아 있던 여인들은 일제히 일어나서는 우르르 마루로 나가 허리를 굽혔다.

거기 새로 등장한 키가 훨씬 큰 사람은 도포에 갓을 쓰긴 했으나 눈이 움푹 패고 코가 형편없이 높은 양인이었다.

남종삼은 그를 마치 국왕이라도 모시듯 황공한 태도로써 온돌방 상좌로 인도했다.
베르뉘 신부였다.
베르뉘는 인자한 미소를 만면에 흘리며 여러 여인들을 훑어본다.
보니 그가 서 있는 뒷벽에는 검은 포장이 쳐 있고 거기엔 큼직한 십자가가 희게 두드러져 있었다.
그것을 신호로 여러 여신도들은 무릎을 꿇으며 역시 경건하게 성호를 그었다. 그리고 기구(祈求)했다. 제각기의 소망을 기구하는 것 같았다. 그리고 제각기의 죄를 사해 달라고 기구했다.
사제 베르뉘는 십자가를 향해 장중한 음성으로 〈영복경〉의 1절을 외운다.
「주 천주여, 하늘의 왕이신 전능 천주 성부여, 독생 성자 주 예수 그리스도여, 천주의 고양이시요 성부의 아들이신 주 천주여, 세상의 죄를 면하여 주시는 자여, 우리를 긍휼히 여기시며, 세상의 죄를 면하여 주시는 자여, 우리의 간구함을 들으소서.」
아무 곳에나 정결하게 쓸고 닦고 한 다음 십자가의 포장을 늘이면 성당이었다.
말은 서투르나 음성이 장중하고, 태도가 엄숙하고, 성경의 말씀이 경건하니 그를 따르는 신도들은 죄를 뉘우치고 사함을 간구했다.
그날은 어느 두 여신도가 영세를 받는 날이었다. 이미 영세를 받고 말타 박이라는 영세명까지 가지고 있는 유모 박씨는 흥선의 부인 민씨를 이 모임에 참예시키는 것 자체가 자기에게 부과된 포교상의 의무였다.
민부인은 이미 움직일 수 없는 독실한 신자다. 허나 이런 자리엔 처음이었다.
실상, 묵주와 십자가를 몸에 지니고 다님으로써 양이의 화를 모면해 보려는 뭇가신도들과는 달리, 남편 흥선의 방탕과 그가 당하는 왕족으로서의 수모와 가난과 그리고 자녀들의 장래를 걱정하는 민부인은 마음의 지주로서 천주한테 의존하게 된 것이 지극히 당연했을지도 모른다.
따라서 민부인은 이미 독실한 신자의 한 사람이었다. 이 민부인과 그리고 유모 박씨를 천주교에 끌어들인 숨은 장본인은 남종삼이었다. 그는 실상 홍선군 이하응과도 친교가 있는 사람이다. 그는 그의 아버지 남상교와 더불어 부자가 다 궁중 출입이 잦은, 승지 벼슬을 지낸 바 있다. 그들은 이른바 남인으로서, 서인이 득세한 판국에선 별수없이 불우하게 물러난 벼슬아치들이었고, 따라서 일찍부터 천주교를 신봉했고, 따라서 홍선군 이하응의 낙백 생활을 동정하는 사람들에 속했다. 그날 밤 베르뉘의 설교는 위하적(威嚇的)인 면이 없잖아 있었다.

베르뉘뿐이 아니라 다른 어느 선교사들도 곧잘 국제 정세를 설교 속에서 인용하기 일쑤였다.

「천주님의 거룩하신 뜻을 받아들이지 않은 몽매한 백성들은 모두 불쌍하게 멸망해 갔습니다. 우리 천주교를 탄압한 폭군들의 말로는 모두 가련하게 됐습니다. 즉 하나님의 사랑을 마다하고 그 뜻을 어기는 어리석은 자가 하나님의 축복을 받기는 어려운 것입니다. 주여, 그들의 죄를 사하소서.」

그들은 이 나라의 종주국인 청(淸)의 창피스러운 국정을 곧잘 인용하곤 했다.

파계破戒 또한 미덕美德이 아니리까

　천주교 자체에서 공언하는 이 나라의 신도들은 2만이 넘는다고 했다.
　이 나라 묘당(廟堂)에서 어림으로 산출해 낸 숫자도 1만 5천에서 8천은 되리라는 관측이었다.
　그날 밤 밤이 꽤 깊어서야 집으로 돌아온 흥선군의 부인 민씨는, 남편이 아직도 자기를 찾지 않았다는 말을 듣고, 사랑엔 아직 그 손님들이 그대로 바둑판에 매달려 있다는 소리를 듣고 일단 안심했다.
　사실 이날 밤 흥선댁 큰사랑의 밀의는 상당히 은밀하고 심각했다.
　이따금씩 바둑판이 땅 땅 울리는 것은 하나의 위장전술로 봐야 한다.
　민승호는 먼저 돌아갔는지 없었다. 조성하와 이호준, 그리고 흥선의 세 사람이 무릎을 맞댄 채 심각하게 어떤 계략을 짰다.
　「대감께선 실로 마지막 기회가 다가오고 있는 겁니다.」
　이호준의 흑집(黑執)이다. 윤이 반들거리는 바둑알을 탕 놓으면서 마치 바둑 이야기처럼 대수롭잖게 그런 말을 했다.
　「그럴까요? 내게도 그런 기회가 다가오고 있을까요?」
　흥선이 손끝을 바르르 떨면서, 사돈인 이호준의 눈치를 슬쩍 살피며 딴전을 부린다.
　「기회는 앉아 기다리기보다는 나아가 쟁취해야 합니다. 기회라 생각했을 때 잠깐 망설이면 벌써 저어만치 지나가고 마는 것입니다. 궁중에서 새어나오는 여러 가지 풍문을 종합해 보면 상감께선 오늘내일 무슨 일이 있을지 모를 그런 환후올시다. 그리고 내가 알기로는 척족들도 후사를 근심만 하고 있지, 여차하는 경우에는 누구를 내세우겠다는 복안은 아직 세우지 못하고 있는 성싶습니다. ……대감, 대세는 기운 것 같습니다. 그쪽은 전멸이십니다.」

흥선의 바둑은 전멸이었다.

이호준의 바둑은 흥선과 견줄 바가 아니지만 도시 처음부터 승부엔 관심도 없었다.

「그건 그렇고, 근자엔 동학의 세력이 도성에까지 잠입한 것 같더군요.」

흥선은 엉뚱한 화제를 꺼냈다.

「하지만 동학은 본시가 경상도의 무지한 농군 속에서 움튼 사교(邪敎)인데 도성에 들어와서야 맥을 쓰겠습니까?」

이호준의 말에 흥선은 머리를 가로젓는다.

「아니, 그렇게 만만히 볼 것도 아니오. 내 며칠 전엔 모처로 납치된 일이 있었소. 훈련대장 김병국이 청한다기에 보내온 가마를 넙죽 탔더니 사직골 어디로 데려갑디다.」

「김병국이 청한 게 아니었던가요?」

「자칭 술객(術客)이라는 노인이 자기 아들을 내게 부탁하며 세상을 얘기합디다. 돌아와 생각을 해보니까 아무래도 그 집은 동학의 거점 같아요. 물론 내 직감이지만.」

이호준은 웃었다.

「허허허, 동학당이 대감을 납치해다가 무슨 실효를 얻겠습니까. 그렇게 무모한 짓들이야 할라구요?」

흥선은 수없이 접전을 거듭한 허허로운 광야의 바둑판을 훑어보며 또 고개를 가로저었다.

「아니, 뭘 좀 아는 무립디다. 불원 내가 집권할 것이라고 예언을 합디다.」

「또 무슨 모함은 아닙디까?」

「모함은 아닌 것 같고…….」

「동학의 티를 보이던가요?」

「일자도 없습디다만 내 직감이 아마 맞을 것 같아요. 손을 잡자는 암시 같기도 하더군.」

홍선은 정말 그렇게 생각하고 있다. 세상엔 기인이라는 게 있으니까, 홍선 자기의 앞날을 미리 짐작하는 사람이 있을 거라고 믿는다.

홍선에게 만일 자기를 믿는 그런 신념이 없었다면 오늘날과 같은 생활을 견디며 살아오지 않았을 것이다.

홍선은 자기 자신의 영달도 믿지만 둘째 아들 명복을 더욱 믿는다.

명복이 태어나던 해엔 그가 사는 관상감재는 물론 서울 장안에 이상한 소문이 퍼졌던 것을 알고 있다.

그러니까, 홍선 자기를 알아볼 줄 아는 기인이 있어서 미리 손을 잡으려는 수작일 것이라고 생각해 보았다. 혁정을 부르짖고 꿈틀대는 동학이라면 동학도들 중에 기인이 있다면, 의당 손을 뻗쳐올 수 있다는 지극히 허황된 자만심이기도 했다.

「그렇지만 척족정권은 동학을 먼저 때려잡을 게 아닙니까?」

이호준뿐 아니라 지각있는 사람들은 다 그런 예측을 하고 있었다.

최복술, 복술(福述)은 아명이지만 최제우가, 하늘의 계시라면서 천도와 동학의 새 교리를 외치고 경주에서 포교를 시작한 게 불과 3년 전이지만 그 세력은 무서운 힘으로 기호지방에까지 뻗쳐 올라오고 있는 것이다. 홍선군 이하응도 그 동학의 매력과 세력을 은근히 주시해 오는 사람이다.

동학이 민중을 유혹하고 홍분시키는 것은 그들의 이른바 교훈가에서 비롯된다고 생각한다.

  천생만민(天生萬民)하였으니 필수기직(必守其職)할 것이요.
  명내재천(命乃在天)하였으니 죽을 염려 왜 있으며,
  하느님이 사람 낼 때, 녹(祿)없이는 아니 내네.
  우리라 무슨 팔자 그다지 기험(奇險)할꼬.
  부하고 귀한 사람 이런 시절 빈천이요,
  빈하고 천한 사람 오는 시절 부귀로세.

사민평등의 민주이념과 인내천이라는 혁명사상을 이토록 대담하게 표방하고 나선 동학당을 척족정권이 모른 채 내버려 둘 까닭이 없는 것이다.

밤이 깊었다. 초심지가 찌르륵 탔다.

홍선은 바둑을 옆으로 밀어 놓으면서 무심치 않게 말했다.

「나보다 동학이 먼저 내 할 일을 할까 초조하구려. 그들은 안심가라는 노래에서 이런 말을 하고 있소. "만승천자 진시황도 여산에 누워 있고 한무제 승로반(承露盤)도 웃음바탕 되었더라." 이 무서운 말이 아닙니까. 그들은 또 그 노래에서 이런 말을 하고 있어요. "기험하다 기험하다, 아국 운수 기험하다, 개 같은 왜적 놈아 너희 신명 돌아보라, 너희 여기 하륙해서 무슨 은덕 있었던고."」

홍선은 동학의 교리를 꽤 깊이 관찰하고 있었던 것 같다.

그는 동학이 내걸고 있는 슬로건에 상당한 감명을 받고 있음을 시사했다.

「그들은 교묘하게도 위정자한테 버림받고 있는 아낙네와 초군목동들을 선동하고 있어요. 먼저 그런 무리에게 희망과 용기를 주고 있습니다. 들어 보시오. "현숙한 내 집 부녀, 이 글 보고 안심하소. 대저생령(大抵生靈) 초목군생(草木群生) 사생재천(死生在天) 아니런가. ……우리라 무슨 팔자 고진감래 없을소냐. 홍진비래 무섭더라 한탄 말고 지내보세." 이건 분명히 양반과 오리와 척족정권에게 던지는 무서운 독설이며 계고가 아니겠소. 최제우는 무서운 사람입니다. 무슨 일을 저지를 것 같아요. 그는 왕도를 무너뜨릴 배짱이외다.」

홍선의 눈초리는 무섭게 빛나고 있었다. 왕도라는 말에 힘을 주었다.

그것은 하나의 질투 같기도 하고, 적의 같기도 한 복잡성을 띠고 있었다.

며칠 후 홍선은 훈련대장 김병국이 베푸는 어느 연석에 홀연히 나타났다.

장소는 물론 김병국의 집 안사랑이었다.

모인 사람들은 요로의 대관들, 홍선도 알 만한 얼굴들이었다.

불청객인 홍선이 반기지도 않는 그 자리에 뛰어들었을 때는 이미 파홍(破興) 무렵이었다.
 파홍 무렵이 아닌들 홍선이 나타났는데 홍겨운 분위기가 유지될 수는 없다.
 사람들은 하나둘씩 일어나기 시작했다. 그들은 주인 김병국과 홍선의 좀 색다른 우정을 짐작하고 있는만큼 노골적인 야유들은 없었으나,
「그렇잖아도 마악 일어서려던 참인데, 대감 마침 잘 오셨소.」
 누군가가 그런 말을 하면서 일어나는 바람에 좌석은 술렁거렸다.
 홍선은 비위좋게 그런 말을 받았던 것이다.
「마침 파홍 무렵에 이 사람이 왔으니 찌꺼기나 처분하란 말씀인가, 출출하던 판에 거 잘됐군요.」
 홍선의 넉살은 전처럼 철저하게 가면을 쓰지는 못했다.
 말은 그렇게 하고 있지만 관자놀이엔 파란 힘줄이 돋아나 있었고, 그 빛나는 눈빛 속엔 불쾌한 감정이 순화되지 않은 채 서려 있었다.
 주인 김병국이 홍선의 그런 눈치를 재빨리 알아챘던지 일어서는 손들에게 말했다.
「홍선대감이 오셨는데 안되긴 했지만 나도 몸이 좀 불편하고 하니 그럼 다시들 뵙기로 하지요.」
 웬지 그도 좀 피곤한 안색이었다. 화제가 유쾌하지 않은 좌석이었던가, 그의 심기는 완연히 저조였다.
「그럼 나도 돌아가는 수밖에 없군.」
 손들이 물러가자 홍선이 그런 말을 하니까,
「아니, 대감 모처럼 오셨는데 우리끼리 얘기나 하십시다.」
 대뜰 끝에서 김병국은 홍선에게 그런 귀띔을 했던 것이다.
 조촐한 새 주안상이 마련돼 나왔다.
「왜, 병판이 참례한 것을 보면 무슨 귀찮은 일이라도 생겼나요?」
 홍선이 슬쩍 물어보니까,
「글쎄, 저 창궐하기 시작한 동학을 저대로 내버려 둘 것인가 의논이 분분하외다.」
 훈련대장 김병국은 대수롭잖게 그런 말을 하면서 연죽에 담배를 담기

시작했다.

홍선은 거듭 술잔을 비우면서 역시 대수롭지 않게 물었다.

「동학이 그렇게 창궐하고 있나요? 나도 말은 듣긴 했소만 무지몽매한 농군들 사이에 번지는 일시적인 소란일텐데 묘당에서까지 그걸 근심한단 말입니까?」

「글쎄, 그게 그리 만만치 않은 모양이외다. 구호가 불순하고 무지한 농군들을 선동하기 때문에 더욱 버려 둬선 화란의 불씨가 되리라는 중론이야.」

「그러나 뇌동하는 수효가 대단한 건 되지 않소?」

「아직은 한 3, 4천의 골수분자들이 있는 듯싶소만 오뉴월에 열병 번지듯 자꾸 번져 나가기만 한다는구려.」

홍선은 히힝 웃어 버렸다.

「수효도 많지 않은 삼사천 가지고 일국의 훈련대장이 근심을 하나? 영어(穎漁) 당신도 어지간한 졸장부시군.」

홍선이 벌써 취한 체하고는 한마디 비위를 건드리니까, 김병국은 홍선의 눈치를 슬쩍 훔쳐보고는 정색으로 물어 왔다.

「대감, 대감 생각엔 어떠시오?」

「뭐가?」

「내 보기에도 동학을 저대로 버려 둬선 안 될 듯싶긴 하오. 그러나 명분이 종교를 가장하고 있는데, 무턱대고 탄압한다면 오히려 민심에 역효가 안 날까?」

이 말엔 홍선군 이하응도 낯빛을 고쳤다.

홍선은 순간적으로 생각했으며, 순간적으로 결정했다.

(이들의 눈길을 밖으로 돌리게 하자. 그들의 관심을 궁중과 도성 밖으로 옮겨 놓을 필요가 있다!)

홍선은 연죽에다 객초를 담으면서 바보처럼 싱글벙글 웃었다.

「하긴 내 귀에도 심상찮은 말들이 들리긴 하더구먼.」

「무슨?」

「영어니까 내 말하오만, 그 동학의 두목 최 뭐라던가…….」

「최제우죠.」
「그래, 최제우라던가. 그는 아마 무엄한 야망을 품은 심상찮은 놈이라는 풍문이 들리더군.」
「그래요?」
「그의 검가(劍歌)라는 것을 들어 보셨소, 영감?」
「그런 게 있나?」
「최제우가 전라도 남원에 있는 보국사에서 수양을 할 때 스스로 지어 불렀다는 그 노래가 내 생각에도 심상친 않습디다.」
「아시오, 대감?」
「내 정신이 있어야지. 될 것 같기도 하오만.」
홍선은 바보처럼 또 빙그레 웃으면서, 그러나 낭랑한 음성으로,
「"시호(時乎) 시호 이내 시호, 부재래(不再來)의 시호로다. 만세일지(萬世一之) 장부로서 오만 년의 시호로다. 용천검(龍泉劍) 드는 칼을 아니 쓰고 무엇하리······."」
홍선은 두 눈을 지그시 감고 낭랑하게 외다가 또 빙그레 웃으며 눈을 번쩍 뜨고는 술 한 잔을 입 안에 붓는다.
「으음.」
김병국은 신음과 같은 탄성을 발하곤 눈을 지그시 치뜨며 홍선을 쏘아본다.
「어디, 또 그 뒤를 아시오?」
「글쎄, 내가 워낙 총기가 없어서. "무수장삼(舞袖長衫) 떨쳐 입고, 이 칼 저 칼 넌짓 들어, 호호망망 넓은 천지 일신(一身)으로 비껴서서 칼노래 한 곡조를 시호 시호 불러내니, 용천검 날랜 칼은 일월(日月)을 호령하고, 게으른 무수장삼 우주에 덮여 있다. 만고명장 어디 있나, 장부 앞에 장사(壯士)없다. 좋을씨구 좋을씨구, 이내 신명(身命) 좋을씨구." 왓핫하하, 글쎄 내가 정신이 흐려서······맞는진 몰라두 대강 그런 줄거리던가요!」
홍선은 또 목이 컬컬하다는 듯 술 한 잔을 넙죽 마신다.
김병국은 속으로 놀라는 눈치였다.

홍선이 그런 것까지 그처럼 소상하게 외고 있는데엔 놀라지 않을 수 없는 것이다.

김병국은 담배를 뻑뻑 빨면서 말했다.

「작년 가을, 그놈한테 이왕 손을 댄 김에 아주 처치해 버릴걸.」

지난해 구월에 경주 진영에서 최제우를 체포 문초한 일이 있다. 그러나 그의 제자들이 수백 명이나 모여들어서 석방을 요구하는 바람에, 지방 관헌들은 하는 수 없이 도로 놓아준 일이 있다.

홍선은 은근히 김병국을 꼬드겨 본다.

「벌써 삼남 각지엔 동학의 세력이 칡덩굴 얽히듯 얽혔답니다. 화결시(和訣詩)라던가요, 최제우가 지어 포교에 이용한다는 노래가 있죠.」

김병국도 그것은 들은 일이 있는 성싶었다.

「"방방곡곡(坊坊曲曲)을 행행진(行行盡) 하고……"?」

「"수수산산(水水山山)을 개개지(個個知)……"? 최제우는 아닌게아니라 방방곡곡을 두루 돌면서 우매하고 무지한 민중 속으로 파고들어 포덕천하(布德天下) 하기에 여념이 없다 하니, 오히려 천주학보다는 불온한 기미가 보인다고도 할 수 있지요. 내 뭘 알겠소만, 앗핫하.」

홍선은 또 껄껄거렸다.

이때 문밖에서 갑자기 발소리가 나는 바람에 두 사람은 잠시 화제를 중단하고 귀를 기울였다.

청지기가 밖에 온 모양이었다.

「사영(思穎)대감댁에서 전갈이 왔습니다.」

좌찬성 김병기한테서 사람이 왔다는 것이다.

김병국은 앉은 채로 샛미닫이를 열었다.

뜰아래엔 김병기의 집 하인이 와서 허리를 굽힌다.

「대감께서 급히 오시라는 전갈이십니다.」

「지금 곧?」

「예에.」

김병국은 뒤에 도사리고 앉아 있는 홍선을 흘끔 돌아보고는 대답한다.

「지금 긴한 손님이 와 계셔서 잠시 지체된다고 가서 여쭙게.」
그 소리를 듣자 홍선은 눈을 내리깔며 생각한다.
(내가 긴한 손님이라?)
난생 처음 남에게 긴한 손님이 돼 보는가 싶어 코끝을 벌름거렸으나 그것은 김병기에 대한 김병국의 은연한 불화의 노출임을 깨닫고 빙긋이 웃음을 흘렸다.
그러자 김병기의 하인이 묻지 않는 말을 하는 것이었다.
「대감께선 지금 입궐하실 채비를 차리고 계신 줄로 아옵니다.」
「입궐을? 왜?」
김병국이 약간 의아해 하며 물었으나,
「글쎄요. 왜 입궐하시는지 소인이 알 수는 없습니다만.」
김병기의 하인은 무슨 눈치를 알면서도 섣불리 입을 놀릴 처지가 아니라서 그런지 딴청을 부리는 것이었다. 순간, 홍선이 벌떡 일어나면서 주인 김병국에게 나직이 말했다.
「영감, 속히 채비를 차리시지요. 사영대감이 별안간 입궐을 한다면 무슨 급한 일이 생긴 게 아니겠소?」
김병국도 그제서야 서둘러 외출 준비를 했고 홍선 또한 서둘러 자기 집으로 돌아왔다.
집으로 돌아온 홍선군 이하응은 까닭없이 긴장이 되어 의관도 벗지 않고 사랑마당을 거닐고 있었다.
마침 마당 구석에선 수백이가 싸리비를 들고 떨어진 나뭇잎을 쓸어 모으고 있다.
「얘얘.」
홍선이 부르자 수백이는 질겁을 해서 달려왔다.
「작은도령 어디 있느냐?」
홍선은 까닭없이 명복이를 찾았다.
「바깥에서 동무들과 놀고 있습니다.」
「놀고 있어? 뭘 하고 놀고 있느냐?」
「아까는 이웃 아이들과 돈치기를 하고 있었습니다. 불러올까요?」

「내버려 둬라!」
 홍선은 무심히 하늘을 쳐다봤다.
 큼직한 솔개 한 마리가 크게 원을 그리며 구름재의 하늘을 맴돌고 있었다. 홍선은 그 솔개의 동정을 한동안이나 쳐다보고 서 있었다. 수백이도 고개를 발랑 젖히고 그것을 쳐다봤다.
 까치는 길조, 까마귀는 흉조, 솔개는 길조도 흉조도 아니던가.
 홍선은 수백이에게 소리쳤다.
「이놈! 마당이나 쓸지 않고 뭘 쳐다보느냐. 솔개를 첨 보니?」
 그는 사랑으로 오르면서 수백이에게 물었다.
「너 말고 누가 없느냐?」
「안서방이 와 있습니다.」
「안서방? 필주 말이냐?」
「네.」
「오래라! 이리.」
 안필주가 홍선 앞으로 달려왔다.
「부르셨습니까?」
「혹시 내 사돈 안 들르셨더냐?」
「이호준나으리 말씀인가요?」
「안 들르셨더냐?」
「아닙쇼.」
「들르시거든 사랑방으로 모셔라.」
 홍선은 방으로 들어가면서 미닫이를 드르륵 요란스럽게 닫아 버렸다.
 마당엔 스산한 바람이 휘익 지나갔다.

 사랑에 혼자 들어앉은 홍선은 웬지 긴장을 풀지 못하고는 대문소리에 신경을 곤두세웠다.
 당장 대문이 덜커덕 열리면서 누가 들이닥칠 듯한 예감이 드는 모양이다.
 그는 이호준의 느닷없는 출현을 고대했다. 아니면 조성하가 올지도

파계破戒 또한 미덕美德이 아니리까

모른다는 고대였다.

(저네들이 왜 황급하게 대궐에 들어가는게냐?)

홍선은 실로 터무니없는 망상에 사로잡혔던 것이다.

(상감의 환후가 심상찮다더니?)

홍선은 눈부시게 돌아가는 어떤 정경을 머릿속에 그리며 몽유병자처럼 쉴새없이 안면근육을 씰룩거리고 있었다.

방 안에는 담배 연기가 자욱했다.

때마침 밖에선 까치가 깍깍 울어댔다.

홍선은 샛미닫이를 열어 붙이며 앙상한 은행나무 가지 끝에서 푸드덕거리는 두 마리의 까치를 쳐다봤다.

까치 두 마리는 자웅일 것이었다. 둥우리를 짓고 있었다. 부리에 물어 온 나뭇가지가 은행나무 가지에 걸려 땅으로 떨어지는 바람에 비명처럼 또 까악까악 울었다.

(아무 일도 없을 겐가!)

홍선이 미닫이를 닫으려고 하는데 대문 밖에서 난데없는 바라소리가 과르릉 하고 울려 왔다. 홍선의 눈썹은 송충이처럼 꿈틀 움직이며 한일자로 퍼졌다.

순간 그는 입에 물었던 양철 간죽의 옥물부리를 쑥 뽑으며 벌떡 일어섰다.

「밖에 누가 왔느냐!」

그러나 홍선은 어깨를 축 늘어뜨리며 방바닥에 주저앉지 않을 수 없었다.

바라소리는 우렁차지가 않았다. 조심조심 두드리는 은은한 소리였다.

홍선은 다시 담배를 뻑뻑 빨기 시작하며 어쩔 수 없이 바깥 동정에 귀를 기울여야 했다.

어떤 철없는 중이 회심곡을 웅얼거리고 있는 모양이었다.

도성 안에서, 더구나 퇴락했지만 궁가의 문전에서 바라를 치고 회심곡을 웅얼대는 저 중의 행동은 분명 철없는 짓임에 틀림이 없다.

홍선은 좀더 세게 미닫이를 열어 붙이고는 호통을 치고 있었다.

「그 문전이 왜 그리 소란하냐!」
어느 탁발승의 회심곡은 잠시 뒤에 그치고 말았지만, 그 청아한 음성이 흥선의 귓가에 아쉬운 여운을 남겼다.
흥선은 계하에 나타난 안필주에게 물었다.
「뭐가 그리 떠들썩했느냐?」
「중이 시주를 받으러 왔습니다.」
「철모르는 중이구나.」
「여승입니다, 대감.」
「동승(童僧)이 아니고?」
「태깔이 고운 여승입니다, 대감. 설마하니 동승과 여승을 소인이 잘못 볼 리야 있겠습니까, 대감.」
「어느 산에서 왔다더냐?」
「강화 전등사에서 온 여승이라는군요, 대감.」
「먼 데서 왔구나. 전등사라면 올여름 왕궁에서 불공을 드린 절이로구나.」
「이 댁이 뉘 댁인 줄 알고 함부로 문전을 소란하게 하느냐고 하니까, 안뜰을 기웃거리며, 흥선대감댁이 아니냐고 하면서, 주춤주춤 발길을 돌렸습니다. 고깔을 쓴 앳되고 예쁜 여승인데 행동이 좀 수상하긴 하군입쇼, 대감.」
「뭐가 수상하더냐?」
「돌아서더니 고깔을 벗어 바랑 아닌 보따리에 넣고 바라도 보따리에 넣고, 휑하니 가버리는 게 좀 수상하군요.」
「그래?」
흥선은 다시 담배를 빨며 생각한다.
(오늘도 다른 아무 일이 없을 겐가?)
그러나 그날은 물론 이튿날도 또 며칠 후에도 흥선군 이하응이 기다려 보는 어떤 소식은 끝내 없었다.
매일 매시 무슨 일이 꼭 일어날 것 같으면서 아무 일도 일어나지 않은 채 해가 뜨고 달이 지고 하는 동안에 초겨울이 가고 세월이 가고 했다.

섣달 초순이 되자 날씨는 계속해서 몹시 매웠다.
그 날씨 매운 어느날 홍선은 동학의 교주 최제우가 당국에 체포 구금 되리라는 소식을 들었다.
(음, 기어코 그렇게 되는 거겠지!)
그는 동학도들이 최제우의 투옥으로 말미암아 심상찮은 동요를 일으킬 것이라는 소문도 들었다.
(좀 시끄러워지는 것도 괜찮은데!)
말하자면 정부의 관심이 그런 일로 해서 외부로 쏠리기를 바랐던 것이다.
그러나 역시 대단한 일은 일어나지 않았다. 뭔가 사건이 일어날 듯하면서 매일매일 별일없이 넘어가고 있었다.
그러던 어느날 밤 홍선군 이하응은 오랜만에 다방골 추선의 집엘 들렀다가 그로서는 실로 뜻하지 않은 풍문을 귀에 담게 됐다.
「대감, 지난 여름 도정궁 이하전의 역모사건에 대해서 맹랑한 억설이 돌고 있더이다.」
그날 밤 홍선은 추선의 집 안방에 홀로 무료하게 누워 있었다.
추선은 경기감사라던가의 놀이에 불려 나갔다가 밤이 꽤 늦어서야 돌아왔던 것이다.
「어떤 풍설이 돌고 있더냐?」
실상 남의 일이라 홍선은 대수롭지도 않게 물었다.
「글쎄, 대감이 그 사건에 관련되셨다는 허망한 말이 있는가 봐요.」
추선은 놀라운 말로 그런 보고를 하고 있었으나 홍선은 오히려 담담했다.
그런 정도의 이야기는 이미 자객으로 들어왔던 이상지에게 들은 바 있었기 때문이다.
그런데 추선은 좀더 색다른 말을 전한다.
「다른 사람 입도 아니고 바로 도정궁 대방마님의 입에서 그런 말이 나왔다는군요.」
이하전의 미망인이 그런 말을 퍼뜨리고 있다는 것은 새로운 소식이었다. 흥선은 실소했다.
「오해겠지. 세상엔 오해라는 게 있게 마련이니까.」
그러니까 추선은 흥선의 행전을 벗기고 대님을 풀어 주면서,
「원수는 구름재에 있고, 척족 김씨네는 하수인에 불과한만큼 어느때고 이 일을 밝혀서 돌아간 이의 원한을 풀어 줘야 한다는 말을 하더래요.」
흥선은 추선의 잔허리를 안으면서 그래도 대범하게 들어 넘겼다.
「내가 이하전을 모해할 까닭이 뭔가.」
「도성나으리가 종친 중에서 가장 영특하니까 시기심에서 그랬대나요. 도성나으릴 제거해 놔야 대감께서…….」
추선은 흥선의 턱수염을 야실야실 쓸어 주면서 말끝을 맺지 않았다.
「어허 그래? 그군을 제거하면 내게 뭐가 차례온다는게냐? 김씨네 술상돌림이 더 차례온다던? 아니면 우리 추선이가 이하전의 품으로 옮겨 가려고 했나? 내 너를 위해서라면 칼이라도 빼서 한두 놈 목을 뎅겅 자를 수도 있다만.」
「아니 그런 허무맹랑한 말을 들으시고도 농담할 맘이 생기세요?」
「허무맹랑한 소리니까 농담이나 하지.」
촛불은 활활 춤을 추기 시작했다.
바깥 바람은 설한풍이지만 방 안엔 춘풍이 감돌았다.
「눈 꼭꼭 감으세요.」
추선은 돌아선 채 치마를 벗어 횃대에 걸었다.
여체의 아름다움은 그 부드러운 선의 흐름에 있다. 앞면보다도 뒷면의 완만한 굴곡이 완상할 만하다.
나신은 여운이 없어 자칫 실망을 가져오기 쉽다.
부드럽고 빛깔이 고운 비단 속에 휩싸인 여체라야 산너머의 행복처럼 몽환의 아름다움이 있다.
정지한 것보다는 움직임이 있어야 하고, 거센 움직임보다는 미동이라야 수줍음이 있어서 사람의 마음을 끈다.
흥선은 누워서, 추선이 시키는 대로 눈 위에 손을 얹었으나 손가락 사

이로는 추선의 수줍어하는 뒷모습을 절실한 동경의 시선으로 바라보고 있었다.
（늘 보아도 새로운 여자!）
추선의 매력은 거기에 있었다.
만날 때마다 새롭게 보이는 그 싱그러움은 타고난 것이지 결코 후천적인 꾸밈은 아니었다.
「불을 끌까요? 이따 끄라고 하시겠지요?」
추선은 구름처럼 가볍고 부드러워 보이는 초록빛 명주이불을 소리없이 펼친 다음 촛대를 향해 손바닥을 펼쳤다가 그런 말을 하면서 홍선의 곁으로 몸을 허물어뜨렸다.
사내 나이 마흔이 넘으면 정염이 여물 대로 여물어 애정의 농도가 가장 짙을 때다. 이하응은 마흔 네 살이었다. 추선은 스물 여덟이었다.
정은 두텁고 신분은 서로 다르니 마음은 한층 초조롭고 애잔했다.
「또 한 해가 저무는구나. 네 나이 해가 밝으면 몇 살이지? 갓 서른이던가?」
홍선은 여자를 가볍게 안으며 그런 말을 했다.
「여자 나이 서른이면 환갑이래요. 이제 대감께서도 저를 버리실 때가 됐지요?」
「나는 너를 버리지 않는다. 버릴 사람이 따로 있지 추선일 버리고 내 어이 사느냐.」
「대감을 처음 만날 때 제겐 예감이라는 게 있었어요. 그런데 요새 와선 또 이상한 예감이 드는군요.」
「이상한 예감이라니 아들이라도 하나 낳을 테냐?」
「언젠가도 말씀드렸지만 웬지 당신은 제게서 곧 떠나실 것 같아요. 간밤 꿈에도 품에 안았던 봉황이 하늘로 훨훨 날아갔어요. 울며불며 몸부림 쳤으나 봉황은 하늘 높이 치솟으며 창궁이 좁다 하고 까마득하게 먼 곳으로 날아갔어요.」
추선은 이 말을 하며 실감있게 온몸을 사나이에게 감겨 왔다.
「그거 태몽 같구나!」

사나이는 여인의 아랫배를 쓸어 주면서 태몽은 아니라고 생각했다.

「사흘만 이렇게 제 곁에 계셔 주세요. 세상일 다 잊으시고 사흘 동안만 이 추선이만을 위해 옆에 계셔 주세요. 소원이에요. 사흘을 삼십 년으로 알고 저는 제 인생을 불사르고 싶어요. 그 다음엔 버리셔도 원망 않겠어요.」

추선은 울고 있었다.

홍선도 쓸쓸한 생각이 들었다.

「권세와 돈있는 사람들을 사귀었더라면 너도 나합만큼이나 호강을 했을텐데 안됐구나. 그러나 낸들 이렇게 살다가 죽겠느냐. 좋은 세월 오면 네게도 섭섭지 않게 해주마.」

「나합 말씀은 마세요. 제 소망은 남을 죽도록 사랑하고 싶은 생각뿐이옵니다. 사랑하다 사랑하다 죽는 게 제 소원이에요.」

밤은 새벽을 잉태한 채 바닷속처럼 깊어 갔다.

날이 새면 섣달 초여드레, 또 해는 동쪽에 떠오를 것이다.

그러나 홍선은 그 운명의 날이 밝고 한낮이 되도록 추선의 집에 묻힌 채 세상을 등지고 있었다.

1863년 12월 8일.

그날의 날씨는 청명하지 않았다. 춥지는 않았지만 아침부터 궂어 있었다. 바람은 꽤 거세었다.

북한의 준령을 넘은 서북풍은 백악을 거쳐 서울의 거리를 휩쓸고 있었다.

잔뜩 찌푸린 하늘에는 황토 머금은 바람꽃이 무겁고, 날리다가 그치고 그쳤다가 휘날리는 눈발은 탐스럽지가 않고 자질구레했다.

날씨가 궂으면 음향이 공간에 꽉차게 마련이다.

세모를 앞둔 서울의 거리에는 잡다한 소음으로 붐비고 있었다. 달구지들이 길에 연이었다.

숯바리, 장작바리, 솔가리 그리고 쌀바리, 과일바리와 함께 장사꾼 홍정꾼들이 배우개, 야주개, 남문 안 등 삼대 시장으로 동서남북 근교에서 아침 저녁없이 밀려들어 제법 흥청대기 시작한 서울은 날씨가 궂어선지 소음이 공간에 꽉차 있었다.
 이날 저녁 무렵.
 서울 장안이 발칵 뒤집히기 시작한 줄도 모르고 흥선군 이하응은 아직 추선의 방에서 스스로 가야금 줄을 땡땅 딩딩 퉁기며 주체할 수 없는 울분과 녹록지 않은 여정(女情)을 시름하고 있었다.
 늙기 설운 줄을 모르고 나 늙었는가.
 봄빛이 덧없어, 백발이 절로 난다.
 그래도 소년 적 마음은 멸할 일이 없어라.
 인생의 허무를 노래하는 것을 보면 이하응도 이제 기나긴 허송세월에 지쳐 있는 것 같았다.
「대감, 석 달만 이렇게 대감을 모셨으면 석 달 후에 죽어도 원이 없겠어요.」
 추선의 검은 눈동자는 기한부의 행복으로 젖어 있었으나 웬지 슬퍼 보였다.
「왜 사흘이라더니 석 달로 늘어나냐?」
 홍선은 가야금 줄을 퉁기면서 추선을 흘겨봤다.
「40여 년 인생에 단 사흘은 너무 짧은 것 같네요. 석 달만 대감을 모시다가 끝나면 중이라도 되고 싶어요.」
 추선은 간절히 호소했다.
「석 달이 아니라 네 평생 나를 돌보면 안 되겠느냐?」
 홍선은 반 농담으로 흘려 버렸다.
 홍선은 정말 한 사날 추선의 집에 묻혀 있을 작정이었다.
 너무나 알뜰히 자기를 사랑해 주는 추선의 소망이 그렇다면 뿌리치고 나간들 시원한 일이 뭐 있겠느냐는 생각이었다.
 추선의 순정에 비하면 실상 자기의 마음은 죄스럽기만 했다.
 여자로서 추선이 미흡해서가 아니라 한 남자로서의 야욕이 너무나 큰 것이다.
 사십여 년 생애를 오로지 그 야욕을 위해서 살아온 인생이 아닌가.
 안일하게 여자나 품에 안고 세월을 흘리려면 진작 생활태도를 바꿨어야 한다.
 홍선은 추선이 문득 불쌍한 생각이 들었으나 내색은 하지 않고 여일하게 가야금 줄을 튕기고 있었다.
 바로 그 무렵이었다.
 경운동 홍선의 집을 향해 급히 달려가는 한 사나이가 있었다.
 이호준이었다. 그는 홍선의 집 대문에 들어서면서,
「대감 계시냐!」
 분별없이 소리를 버럭 질렀다.
 안필주가 행랑채에서 얼굴을 내민다.
「거 왜 그렇게 소리를 지르시오? 어디 불벼락이라도 떨어졌답디까?」
「대감 계신가?」
「안 계시우.」
「안 계셔? 어딜 가셨나?」
 이호준은 낭패의 빛을 보이면서, 누구든 집 안에 있는 사람 다 동원해서 홍선의 행방을 속히 찾아내야 한다고 서슬이 시퍼렇다.
 이호준의 서두는 품으로 보아 사람들은 무슨 큰일이 난 줄을 직감했다.
 그리고 너나없이 몹시들 놀랐다.
 필시 홍선의 신상에 무슨 불길한 사단이 벌어진 줄 알고 안팎이 당황해서 어쩔 줄을 모르고 덤비는 것이었다.
「무슨 일입니까?」
 재면이 눈이 둥그래서 물었다.
 안에서 홍선의 부인 민씨도 다급하게 뜰아래로 내려왔다.
 둘째아들 명복이도 어머니의 뒤를 따르며 심상찮은 분위기에 사람들 눈치만을 살핀다.
「국상이 났습니다.」
 이호준은 민씨 부인에게로 다가서며 나직히 말했다. 그리고는 마침 모여든 '천하장안(千河張安)' 한테 큰소리로 외쳤다.
「자아들 속속히 대감 계신 곳을 찾아내야 하네. 짐작에 어디 계실 듯

싶은가?」
 이렇게 해서 '천하장안' 네 사람이 우르르 거리로 흐트러졌으니 다방골 추선의 집에 묻혀 있는 홍선이 이내 발견되지 않을 수 없었다.
 이호준과 장순규가 추선의 집 대문을 두드렸던 것이다.

 방 안에서 그때까지도 가야금을 타고 있던 홍선군 이하응은 느닷없이 들이닥치는 이호준의 서슬을 보자 가슴이 덜컹 내려앉았다.
 사품에 가야금 줄 하나가 탱 하고 끊어졌다.
「사돈이 웬일이시오?」
 홍선은 공중잡이를 하면서 저도 모르게 벌떡 일어섰다.
 순간 추선의 얼굴빛은 사색으로 변해 버렸다.
 몸을 사시나무 떨듯 하면서 홍선의 옷자락을 잡으려고 한 것은 애정의 본능이었다.
「대감! 어서 행장을 차리십시오! 국상이 났습니다.」
「국상?」
 반문한 홍선의 두 눈은 번쩍 빛났다.
 호안(虎眼)이란 말이 있다. 범의 눈의 광채를 말한다.
 사람의 눈도 호안에 비기는 경우가 있다. 어떤 경우냐고 물을 필요는 없다. 바로 지금 홍선의 눈을 호안의 광채라고 하면 틀림없을 것이다.
 두 눈은 그렇게 빛났으나 홍선은 어처구니없게도 펄썩 주저앉았다.
 너무나 큰 충격을 받은 까닭인가. 하도 기다리던, 막연히 기다리던 사태라서 그랬을까.
 그의 눈망울이 툭 불거지면서 방바닥의 한 지점을 뚫어지도록 쏘아본다.
 그러고 있기를 잠시, 그는 통곡하듯 중얼거린다.
「상감! 불쌍한 상감! 불쌍하게 가셨구려!」
 홍선의 두 눈에서는 눈물이 주르르 흘러내렸다. 서두르던 이호준도 일순 침묵해 버렸다.
 불안하게 보고 있던 추선도 조신한 몸가짐으로 홍선 옆에 앉으면서 명목(瞑目)을 했다.

누구를 위한 명목일까? 무엇을 생각하며 무엇을 비는 것일까?

추선의 두 눈에서는 눈물이 주르르 흘러내려 분먹은 뺨을 얼룩지게 했다.

「대감, 서두셔야 합니다.」

이호준의 음성은 준엄했다.

홍선군 이하응이 오래도록 감상에 젖어 있을 사람은 아니다.

그의 안광이 다시 번쩍 비치는 순간 그의 오 척 단구는 천만 근의 무게로 땅을 차고 일어섰다.

「내 의관 다오!」

엄숙한 명령이 떨어졌다. 쩌렁하는 그 음성에는 천하가 위축되는 듯한 위엄이 있었다.

추선은 입술을 깨물면서 그에게 도포를 입히고 갓을 대령해 받든다.

홍선의 뒤를 따라나온 추선은 대문간에서 더할 수 없이 슬픈 표정으로 말하는 것이었다.

추선의 그 말엔 기약없는 별리에 대한 표현 못 하는 애처로움이 깃들어 있었다.

(대감, 이 추선을 잊지 마소서!)

추선이 비록 이런 말까지는 입밖에 내지 않았으나, 그런 불안과 체념이 그 슬퍼하는 눈에 역력히 나타났다.

그러나 홍선은 차가웠다. 한마디의 말도 그 사랑에 병든 여인에게 남겨 주지를 않은 채 벌써 골목 안을 나가고 있는 것이다.

그의 그런 태도에는 찬바람이 싸늘하게 돌았다. 그게 사나이의 본성일까.

사나이의 온 의지를 건 사업 앞에는 여인의 사랑쯤 터럭보다 가볍게 버릴 수 있는 것이 뭇사내들의 본성인지도 모른다.

추선의 슬픈 눈길은, 그러나 간절히 기원하는 애틋한 눈길은, 언제까지나 이미 정인은 가고 없는 텅빈 골목 안을 지켜보고 있었다.

잠시 후, 한달음에 구름재로 돌아온 홍선군 이하응은 우선 집 안에 일체의 잡인을 금하도록 엄히 분부했다.
 그러고는 오직 이호준에게 질문의 화살을 퍼붓기 시작했다.
「천아성(天鵝聲)이 울렸소?」
「내 귀로 똑똑히 들었습니다.」
 임금이 돌아가면 국상을 알리는 나팔소리가 나게 마련이다. 그 나팔소리를 천아성이라고 한다.
「서랑(婿郎)의 내통이 있었소?」
 이호준의 사위인 조성하한테서 무슨 기별이 새나왔느냐고 묻는 것이었다.
「대궐 앞 동정을 살펴보셨소?」
「호위영 군사들이 철통같이 대궐 주변을 둘러싸고 순라군들이 삼엄하게 대궐 안팎을 경계하기 시작했습니다.」
「돈화문은 닫혀 있겠죠?」
「금호문만이 열려 있고, 척신들의 교가가 줄지어 입궐하고 있사옵니다.」
 이호준의 대답을 들은 홍선군 이하응은 시선을 아래로 깔며 '음' 하고 가벼운 신음소리를 냈다.
 순간 그는 장침 옆에 놓인 연상을 와락 끌어당겼다.
 그는 입을 한일자로 굳게 다문 채 벼루에다 연적 물을 성급하게 떨어뜨리고는 쓱쓱 먹을 갈기 시작했다.
 그것을 보고 있던 이호준이 홍선의 손에서 먹을 빼앗아 대신 갈기 시작했다.
 홍선은 두루마리를 후루루 펼쳐 놓고 그 위에 양호 붓끝을 나는 듯 놀리기 시작했다.

　　　대왕대비전께 아뢰옵니다. 시각을 지체 마시옵고, 수단을 돌보지 마시옵고, 전국옥새(傳國玉璽)를 몸소 간수하소서. 홍선군.

 홍선은 붓을 탁 던지고는 그것을 두꺼운 장지로 만든 흰 봉투에다 넣어 밀봉을 해서 자기가 앉아 있는 보료 밑에다 감췄다.

그리고는 '천하장안'을 불러 엄숙히 분부한다.

「너희들은 지금 곧 원서동 길가에 나가 있다가 금호문으로 급히 빠져 나오는 무수리가 있거든 지체 말고 즉각 이리로 데려오되 남의 눈에 띄지 않도록 은밀히 행동하라!」

그 음성이 하도 위압적이라서 천하장안 네 사람은 순간적으로 일제히 허리를 꺾으며 합창하듯,

「예이.」

하고 소리를 내기가 무섭게 대문 밖으로 우르르 몰려나갔다.

마치 잘 훈련된 병사들의 신바람 나는 행동이었다.

그러고 나서 흥선군 이하응은 비로소 초조해지기 시작하는 것 같았다. 두 눈을 지그시 감으며 몸을 좌우로 흔들어대기 시작했다.

이호준은 그러한 흥선의 동정을 세심히 관찰한다.

그의 눈에도 흥선의 초조로운 낯빛은 역력히 간파되었다.

이 순간에 잘못하면, 잘못 되면 흥선군 이하응이라는 인물은 현재까지 세상에 알려진 인물 그대로 끝장을 보게 되는 것이다.

그뿐 아니라 이호준 자기와 사위 조성하의 앞날도 딱 막혀 버리는 것이다. 따라서 이호준도 흥선군 못지않게 초조로운 것이다.

시간은 조용히 흘렀다.

바깥 날씨는 진눈깨비로 변해 있었다. 이따금 가냘픈 바람소리가 귓전을 스쳤다.

「이렇게 갑자기 국상을 당할 줄은 몰랐어.」

한참 만에 흥선이 감았던 눈을 뜨면서 그런 말을 했다.

그럴 줄 알았더면 좀더 세밀한 계획이 대왕대비 조씨와의 사이에 짜여져 있었어야 한다는 후회같이 들렸다.

「근래 대왕대비마마를 뵈셨습니까?」

이호준이 담뱃대에다 담배를 담으려다가 말면서 자기도 알 만한 말을 묻는다.

「지난 여름에 한 번 뵈었죠.」

두 사람은 다시 바닷속 같은 무거운 침묵에 잠겨 버린다.
또 얼마나 시간이 흘렀을까. 진눈깨비는 더도 덜도 없이 비교적 조용하게 내리고 있는 것 같다. 날이 어두워 왔다.
「대감, 이러구 앉아서 하회만 기다리실 때가 아니잖습니까?」
이호준이 무거운 침묵을 깨뜨렸다.
그러자 홍선이 재떨이에다 담배통을 딱딱딱 두드리며 대꾸했다.
「내게 무슨 방도가 있단 말씀이오?」
「입궐하셔서……」
「입궐해서?」
「돌아가는 사세를……」
홍선은 더이상 대거리를 않고 담배만 뻑뻑 빨아대고 있었다.
그때였다. 대문께가 조심스럽게 술렁대는 것이었다.
그리고 안사랑을 향해 다급하게 접근해 오는 인기척이 있었다.
「누가 온 듯싶사옵니다.」
이호준이 미닫이에다 귀를 대면서 중얼댔다.
홍선은 또 딱딱딱 재떨이에다 담배통을 두드려 댔다. 방 안에는 두 사람이 연거푸 피워댄 담배 연기가 매콤하게 짙었다.
「대감. 궁중에서……」
드디어 밖에서 천희연의 나직한 음성이 들려 왔다.
순간 홍선의 짙은 눈썹은 송충이처럼 꿈틀 움직였다.
(얼마나 초조히 기다린 궁중의 밀사냐!)
이호준은 미닫이를 드르륵 열어 젖혔다.
뜰아래엔 앳된 아기나인 하나가 수줍어하는 태도로 반쯤 몸을 돌리고 서 있어야 한다. 그런데 없다.
「어찌 된 일인가? 누가 왔단 말이냐?」
이호준이 천희연에게 물었다.
천희연이 시큰둥하게 대답한다.
「아기나인의 뒤를 먼발치로 옹위하며 왔습니다. 우선 내실로 들어앉게 하구……」

아기나인이 가지고 온 밀한(密翰)은 자기가 대신 받았다면서 길쭉한 간지봉투 하나를 내민다.
 홍선이 받아든 조대비의 밀한에선 다음과 같은 글발을 읽을 수 있었다.

 졸지에 큰일을 당하고 보니 대책이 막연하오. 대감의 조언을 기다리오. 대왕대비 조씨.

 밀한을 읽은 홍선은 촌각도 지체해서는 큰일이라고 생각했다.
 그는 즉각 조대비에게 보내는 밀한을 보료 밑에서 꺼내 들고는 내실로 들어갔다.
 홍선이 안방으로 들어서자 열 칠팔 세쯤 되는 아기나인이 조신한 몸가짐으로 일어선다.
 홍선은 그 어린 여자에게 별로 할 말이 없었다.
 손에 들고 들어온 밀한을 손수 건네면서 엄숙히 말했다.
「잘 간직해 가지고 가서 마마께 전해 드려라!」
 아기나인은 공손히 그 편지를 품속에 간직하고는 장옷을 머리에 썼다. 그리고 말없이 고개를 숙이더니 이내 방문을 나섰다.
 홍선은 예쁘게 생긴 앳된 나인에게 부드러운 웃음을 보이며 한마디 당부한다.
「대비마마께서 또 무슨 분부가 계시거든 지체 말고 연락의 소임을 맡아야 한다.」
「예.」
 아기나인은 입속으로 대답하고는 총총걸음으로 홍선댁을 나섰다.
 홍선은 이날 밤 뜬눈으로 밤을 밝혔다.
 그는 이례적으로 둘째아들 명복을 불러 사랑에서 데리고 잤다.
 그는 어린 아들에게 곰곰 타일렀다.
「나라 안에서 으뜸가는 어른은 누구지?」
「임금님입니다.」

「임금님은 백성을 어떻게 다스려야지?」
「인자한 마음으로 백성의 어려움을 보살펴 주어야 합니다.」
「임금은 하늘에서 낸 사람, 사람 중에선 지존이시다. 어머니, 아버지조차도 자기 아들인 임금 앞에선 머리를 숙이고 공대를 한다. 임금은 부모조차도 한낱 백성으로 알아야 한다.」
「아버님!」
「왜?」
「아버지 말씀을 못 알아듣겠어요. 아무리 임금이라도 하늘에서 떨어진 게 아니고, 부모님이 낳아 주신 몸인데 어째 부모님 대접을 않고 한낱 백성으로 대할 수가 있습니까?」
「그럼 네가 만일 이 나라의 임금이 된다면 이 애비를 어떻게 대접할 테냐?」
「나라에선 임금이지만, 아버지 앞에선 어린 아들입니다. 아들의 도리를 다해야 하지요.」

홍선은 비로소 어린 아들을 답삭 끌어안으며 그 토실토실한 볼기를 토닥토닥 다독거려 주었다.

「네 말이 옳다. 백번 옳은 말이다. 네 효심을 이 애비는 믿는다. 아무리 임금이라도 애비 없이 태어난 게 아니니까 네 말이 백번 천번 옳구나. 자식의 지혜가 아무리 영특하고 총명하더라도 애비의 넓고 깊은 경륜은 못 따르는 법이지. 그래 부모 눈엔 아들이 환갑이 지나더라도 어린애로 보이는 게다. 이런 말이 있지 않으냐. 환갑을 맞이한 아들이 늙으신 어버이를 기쁘게 해드리기 위해 색동저고리를 입고 어린애처럼 엉금엉금 방바닥을 기어다닌다는 말을 너도 들었을 게다.」

홍선은 어린 아들의 효심이 너무나 대견해서 눈물을 흘릴 만큼 기뻤다.

「내 한 가지만 너에게 묻겠다.」
「무슨 말씀이세요. 아버지?」
「아들이 장성하면 장가를 들게 마련이다. 누구나 장성하면 여자를 맞이해서 부부 함께 살도록 마련돼 있는 게 아니냐? 그런데 그 장가를 잘

못 들면 여자의 농간으로 어버이에 대한 효심에 금이 가는 수가 흔히 있는 법이다. 너는 그렇지 않겠지?」

명복은 아버지의 말뜻을 이해할 수 있는 총명을 가졌다. 아버지에게 말한다.

「저는 그렇지 않을 거예요, 아버지. 아내가 나를 낳아준 건 아니니까요.」

「아하, 그렇지, 그렇지. 너를 낳은 건 네 어머니지 네 아내는 아니지, 하하하.」

흥선은 효심 지극한 명복에게 만족했으나, 밤새도록 잠은 오지 않았다. 그날 대궐 안에서 가장 조심을 한 것은 물론 대왕대비 조씨지만 조카이자 승후관인 조성하도 어지간히 당황했다.

임금의 급서(急逝)는 돌발사였다.

병세로 보아 언제 그런 일이 있을지 모르리라는 짐작들은 들었으나 그래도 며칠 동안 병와(病臥)중이다가 승하했으면 그토록 당황하지는 않았을 것이다.

그날 오후 임금은 여러 궁녀들을 거느리고 대조전 앞뜰을 소풍삼아 거닐다가 갑자기 졸도를 한 것이다.

「대전마마, 날씨가 사나운데 그만 안으로 듭시오.」

지밀상궁이 오락가락하는 눈발이 목덜미에 차가워서 그런 권고를 했을 때,

「머릿속이 혼미하니 좀더 찬바람을 쐬고 싶구나.」

임금은 고개를 가볍게 흔들어 보이면서 그런 대꾸를 했던 것이다.

이것이 그가 이 세상에 남긴 마지막 말이었다.

「대전마마, 안색이 좋지 않으시옵니다.」

지밀상궁이 임금의 해쓱한 안색을 근심하며 다시 그런 진언을 했을 순간 그는 벌써 몸의 중심을 잃고는 걷잡을 새 없이 앞으로 퍽 고꾸라졌던 것이다.

그래 시녀들에 의해서 황급히 침전인 동온돌(東溫突)로 옮겨진 임금은 미처 전의의 진맥도 받을 겨를도 없이 숨을 거뒀다.

열 아홉까지 강화에서 나무지게를 지던 그가 하루아침에 임금이 되어 궁궐로 들어온 지 14년, 이제 서른 셋의 젊은 나이로 갑자기 세상을 떠난 것이다. 이때 대왕대비 조씨는 별저인 용동궁에서 혼자 세월을 시름하고 있었다.

갑자기 친정조카인 조성하가 달려와서 급보를 전했다.

「마마! 방금 대전께서 승하하셨사옵니다.」

조씨는 소스라치게 놀랐다.

「궁원을 소요하시다가 갑자기 졸도하신 채······.」

조성하의 보고를 듣자 대왕대비 조씨는 자리에서 벌떡 일어났다. 일어나다가 치맛단을 밟아 치마 허리가 부드득 뜯어졌다. 훔켜쥐었다.

「아주 돌아가셨단 말이냐?」

「지금 곡성이 궐내에 찼습니다.」

조대비는 급히 치마를 갈아입었다.

조성하는 어깨로 숨을 쉬었다.

「상감께선 연일연야 계속된 연락으로 몹시 피로하셨던 듯싶습니다. 간밤에 특히 울분하신 듯 과음을 하시더니, 오늘 진일을 침전에서 납시질 않으시다가 저녁 무렵에야 답답하시다고 시녀들의 부액을 받으시며 대조전 앞뜰을 소요하셨답니다. 그런데 불과 십 보도 옮기시지 못하고 그만······.」

조대비는 졸지에 묻지 않을 수 없다.

「나는 어떻게 해야 하느냐?」

지금 이 순간에 자기가 할 중대한 일이 있음을 짐작한 조대비는 조카에게 그렇게 묻지 않을 수 없었다.

「마만 속히 환궁하셔야 합니다.」

조성하는 궁인에게 말했다.

「마마께서 속히 환궁하셔야 할 테니 서둘러 채비를 차리시오.」

용동궁은 수진동(현 청진동)에 있다. 창덕궁까지의 거리가 만만치가 않았다.

「마마, 저는 운현궁으로 급히 가서 홍선대감을 뵈어야겠습니다.」
순서로는 당연하다. 홍선군에게 급보를 전하고 대책을 지시받아야 할 것 같았다.
「거긴 대궐에 들어가서 사람을 보내기로 하고 성하는 나하고 같이 환궁하자.」
대왕대비 조씨를 태운 교가는 나는 듯이 종거리를 지나 안동으로 빠져 창덕궁을 향해 달려가고 있었다.
「정문은 벌써 닫혀 있습니다.」
돈화문 앞에서 뒤따르던 상궁 최씨가 조대비에게 아뢰었다.
「금호문으로 가자.」
삼엄하게 경계하고 있는 궁궐 담장을 끼고 대왕대비의 교가는 금호문을 향해 달렸다. 대궐 안으로 들어선 조대비는 대조전 앞에서 교가를 내렸다.
「영해(靈骸)는 어디다 모셨느냐?」
바짝 붙어선 조성하가 대답했다.
「동온돌에 모셨습니다.」
임금의 침전인 동온돌은 곡성에 휩싸여 있었다.
근친, 외척, 귀족원로, 중신들 면면이 영해를 모신 동온돌 뜰에 궤배(跪拜)하고 있었다.
애통하는 비빈, 그리고 상궁 나인들의 곡성이 처절했다.
조성하가 조대비의 귀에다 대고 속삭였다.
「마마, 영해 침두(枕頭)를 뜨셔서는 아니 됩니다!」
조대비가 조성하에게 분부했다.
「무수리를 홍선대감께 보내 봐라.」
조대비가 다시 조성하에게 일렀다.
「기별이 오거든 최상궁을 통해 내게 알려 다오.」
조대비는 위엄을 가다듬으면서 빈전의 대뜰을 밟는다. 이때 원로 정원용이 한발 앞으로 나서면서 대왕대비에게 침통한 표정으로 말한다.
「주상의 승하, 너무 뜻밖이오라 망극한 말씀 이를 길 없사옵니다.」

역조 삼대에 걸쳐 충성을 다하고 있는 팔십 노령의 정원용은 슬픔에 지쳐 있었다.

정원용은 다시 말했다.

「주상은 이미 아니 계시오니 대왕대비전께오서 의식전례(儀式典禮)의 존엄한 분부를 내리셔야 할 줄로 신 아뢰옵니다. 자중 냉엄합시오.」

노신과 대비의 시선이 마주쳤다. 복잡한 대화가 거기 있는 것 같았으나 계하의 시선들이 날카롭다.

영의정인 김좌근을 비롯해서 그의 아들 병기, 조카 병학, 병국, 병필, 병덕의 눈길이 그네들의 대화를 지켜보고 있다.

임금의 장인인 영은부원군 김문근은 이 자리에 보이지 않는다.

그는 이미 지난해에 세상을 버렸기 때문이다.

대왕대비 조씨는 망극한 표정으로 엄숙하게 빈전 영해 앞으로 접근한다. 잠시 뜸했던, 비빈을 위시한 내명부들의 곡성이 봇물처럼 다시 터진다.

대왕대비를 부액한 최상궁이 그네의 귓결에다 대고 나직하게 그러나 서릿발 같은 말을 속삭였다.

「지금 정원용대감의 말씀이 있었습니다. 침두에 오르시는 대로 즉시 대보(大寶)를 간수하시도록.」

조대비는 보일 듯 말 듯 고개를 끄덕였다. 그리고 속으로 생각했다.

(흥선군은 벌써 정원용과 내통해 있었던가. 그게 순서였구나!)

대왕대비 조씨는 숙연히 영해의 머리맡으로 다가가 좌정하며 허리를 꺾었다. 그리고 어깨를 들먹였다.

이것을 계기로 해서 통곡의 물결이 다시 전각 안팎을 뒤흔든다. 하늘도 울고 산천도 울고 만백성들도 울어 불쌍했던 임금, 어질고 착했던 임금, 명목만이었던 임금의 죽음을 슬퍼했다.

오열과 통곡이 절정에 오를 무렵이었다.

별안간 대왕대비 조씨가 허리를 폈다.

눈물을 거두면서 엄숙히 선언했다.

전각 아래 엎드려 호곡하고 있던 중신들 귓결에 대왕대비 조씨의 음성이 들렸다.

「상감의 갑작스러운 승하 망극하기 그지없소만, 이미 불행은 당해 났으니 지체없이 국상의 의식을 서둘러야 하오.」

조대비의 음성은 약간 떨리면서 계속된다.

「내 생각으로는 영해를 침전에 모신 것은 송구스럽소. 빈전을 대조전으로 옮기고 영해를 이안한 다음 속히 고복초혼(皐復招魂)의 의식을 올리도록 해야 하오.」

이제 중신들은 허리를 펴고 전각 위를 쳐다보면서 왕실의 어른인 대왕대비의 연속 떨어지는 분부를 귀기울여 듣는다.

「정원용대감이 원상(院相)의 중임을 맡고, 중신 환관을 지휘해서 막중한 앞일을 처리하도록 하시오.」

정원용이 허리를 굽힘으로써 대명을 받들 뜻을 표시한다.

대왕대비 조씨의 위엄은 다시 가중된다.

「그리고 또 상감의 승하를 지체없이 백성에게 널리 알리도록 하오. 천아성을 울리시오.」

이미 궁궐의 나팔수들이 대령하고 있었다.

구슬픈 천아성 나팔소리가 조선반도 360주의 1천 200만 온 백성을 향해 대궐 네 귀퉁이에서 일제히 울려퍼지기 시작했다.

대왕대비 조씨의 안색은 푸르도록 창백했다.

여자의 몸으로 너무나 힘겨운 대판 씨름을 하고 있는 순간이다. 목은 타고 입술은 죄어들었다.

이 순간엔 조역이 있을 수 없었다. 삼천리 강산을 휘어잡아 손아귀에 넣는 일을 여자의 몸으로 혼자서 해내야 하는 독무대다. 그 독무대에 오른 오직 한 사람의 주역배우이다.

지금 자기 한 몸에 쏠리고 있는 수백의 시선은 단순한 관중의 시선이 아니다. 적이 일제히 겨누고 있는 화살과 같다.

잘못했다간 천추의 한을 남기고 무대에서 끌려내려가야 한다.

목이 타고 입술이 죄고 안색이 창백해지지 않을 여자가 있겠는가.

대왕대비 조씨의 시선은 전각 아래에 허리를 굽히고 서 있는 정원용을 잠깐 내려다봤다. 그리고 그 옆에 서 있는 원로 조두순도 보았다.
 순간 대왕대비 조씨는 그들에게서 무언의 재촉을 받는 것 같아 드디어 마지막 남겨 놓은 한마디를 입밖에 냈다. 아무래도 또 떨리는 음성, 그러나 그 음성엔 냉엄한 국모의 위신이 약여하다.
「불쌍한 상감은 많은 한을 남기신 채 이미 세상을 버리셨소. 망극한 마음 온 백성과 함께 누를 길 없으나, 이대로 슬픔에만 잠겨 있을 수도 없는 것이 내 처지인 것 같소. 나라엔 한시도 보좌(寶座)가 비어 있어서는 아니 되는 것, 그러나 새 상감을 옥좌에 모시기란 하늘의 계시와 열성조(列聖朝)의 감응이 있어야 하는 경국(傾國)의 성사요. 아마 사오일의 시일이 필요할 듯싶으오. 우선 그동안은 전국옥새를 내가 정중히 보존해야 할 막중한 소임이 있는 줄로 아오.」
 실로 엄숙하고 역사적인 선언이 흐르는 물처럼 도도히 뒤를 이었다.
 순간, 동온돌 전각 안팎은 물간 듯이 조용했다. 누구 하나 기침소리조자 못 내고 호흡들이 일제히 정지된 양 미동도 하지 않았다.
 원로 정원용은 고개를 숙인 채 입가에 미소를 지었다. 조두순은 정원용의 표정을 훔쳐보며 조용히 눈을 감았다. 그러나 그 순간 척족 김씨 일문의 안색들은 납빛으로 변해 버렸다.
 (아뿔싸! 옥새를 뺐겼구나!)
 임금의 상징은 옥새, 옥새를 차지하는 사람이 임금이 된다.
 (그 옥새를 왜 재빨리 우리 쪽에서 간수하지 못했던가?)
 대왕대비 조씨는 김문이 득세한 동안 적잖이 홀대를 받아 왔다. 외롭고 한많은 여인이었다.
 이제 왕실의 가장 웃어른으로서 국왕이 궐위된 동안 그 대보를 맡아 보존하겠다는데 아무리 당대의 권문인 김씨네라 하더라도 할 말이 있을 수 없다. 당연한 순서니 말이다.
 잠시 맡아 가지고 있는 거야 어떻겠는가. 맡아 가지고 있는 대왕대비가 그것을 누구에게로 넘겨 주느냐가 문제다.
 누구에게 넘겨줄 건가. 조대비가 김씨네 마음에 드는 종친에게 넘겨 줄 것인가. 바라는 게 어리석다.

(의당, 왕비 김씨로 하여금 미리 간수해 두도록 했어야 할 것이어늘!)

「아하, 실수로다!」

세도 김병기는 속으로 무릎을 치면서 친부 김좌근을 돌아봤다.

역시 연배 탓일까. 영상 김좌근은 태연을 가장하고 있는데, 그래도 안면근육이 씰그러진 것은 늙은 얼굴이기 때문인가. 이미 체념하고 있어선가.

김병필은 이번에 과부가 된 김씨의 오라비 뻘이 된다. 분하다는 듯 오른쪽 뺨을 다섯 손가락으로 북북 긁어대고 있었다.

그러나 같은 김씨 일문이면서, 대제학 김병학은 커다란 두 눈을 껌벅거리며 멍청했다.

그의 아우인 훈련대장 김병국은 김좌근 부자의 눈치를 훔쳐보면서 어금니를 주근주근 씹었다.

부복한 육조판서들은 어떻게 될 것인가 서로의 눈치들만 살피고 있었다.

그러고들 있을 때, 대왕대비 조씨는 이제는 망해(亡骸)인 임금 침두에 놓여 있는 옥새함을 정중히 받들어 들고 입을 꽉 다물면서 몸을 일으켰다.

빈전을 나서자 대왕대비 조씨는 체면불고하고 손수 들었던 옥새함을 치마폭에다 감싸면서 뒤따르려는 대비전 나인들에게 추상같은 분부를 했다.

「이 나라의 대보를 모시는 길이다. 대전별감으로 하여금 대보 가는 길을 옹위케 하라!」

지금 이 마당에서 누구의 영인가. 임금 일상의 측근 시종인 대전별감이 지체없이 달려와 그네의 뒤를 따른다.

최상궁이 대비를 부액했다. 여러 나인들이 길을 함께 했다.

물론 승후관 조성하가 새까만 눈빛을 번쩍이며 숙연히 앞길을 인도했다.

하늘은 낮게 가라앉고 진눈깨비는 조용히 궁원을 적시고 있었다.

대왕대비 조씨는 그제서야 길게 한숨을 뽑았다.
(반드시 이렇게 돼야 하는 것이었다!)
대왕대비 조씨는 발길이 허청거렸다. 긴장이 풀리는 바람에 몸의 맥이 빠진 까닭이다.
그네는 아랫입술을 지그시 깨물었다.
옥새를 자기가 간수하겠다고 선언한 순간의 김씨 일족의 당황해 하는 눈치를 분명히 보았다.
발을 통해서 내다볼 수 있었던 김병기의 그 해쓱해진 안색은 무엇을 뜻하는가.
아무래도 그들이 녹록지는 않을 것이다.
앞으로 있어야 할 그들과의 싸움이 얼마나 복잡 심각해야 할 것인가를 예견할 수 있었다.
「마마, 홍선대감댁에 보냈던 아이가 이제사 돌아왔습니다.」
대왕대비 조씨를 부액한 최나인이 귀뜀을 하자, 그네는 가볍게 고개만 끄덕이면서, 한 나라에서 최고 권위를 지닌 위엄있는 보행을 허물어뜨리지 않았다.
우선 전국옥새를 확보하는 첫 사업에 성공했다는 소식을 전해 듣자 홍선군 이하응은 회심의 미소를 감추지 못했다.
이튿날 날이 밝기가 무섭게 그는 '천하장안' 네 사람의 종복을 불렀다.
「소인들 대령했습니다, 대감.」
웬지 어깨바람이 나는 성싶은 천희연이 뜰아래서 허리를 굽혔다.
「이리들 올라오너라.」
홍선은 그들을 거실로 불러들였다.
「이제부터 너희들 할 일이 실로 막중하구나.」
푸르도록 빛을 발산하는 홍선의 안광이 네 사람 장정을 차례대로 훑어본다.
「너희들의 충성을 나는 믿는다. 허나 너희들은 내게 대한 충성을 무엇으로 표시할 수 있느냐?」

이 뜻밖의 말에 네 장정들은 물벼락을 맞은 것처럼 잠잠했다.
이렇게도 분위기가 하루아침에 변해 버릴 수가 있을까. 어제까지만 하더라도 흥선에게 히룽히룽 농지거리로 말대답을 하던 네 장정이 이토록 괭이 앞에 나온 쥐처럼 위압을 느낀 채 기를 못 펴다니, 흥선은 실로 신묘한 장력을 가진 사람이었다.
「무엇으로 내게 대한 충성을 표시할 테냐?」
이하응의 채근은 냉엄했다.
천희연이 허리를 굽히고 있다가 고개를 번쩍 들었다.
「혈서를 써서 저희들의 단심을 보여 드리겠습니다.」
「혈서?」
흥선군 이하응이 반문하니까, 하정일이 대답한다.
「저희들 네 사람이 단지(斷指)를 해서 대감 앞에서 혈서로 충성을 맹세하겠습니다.」
흥선은 앉은 차례대로 장순규를 쏘아보며 묻는다.
「너도 그럴 용의 있으냐?」
「목숨이라고 바치겠습니다, 대감.」
「너는?」
이번엔 안필주가 대답한다.
「죽으시라면 죽겠습니다.」
네 사람의 다짐을 받은 흥선은 호쾌하게 한바탕 웃어 젖히며, 그러나 호통을 쳤다.
「이놈들아! 앞으로 많은 일을 해야 할 놈들이 손가락을 자르고 모가지를 바치면 나는 병신과 시체를 데리고 국사를 도모하란 말이냐!」
이 한마디로 흥선은 비로소 자기의 야심을 그들에게 암시한 것이다.
이 한마디로 '천하장안' 네 장정들은 비로소 명확하게 흥선군 이하응의 존엄을 인식한 것이다.
그러자, 흥선의 엄숙한 첫 명령이 떨어진다.
「내가 너희들에게 내리는 첫 영이다. 쉬운 일이 아니다만, 기필코 시행하라!」

이 우렁차면서 나직한 홍선의 위엄은 네 사람 장정의 고개를 일시에 번쩍 들도록 했다.

「오늘 날이 저물거든 대궐로 들어가라! 들어가기가 쉽진 않겠다만 들어가거라. 들어가서 대왕대비마마의 처소를 경호하라! 남의 눈에 띄지 않도록 몸을 숨긴 채 엄중히 경호하라! 그리고 날이 샘과 동시에 대궐에서 물러 나오라! 방법은 너희들 수완에 맡긴다! 알았느냐?」

「네이!」

네 장정들은 일시에 말하는 기계처럼 대답했다.

「오늘 하룻밤뿐입니까, 대감?」

장순규가 물었다.

「앞으로 닷새 밤을 계속하라!」

홍선은 김씨 일문이 폭력으로 대보를 탈취할 수도 있으리라는 전제 아래 미리 '천하장안'으로 하여금 그러한 포진을 시켰다.

만백성萬百姓아 내 이름은 대원군大院君

 흥선군 이하응은 '천하장안'에게 다시 제2의 분부를 내렸다.
「낮에 할 일은 또 따로들 있다.」
「분부만 내립쇼.」
 장순규가 어깨를 치켰다.
 흥선은 천희연에게 분부한다.
「너는 김병기를 맡구!」
「알겠습니다, 대감.」
 흥선의 지시는 하정일에게로 떨어진다.
「너는 김병필과 김홍근.」
「예이.」
 마지막으로 그는 안필주에게 분부했다.
「안필주는 내 주변을 잠시도 떠나지 말라!」
 흥선의 작전과 정보수집책은 이렇게 해서 실로 배수의 진을 쳤다.
 별일없이 이틀이 지나갔다.
 동관 일대와 돈화문 주변은 수많은 시민 남녀들과 지방에서 모여든 유생들이 상립거상을 입고 망배를 하는 바람에 번잡을 더해 가고 있었다.
 사흘째 되던 날 장순규의 저녁 보고에 의하면 김씨 일문의 중요한 사람들이 영의정 김좌근의 집에 회동했는데 무엇이 논의됐는지는 분명치 않으나 돌아가는 사람들의 동태로 보아 대단한 일은 없었던 것 같다는 정보가 고작이었다.
천희연의 보고는 좀 엉뚱하고 색달랐다.
「대감, 말씀드리기 황송하오나 어제도 오늘도 구름재에서 돈화문 쪽으로 꺾이는 길모퉁이를 진종일 지키고 서 있는 조객이 하나 있습니다.」
홍선은 그 말에 바짝 긴장하면서 반문했다.
「조객? 누구냐?」
「소복담장한 여인이 상감의 승하를 슬퍼하고 있더이다.」
여인이라는 바람에 홍선은 긴장을 풀면서 천희연을 꾸중했다.
「이놈아, 그게 무슨 대단한 일이라구 지껄이느냐!」
그러나 천희연은 정색을 하면서,
「그런데 그게……대감께서도 잘 아시는 여인이기 때문에 말씀드렸습지요.」
코끝을 벌름거리는 그에게,
「내가 아는 여인이라니 누구냐?」
홍선이 잼처 물으니까,
「다방골 추선아씨예요.」
천희연은 천연덕스럽게 대답하고는 무릎 걸음으로 주춤주춤 물러앉는다.
「추선이가? 국상이 났으니까 미리부터 구경하러 나온 게지.」
홍선은 대수롭잖게 대거리를 했으나 웬지 가슴이 뭉클했다.
그는 추선의 행동을 이해할 수 있을 것 같았다. 홍선은 자기 동태에 대해서 무엇인가 간절하게 보고 싶어할 추선의 애잔한 마음을 이해할 수 있었다.
어제도 오늘도 진종일 운현궁과 대궐의 길목을 지키고 서 있는 여자의 마음은 장부의 심장에다 바늘끝을 꽂는 것처럼 짜릿한 것이었으나, 그러나 홍선은 냉담했다.
「물러들 가거라! 계속 소임들을 다하라!」
그날 밤 홍선은 비로소 부인 민씨에게 자기 마음속을 털어놓았다.
「부인도 그동안 내 심중을 짐작하고 있었겠소만 이제 하루 이틀이 고

비요. 명복이 목욕이나 깨끗이 시켜 두시구려.」

그날 밤 부부는 오랜만에 어린 아들을 가운데에 뉘고, 나누는 대화 없이 잤다.

이튿날 흥선은 진일토록 김응원과 더불어 사랑에서 난을 그리며 소일했으나 남 보기엔 정말 무사태평이었다.

드디어 섣달 열 사흗날이 밝아 왔다.

그날 아침 드디어 대왕대비 조씨는 창덕궁 중희당으로 원로중신들의 참내를 명했다.

조대비의 소명을 받고 속속 궐문에 든 인물들은 너나없이 긴장할 대로 긴장했다. 당대의 권문 김좌근, 김병기를 필두로 김흥근, 김병학, 김병국 등이 금관조복의 예장으로 위의를 갖추고서 열석했다. 정원용, 조두순, 그리고 열하부사로 연경에 다녀온 바 있는 박규수 등의 원로대신 정객이 조대비의 부름을 받고 중희당에 참집했다. 누구 한 사람 입을 열지 않았다.

중희당 주변은 무예청 군사들에 의해서 삼엄한 경계가 펼쳐졌고, 하늘은 이날 따라 구름 한점 없이 드높게 맑았다.

원로중신들이 천만 근의 침묵을 씹으며 대기하고 있기를 한식경, 드디어 왕실의 가장이며 이씨조선 제26대 왕의 계승자를 종묘에 봉고할 수 있는 권능과 자격의 소유자 대왕대비 조씨가 기품있는 동작으로 중앙 염내(簾內)에 마련된 고귀한 자리에 나와 착석했다. 겨울날씨건만 기침소리 하나 들리지 않고 숨소리마저 죽여진 정적이 중희당 전각을 무거운 압력으로 짓누르고 있었다.

아무도 신하된 자로서 먼저 입을 열어서는 안 되고 열 수도 없는 엄숙한 자리였다.

대왕대비 조씨는 한참 동안 침묵으로써 좌중을 위압한 다음 서서히 입을 열었다.

「나 비록 복이 없어 일찍이 홀몸이 되었으나 나이 탓으로 대왕대비 자리에 있는 몸, 이제 망극한 일을 당하여 슬프고 송구한 마음 주체할 길 없지만, 이 나라 종사와 백성의 안위를 살필 때 한시도 보위를 궐해

둘 수 없으니 오늘 여기 모인 여러 중신들은 지체없이 제26대 왕통(王統)을 의논해서 품신들 하오.」
 대비의 선언은 찬서리처럼 싸늘하고 엄숙했다. 좌중은 죽은 듯이 조용했다.
 누가 있어 감히 먼저 입을 열겠는가.
 담력있고 조리있는 구변을 자랑하는 당대의 세도 김병기조차도 고개를 깊숙히 떨어뜨린 채 묵묵불언인데 섣불리 누가 먼저 입을 열겠는가.
 벌써 옛일이긴 하지만 다들 알고 있다.
 제9대 왕 성종이 그의 비 윤씨의 지나친 투기와 방자무엄한 행동을 용서할 길 없어 사약을 내리려고 조신들을 불러 중론을 들으려 한 일이 있다.
 그때의 영의정 허종은 뒷일이 무서워 입궐 도중 고의로 말에서 떨어져 다리를 다치고는 소명에 응하지 않았다.
 성종이 돌아가고 연산군이 왕위에 오르자, 그는 모후의 비명을 통분하고 당대의 조신 40여 명을 참살 또는 유배시켰지만 오직 허종만은 그 회합에 참석하지 않았다는 이유로 재난을 면할 수 있었던 게 아닌가. 허종이 말에서 떨어졌다는 종침교는 사직동에 있다.
 그런 옛일을 알고들 있는데 지금 이 자리에서 누가 감히 왕통의 가부를 시비하며, 누구를 지적해서 사왕(嗣王)으로 삼기를 감히 주장할 수 있겠는가.
 만당은 유구무언이었다. 대왕대비 조씨는 힐책하듯 카랑한 음성으로 말했다.
 「영상이 먼저 의견을 말해 보오!」
 이렇게 되고 보면 김좌근도 끝내 침묵만을 지키고 있을 수는 없다.
 그는 해쓱해진 얼굴로, 발 저쪽에서 자기를 쏘아보고 있는 대비의 시선에 어쩔 수 없이 위압을 느끼며 조심조심 입을 열었다.
 「신왕의 옹립은 국가의 대사이기도 합니다만, 먼저 왕실 종사의 경사이옵니다. 바라건대 종실의 어른이신 대왕대비전께옵서 생각하신 바를 말씀하시는 게 순서일까 합니다.」
　김좌근은 이렇다 할 자기 주장이 없는 말을 했다.
　대왕대비의 말이 또 당내에 울린다.
「좌찬성도 의견이 있으면 얘기해 보시오!」
　그러나 김병기가 염내의 대왕대비를 우러러보면서 깔끔하게 한마디 한다.
「아뢰옵기 황송합니다. 이렇게 공개된 석상에서 사왕책립에 대한 막중대사를 경솔히 운위하는 것은 존엄한 왕실에 결례가 될까 싶사옵니다.」
　이 말에 대왕대비 조씨는 즉각 맞섰다.
「복안은 있지만 여러 사람 앞에선 말할 수 없다는 말이오? 좌찬성의 복안이 무엇인지 모르나 만일 공명정대하다면 왜 남의 이목을 꺼려하오.」
　완연히 비양거리는 말투였으나, 그러나 위엄있게 그를 제압했다. 사람들은 놀랐다.
　숨소리들을 죽이고 대왕대비와 세도 김병기의 맞씨름을 조용히 관전하는 태세들이다.
　누구나 생각했다.
　(이미 엄청난 변화가 왔구나!)
　며칠 전만 하더라도 대왕대비 조씨가 세도 김병기한테 그런 거센 말을 할 수는 없었던 것이다.
　그럴 이유도, 필요도 없었다.
　척족 김씨 일문의 강자 김병기는 직접 국왕만을 상대했으며 국왕은 좋든 싫든 김병기의 의사를 꺾거나 그의 비위를 건드리지는 못하는 용주였다.
　그런데 국왕이 세상을 떠나자 하루아침에 대왕대비 조씨의 위세가 그렇게 도도해진 것이다.
　사람들의 시선은 일제히 김병기에게로 총집중됐다.
　그의 다음 말은 대왕대비에 대한 도전이냐 아니면 굴복이냐 하는 관심으로 집약됐다.
 김병기는 여러 대신들 앞에서 더할 수 없는 무안을 당하자 어깨가 가볍게 물결쳤다.
 흔히 감정이 격하면 말이 얼른 나가지 않는 것이다.
 김병기도 그 예외는 아닌 성싶었다.
 잠시 격한 감정을 진정시키느라고 가볍게 두 눈을 감았다. 아마도 그 눈이 번쩍 뜨이는 순간엔 심상치 않은 한마디가 튀어나올 모양이다.
 만좌는 더욱 긴장했다.
 그러나 대왕대비 조씨는 그가 다시 두말을 할 기회를 주지 않았다.
「그럼 조대감께서 기탄없이 말씀해 보시오!」
 이 말이 떨어지자 이번엔 원로대신 조두순이 기다렸다는 듯이 즉각 발언을 했다.
「마마, 선왕의 승하를 호곡하는 만백성은 이제 비통이 절정에 이르고 있습니다. 그렇잖아도 백일에 빛날 성은이 자칫 요운에 가려진 일이 많았사오니 들뜬 민심을 무위하기 위해서도 왕통의 책정은 시급 요하는 일인가 합니다. 마마, 주저 마시고 종실 중에서 덕기(德器)있는 공자로 하여금 속히 대통을 잇도록 대명을 내리소서.」
 조두순의 이 말 역시 사람들을 놀라게 했다.
 성은이 요운에 가리었다 함은 무엇을 뜻하는가, 척촉 정권의 비정(秕政)을 은근히 논란한 것임에 틀림이 없다.
 분위기는 일촉즉발, 대단히 험난해져 가고 있다. 마지막으로 정원용이 입을 열었다.
「예로부터 이런 막중한 일엔 신하된 자 함부로 용훼 못하오. 대왕대비전마마, 속히 명지를 내리시어 정책(定策)하십시오!」
 정원용의 말이 끝나자, 또 간일발의 여유도 있어서는 안 된다. 누가 무슨 말을 할는지 모르는 것이다.
 대왕대비는 역시 이번에도 시간의 여유를 두지 않았다. 냉연히, 중론은 들을 만큼 들었다는 태도로 드디어 제26대의 신왕을 지명하는 것이었다.

「충성스런 제대신의 품의를 받아들이겠소. 과시 나라 안팎의 정정(政情)으로 봐서도 왕위는 촌각을 다투어 계승되어야 하오. 제대신은 엄숙히 들으시오.」

대왕대비 조씨의 음성은 갑자기 높아졌다.

장내는 물간 듯 조용했다. 삼천리반도 삼라만상이 일시에 숨을 죽이고 대왕대비의 이 한마디를 들으려고 귀를 기울인 순간과 같다.

「홍선군의 제2자 명복을 익성군으로 봉하고, 익종대왕의 대통을 계승케 하라!」

순간, 김씨 일문의 현신들은 얼굴이 파랗게 질리고 말았다. 너무나 너무나 뜻밖의 선언이었다.

잘못 듣지나 않았나 하고 귀를 의심해야 할 지경이었다.

(홍선군의 아들이라니. 저 술망나니, 노름꾼의 아들을 왕으로 삼다니! 그의 둘째아들이라면 누구냐 말이다! 몇 살이나 됐느냐! 명복이라 명복?)

이대로 끝나서는 안 된다. 그렇게 될 수가 없는 것이다. 뭣인가 잘못된 것이다. 잘못된 것이다.

김병기가 다급한 무릎 걸음으로 성큼 앞으로 나서면서 말한다.

「삼가 아룁니다. 홍선군은 종중이 명문이긴 하오나 그 가계 지극히 궁핍하고, 그 소행 또한 만인에게 모멸을 받아 종실의 체통을 여지없이 실추시킨 바 있는 줄로 압니다. 그런 분의 아드님을 이 나라의 제왕으로 책립한다면 왕자의 덕기도 존엄도 유지 안 될 뿐 아니라 국사다난한 이 때에…….」

나라 꼴이 어떻게 되겠느냐고 덤벼들었다.

그러자 김병기의 이 대담한 항변을 그대로 듣고 있을 수가 없었던 것 같다.

말석에 이례적으로 참예하고 있던 대왕대비의 승후관 조성하가 목청을 돋워 젊은 혈기를 발산했다.

「그렇다면 종중의 누구를 영립(迎立)해야 마땅하다는 말씀입니까. 홍선군의 가계가 궁핍한 것은 누구 때문이며, 홍선군이 술과 노름으로 세월을 보낸 것은 뭣 때문이며, 홍선군의 둘째아드님 말고 누가 대통을 계승하기에 더 가까운 종실이 있습니까. 왕자의 덕기와 존엄으로 말한다면야 승하하신 철종대왕만 못하신 분이 어디 있습니까. 그 어른은 강화섬에서 처참하도록 한미한 생활을 하시지 않았습니까. 홍선군 둘째 아드님 말고 또 어느 시골에서 어떤 농군을 데려다가 왕위에 오르게 하실 작정인지 말씀해 보십시오!」

젊은 조성하의 도전은 잔혹하도록 준엄했다.

「무엄한 말을 함부로 하지 말라!」

김병기가 버럭 소리쳤다.

살벌한 분위기, 수습할 길이 없을 것 같았다.

이번엔 영돈령 김흥근이 항거했다.

「그럼 홍선군이 시정 무뢰한들과 군오한 것은, 주색에 탐닉한 것은, 종실의 체모를 더럽힌 것은 불문에 붙이더라도 그분의 아드님을 임금으로 모시면 그 임금의 생부인 홍선군은 어떻게 처우해야 합니까. 고래로 우리나라엔 생존한 대원군이 있었단 말을 듣지 못했소이다. 만약 군왕위에 생부가 있어 정사를 일일이 간섭하는 일이라도 생긴다면 한 나라에 두 임금이 있음과 같으니 이는 위국의 대환일까 합니다. 마마, 통촉하시어 청사에 흠이 안 되도록 하옵소서.」

필사적인 항거, 목청이 갈라졌다.

이때를 놓칠세라 조두순이 나섰다.

「대왕대비전 명지에 신하들은 함부로 용훼 못 하는 법이오! 이미 대통은 계승되었습니다!」

그리고 이번엔 정원용 노대신이 딱 잘라 말했다.

「대왕대비전마마, 막중대사는 이로써 끝내신 줄로 아뢰옵나이다. 다만 후일에 증하기 위해서는 말씀보다도 일필 서찰이 필요하니 언문으로 사왕책립에 대한 교서(教書)를 내리시도록 품신하옵니다.」

이때 이미 대왕대비의 옆에는 홍선군 이하응이 직접 친필로 써서 보낸 언문교서가 붉은 비단보에 소중히 싸인 채 준비돼 있었다.

그 교서는 흥선군 손에서 이호준에게, 이호준한테서 조성하에게, 조성하한테서 최나인에게, 최나인한테서 대왕대비 조씨에게 릴레이식으로 비밀리에 전달됐던 것이다.
분위기는 갑자기 술렁거렸다.
실제로 절차는 완전히 끝나 있었지만 김씨 일문에겐 이대로 끝나선 안 되는 것이다. 어떻게든 이대로 끝나게 해서는 안 되는 것이다.
그러나 그런 눈치를 알아챈 대왕대비 조씨는 또 시간의 여유를 주지 않고 엄숙히 선언해 버렸다.
「사왕책립에 대한 언문교서는 여기 준비돼 있으니 여러 대신들은 공람하시오!」
염내에서 내려온 언문교서는 즉시 여러 대신들 앞에 공람되었다.
김좌근은 비교적 침착한 표정으로 눈이 부시도록 흰 간지에 힘있는 글씨로 씌어진 그 교서의 내용을 훑어보았다.

흥선군 제2자 명복을 익성군으로 봉하고, 익종대왕의 대통을 계승케 한다. 대왕대비 조씨

김병기는 그것을 받아들자 두 손을 부르르 떨면서 눈을 감아 버렸다. 차라리 읽어 보지 않겠다는 태도였다.
대왕대비 조씨는 발 사이로 그런 정경을 내려다보면서 비로소 회심의 미소를 머금었다.
그녀는 또 한마디 할말이 있었다. 그리고 그 음성은 더한층 장중해져 갔다.
「도승지 민치상은 그 언문교서를 즉시 한문으로 옮겨 써서 승정원으로 보내도록 하라!」
민치상이 대왕대비의 영을 받들어 여러 중신이 보는 앞에서 그것을 한문으로 옮겨 썼다.
만당의 현관정신들은 지금까지의 경위가 너무나 전광석화 격으로 척척돼 나간 데 대해서 정신이 얼떨떨했다.

너무나 치밀주도하게 짜여진 작전이 너무나 일사천리로 진행돼 나간 것이다.
척족 김씨네는 새삼스럽게 놀랐다.
신왕이 철종의 대를 계승치 않고 대왕대비 조씨의 남편인 익종의 후사로 이어진 것을 비로소 깨달아야 할 만큼 그네들은 정신이 나가 있었다. 삼대를 소급해서 대를 잇게 한 왕통이 일찍이 언제 있었던가.
결국 철종은 후사가 끊어지고 만 것이다.
만일 사가의 촌수로 따진다면 신왕은 증조부의 아들로 소급해서 입사(入嗣)된 셈이 아닌가.
(어허, 교묘한 계책이로고!)
영의정 김좌근은 탄식했다. 김씨 일문의 앞길이 환히 보이는 것 같다. 추풍에 낙엽처럼 하루아침에 우수수 몰락하는 김씨네의 운명이 눈물일까, 피일까.
눈앞이 캄캄했다. 중회당 전각이 핑핑 돌아가는 것 같고, 조금 전까지 대담한 말을 함부로 써가며 항거하던 아들 병기와, 그리고 김흥근의 주검과 같은 얼굴이 그의 망막에 흐릿하게 일그러진 채 어른거렸다.
이때, 또 대왕대비의 마지막 던지는 칼날이 그네들 목에 와 꽂혔다.
「원상 정원용과 도승지 민치상은 조정백관을 거느리고 즉시 운현궁으로 나아가 흥선군에게 전지(傳旨)를 보하고 신왕을 궁궐로 영입하시오!」
세월이란 뭣이냐, 흐르는 시일의 쌓임을 말한다.
사람 저마다 세월이 흐르면 좋은 일이 반드시 찾아온다면야 뉘라서 나이 느는 것을 탄할 것인가.
고진감래란 말이 있기는 하다. 그러나 누구에게나 괴로움 다음에 좋은 일이 찾아오는 것은 아니다. 대왕대비 조씨는 중회당을 나서면서 눈물이 시야를 가렸다.
너무나 벅차고 꿈만 같은 감격에 통곡이라도 터뜨리고 싶은 강렬한 충격을 억제할 수 없었다.
30여 년, 익종과 사별하고 흐른 세월 30여 년 동안의 외로움과 수모와 소외된 생활은, 권태와 통한과 자기 모멸로 일관해 왔다.
 시어머니인 순조비 김씨가 모든 실권을 쥐고 왕실과 국권을 뒤흔드는 동안엔 숨 한번 크게 못 쉬고 지내온 조대비였다.
 시어머니인 순원왕후는 철종을 옹립할 때 마땅히 조대비의 남편인 익종의 대를 잇도록 하는 게 순서였는데도 스스로의 야심이 있어 자기 남편인 순조의 대통을 잇도록 전지를 내렸다.
 그래야만 자기가 대비가 되어 실권을 잡고 이른바 수렴청정을 할 수 있었기 때문이었다.
 그 순원왕후가 세상을 떠나자 조대비는 자연 대왕대비의 자리로 올랐다.
 그러나 척족 김씨네는 조대비의 존재쯤은 안중에도 없이 천하를 주물렀다.
 별수없이 용동궁에 조용히 묻혀 있을 수밖에 없었다. 그 세월이 30여 년인 것이다.
 그런데 이제야 그 오랫동안의 통한을 설욕했다.
 중요한 것은 흥선군의 둘째아들 명복을 철종의 대통을 잇게 하지 않고 자기 남편인 익종의 대를 잇게 한 점이다.
 그래야만 조대비 자신이 수렴청정을 할 수 있는 것, 그 수법은 돌아간 시어머니 순원왕후한테서 그대로 배운 것이니 말하자면 척족 김씨네가 취한 방법을 그대로 모방한 것이다.
 (너희들이 한 대로 나 또한 해보았노라!)
 대왕대비 조씨는 어금니를 지그시 누르면서 눈물로 흐려진 시계(視界)를 응시했다.
 이때 뒤따르던 조성하가 대비 앞으로 한걸음 나서면서 나직히 속삭였다.
 「마마, 저는 흥선군한테 잠시 다녀와야겠습니다.」
 대왕대비는 잠깐 생각하는 듯한 얼굴이더니 뇌까렸다.
 「그럴 필요가 있을까…….」
 조성하는 한시라도 바삐 이 쾌보를 흥선에게 직접 전하고 싶었다.

「여러 가지 준비 절차를 서둘러야 할 테니까 아무래도 제가 한 발 먼저 가서 귀띔해 드려야겠습니다.」

이 말에 대비 조씨는 조용히 고개만을 끄덕여 허락했다. 그리고 일렀다.

「지체 말고 속히 돌아오라!」

조성하는 그길로 황급하게 대궐문을 나섰다.

궐문 밖에는 인산인해였다.

오늘 신왕책립에 대한 중신회의가 열리는 줄을 백성들은 벌써 짐작하고 있었던가. 아니면 철종의 승하를 슬퍼하는 우연한 잡답일까. 돈화문을 향해서 남녘으로, 수천 군중이 길을 메운 채 혹은 망곡하고, 혹은 서성대고 있었다.

조성하는 군중 틈을 누비며, 쫓기는 사람처럼, 쫓는 사람처럼 다급하게 운현궁으로 향했다.

(대감! 기뻐하소서! 당신의 소망은 끝내 이루어지고 말았습니다. 당신의 이름은 대원군, 흥선대원군이오이다!)

조성하도 흥분해서 눈앞이 흐렸다.

바로 그때였다. 군중 틈에서 별안간 조성하의 팔을 덥석 잡는 사람이 있었다.

너무나 긴장했었고, 너무나 다급하던 길이라 갑자기 팔소매를 잡힌 조성하는 소스라치게 놀라지 않을 수 없었다.

몸을 홱 날리며 자기 소매를 잡은 주인공을 돌아다본 순간 조성하는 다시 한번 놀라야 했다.

「죄송합니다, 나으리.」

장옷으로 얼굴 모습을 숨긴 여자, 얼른 봐도 다방골 추선임을 알아차릴 수 있었다.

「어허, 추선이가 웬일인가?」

조성하는 반대로 추선의 소매를 끌고 골목 안으로 들어섰다.

「나으리, 세상이 어떻게 돌아갑니까?」

추선의 입술은 바짝 말라 있었다.

조성하는 추선이 무엇을 묻고 있는지 짐작할 수 있었다.
조성하는 문득 추선의 붉은 심문(心紋)에다 돌을 던져보고 싶었다. 냉연히 반문했다.
「뭐가 어떻게 돌아간다는거야?」
그러자 추선은 망설이지 않았다.
「새 임금님은 누가 되시나요?」
조성하는 추선을 달갑지 않은 눈으로 노려보며 대답해 줬다.
「일개 기녀가 그런 나랏 일이 뭐 그리 궁금하다구! 알으켜 줄까? 신왕은 아마 엉뚱한 분이 되시는 것 같네.」
「엉뚱한 분이라뇨?」
추선은 체면 돌보지 않고 조성하의 소맷자락을 다시 잡으며 물었다.
「우리넨 이름도 못 듣던 먼 종친이로세. 어느 산간벽지에 숨어 사는 종친이 있었더군!」
보통 아둔한 여자의 눈도 열두 가지의 표정을 갖는다던가.
그만큼 여자의 눈은 그 감정을 섬세히 표현한다.
추선의 두 눈동자는 단박 초점을 잃은 채 고정되더니 흰자위에선 불꽃과 같은 핏기가 뒤 줄기 쭉 뻗쳤다. 그리고는 눈물이 핑 돌았다.
그것은 경악과 통분과 실망으로 혼합된 발작 직전의 격한 감정이었다.
도저히 체념할 수 없는 집착의 노출이었다.
고개를 푹 숙이며 옆으로 돌려 버리는 추선의 순간적인 동작은 가장 큰 실망을 느꼈을 때 인간이 취할 수 있는 본능적이며 가장 결정적인 기본태세였다.
다음 찰나, 추선의 온몸은 슬픔의 화신으로 변해 있었다.
그 음성은 그대로 울음이었다.
「그럼 흥선대감께선 또 아무것도 아닌 그저 흥선대감이신가요?」
조성하는 저절로 웃음이 터졌다.
「하하하, 흥선대감이야 언제고 그저 흥선대감이지 달리 뭐가 될 겐고!」

조성하는 더이상 추선 때문에 시간을 낭비할 수는 없었다.
그리고 그는 흥선군 이하응 말고 누구에게도 먼저 자기 입으로 신왕 책립에 대한 진상을 발설하고 싶지 않았다.
「보소! 나는 가네. 바쁜 길이라서 가네.」
조성하는 이 말 한마디를 남기고 발길을 돌리다가 가슴이 섬뜩했다.
그가 다시 몸을 돌리려다 기녀 추선을 보았을 때, 추선은 남의 집 기둥 모서리에 이마를 비벼대며 소리없이 오열하고 있는 게 아닌가.
조성하는 그 정경을 본 순간 엄청난 충격을 받았다.
(이 메마른 인심에 누가 남의 일에 대해서 저토록 순정적인 눈물을 흘려줄 것인가?)
사랑의 숭고한 아름다움 앞에 그는 저절로 머리가 수그러졌다.
(아아 진실로 추선은 흥선군을 애모하고 있구나!)
조성하는 머리를 크게 끄덕이고는, 그러나 더이상 추선을 상대 않고, 그러나 절실한 아쉬움을 안은 채 발길을 돌려 급히 구름재로 달려가는 것이었다.
지루하지도 않았던가. 그 초조로움이 얼마나 컸을까.
인생을 걸고, 삼천리반도 3백 60주의 이 나라의 땅덩이를 걸고, 1천 2백만 백성의 운명을 걸고, 오직 한번의 기회를 걸고, 일생 일대의 단판 씨름을 한 그 결과를 기다리는 동안의 그 시간이 얼마나 지루하고 초조로웠을까.
그러나 흥선군 이하응은 아직도 사랑에서 김응원과 더불어 유연히 난초 화폭과 대결하기에 여념이 없는 중이었다.
수인사하고, 대천명하라는 말이 있다.
자기 할 일을 다한 다음에 천명을 기다릴밖에 없다는 말이다.
필시 흥선군 이하응은 그런 심경이었을 것이다. 까닭에 그토록 유유자적할 수가 있었을 것이다. 까닭에 한 획 한 줄 화선지 위에 뻗어나가는 묵당오색의 풀포기에다 온 정신을 몰입할 수 있었을 것이다. 오늘따라 그가 즐겨 그리는 노근란(露根蘭)이 아니었다.
만약 풍류를 아는 후인이 있어, 석파(石坡)의 난초를 구하려거든 바로 지금 이 시각에 그리고 있는 이 엽란(葉蘭)을 일품으로 알라.
 길이 석 자, 폭 한 자의 공간에다 포기 하나, 대궁 하나, 잎 여덟의 야생란의 하늘을 찌를 듯 싱그러운 기상으로 뻗어 오른, 수식도 기교도 없이 오직 힘만을 상징하는 이 화폭이 그의 최상급 일품임을 알아보라.
 사랑으로 황급히 뛰어든 조성하는 방 안의 그런 광경을 목도하고는 오히려 맥이 쑥 빠져 버렸다.
 더구나 말이다.
 홍선은 황급하게 뛰어든 조성하를 보고도 못 본 체 손에 든 화필조차 놓으려고도 않았다.
 마치 이웃 친구가 심심해서 사랑 마을이라도 온 것처럼 덤덤한 대접이다.
 주인이 그러하니 그의 상대를 하고 있던 김응원도 유난스럽게 굴 수는 없다.
「오셨소?」
 빙긋 웃음을 보이고는 상대의 표정에서 뭣인가 읽어 내려고 눈치만 봤다.
 (저럴 수가 있을까! 천하가 생겼는데 저렇게 철저히 멍청한 짓을 할 수 있을까!)
 조성하는 앉지도 않고 어이없다는 듯 홍선을 내려다봤다. 원망스러웠다.
「대감!」
 조성하가 흥분을 못 감추고 불렀는데도
「바쁠텐데 어떻게 나왔나?」
 홍선은 여전히 딴전을 부리는 것이다.
 조성하는 하는 수 없이 그가 그러거나 말거나 자기의 예절을 차렸다. 무릎을 꿇면서 공손히 불러 본다.
「대원위대감!」
「어?」
 그제서야 홍선군 이하응은 충격을 받는 모양이다.

「나더러 대원위라 불렀나?」
그는 비로소 조성하를 마주 봤다.
「둘째도령 명복아기로 하여금 익종대왕에 입승대통하랍시는 대왕대비전의 전지가 내렸습니다.」
「그래?」
홍선의 대꾸는 역시 맥빠진 것이었다.
그는 눈을 지그시 감으며 너무나 어이없는 말까지 지껄이고 있었다.
「나는 내 아들이 저 복마전 같은 궁궐로 들어가 한평생 척신들의 꼭둑각시 노릇을 하는 걸 그다지 원치 않네. 하나 대왕대비전께서 결정하신 일이라면 기꺼이 받아들여야지.」
화필을 탁 놓으면서 이런 엉뚱한 말을 지껄인 홍선은 조성하에게 한쪽 눈을 찡긋해 보이면서 다 속셈 있는 말임을 은근히 암시했다.
「대원위대감. 그럼 곧 전지 받자올 채비를 서두르십시오.」
그러나 홍선은 임금이 되어 곧 대궐로 들어간다는 둘째아들 명복을 불러 큰소리로 분부했다.
「계집애처럼 집 안에서만 놀지 말고 나가 연이라도 날려라! 서풍이 알맞구나.」
홍선이 연상 위에다 두 팔꿈치를 짚고 두 손으로 얼굴을 가린 채 물었다.
「올해 몇 살이더냐, 내 나이가?」
「사십사 세십니다, 대원위대감.」
김응원이 한참 동이 뜬 다음에야 대답했다.
조성하가 이내 대궐로 돌아가자 두 사람은 또 먼저대로 마주 앉아 있었다.
「우리 명복인?」
「십. 이 세십죠, 대원위대감.」
김응원은 '대원위'에 힘을 줘 대답하면서 저도 모르게 고개를 푹 숙이고 말았다. 차마 마주 볼 수 없는 광경에 가슴이 벅찼다.
(그러실 테지!)

홍선군 이하응은 울고 있다. 두 눈을 가린 손가락 사이사이로 눈물이 줄줄이 새어내리고 있었다.

울음에 반드시 소리가 처절해야 통곡일까.

숨소리조차 없이 손으로 가린 얼굴에서 바위를 씻는 계곡처럼 철철철 눈물을 쏟고 있는 사나이의 울음은 통곡 중에서도 처절한 통곡일게다.

서러워 우는 것만이 통곡이 아니다. 너무나 기뻐서, 너무나 반가워서, 너무나 통쾌스러워서, 너무나 감격적이어서 울음을 터뜨리는 사나이의 눈물은 눈물 자체가 액체화한 감정이 아니겠는가.

「대감! 필생의 소망이 이루어지셨으니 그 얼마나 기쁘시겠습니까. 실컷 우십시오, 대원위대감! 그러나 지금은 시간이 없사옵니다. 고정하시고 전지를 받자올 채비를 서두르셔야 합니다.」

김응원도 눈물을 흘렸다.

「어디 가서 난초나 한 폭 팔아 보게나.」

홍선의 입에서 이런 말이 나올 때는 그의 집에 끼니거리마저 떨어졌기 일쑤였다.

김응원은 구걸하듯 그의 난초그림을 팔러 다녔다. 자꾸 거듭되니까 거저 줘도 싫다는 것을 알 만한 사람에게 억지로 떠맡기고는 몇 푼씩 얻어다가 요기 밑천으로 삼게 한 일이 헤아릴 수 없이 여러 번이었다.

그의 그런 궁핍과 수모의 생활을 너무나 잘 알기 때문에 김응원의 감회 또한 형용키 어려웠던 것이다.

「곧 오겠지, 봉영대신이?」

한참 만에 홍선이 손바닥으로 눈물을 닦으며 물었다.

「곧 도착될 것입니다. 대원위대감.」

「싸움은 이제부터야. 할 일이 너무나 벅차. 반드시 제왕이 됨으로써 사람의 가치가 커지는 것은 아닌데 내 욕심 때문에 철모르는 우리 아기가 제물이 되는 것 같기도 하군. 안 그럴까?」

「큰일을 하셔야 할텐데 마음이 약해지시면 안 되십니다. 왕자는 만승이십니다.」

「그렇지? 이렇게 할 일이 많은 나라의 왕이나 대원군은 더 큰 보람이 있을지도 모르지?」
 이 말 끝에 흥선은 별안간 하하하 하고 호쾌하게 웃어 젖혔다.
「하하하, 만천하의 백성들아! 내 이름은 흥선대원군, 전에도 없고 후에도 없는 생존한 대원군이렷다? 하하하.」
 그의 동공은 불빛처럼 빛나고, 그의 눈썹은 동면에서 깨어난 생명인 양 꿈틀대고, 그의 턱수염은 의지의 상징처럼 쭉쭉 뻗쳤고, 그의 입은 위엄의 극치인 양 굳게 다물어졌다.
 대원군, 그것은 임금이 아니었던 임금의 아버지, 따라서 생존한 대원군이란 이 나라 역사상에 없었던 것, 그만큼 새로운 역사를 창조해야 하는 것.
 (보라! 이 흥선대원군이 무슨 일을 하는가를.)
 그는 불현듯 자리를 차고 벌떡 일어나면서 미닫이를 드르륵 열어 젖혔다.
「여봐라. 대문을 굳게 닫아 걸어라.」
 그러나 이때 장순규가 뜰아래에 뛰어들며 황망히 보고한다.
「대감! 지금 호위영 군사 수백 명이 일진광풍처럼 이 댁 주변을 둘러싸기 시작했습니다.」
 자기 집을 수백 명의 호위영 군사들이 에워싸고 있다는 바람에 흥선군 이하응은 비로소 관자놀이의 신경줄이 불끈 돋아났다.
 그는 뜰아래의 장순규한테 지엄한 분부를 내린다.
「천하장안, 네 녀석들은 즉각 대령해서 내 지시를 받으라!」
「예이.」
 그는 돌아서려는 장순규한테 다시 명령한다.
「큰서방님을 속히 이리로 오라고 하여라!」
「예이.」
「내 지시 없인 대문을 함부로 열지 말라! 이호준나으리만은 오시는 대로 내게로 통케 하라!」
「예이.」

홍선은 옆에 있는 김응원에게 분부한다.
「자넨 벼루에 먹이나 듬뿍 갈아 놓게나!」
그는 달려온 큰아들에게 분부한다.
「넌 밖에 나가서 명복이 연 날리는 것을 도와 줘라! 내가 부를 때까지 집 안에 들어오지 말라!」
그는 뜰아래에 후당탕탕 몰려온 '천하장안'에게 지극히 근엄한 음성으로 연거푸 명령했다.
「안필주, 너는 장순규와 함께 대문 밖에 서성대다가 대궐에서 사람이 당도하거든 대문을 가로막고 내 승락이 있어야 열겠다고 잠시 동안 버티어라!」
「예이, 알겠습니다.」
「하정일, 넌 천희연과 함께 밖에서 연 날리고 있는 작은도령을 먼발치에 숨어서 지켜 보라!」
「예이, 그러하겠습니다.」
그들이 홍선의 명령을 받고 제각기 제 부서로 돌아가자, 바깥마당 은행나무 가지에선 까치가 깍 깍 깍 깍 울어댔다.
홍선은 김응원에게 또 말했다.
「자아, 우린 또 묵화나 한 폭 칠까……」
김응원은 먹을 갈고 있었다.
홍선은 붓끝를 벼루 위에 가다듬었다.
「정치란 모름지기 철저한 가장과 위선과, 극진한 성의와 지혜와, 무모한 용기와 과단이 시리(時利)를 타고 민심에 영합되도록 임기응변의 묘를 얻어야 어시호 성공하는 것 아닐까. 수단없는 치자, 용기없는 위정은 반드시 몰락하고 말아. 나대로의 생각일세.」
홍선군 이하응의 어조는 서릿발처럼 준엄했다. 사람이 이렇게도 돌변할 수 있을까.
이때 이호준이 나타나 무릎을 꿇고 앉았으나 홍선은 그를 본둥만둥 또 한마디의 독백을 했다.
「나라는 지금 누란의 위기에 있어. 이 마당에 공맹(孔孟)의 인의만

가지고는 이 나라의 화근을 도려내지 못할 것이여. 선이나 인이 근본은 될망정 위급할 때의 유일한 수단으로 신봉하기엔 좀 답답하지. 안 그런가?」

그는 화필에 먹을 듬뿍 찍어 화선지 위에다 듬직한 일점을 획하고는 그제서야 사돈 이호준을 흘끔 쏘아보며 들어 보란 듯이 또 한마디 했다.

「음식이든 명예든 남이 준다고 허겁지겁 받아서는 반드시 체통이 깎이는 것. 체통이 깎여 가지곤 위엄이 없어 남의 위에 서기 어렵네. 지금 김좌근이 전지를 가지고 내게로 오는 모양이지만, 그렇다고 내가 이 마당에서도 허겁지겁한다면 그들은 반드시 나를 깔고 뭉갤거야.」

그렇다면 어떻게 하겠다는 말인가. 굴러들어온 아들의 왕위를 일단 내대고 거부해 보겠다는 것인가.

이호준은, 김응원은, 흥선의 오 척 단구 속에 어디 그런 무서운 담보가 숨겨져 있었던가 싶어 그저 입을 벌린 채 멍했다.

시각은 각일각 크나큰 전기(轉機)를 향해 간단없이 흐르고 있었다.

길은 왕도王道, 전하殿下라 부르오리다

　논두렁 정기라도 타고나야만 하다 못해 시골 면장 한자리라도 할 수 있다는 말이 있다.
　한 소년이 한 나라의 제왕이 되어 궁궐로 들어가는 날이다.
　하늘이 모를 리가 없다.
　섣달 중순껜데 하늘은 드높고 푸르렀다.
　태양은 봄 못잖게 두텁고 부드러운 햇살을 온누리에 고루 내리고 있었다. 바람은 서북풍이었으나 연바람 정도였다.
　이날 정오 무렵 신왕의 봉영행차(奉迎行次)가 돈화문을 나섰다.
　「영의정 김좌근대감은 나와 함께 봉영대신이 됩시다!」
　「도승지 민치상영감은 전지전달 승지의 책무를 맡으시오!」
　대왕대비 조씨의 뜻을 받든 원상의 거듭된 지시였다.
　원상이란 국왕이 돌아갔을 때 임시로 나라의 큰일을 처리하는 승정원의 수반이다. 원로대신 중에서 지명된다.
　이미 원상의 지시에 따라 백여 명의 군사들이 구름재 홍선댁을 둘러싸고 일체의 잡인 출입을 금하고 있다.
　창덕궁에서 구름재에 이르는 큰길 양편은 수많은 호위영 군사들이 한 간 사이가 멀다 하고 두 줄로 쭉 늘어서 있다.
　구경꾼들이, 선남선녀가, 구름떼처럼 거리를 메웠다. 길가 사람들은 앉고, 골목 안 사람들은 발돋움을 했다.
　「채여(彩轝)가 떴다!」

전지를 담은 채여가 불없는 홍사초롱을 앞세우고 창덕궁의 정문인 돈화문을 나섰다.
네 명의 신수 좋고 건강한 무감(武監)들이 채여를 메고 나섰다. 어깨를 맞추고 말을 맞추며 나섰다.
그 뒤에 파초선(芭蕉扇)이 떴다.
파초선은 일국 정승의 거둥을 알리는 것, 원상 정원용과 영의정 김좌근이 관복 차림으로 전후해서 평교자 위에 드높이 앉아 채여 뒤를 따른다.
두 늙은 재상의 흰 수염들이 가벼운 바람기에 가벼이 휘날린다.
의관상의 위풍들은 당당했다.
그러나 두 노인은 똑같이 눈을 지그시 감고 있었다. 제각기 만감이 가슴에 벅찬 명목일까.
중간에 빈 교가가 따른다. 전립을 쓴 무감들이 메고 있다.
전후좌우엔 노랑 초립을 쓰고 홍의를 입은 별감들이 그 빈 교가를 옹위한다. 임금이 타는 보련(寶輦)이었다.
전지전달 승지 민치상이 그 보련 뒤를 따랐다. 남여를 타고 따랐다.
좌우의 군중을 살피며 초췌해 보이는 김좌근과는 달리 유연한 자세로 따르고 있다.
네 명의 내관들이 백마를 타고 그 뒤를 간다.
그리고 수십 명의 기치와 창검을 든 군사들이 물결처럼 일렁거리고 돈화문을 나서는 것으로 행렬은 꼬리가 된다.
숙연히 움직이는 행렬, 가는 곳은 구름재에 있는 흥선군 이하응의 낡고 퇴색한 저택이다.
거리는 술렁거렸다.
「누가 임금님이 되신대?」
「아따 흥선대감 둘째 도령이시라잖나!」
「아니 그 주정뱅이 흥선대감의 아드님이 임금이 되시다니 거 정말이오?」
「그러게 사람 팔잔 알 수 없다는 게 아닌가베.」

이런 대화로 군중이 숙덕이거나 말거나 행렬은 질서정연하게 구름재를 향해 흐르고 있었다. 군중들도 따라 흐른다.
드디어 행렬의 선봉은 홍선댁 대문 앞에 당도했다.
「대문 열어라!」
누군가가 소리쳤다.
「속히 대문을 열어라!」
별감 하나가 앞으로 나서며 또 소리쳤다.
그러나 대문은 열리지 않고 선뜻 앞으로 나서는 장정 한 사람이 있다. 물론 장순규였다.
「무슨 일로들 오신 행차신진 모르겠습니다만 우리 대감의 분부 없인 못 엽니다. 잠시 동안만 기다리십쇼!」
실로 기가 막힌 수작이 아닐 수 없다.
원상 정원용은 순간적으로 뇌까렸다.
「홍선은 이런 때도 장난인가! 허 참.」
그러나 김좌근은 고개를 끄덕였다.
(홍선은 아직 모르고 있는가?)
민치상은 장순규에게 근엄한 표정으로 말했다.
「대감께 속히 나오셔서 전지채여를 모시라고 여쭤라!」
장순규는 허리를 굽신하고는 대문 안으로 사라져 갔다.
영의정 김좌근은 처음으로 와보는 홍선군 이하응의 퇴락한 주거를 훑어보면서 마음이 언짢았다.
지체는 높아 홍선군인데 가정의 궁핍은 극에 달했고, 문호 또한 높아서 솟을대문인데 기둥이 쏠리고 벽이 헐렸으니 왕족의 체면이 그럴 수 없으며, 외사 행랑이 넓기는 하지만 티끌이 쌓여 빈집과 다름 없음을 보고,
「어허, 그군의 불우 과시 참담했구나!」
영화의 정상을 가던 척신의 한 사람으로서 민망한 마음 절실했다.
(우리에게 원한이 크리. 내 불찰이로다!)
마음이 모질지 못한 그는 진심으로 후회했으나 이미 때는 늦은 것이

다.
 (내게 무엇이 돌아올 것인가?)
 그에게 돌을 던졌으면 바위덩이가 돌아올 게고, 칼을 던졌으면 창이 돌아올 게고, 모욕을 주었으면 눈 위에 굴리는 눈덩이처럼 열 배 백 배로 커진 모욕이 되돌아올 것을 각오해야 하지 않으랴.
 김좌근은 현기증이 났으나 어금니를 주근주근 씹으며 정신을 가다듬는다.
 (비루하진 말자! 영욕은 돌고 도는 것, 이제 운이 다했는데 무슨 미련으로 그에게 비루하랴. 칠십을 살았으면 고래희의 천수가 아니리!)
 십년세도가 없다 하는데 육십을 득세했으면 김문의 성운, 이 또한 고래희가 아니냐.
 뒤끝이 비루하지 않고 깨끗해야 경륜을 쌓은 늙은 사람의 덕행이다.
 영의정 김좌근은 소매 속에서 명주수건을 꺼내 질척해진 눈마구리를 닦았다.
 이때 흥선저의 대문이 삐걱 소리를 내면서 자짝 열리더니 다섯 자 두 치 키의 흥선군 이하응이 깡똥한 도포에다 정자관 차림으로 의젓하게 나타났다.
 그는 영의정 김좌근한테 가볍게 허리를 굽히고는 당당한 언성으로 한마디 했다.
「아이구, 영상합하(領相閣下)께서 이 어인 행차시오니까?」
 이 순간에 김좌근이 무슨 즉답을 할 수 있으랴. 도승지 민치상이 정중하게 말한다.
「대왕대비전 전지를 받들고 사자(嗣子)를 봉영하러 봉영대신 원상합하와 영상합하께서 전지전달 승지 민치상을 대동하고 납신 길이오니 우선 전지채여를 안으로 모시옵소.」
 그제서야 흥선군 이하응은 두 늙은 재상에게 공손히 읍하고는 전지채여를 대청으로 직접 인도했다.
 잠시 후 흥선군 이하응은 사모관대에 운학흉배를 단 관복 차림으로 나타나 특히 김좌근을 보고 물었다.

「아무래도 분복에 넘치는 영광이오라 꿈만 같습니다. 사자는 지금 밖에서 연을 올리고 있는 중이오니 잠시만 기다려 주십시오.」

조금도 서두르질 않는 품이 오만무례할 정도였다. 이윽고 열 두 살의 소년 명복이 반달 머리의 청치마 연을 질질 끌고 큼직한 얼레를 어깨에다 멘 채 어리둥절하는 표정으로 형 재면에게 손을 잡혀 안으로 들어왔다.

그러나 전지전달 의식은 곧 진행되지 않았다.

그것은 흥선군 이하응이란 사나이의 엉뚱한 배짱이었다.

흥선은 원상 정원용에게 말했던 것이다.

「대감, 일단 전지를 받들면 사인(私人)일 수 없는 것, 그 전에 잠시 동안이라도 마지막 육친으로서의 정을 나누게 해주십시오.」

윤리상 지극히 당연한 말이다.

내 아들, 내 어버이로서 최후로 정을 나눌 말미를 달라는데 뉘라서 반대할 것인가.

흥선은 내실로 들어갔다.

그는 부인 민씨에게 말했다.

「속히 장속을 서두르시오!」

이런 경우 관복으로 갈아입히는 것을 장속(裝束)이라 한다던가.

부인 민씨는 벌써 그 어글어글한 눈에 눈물이 그득 괴었다.

이른바 현모양처로 호칭되는 여인이란 남달리 심약하게 마련이다.

민씨는 어린 아들을 답삭 끌어안으면서 볼에 볼을 비볐다.

「내 아들아!」

목이 메었다.

「너를 내 아들이라고 부를 수 있는 것도 오늘이 마지막이구나.」

어린 아들은 영문을 몰라 어머니에게 반문했다.

「왜요, 어머니? 어머님이 아들을 보고 아들이라구 안 하면 뭐라구 그래요? 어머니, 왜 우시는 거예요.」

소년은 눈이 둥그래져서 아버지를 쳐다봤다.

아버지가 앉으면서 말했다.

「명복아!」
 그도 음성이 떨렸다. 그도 자기 아들한테 명복아 하고 부르는 게 이것으로 마지막이라 생각하니 코허리가 시큰해졌다.
 그는 아들의 꽁꽁 언 손을 잡아 주면서 말했다.
「듣거라. 너는 이제 이 나라의 임금이 된다. 임금은 나라의 어른, 온 백성의 어버이다. 네 나이 열 두 살이니 왕도가 어떤 것이라는 건 짐작이 가야 한다. 어머니께 사가의 아들로서 마지막 인사를 올려라.」
 그의 음성은 엄숙했으나 인자했다.
 부인 민씨가 좀더 서러운 음성으로 말했다.
「넌 지금 대궐로 들어간다. 대궐로 들어간 다음엔 너의 아버지께서도 이 에미도 너더러 아들 소리를 못하고, 이랬습니까, 저랬습니까 공대를 해야 한다. 명복아, 아버지께 자식으로서 마지막 인사를 드려라.」
 민부인의 눈물은 어린 아들의 이마에, 볼에 똑똑 마구 떨어졌다.
「당신이 그래서야 쓰오! 임금의 생어머니는 이 나라 안에서 오직 당신 한 사람, 그래서야 쓰오!」
 그런 말을 하는 흥선의 눈에도 눈물이 번뜩였다.
 그러자 소년 명복이 말했다.
「그럼 저는 임금님 안 될래요. 싫어요. 대궐에 안 들어갈래요. 어머님 아버님 모시고 여기서 살래요.」
 소년도 울먹였다.
 임금이란 그런 것이라면 싫다는 것이다. 어머니를 떨어져서 임금이 돼 뭘 하느냐는 것이다.
 그렇게 마음대로 할 수 없는 거라니까 소년은 타협안을 제시했다.
「그럼 어머니와 아버지와 형님과 모두 다 같이 대궐로 들어가 살아요. 그럼 나 임금님 노릇 할래요. 되겠죠, 그렇게두?」
 순진한 소년의 제안을 듣자 아버지도, 어머니도 소리없이 오열했다.
 그러나 그렇게 오래도록 육친 사이의 정회를 나누고 있을 수는 없다.
 흐느끼는 소년은 일어나서 아버지한테 절을 했다.
 어머니한테 절을 하다가는 그대로 쓰러지면서 엉금엉금 기어가서 소리내어 울었다.
 어머니를 떨어져 살다니, 소년의 생각으로선 체념되는 얘기가 아니다. 될 말이 아닌 것이다.
 홍선은 큰아들 재면을 불러들였다.
 서장자 재선도 들어오라고 했다.
「형들한테 절을 해야지.」
 소년 명복은 주먹으로 눈물을 쓱 문대고는 형들에게 절을 했다.
 그 광경을 보고 있던 홍선군 내외는 한숨을 소리없이 뽑았다.
 마치 관가에 잡혀 가는 자식과의 이별 장면처럼 착잡한 심경이 된 것은 어버이의 순수한 사랑일까.
 민부인은 입술을 깨물면서 어린 아들에게 옥색 모시로 만든 천담복을 입혔다.
 민부인은 그 순간 입을 열지 않았어야 한다.
 그러나 꼭 한마디 하고 싶었다.
「상감이 되시거든 백성을 사랑하시고, 어버이와 형제를 잊지 마시고, 아무쪼록 옥체를 보살피시어 만수무강하시고 성군이 됩시오.」
 소년 명복은 처음엔 누구한테 하는 말인지 얼른 알아듣지를 못했다.
 그러나 그게 자기한테 타이르는 어머니의 간곡한 부탁인 줄 깨닫자 다시 참고 있던 울음이 터졌다.
「어머님 별안간 그게 무슨 말씀이에요? 저한테, 어머니 아들한테, 왜 그런 말씀을 쓰셔야 하나요!」
 소년 명복은 어머니 목을 얼싸안고 몸부림을 칠 듯이 슬퍼했다.
「이제 옷을 갈아입으셨으니 군신의 사입니다. 어미라고 해서 말씀을 함부로 못 합니다. 눈물을 거두시오.」

 민부인의 말투는 갑자기 엄숙해졌다. 한마디 더 했다.
「국왕은 사사로운 정을 끊으셔야 합니다. 만백성의 어버이가 되시는 겁니다. 어서 눈물 거두시고 대왕대비전 전지를 받으시오.」
 이 서릿발 같은 싸늘한 어머니의 말씨에 소년은 얼굴빛이 해쓱해졌다.
 그러나 소년 명복도 꼭 한마디 하고 싶었던 것 같다. 명주수건으로 눈 언저리를 다독거려 주는 어머니에게 말했다.
 「어머님, 혈육의 정을 끊고서까지 왜 임금이 돼야 하나요? 어머님 아버님께 불효하는 임금한테 백성이 어떻게 따르나요? 나는 효도하는 임금이 되고 싶습니다. 부모님을 대궐에서 함께 모시는 임금이 되고 싶습니다.」
 열 두 살의 홍안 소년으로서 지나치게 영특한 이론이었다.
 누구도 소년 명복의 논리를 뒤집을 수는 없다.
 효도하는 임금이 되고 싶다는데 달리 무슨 할 말이 있겠는가.
 홍선이 지그시 감고 있던 눈을 번쩍 뜨면서 근엄하게 타일렀다.
 「그 효심 변치 않기를 바란다. 그러나 왕가엔 왕가의 법도가 있는 법, 대궐에 들면 대왕대비마마를 어머님으로 모셔야 한다. 앞으로 어려운 일은 내가 보살필 터이니 나를 끝까지 믿는 것으로 지극한 효행이 되는 줄을 명심하라. 자아 그럼……」
 이제 문지방을 넘어서면 지존한 존재, 민부인은 어린 아들의 등을 어루만지며 대청 쪽으로 돌려 세웠다.
 대청 끝엔 나주칠반에 붉은 비단보를 덮은 향상이 마련돼 있었다.
 홍선군 이하응은 뜰아래로 내려갔다.
 그는 원상 정원용에게 국궁(鞠躬)하며 말했다.
 「원상합하, 전지 받자을 준비가 됐사옵니다. 기다리게 해서 송구스럽습니다.」
 그러자 정원용이 민치상에게 눈치를 했다.
 민치상은 채여에서 꺼낸 전지를 영의정 김좌근에게 준다.
 김좌근이 그 전지를 두 손으로 받쳐 들고 대청을 향해 몸을 굽혔을 때, 그때를 맞춰 앙증스럽게 차린 미소년이 향상 앞으로 걸어나와 의젓한 자세로 늙은 재상들을 내려다본다.
 순간 영의정 김좌근의 늙은 음성이 장중하게 흘러 나왔다.
 만좌는 경건했고, 하늘을 나는 새, 땅을 기는 벌레들도 숨을 죽인 것 같다.
「홍선군의 제2자 명복을 익선군으로 봉하고, 익종대왕의 대통을 계승케 한다. 대왕대비 조씨.」
영의정이며 봉영대신인 김좌근이 엄숙하게 조대비의 전지를 낭독하고 그것을 소년 명복에게 바치려고 한 그 순간이었다.
바로 뒤에 국궁하고 서 있던 홍선군 이하응의 짙은 눈썹이 꿈틀하고 위로 치켜졌다.
그는 아차! 하고 속으로 차탄했다.
(실수로다! 내 실수로다!)
그는 주저하지 않았다. 선뜻 앞으로 나서면서 방금 전지를 사자에게 바치려는 김좌근에게,
「대감 잠시 멈추소서!」
하고는 침을 꼴깍 삼키는 게 아마도 중대한 발언의 전제였다.
홍선은 말한다.
「황송하오나 한마디 말씀드리겠습니다.」
만좌는 긴장의 도가니, 모든 시선들이 홍선군에게로 총집중됐다.
「이 전지를 그대로 받자옵기엔 한 가지 난점이 있는 줄로 아룁니다.」
순간 김좌근의 흰 수염이 가볍게 경련했다.
정원용의 눈총이 홍선군의 이글거리는 눈을 쏘았다.
홍선군은 말한다.
「전지 중엔 '홍선군의 제2자'로 되어 있사오나 그것으로는 미흡한 점이 있는 줄로 아룁니다.」
비로소 김좌근이 고개를 번쩍 들면서 반문했다.
「어떤 점이 미흡하단 말씀이시오?」
홍선군은 말한다.
「지금 이 자리에선 어찌할 도리가 없으나 사자 입궐한 다음엔 '홍선군의 적기(嫡己) 제2자'로 '적기' 두 자를 첨가하실 것을 말씀드린 다음 전지를 받자올까 합니다.」
그것은 홍선군 자기의 실수였다.

길은 왕도王道, 전하殿下라 부르오리다

그 전지는 자신이 써서 몰래 들여보냈던 것이 아닌가.
그런데 이제야 자기의 실수를 발견한 것이다.
적기라 함은 적자라는 뜻이다. 그 두 자가 없으면 서장자 재선이 있으니 둘째아들은 재면이라고 억지 해석을 할 수도 있는 것이다.
엄격하게 말하면 적기 제2자라고 해야 명복을 지칭하는 게 되는 것이다.
어디 그뿐인가.
김씨네가 임금으로 모셨던 돌아간 철종과 전계군은 서로 서계지만 홍선 자기의 아들은 당당한 적자이며 자기는 빈틈 없는 국왕의 생부임을 강조해 두려는 속셈도 작용됐다.
원상 정원용이 즉각 대답했다.
「의당 있을 법한 말씀입니다. 적기 두 자가 있은 이만은 같지 못합니다. 대비전께 아뢰어 고쳐 써두시도록 이 사람이 책임질 터이니 우선은 그대로 봉영하십시오.」
누구에게도 더 이론이 있을 수는 없다.
전지전달 의식은 끝났다.
이제 소년 명복은 싫어도 어버이 곁을 떠나 새로운 자기의 집 창덕궁으로 들어가는 것이다.
그는 이미 명복이 아니었다. 이웃 아이들 사이에 이따금씩 불리던 '개똥이'도 물론 아니다.
소년왕이다.
대궐로 들어가면 왕좌에 앉아 만승의 제왕이 되는 것이다.
소년왕은 대궐에서 나온 내관들한테 부축을 받으며 어머니, 아버지 그리고 형들과 그밖의 집안 사람들을 둘러보며, 보련에 올랐다.
드디어 행렬은 움직이기 시작했다. 길은 인산인해였다.
그 행렬에서 군중들은 벌써 엄청난 변화를 발견하고 술렁거렸다.
「저 행차 순서를 보시게!」
「아하하, 영의정의 앞이로군!」
그렇다. 홍선군이 영의정 김좌근보다, 원상 정원용보다 앞장을 가고 있는 것이다.

전지채여는 여전히 앞이었다.

다음이 국왕으로 내정된 소년 명복의 가교다. 붉은 옷의 별감들이 전후좌우에서 소년왕의 보련을 호위하고 있다.

그리고 백마 네 필이 그 뒤를 따랐다.

내관들이 그 백마를 타고 간다.

그 뒤를 흥선군 이하응이, 또 그 뒤를 원상 정원용이, 원상의 뒤를 영의정 김좌근이 따르고 있는 것이다.

그리고 그 전체를 수많은 군사들이 철통같이 에워싼 채 숙연히 간다.

「음지가 있음 양지라더니! 그처럼 불우하던 양반, 참 자알 되셨네!」

사람들은 벌써 이하응에게 경어를 썼다.

「그 아버지에게 그 아드님이시군! 참 의젓도 하셔라!」

아낙네들의 감탄이었다.

위엄이란 뭣이냐. 외양에 나타난 남을 제압하는 무언 무형의 탯거리가 아니겠는가.

위엄이란 어디서 오는 건가. 권세에서, 아니면 재력에서, 아니면 풍부한 지식과 교양에서 온다. 그리고 자신에서 온다.

위엄은 사람의 탯거리를 점잖고 위압적으로 만들어, 대하는 사람으로 하여금, 보는 눈으로 하여금 스스로의 존재를 미미하게 느끼도록 하는 무형의 힘이다.

흥선군 이하응의 위엄은 실로 대단했다.

몸이 장대해야 거인인가.

몸은 작아도 그릇이 크면 거인이다.

그는 분명 거인이었다. 반듯하게 가눈 고개, 딱 벌어진 가슴, 알맞게 다듬어진 숱한 검은 수염, 형형히 빛나는 두 눈, 일자로 꽉 다문 입, 실로 거인의 풍도가 아니고 뭐냐.

외양이 그러한데 그 가슴속에 비장한 경륜인들 범상할 것인가.

드높은 평교자 위에 떡 버티고 앉은 채, 천하강산을 발 밑에 깔고, 만호장안과 만백성의 머리 위를 구름처럼 가고 있는 그의 위풍은 실로 장관이었다. 그 자신만만한 태도, 실로 거인의 풍도였다.
(저 사람이 바로 어제까지 시정잡배와 군오해서 거리를 휩쓸던 주정뱅이 건달패, 흥선군 이하응이란 말인가?)
남의 연락회석에 불청자래해서 체면불고하고 걸터듬하기를 일삼아 오던 바로 그 흥선군 이하응이라는 것인가.
군중들은 너나없이 놀라움과 함께 어떤 통쾌감마저 느꼈다.
그것은 약한 자에 대한 인간 본연의 동정들이었으며, 강한 자에 대한 어쩔 수 없는 의분의 발현이기도 했다.
행렬은 재동 길로 접어들었다.
그때였다.
「개똥아!」
난데없는 소년의 음성이 해맑은 겨울 한낮의 공간을 찢었다.
「명복아! 너 어딜 가니?」
또래의 소년들이 숨을 헐떡이며 행렬 앞으로 천방지축 뛰어들었다.
「개똥아! 너 잡혀 가는구나.」
저희들 또래끼리는 곧잘 개똥이라는 별명으로 불려 왔던가.
그들은 명복이가 무슨 죄를 짓고 관헌에 잡혀 가고 있는 줄로 알았던 것 같다.
순간 두 소년은 앞길을 터 나가던 무감들 손아귀에 잡혀 인정사정없이 길가로 팽개쳐졌다. 도대체 그게 잘못된 일이었다.
물은 물과, 소년은 소년과 기맥이 통하는 것이었다.
친구의 재난을 목격한 소년 명복은 보련 위에서 의분이 폭발되었던 것이다.
「여보세요! 왜 내 동무들을 때리는거야! 어른이 왜 아이를 때려!」
혼신의 힘을 모아 소년왕 명복은 소리쳤다.
소년이지만 누군가. 음성은 어리지만 누구의 호통인가.
행렬은 정지되고, 호위 군사들은 국궁했다. 물결치던 인파는 숨을 죽였고, 하늘에는 정오의 태양이 빛났다.
원상 정원용이 늙은 몸을 재빨리 날려 교자에서 내렸다.

영의정 김좌근이 흥선군 이하응의 어린 아들한테로 달려갔다.
소년 명복은 그들 두 노인을 보자 멈춰선 보련 위에서 주먹으로 눈물을 닦았다. 그리고 김좌근을 지그시 쏘아보았다.
「나를 데려가는 곳이 어디요?」
소년의 음성은 제법 날카롭다.
「궁궐로 모시는 길입니다.」
영의정 김좌근이 허리를 깊숙히 굽히며 대답했다.
소년왕은 다시 한번 주먹으로 눈물을 쓱 닦았다.
「왜 궁궐로 데려가나요?」
김좌근이 부드러운 웃음을 띠며 대답한다.
「이 나라의 상감으로 모시는 길입니다.」
「상감은 국왕이지요? 국왕이 하는 일은 뭔가요?」
소년의 음성은 점점 의젓해진다.
김좌근은 물어 오는 소년의 질문에 정성스런 대답을 해야 할 의무가 있다.
벌써 국왕과 영의정의 신분이 아닌가.
「국왕은 이 나라의 종사를 받들며 백성을 다스려야 합니다.」
「저 애들은 이 나라 백성이 아니지요?」
「왜 아니겠습니까.」
「어른도 아닌 애들을 저렇게 때리고 내던지고 하는 걸 가만히 앉아서 봐야 하는 게 국왕입니까?」
소년의 입은 분에 못이겨 굳게 다물어져 있다. 너무나 어른다운 힐난이었다.
김좌근은 크게 허리를 굽히며 공손히 말했다.
「지존의 행차길엔 누구도 함부로 뛰어들지 못하는 법, 국법을 어긴 자는 누구나 벌을 받게 마련입니다.」
그러나 이때 소년 명복은 어이없게도 방싯 웃었다.
소년왕은 몸을 바로 가누면서 말했다.
「알겠소. 갑시다!」

김좌근은 그 말을 귀에 담자, 가슴이 철렁하는 기분이었다.
「저 애들이 무슨 국법을 어겼단 말예요?」
소년으로서의 힐책은 당연히 이랬어야 되는 것이다. 그러나,
「알겠소. 갑시다.」
이건 무슨 뜻인가. 너무나 순순하게 그런 말을 하는 소년의 의중은 뭐냐 말이다. 언중유언인 듯싶어 입맛이 개운치 않았다.
(너희들은 국법을 어기지 않았느냐? 어디 두고 보자!)
만약 이런 뜻이 소년왕의 그 즉흥적인 말에, 그 방싯 웃는 웃음 속에, 내포돼 있는 것이라면 그건 분명코 하나의 폭탄선언이며, 분명코 홍선군 이하응에 의해서 훈육된 하나의 의지일지도 모른다.
행차길은 다시 움직이기 시작했다.
이때 누가 있어, 시선을 저 물결치는 군중의 뒤편으로 돌려 보라.
한 젊고 아름다운 여인이, 얼굴을 온통 눈물로 적신 채, 신왕과 그의 생부 홍선대원군의 모습을 잠시라도 놓칠세라 허위단심 따르고 있는 애절한 정경을 목도할 것이다.
흡사 실성한 여인 같았다.
눈물은 슬퍼서도 기뻐서도 흘린다. 기뻐서 저렇게 많이 흘린 눈물이라면 여인은 추선이다.
추선은 정말 실성한 사람이었다.
요부가 아니고서야, 바로 천치가 아니고서야 실성하지 않겠는가.
낮에 조성하가 홍선댁으로 달려가다가 싱겁게 한마디 흘린 말은 추선을 실성시키고도 남았다.
(하하하. 홍선대감이야 언제고 그저 홍선대감이지, 달리 뭐가 될 겐고!)
그 말을 들었을 순간의 추선의 실망은 열 번을 미쳐도 모자랄 만큼 심각한 충격을 받았던 것이다.
그때 추선은 한식경이나 남의 집 담장에다 이마를 댄 채 정신을 잃고 있었다.
그런데 잠시 후에 거리에 나도는 풍문을 듣고 보니 홍선댁 '둘째도

령'한테 입승대통의 전지가 내렸다는 것이었다.

　이 또한 추선으로선 미치지 않고 견딜 수 있는 소리냐 말이다.

　너무나 큰 절망에서, 너무나 큰 환희로 돌변했을 때, 사람들은 자칫 제정신을 못 차린다.

　추선은 거의 실성한 사람처럼 거리에서 헤갈을 해온 것이다.

「그분이 대원군이 되셨네! 얼씨구.」

　나이만 좀 늙었더라도 길바닥에서 덩실덩실 춤을 추었을 것이다.

　지금 홍선의 저 위풍당당한 모습을 쫓으면서도 추선은 제정신이 아니었다.

　정말 착잡했다.

　기쁜 마음이야 숨이 막힐 지경이지만 한편 또 더할 길 없이 외로움에 사로잡힌 것은 단순한 신경의 과민이었을까.

　(이제 그분은 도저히 가까이 할 길 없는 딴세계로 가셨다! 나 같은 건 감히 우러러볼 수조차 없는 지존 다음의 어른, 아니 어쩌면 지존 위에 계시는 어른, 다시는 못 모실 너무너무 귀하신 어른!)

　추선의 시선은 갈피를 못 잡도록 착잡했던 것이다.

「대감! 이젠 저를 버리시는군요? 버리실 수밖에 없으시겠죠!」

　여자의 정을 흠뻑 쏟아 사랑하던 새가 손아귀에서 벗어나 창공으로 훨훨 날아가는 것을 안타까이 보고 있어야 하는 심경이라면,

　(감히 그 어른에 대한 망발된 생각일까?)

　추선은 자꾸자꾸 인(人) 울타리를 친 뒤편에서 행렬을 따라 헤엄치고 있었다.

　행렬이 돈화문에 이르자 장중한 풍악이 먼저 일행을 환영했다.

　선두가 돈화문 안으로 들어서자 문무백관이 두 줄로 국궁한 채 신왕을 봉영했다.

　동쪽으로는 문신들이 품계의 서열로 늘어섰고, 서쪽엔 무관들이 또한 품계의 순서대로 도열한 채 허리들을 기역자로 꺾고 미동도 하지 않았다.

　궁중의 수많은 내명부들을 비롯해서 궁인 내관들 또한 더할 수 없이

경건한 태도로 어린 임금을 우러러봤다.
 행렬은 이미 보행이었다. 어린 왕의 보련을 빼놓고는 모든 인원이 보행으로 궁정을 가고 있었다.
 금천교를 지날 때 흥선군 이하응은 문득 하늘을 쳐다보고 만열했다.
 백조 한 쌍이 비원 숲속에서 날아와 머리 위에서 드높이 맴돌다가 다시 북쪽으로 날아가고 있었다.
 일행이 중회당에 이르자, 대왕대비 조씨가 몸소 계하에까지 내려와 어린 사왕(嗣王)을 영접하는데 법도도 체면도 무시하고 두 손을 덥석 잡았다.
「오오 내 아들! 내 아들아!」
 대왕대비의 첫마디는 '오오 내 아들!'이었다.
 그 광경을 지척해서 바라본 김문 중에서도 김병기는 눈앞이 캄캄해지고 귓속에선 앵! 하는 나나니 소리가 났다.
 (저들이 저러니 내 생명도 경각에 있는가?)
 이날 밤 교동 김좌근의 사랑엔 김문 일족이 다 모였다.
 하루 이틀 사이에 사람들의 모습이 이렇게도 변할 수 있을까.
 김흥근도 김병필도 완연히 수척해진 모습으로 좌불안석이었다.
「장차의 대책 없이 있었다간 무슨 일이 닥칠지 예측할 수 없습니다.」
 김병필이 심각한 표정으로 한마디 하고는 좌장인 김좌근을 본다.
「도대체가 하도 날치기로 뚝딱 해치운 협잡이니까 정신이 얼떨떨합니다.」
 김병국이 흘리는 말이었으나 그는 그다지 심각하지 않았다.
「어쩌자고 이런 일에 대한 대비도 없이 그날그날을 안일 위주로 지내왔다는 겐가?」
 김흥근이 힐책 비슷하게 말했으나 아무도 반응을 보이지 않았다.
「자칫하다가 피를 볼는지도 모르는 위급한 사태니만큼 무엇인가 선수를 써야 하지 않을까요?」
 김병필의 말에 김좌근이 안광을 번쩍 빛냈다. 반문한다.
「선수?」

그러자 김병학이 입을 열었다.
「제 생각으론 염려할 것 없을 줄 알아요.」
김병기의 날카로운 시선이 김병학에게로 쏠렸다.
그러나 세도 김병기는 여일하게 말이 없다.
김병필이 또 말했다.
「흥선군은 그동안 많은 수모를 당해 왔습니다. 어리석은 생각에 신왕을 방패삼아 무슨 험악한 짓을 할는지 예측하기 어려워요.」
그러나 대제학 김병학은 고개를 옆으로 저었다.
「글쎄. 별일 없지 않을까요? 신왕은 아직 유충(幼蟲)하시고, 흥선군은 그동안 시정에 묻혀 주색에 탐닉해 왔으니만큼 국사에 너무 어둡고, 조대비 또한 뒤에 사람이 없으니 당장 어떤 일을 저지를 계제가 못 될 줄로 압니다.」
김좌근은 눈을 감은 채 담배만 빨고 있었다.
한참 동안 좌중은 물간 듯이 조용했다.
모두 제각기의 구명도생의 길을 생각하느라고 차분한 침묵을 씹고 있었다.
「정권을 인수하려면 오랫동안의 준비는 물론 적잖은 인재의 포섭이 있고서 비로소 가능한 겁니다. 조대비에게도 흥선군한테도 쓸 만한 심복과 그릇들이 없습니다. 정원용 조두순이 주요 인물이긴 하나 역시 주변에 사람이 없고, 또 그들은 너무 늙어서…….」
이때 김병기가 처음으로 자기 의견을 개진한다.
「나도 그런 생각을 해봤어요. 물론 이번 사왕책립은 완전히 허를 찔린 것입니다. 아마도 흥선과 조대비가 오래전부터 밀모해 온 계략이 일단 성사한 것으로 봐요. 그러나 저들은 아직 맥을 못쓸 겁니다. 정권의 인수태세가 정돈되지 않았습니다. 흥선이 만약 바보가 아니라면 서서히 작용하겠지요. 그것을 막으면 됩니다.」
그들의 말을 요약해 보면 왕위의 계승은 조대비와 흥선의 계략으로 날치기 책정이 됐지만, 수백 수천의 심복 인재를 필요로 하는 정권인수의 절차는 아직 저들로서 막연할 것이니 자기네들에 대한 즉각적인 위해는 없을지도 모른다는 것이었다.
 그러나 김홍근의 의견은 달랐다.
「모두 아전인수로 안심들을 하다간 하루아침에 날벼락을 안 맞을까! 인심은 해바라기처럼 권력 쪽으로 기울게 마련이야. 저런 식으로 왕위까질 뺏겼는데 오늘 밤의 목숨을 어떻게 보장하나?」
 그러니 사람들의 안색은 다시 납빛으로 변하지 않을 수 없었다.
 좌중엔 또 한동안 바닷속같이 잠잠한 침묵이 흘렀다.
 죽느냐 사느냐 하는 판국, 누구 하나 마음의 여유를 가질 수 없는 계제였다.
「아무려나 이제 우리 문중은 멸망의 화를 면오 못 합니다.」
 끝내 비관적인 것은 김홍근이었다. 그는 갈수록 심각한 표정으로 또 말했다.
「우리의 세력이 크고 뿌리가 깊으니까 설마 저들이 어쩌겠느냐고 안심하는 것은 어리석은 자위예요. 내 보기에 홍선군 성격은 차돌처럼 모진 위인입네다. 그 돌변한 태도를 보세요. 천하에 둘도 없는 병신 행세를 하던 사람이 하루아침에 오늘과 같은 위엄이 어디서 나옵니까.」
 그는 주로 김좌근을 향해 말을 하고 있었다.
 김병필도 그의 말에 동조했다.
「참새도 죽을 땐 쩍 소릴 낸다는데, 가만히 앉아서 화를 당할 순 없지요. 칼은 칼로 막아야 하잖을까요? 양단간에 무슨 방략을 세워야 합니다.」
 그러자 김좌근이 재떨이에 대통을 딱딱딱 두드리며 묵중하게 입을 열었다.
「경솔해선 안 되네. 설마하니 그군이 우릴 죽이겠나. 뭐니뭐니 해도 우린 살상이란 것을 극력 회피해 왔어. 비명에 죽었다면 아마 이하전 정도야. 하나, 이하전은 홍선군 자신도 제거되길 바랐던 인물일 게고. 이제 벼슬자리들은 내놔야 할 걸세. 할 만큼 모두 해봤으니 이젠 전원으로나 돌아가지. 사람이란 물러날 때 깨끗해야 하느니. 당분간 하회나 기다려 봄세.」

그가 물고 있는 양철 간죽에선 댓진 끓는 소리가 찌르륵 났다.

김문 중에서도 모든 실권을 쥐고 있는 세도 김병기가 침통하게 입을 열었다.

「홍선군은 아마 저를 가장 미워할 겝니다. 아버님 말씀대로 전원으로 돌아가 한세월(閒歲月)이나 하지요. 막상 이렇게 되고 보니 남의 말과는 달리 축적된 재물이 없습니다.」

그는 음울한 한숨을 입 속에서 씹는다.

「다행으로 함경감사 이유원에게 부탁한 주전이 완성됐을 겝니다. 10만 냥쯤 보내라 해서 몇 집이 분배해 가지고 의식이나 해결토록 하지요.」

그는 지극히 침착했다. 그러나 누구보다도 공포에 떠는 눈치였다. 입술이 타는지 혀끝으로 입술에 침을 칠했다.

「안 될 말입니다.」

잠잠히 듣고만 있던 김병학이 분연히 한마디 하면서 고개를 가로저었다.

그는 호조판서를 겸임했던 김병기를 쏘아보면서 카랑한 음성으로 말했다.

「이유원에게 주전을 명령한 사람이야 누구건간에 그것은 나라의 돈입니다. 지금 이 마당에 나랏돈을 축냈다가는 정말 우리 김씨 일문이 참화를 모면 못 합니다.」

대제학 김병학과 재무를 겸임해서 부수상격인 김병기는 모든 일에 자주 대립했다.

김병기가 관자놀이에 핏줄을 곤두세우며 김병학을 반박한다.

「이유원은 내게 단단히 신세를 진 사람이야. 저도 사람이다. 저도 사람이라면 어차피 몰래 만든 신화 10만 냥쯤은 의당 보내줄 걸세!」

그러나 이번엔 김좌근이 도리질을 했다.

「이유원도 약삭빠른 사람이다. 볼장 다 본 우리한테 보내줄 돈이 있으면 필시 방향을 바꿔 새로운 권문인 홍선한테로 가져가지 않으리.」

겨울 밤은 조용히 깊었고 이따금 매운 바람소리가 윙윙거렸다.

길은 왕도王道, 전하殿下라 부르오리다 159

그때다. 별안간 바깥이 술렁거리더니 청지기가 다급히 와서 보한다.

「대감마님! 밖에 수상한 괴한들이 배회합니다.」

「수상한 괴한들이 어쨌단 말이냐?」

김병기가 긴장하며 소리치자,

「초저녁부터 괴한들이 집 주변을 배회하며 뭣인가 동정을 염탐하고 있는 눈치올시다.」

좀 경망한 듯한 청지기는 지나칠 정도로 호들갑을 떨었다.

「몇 놈이나 되느냐?」

김병기가 물었다.

「두 놈올시다.」

「군사들이더냐?」

「그런 것 같진 않사옵고.」

「그럼 잡아오너라!」

「그놈들 꼭 그림자처럼 이쪽에서 한 발을 접근해 가면 두 발 물러가고, 두 발 후퇴하면 세 발 접근해 오고 하는 게 좀체로 잡힐 놈들이 아닌 뎁쇼.」

「알았다!」

좌중은 잠시 불안과 공포에 사로잡혔다.

벌써 자객이 매복했다는 것인가.

이 집 대문을 나서는 사람을 차례차례로 해치울 자객이 집 주변을 포위하고 있다는 것인가. 흥선군 이하응의 피문은 촉수가 벌써 뻗쳐 왔다는 것인가. 기어코 그 옛날 연산군의 수법대로 무자비한 숙청이라도 단행하겠다는 것인가.

김좌근은 담배만 뻑뻑 빨아대고 있었다.

김병기는 손바닥으로 얼굴을 싹싹 문대고 있었다.

김병필은 깔고 앉은 방석을 뒤집었다.

김흥근은 수염 끝을 배배 꼬고 있었다.

김병학은 입을 꽉 다문 채로 천장을 멀거니 쳐다보고 있었다.

김병국은 코털을 뽑고 있다가 명주수건을 꺼내 캥! 하고 마른 콧물을 풀었다.
「내가 나가 보지요.」
대제학 김병학이 자리에서 일어나며 의관을 바로했다.
「저하구 같이 나가 보시지요!」
훈련대장 김병국도 형을 따라 일어섰다.
「하인들을 앞세우고 나가 보게나!」
김홍근이 죄어든 입술에다 침칠을 하면서 근심스럽게 말했다.
「별일 없을 게야. 저들은 음모와 날치기 수법으로 저들의 목적을 일단 성취했는데 무슨 필요가 있어서 우리를 해할 겐가! 더구나 이제 막 상감의 즉위식을 끝내 놓고 무슨 경황에.」
김좌근의 이 말에도 사람들은, 특히 김병기와 김병필은 불안감에서 헤어나지를 못했다.
김병학과 김병국 형제가 카악 칵 헛기침을 하면서 어둠에 싸인 마당으로 나섰다.
그들은 넓은 집안의 안팎을 두루 살피고 난 다음 일족이 모여 있는 사랑에다 대고 소리쳤다.
「아무 기척도 없군요. 돌아들 가시지요.」
훈련대장 김병국이 자기 하인에게 소리쳤다.
「회정하겠다. 채비를 차려라!」
그의 남여가 바깥마당에 대령되고 앞길을 선도할 청사초롱에 불이 밝혀졌다.
구종별배들이 엄중히 주인을 호위하며 어둠길을 뚫기 시작했다.
그러나 아무 일도 일어나지는 않았다.
해시(亥時)의 말이면 자정이 가까울 무렵이다. 어둠은 누리에 덮였는데 달빛이 있다고 해서 암흑세계가 아닐까.
불행한 일이 일어나려면 언제 어디서든지 가능한 이 밤거리에선, 그러나 아무런 돌발사고도 일어나지 않았다. 김병국뿐이 아니라 함께 모였던 김씨네 현관척신들 중에 누구 하나도 신변의 돌발사는 없었던 것이다.

그러나 바로 그 무렵 구름재의 홍선군 이하응의 사랑에는 황촛불이 대낮처럼 밝았고, 방금 밖에서 돌아온 천희연, 하정일이 주인 홍선군한테 보고를 하는 것이었다.

계하에서 천희연이 그 큰 허우대를 굽히며 넉살좋게 지껄였다.

「대원위대감, 교동 김판서댁의 동정을 염탐하구 온 길입니다.」

「그래서?」

「김씨 일문이 모두 모여서 초저녁부터 구수회의를 진행하다가 방금 마악 헤어져 돌아들 갔습니다.」

「그래?」

홍선군 이하응은 옆에 있는 이호준, 조성하, 민승호 등 세 사람을 흘끔 둘러본 다음 천희연에게 물었다.

「교동에 모인 사람들이 누구누구더냐?」

이번엔 하정일이 그 날씬한 몸을 가볍게 굽히면서 재재한 말투로 대답한다.

「하옥 김좌근 부자(父子)를 비롯해서 김홍근, 김병필과 사동의 김병학, 김병국 등이 함께 모였댔습지요.」

「무슨 밀모들인지 탐색했느냐?」

이 물음엔 키다리 천희연도, 재재거리길 잘하는 하정일도 뒤통수들을 긁었다.

하정일이 대답한다.

「바깥에서 출입하는 인물들의 동태만은 살필 수 있었으나, 집 안에서 무슨 모사들을 했는지까지야 알아낼 재간이 없잖습니까, 대원위대감!」

「그렇겠구나. 하긴 이놈들아, 염탐을 할 양이면 안팎에서 동시에 해야지 바깥에서만 서성대가지구 뭘 알아낸단 말이냐!」

홍선군 이하응은 그런 호통을 하더니 잠깐 생각하는 듯한 표정으로 어금니를 주군주군 씹다가,

「장순규, 안필주도 와 있느냐?」

갑자기 어떤 착상이 머리에 떠오르는 것 같았다.

「예, 외사에들 모여 있는 것 같습니다.」
천희연의 대답에,
「오라구 해라!」
흥선군은 '천하장안' 네 사람을 계하에 불러 세웠다.
야기는 차고 밤은 자정이 가까운데 별안간 '천하장안' 네 사람을 계하에 불러 세우고는 실로 엉뚱한 질문을 해대는 것이었다.
「천희연!」
「예잇.」
「너 누이가 있느냐?」
「네, 누이동생년이 하나 있습지요.」
「몇 살이냐?」
「나이는 먹어 열 여섯입지요.」
흥선군 이하응은 하정일에게 말머리를 돌렸다.
「하정일!」
「예이.」
「넌?」
「뭐 말씀이오니까?」
「이놈아 누이가 있느냐 말이다.」
「네, 자그마치 셋씩이나 됩지요.」
「몇 살 몇 살이냐?」
「열 여덟, 열 다섯에, 여덟 살짜리가 하나 있습니다요, 대감.」
「순규야!」
흥선의 말머리는 장순규한테로 넘어 갔다.
「넌?」
장순규는 얼른 대답을 못 하고 있다가,
「대감, 제겐 형 둘, 아우 둘이 있습니다.」
「계집앤 없느냐?」
「사촌누이가 둘이나 있사와요..」
「사촌도 누인 누이겠구나. 필주는 어떠냐?」

안필주가 마지막으로 대답한다.
「저는 칠남매올시다. 누이도 있고, 누이동생도 있고, 형과 아우도 있고, 조카녀석들도 득실댑지요, 대감.」
모두들 어떤 기대를 걸고 형제들이 많은 것을 자랑삼아 늘어놓았지만, 그러나 홍선군 이하응의 다음 말은 너무나 싱거웠다.
「밤도 깊었으니 물러들 가거라!」
그리고 그는 이호준에게 말했다.
「난 좀 외출을 하겠으니 여기서 쉬도록 하시오.」
「야심한데 어딜 가십니까, 아버님.」
큰아들 재면이 아직 자지 않고 있다가 아버지의 갑작스런 외출 기맥을 알아채고 대문 밖으로 따라나오면서 물었다.
「문단속 잘 해라!」
그는 재면의 뒤에 서 있는 소년 수백이를 발견하고 부드럽게 말을 붙였다.
「너두 이젠 내 집에 있어야 할 사명이 끊어졌구나! 그래 그동안 내 집에서 뭣을 염탐할 수 있었느냐!」
수백이는 몸둘 곳을 몰라 쩔쩔맬 줄 알았는데 지극히 태연하게 대답한다.
「올 때는 불순한 목적이 있었사오나 그후 대감마님께 충성을 다하기로 했사옵니다.」
「그래!」
홍선은 가볍게 실소를 하면서 이번엔 안필주에게 말했다.
「필주야, 네가 앞장을 서라!」
그는 안필주 한 사람만을 앞장 세우고 거리로 나왔다.
서녘으로 기운 한월(寒月)은 구름재 느티나무 상가지에 걸려 있었다.
밤바람은 몹시 차갑고, 밟고 가는 땅은 꽁꽁 얼어 있었다.
「이 밤중에 귀하신 몸으로 어딜 가십니까, 대감. 교가를 타시도록 할깝쇼?」
이미 오늘 낮부터 궁궐에서 차출돼 온 교가와 구종들이 외사에 대기

하고 있는 것이다.

그러나 홍선은 대답했다.

「걷겠다. 너하고 이렇게 밤길을 호젓하게 걷는 것도 아마 오늘 밤 이후로는 어려운 일일 게다.」

「어디로 가십니까?」

「다방골.」

「추선아씨 댁인갑쇼?」

「야인으로서 마지막으로 찾아보고 싶구나.」

홍선의 솔직한 심경이었다.

이 밤이 가면 대원군으로서 밤을 낮삼아 너무나 할 일이 많을 것 같다. 안한하게 기방출입을 할 틈도 없으려니와 체면상으로라도 추선의 집 문지방을 넘기란 쉬운 노릇이 아닐 것 같았다.

(내 불우했던 세월을 함께 슬퍼하며 항상 용기를 북돋워준 여인!)

어떤 방법으로 돌봐 줘야 하는가.

기첩으로 들여앉혀 옛이야기를 해가며 영화를 누리도록 할까, 좋아하겠지.

「누구얏!」

전동 길에 나섰을 때 순라군이 그들의 앞을 가로막으려 소리쳤다.

「쉬잇! 무엄한 놈.」

안필주의 기세는 벌써 대단했다.

그는 순라군의 귀에다 입을 대고 속삭일 듯하다가 갑자기 소리를 빽질러 줬다.

「이놈아, 무엄하다! 대원위대감마마의 밀행길이시다.」

순라군은 둘이었다. 그들은 안필주의 그 한마디로 기가 팍 죽었다.

「어디까지 가시는지 밤도 깊사온데 저희들이 호위해 모시겠습니다.」

「물러들 가거라.」

홍선이 점잖게 한마디 하자 그들은 죄인처럼 어둠 속으로 사라져 갔다.

「대감! 세상이 벌써 이렇게 바뀌었습니다.」

길은 왕도王道, 전하殿下라 부르오리다 165

안필주는 어지간히 통쾌한 모양이었다.
「권력은 잡고 볼 일이구나.」
흥선군 이하응도 미상불 통쾌했다.
「남아 일생에 권력이란 한번 잡아 볼만한 겁죠, 대감.」
「이놈아! 건방진 소릴 다 하는구나!」
추선의 집 대문은 굳게 닫혀 있었다.
안필주가 대문을 두드렸다. 한참 만에 여인의 신발 끄는 소리가 나더니 대문 안 대청에서 직접 추선의 음성이 새어나왔다.
「야심한데 오신 분이 뉘시오니까?」
안필주가 신바람 나게 대답한다.
「대원위대감께서 행차하셨소. 속히 나와서 대문을 여시오.」
그러나 추선은 대문을 열지 않았다.
「내가 왔다. 문 열어라!」
추선이 안필주의 말을 믿을 수가 없어서 대문을 열지 않은 것으로 짐작한 홍선은 부드러운 음성으로 직접 대문 열기를 분부한 것이다.
그런데 추선의 태도는 달랐다. 대문을 열지 않고 할 말이 있다는 것이다.
「대문은 열어 드릴 수 없사옵니다. 야심한 시각이온데 한 나라의 대원군께서 유항(遊巷)의 기방출입을 하시다니 스스로의 체면을 깎으시는 일이옵니다. 돌아들 가시지요.」
추선의 음성은 분명 반가움으로 흥분된 것이었으나 필사적으로 냉대를 가장하는가 싶었다.
그 말을 들은 안필주가 펄쩍 뛰었다.
「어서 문을 여시오. 어제의 홍선대감이 아니시라, 상감의 생부이신 대원위대감께서 몸소 파격적인 행차를 하셨는데 일개 기녀의 신분으로 무슨 무엄한 언동이오!」
안필주는 급한 마음에 일각대문을 발길로 걷어차며 다시 소리쳤다.
「속히 대문을 여시오!」
그러나 그런 위협이 기녀 추선에겐 아무런 효능도 발휘 못 했다.

추선이 말한다.
「미상불 추선은 미천한 기녀올시다. 기녀의 몸으로 하늘처럼 지체 높으신 대원위대감을 뵈옵는다는 것은 언감생심이오이다. 돌아들 가읍시오.」
여자의 싸늘한 음성은 가냘프게 떨렸다. 떨렸으나 냉엄했다.
홍선은 빙그레 웃었다. 그는 안필주에게 필요 이상으로 크게 호통을 쳤다.
「이놈아, 너 나하구 막걸리 몇 잔 마신 게 아직두 깨지 않았느냐! 아가리 꽉 닥치구 썩썩 물러가거라!」
안필주가 어리둥절해 하니까 그는 한쪽 눈을 찡긋해 보이며,
「속히 너 갈 곳으로 꺼져 버리란 말이다. 우물쭈물하지 말고.」
홍선은 안필주를 돌려 세우고 난 다음, 대문 안에다 대고 말했다.
「추선아, 홍선이 네 집 문전에서 추위에 떨고 있다. 대문 좀 열어다오.」
「대원위대감이 아니시오니까?」
「홍선군 이하응이다.」
그제서야 문빗장이 뽑아지고는 일각대문이 삐걱 하고 열렸다.
순간, 달빛과 홍선이 함께 일각대문 안으로 쏟아져 들었다.
추선은 쏟아져 들어온 정인(情人)과 달빛을 함께 품에다 안더니 한마디의 말도 못 하고 고개를 푹 숙였다.
홍선은 얼결에 여자의 얼굴을 손으로 감싸다가 손바닥에 질척거리는 감촉을 느끼고 가슴이 뭉클했다.
「들어가자!」
으스름 달빛 그늘 밑에서 봐도 추선은 요 며칠 사이에 몰라보도록 그 모습이 수척해져 있었다.
그는 여자의 단심(丹心)을 보는 것 같아 견딜 수 없도록 마음이 아팠다.
홍선은 자기 자신을 잘 알고 있다. 냉담하고 잔인한 일면이 자기 가슴 속에 도사리고 있음을 스스로 알고 있다.

그러나 추선의 앞에선 그토록 모진 자기의 성정이 봄눈처럼 팍삭 사
그라지며 형편없이 약해지는 것을 의식하지 않을 수 없었다.
 그는 추선의 가는 허리를 감싸안은 채 방으로 들어서자 체면없이 한
사람의 야성적인 사나이로 돌변해 버렸다.
 키는 오히려 추선이 더 크다. 그러나 추선은 홍선의 품에 소녀처럼 답
삭 안긴 채 숨을 못 쉬었다. 코가 있다고 숨이 쉬어질까. 입과 입이 겹치
면서 강한 흡인력으로 서로의 영육을, 의지와 정열을 완전히 병탄해 버
렸는데 숨을 쉴 겨를이 어디 있겠는가.
 추선의 얼굴은 붉은 장미빛으로 상기됐고 발은 방바닥을 밟았으나 온
몸은 허공에 둥둥 떠 있었다.
 추선의 잔허리는 활처럼 뒤로 휘었고, 불안하던 홍선의 발돋움은 기
어코 한두 번 뒤뚱거리더니 이신일신(異身一身)의 정인들은 후루룩 하
고 방바닥에 허물어졌다.
「소문 들었어요.」
 잠시 후에 추선이 매무새를 고치며 정색을 하고는 말했다.
 홍선은 보료 위에 도사리고 앉으며 고개만을 끄덕였다.
「저도 오늘 나가서 부자분이 대궐로 들어가시는 광경을 우러러볼까
했지만……」
「안 나왔나?」
「안 나갔어요.」
「왜?」
「너무나 꿈만 같아 깰까 겁이 나서요.」
 번연히 거짓말인 줄을 알면서도 홍선은 고개를 끄덕여 주었다. 결코
악의있는 거짓이 아니라 그래 보는 것이 '여자의 아름다운 마음씨'일
경우도 있기 때문에, 홍선은 오히려 추선의 그 말이 고마웠다.
「누구에게보다도 추선한테 보이고 싶었는데.」
 그 장엄한 행진을 누구보다도 추선이 봐줄 것을 원했고, 봐준 것으로
알고 있지만, 그는 그렇게 말했다.
 추선은 윗방 장지문을 열더니 얌전하게 차려둔 술상을 들고 내려왔

다.
 둥근 나주반에 가짓수가 많지는 않으나 정갈하고 조촐한 술안주가 마련돼 있었다.
 소의 중육으로 만든 육회는 흥선이 아니라 누구라도 즐기는 음식이다. 혀와 우랑으로 만든 편육은 쇠고기 중에서도 일미고, 간과 처녑을 섞어 다진 전유어는 미리 준비한 솜씨였다. 청어구이가 아직 식지 않았고, 청동화로에서 꺼낸 꿩의 가슴살로 만든 전골은 추위를 녹이게 하려는 추선의 정성이 어려 있었다. 김치 보시기는 모란꽃잎을 그린 백자였고 동치미 탕기는 무늬없는 분원사기였다.
 그리고 술은 진노랑의 오가피주다.
「누구를 위해서 이렇게 정성어린 주안상을 마련했더냐?」
 흥선은 진심으로 의아했다. 오늘 밤 자기가 여기에 오리라고 추선이 생각했을 리는 없는 것이다. 올 수가 없는 날이 아니냐 말이다.
 그러나 추선은 대답했다.
「꼭 오시리라고 믿었어요.」
「그래? 어떻게?」
「오늘이 지나면 영영 제 집을 찾으실 길이 없으실 것 같아 오시리라 믿고 준비해 뒀어요.」
「안 왔으면 몹시 섭섭했겠구나?」
「이 밤을 견디어 내지 못했을 테죠.」
 흥선을 쳐다보는 추선의 두 눈엔 이슬보다도 맑은 눈물이 그득 괴었다.
 이날 밤 그들은 마주 앉아 경건한 마음으로 대작을 했다.
 오가피주는 청국 사람들이 즐기는 독한 술이다.
 추선은 퍽 여러 잔을 마셨으나 그 형태는 갈수록 안존했다.
「외람된 말씀을 드릴까요?」
「무슨?」
「권세를 쥐신다고 아예 과격한 보복일랑 마세요.」
 추선의 이 말은 엄숙했으나 애원이 깃들어 있었다.

또 말한다.

「그동안 당신께서 당하신 수모가 뼈에 사무친다고 해서 성미대로 과격한 보복을 하시면 당장은 속이 후련하시겠지만……」

그러나 참으라는 충고다. 보복이란 서로 되풀이되게 마련이 아니냐면서 추선은 또 말했다.

「십년세도가 흔치 않다데요. 지나온 세월처럼 야인의 심경을 견지하시면서 큰일을 하셔야만……」

그래야만 추선 자기가 알고 있는 '홍선대원군'의 진면목이라는 것이다.

홍선군 이하응은 추선의 섬세한 마음씨가 자꾸자꾸 고맙기만 했다.

다른 여자가 그런 소리를 했다면 '건방진 계집'이라고 역정을 냈을지도 모르지만, 추선이 그런 소리를 하니까 마치 그 고명처럼 보드라운 손길로 홍선 자기의 온몸을 애무해 주는 것보다도 더욱 짜릿한 감각을 느꼈다.

그는 추선의 손을 잡아 옆으로 끌면서, 귀여운 어린애처럼 품에 품고는 독백하듯 말한다.

「네 말을 명심하지. 그러나 내 앞길은 험하고 거센 투쟁의 연속일게다.」

그는 사랑하는 여인의 체온을 소중하게 음미하면서 또 말한다.

「그네들은 최후의 순간까지 내게 권력을 주지 않으려고 온갖 방략을 강구할 걸세. 살아 있는 대원군이란 있을 수 없다고 반대한 그들인데 하물며 내게 정사에 대한 권한을 주려고 하겠나.」

홍선은 그런저런 문제에 대해선 이미 각오가 서 있었다.

명색만의 대원군이 될 바엔 오히려 어린 아들의 장래가 불쌍한 것이다.

비록 어떠한 방해와 난관이 있어도 자기는 역사상의 최초의 살아 있는 대원군으로서의 실권을 장악해야 한다.

그렇지 않고선 시들어 가는 이 나라의 명운을 회생시킬 길이 없으며, 무실한 왕권을 바로잡을 길이 없으며, 당파싸움의 적폐를 뿌리뽑을 길이 없으며, 썩을 대로 썩은 이도(吏道)를 혁정할 길이 없으며, 도탄에 빠진 민생고를 구원할 길이 없으며, 신왕이 장차 현군으로 추앙될 가망이 전혀 없음을 명백하게 알고 있는 것이다.

만큼, 이제부터 자기는 처절한 투쟁을 해야 하고, 유형 무형의 투쟁에서 반드시 이겨야 하고, 이기기 위해선 그 수단과 방법에 있어서 비상한 책략을 써야 하겠음을 각오해야 하는 것이다.

그런데 추선은 미리 그것을 근심하고 있다. 과격한 행동을 삼가라고 충언하는 것이다. 지금과 같은 야인의 입장에 있는 치자가 되라는 것이다.

흥선의 심경은 착잡했다.

그는 그의 버릇대로 또 어금니를 주군주군 씹다가 큰소리로 외쳤다.

「둘 중에 하나가 돼야 한다!」

발작처럼 추선의 귓불을 잡고 마구 흔들면서 또 소리친다.

「일을 하려면 폭군이냐, 영웅이냐, 둘 중의 하나가 돼야 한다! 폭군도 영웅도 아니면서 성군이 되기엔 오늘날의 세태가 용납을 안 한다. 그런 일은 세종대왕께서 이미 유감없이 다 하셨어.」

전에 없이 심각한 그의 얼굴을 그의 가슴에 안긴 채 물끄러미 쳐다보고 있던 추선은 지극히 한가롭게 그러나 지극히 정겨운 말씨로 조용조용 도란거린다.

「폭군과 영웅은 백지 한 장 차이예요. 영웅이 되시려다가 폭군이 되시진 마세요. 전 자꾸 불안하네요. 오늘의 영광을 얻으시기 위해서 그동안 당신께서 자초하신 행적을 생각하면 목적을 위해 무슨 수단을 쓰실지 몰라 자꾸 불안하네요. 지금은 안 계시지만 제 아버지의 말씀이 생각나요. 사람의 역량이란 제 나름의 적당한 한도가 있대요. 그 한도를 알면 현인이고, 모르면 어리석은 자라나요. 등잔불로 빈대를 잡으려다가 초가삼간을 태우는 사람도 처음엔 약았지만 나중엔 천장을 기는 마지막 한 마리의 빈대를 더 잡으려고 욕심을 내다가 천하에도 어리석은 자가 되는 거라구요. 열흘 일을 하루에 다 하시려 말고 차근차근 열흘 동안에 하실 작정을 하세요. 저 퍽 건방지죠?」

추선의 눈에선 왜 자꾸 눈물이 솟는 것인지 몰랐다.

그들은 부둥켜안았다.

세상에서 가장 강한 사나이도 가장 착한 여인도 지금 가슴에 물결치는 파도가 환희인지 애상인지 분간을 못 한다.

추선은 마지막 밤이라는 것을 분명히 의식했다. 인생이 끝나는 마지막 밤인 것 같아 서글펐다. 서글픈 대신 주체할 수 없는 강렬한 의욕을 느꼈다.

추선은 아버지가 돌아갔을 때 마지막으로 관이 집을 떠나는 광경을 목격한 일이 있다.

통곡을 하면서 자기의 인생도 끝났음을 직감했다.

아버지는 서울 근교에 있는 어느 왕릉의 능참봉이었다. 온 집안 식솔이 아버지만 의지하고 살다가 그런 일을 당하고 보니 모든 게 끝장이 난 심정이었다. 열 네 살 때였다.

아닌게아니라 그후 추선의 인생은 달라진 것이다. 양가로 시집을 가는 대신 기적(妓籍)에 이름을 올렸다.

추선은 오늘 밤 지금의 기분도 그때와 흡사했다. 이제 하룻밤만 지나면 자기의 인생이 또 방향을 바꿀 것을 예감하면서 육체적인 환희 못지않게 서글픈 감회 또한 억제할 길이 없었다.

「이게 마지막 밤이군요?」

추선은 상반신을 옆으로 틀면서 손끝으로 눈물을 찍어 냈다.

「무슨 소릴! 이제 내 너를 황금방석 위에 앉히지 않으리.」

사나이는 옆으로 틀린 여자의 상반신을 가로 가눠 주면서 맹세하듯 속삭였다.

그러나 추선은 눈을 감은 채로 도리질을 했다.

「이제부턴 수많은 귀부인들이 당신 주변에서 당신의 처분만 기다리겠지요.」

추선은 오늘따라 홍선에게 여러 번 '당신' 소리를 썼다. 웬지 그렇게 부르고 싶었다. 대감이니 대원위대감이니 하는 그 어마어마한 호칭은 그와의 거리가 느껴져서 싫었다.

「내가 오늘 밤 지금 여기 이렇게 있는 것으로 내 마음을 표백한 셈이다. 앞으로도 네게만은 내 소원치 않으리.」

이 밤만 지나면 새로운 인생이 전개되는만큼 그 새로운 내일을 위한 전야의 흥분을 주체할 길 없었다.

그는 오늘 낮에 어린 아들 명복이 대궐로 들어가던 그 어수선했던 광경을 잠깐 회상하면서 그러나 좀 서글퍼졌다.

어린 나이에 어버이를 떨어지는 게 싫어서 눈물을 머금던 아들의 그 슬픈 표정이 가슴에다 못을 박았다.

임금은 왜 어머니 아버지와 함께 살지 못하느냐고, 대궐로 같이 들어가서 살 수는 없느냐고 간절하게 애소하던 아들의 표정에서 그는 자기의 잔혹성을 발견했다.

(내 욕망의 재물이 되는 어린 아들!)

그런 생각으로 그는 자기의 잔혹성을 의식했던 것이다.

그의 지금 심경은 몹시나 착잡했다.

육체적인 환희 못잖게 어린 아들에 대한 미안한 감정이 고개를 들었다.

(제왕이 인생의 정점은 아니다!)

그는 위대한 철리(哲理)를 터득한 것 같았고, 자기 욕망의 거대한 그림자를 비로소 볼 수 있었다.

그는 추선 앞에서 무릎을 꿇은 채 오늘 궁궐의 주인이 돼간 어린 아들을 향해 마음 속으로 뇌까렸다.

「명복, 아니 제왕아! 너의 갈 길은 그 길뿐이다.」

그는 여체의 섬세하고 따스한 감촉 못잖게 어린 아들에 대한 사랑으로 정신이 혼미할 지경이었다.

그는 추선의 가슴 위에다 이마를 얹어 놓고는 기도하듯 하는 말이 엉뚱했다.

「길은 왕도, 앞으론 전하라 부르오리다.」

그러나 이때 추선은 추선대로 제 나름의 생각을 말했다.

「오늘 밤 당신께서 여기 와주신 것만으로 저는 이제 죽어두 한이 없어요.」
 사랑하면서 왜 이렇게 서로 다른 생각을 했을까. 여자와 남자의 차이일는지도 모른다.

산山너머엔 또 산山이더이다

 초야에 묻혀 있던 사람이 갑자기 권좌에 오르는데 모든 일이 계획대로 척척 들어맞기란 지난한 일이 아닐 수 없다.
 흥선군 이하응의 아들 재황이 열 두 살의 어린 나이로 궁궐에 들어가는 즉시 인정전에서 즉위식을 끝내고 대조전 왕좌의 주인이 됐다고 해서, 그의 사친(私親)이 곧바로 이 나라의 권력을 손아귀에 쥔 것은 아니었다.
 우여곡절이 많았다.
 신왕의 즉위식이 끝나자 우선 다급한 일은 돌아간 임금의 국상을 치르는 것이었다.
 신왕의 뒷자리에 앉아 이른바 수렴청정을 하게 된 대왕대비 조씨는 원상 정원용에게 분부해서 돌아간 임금의 장례식 부서를 결정하게 했다.
 빈청(賓廳)이라고 부르는 궁중 회의실에 당대의 현신들을 참집시킨 원상 정원용 노인은 영의정 김좌근으로 하여금 장례위원장격인 총호사(摠護使)를 삼고, 도제조(都提調)엔 김병국, 국장도감엔 김병기를 앉혀 백관을 거느리고 중책을 다하게 했다.
 이 회합에서 돌아간 임금은 철종이라 부르기로 하고 그의 유택은 예릉(睿陵)으로 정했다.
 이날 모인 이 회합은 이것으로 일단 끝나야 한다.
 그러나 산회 직전에 열석했던 김병필이 갑작스런 동의(動議)를 했다.

「제 생각으론 이 회집(會集)을 이대로 끝낼 것이 아니라 또 하나의 시급하고 중대한 문제를 논의해야 할 줄로 압니다.」

마악 일어서려던 현신들은 일제히 김병필에게 시선을 집중시키면서 주춤거렸다.

원상 정원용이 묻는다.

「시급하고 중대한 문제라니 무엇이오?」

그러자 김병필은 세도 김병기한테 슬쩍 눈짓을 하고는 말했다.

「유충하신 상감은 이미 즉위하셨고, 수렴청정은 당연히 대왕대비전께오서 하시기로 되었사오나 그와 못지않게 시급히 정책해야 할 일이 있는 줄로 압니다.」

「무엇이오?」

조두순 노인이 약간 긴장한 표정으로 물었다.

「상감의 사친이신 흥선군께 대한 처우문제입니다.」

이 말에 장내는 더할 수 없이 긴장했고, 중신들은 너나없이 묵묵불언이었다.

원상 정원용은 피로한 듯이 잠깐 손으로 얼굴을 가렸다.

영의정 김좌근은 천장을 쳐다보며 연신 두 눈을 껌벅였다.

세도 김병기는 원탁 위에 놓인 찻종을 들어 입에 대면서 가볍게 기침을 했다.

제안자인 김병필은 좀더 구체적인 말을 꺼냈다.

「오늘날까지 아조(我朝)에 있어서 대원군은 두 분이 계셨습니다. 선조대왕의 사친이신 덕흥대원군과 승하하신 상감의 생부 전계대원군이 계십니다. 그러나 그 두 어른은 다 아드님께서 입승대통하시기 이전에 돌아가셨기 때문에 대원군이라는 칭호를 추존해 드린 것입니다.」

누가 모르는 이야기인가. 사실 대원군이라는 칭호는 이태조 이후의 제도다.

국왕이 다음 대를 이을 만한 형제도 태자도 없이 돌아갔을 경우 종친 중에서 왕위를 계승시켰을 때 그 생부를 대원군이라 높여 불렀다. 과거엔 다 돌아간 사람들이었다.

그런데 흥선은 유독 현재 살아 있는 국왕의 사친이니 그 칭호와 처우를 어떻게 해야 하는가는 지극히 까다로운 문제로 등장할 수밖에 없었다.

그리고 흥선에 대한 그 칭호와 처우 여하에 따라 김문 일족은 물론 현재 영직에 머물러 있는 사람들의 운명은 좌우되는 것이다.

「우선 흥선군에 대한 칭호문제를 급히 책정해야 합니다.」

성정이 괄괄한 김병필의 말에 누구 하나 먼저 입을 열려고 하지 않았다.

잠시 후 원상 정원용이 괴로운 표정으로 침묵을 깨뜨렸다.

「흥선군에 대한 칭호의 결정이 그리 급한 것은 아닙니다. 그분을 어떻게 처우하느냐가 문제지요.」

이 말이 떨어지기가 무섭게 김흥근이 발언했다.

「전례가 없는 일이니 신중히 결정해야 합니다. 흥선군은 상감의 생부이시니 북면(北面)해서 신사(臣事)할 수도 없는 노릇, 그렇다고 한 나라에 두 분 군주가 있을 수 없으니 대군으로 예우해서 오로지 인륜에 어긋남이 없도록 새로운 의주(儀註)를 책정해야 합니다.」

지극히 당연한 말이었다. 아무리 임금이라도 부자 사이의 인륜을 벗어날 수는 없는 것이다.

북녘 왕좌에 앉은 어린 아들한테 그 아버지가 신하로서 국궁하고 숙배를 드리게 할 수는 없다.

그러니까 어떤 엄격한 규범을 만들어야 한다는 것이 김흥근의 주장이었다.

어떻게 규범을 만드느냐, 그것은 김문 일족 사이에 이미 꾸며진 계략이 있다는 말이 된다. 없이 막연하게야 구태여 이 자리에서 화제삼을 그들이 아니다.

만약 정원용이나 조두순 입에서 어떤 의견만 나오면 예정된 순서대로 김씨 일문이 일제히 포문을 열어 작전을 전개시킬 모양이다.

김병기가 지원사격을 했다.

「잘못하다간 두 군주가 아니라 세 분 군주가 될지도 모르지요. 대왕대비께서 엄연히 수렴청정을 하실텐데 거기다가 또 홍선군이 계시니 한 나라에 삼군(三君)이 될 가능성이 있습니다. 원상합하의 고견을 듣고 싶습니다.」

사람들의 시선은 일제히 노재상 정원용에게로 집중됐다.

그는 난처했다. 의견이 있다고 해서 섣불리 발언할 수 있는 분위기가 아니었다.

반드시 그네들과 의견을 같이해 가며 동조해서는 안 될 처지에 있다.

그리고 의견 정도가 아니라 주장이 서 있는 것이다.

이미 홍선군과 내통해 있는 그였다.

김문 일족이 어떻게 나오리라는 것을 미리 예측한 홍선군은 그가 오늘 아침 하례차 은밀히 들렀을 때 벌써 자기의 복안을 솔직히 토로하면서,

「아직 내가 표면에 나설 수 없는 처지니까 대감께서 고군분투를 해주셔야 되겠습니다.」

하고는 무서운 위압으로 그를 지그시 쏘아봤던 것이다. 정원용은 헛기침을 뒤 번 했다. 침착하려고 고개를 숙였다.

그러자 이번엔 김좌근이 점잖게 엄호사격을 가해 오는 것이다.

「어려운 문젠 줄로 압니다. 인륜을 따르자면 군신의 도리에 어긋나고, 군신의 도리를 따르자면 부자간의 윤리를 저버리게 되기 쉽습니다. 어느 쪽으로 치우칠 수도 없는 노릇, 내 의견 같아선 대군의 예우로 받들고 인륜과 왕도의 두 길이 맞부딪치기 쉬운 정사엔 일체 관여 마시도록 새로운 의주를 책정함이 가할 것으로 아뢰오.」

결국은 그네들의 총의를 대변하는가 싶었다. 말하자면 홍선을 정치무대에서 완전히 빼돌려서 로봇으로 만들자는 것이다.

원상 정원용은 속으로 생각했다.

(필사적인 항거로구나!)

그러나 정원용은 여유있게 미소를 지을 수 있었다.

(탐색전은 끝났다!)

저들의 속셈을 명확히 파악하게 된 이상 그로서 취해야 할 태도가 있

었다.

그는 침착하게 입을 열었다.

「모두 옳은 말씀이외다. 나라에 두 군주가 있을 수 없다는 말씀들, 지당합니다.」

정원용은 잠깐 말을 끊고 좌중을 둘러보다가 저 뒤쪽에서 조성하가 업저버의 자격으로 방청하고 있는 모습을 발견하고는 기침을 쿨룩 했다.

그는 약간 숨이 찬 듯한 음성으로 말을 계속했다.

「그러니만큼 이 일은 국가의 운명을 좌우할 중대한 문제입니다. 그런 중대한 일을 다른 회합도 아닌 대행대왕의 국상을 의논한 뒤끝 회석에서 왈가왈부한다는 것은 예의도 아닙니다. 내 소견으로는 내일이라도……..」

달리 그 문제에 대한 회합을 마련해서 신중하게 검토하는 것이 순서가 아니겠느냐고 반문하고는 일각의 여유도 주지 않고 그는 결론을 내렸다.

「더구나 이 문제는 중신회의에서 결정을 내릴 수도 없는 성질이에요. 내일 대왕대비마마의 어전에서 정책이 있도록 다시 회집합시다.」

말을 마치자 의장격인 원상이 자리에서 벌떡 일어나는 바람에 김문 일족은 아연해서 잠시 동안 멍청하게 서로 얼굴들만 마주 보았다.

때는 정오경이었다.

궁정에는 삭풍이 휘몰아치고 있었다. 비원의 숲너머로 보이는 북한산엔 부람꽃이 뽀얗게 피어 있었다.

이날의 이 회의의 내막은 즉각 구름재로 보고됐다.

그런데 그 말은 들은 흥선군은 그다지 심각하지 않았다.

「옳은 말이지. 나라에 이군(二君)이 있을 수 없는 것은 당연한 이치야.」

그는 조성하에게 말했다.

「아무래도 나 때문에 정정이 어지러워질 것 같으니 생각을 달리해야 겠네.」

조성하는 홍선을 멀거니 쳐다봤다. 그의 말뜻을 얼른 깨닫지 못했던 것이다.
「무슨 말씀이시온지.」
홍선은 대답했다.
「자네가 알다시피 오늘날을 위해서 나는 그동안 보이지 않는 피를 토해 가며 살아 왔네. 그러나 그것은 나 개인의 분별 없는 욕심만이 아니었어. 왕손의 한 사람으로서 왕가를 생각했고 백성의 한 사람으로서 나라를 생각하는 마음이 앞섰어. 이제 내 아들은 국왕이 됐네. 하나 난 사인이야. 이제 와서 내가 권력을 잡으려고 왕실과 정가에 어지러운 바람을 일으킨다면 과거의 그 사람들 하던 짓과 뭣이 다른가.」
그의 논조는 지극히 담담해 보였다.
청동화로의 꺼져 가는 불씨를 돋우면서 그는 또 말을 계속했다.
「실은 나도 망설이는 중이야. 한 나라의 정권을 인수하려면 적어도 수천, 수만의 '내 사람'이 요소요소에 배치돼서 수족같이 움직여 줘야 하는 것이 아닌가. 김씨네는 그것을 했네. 그들이 박아 놓은 뿌리는 이 나라 강역 샅샅이에 그 뿌리를 내리고 있어. 내 말을 알아듣겠나?」
그는 담배를 담아 화롯불에다 불을 댕기고는 또 말했다.
「누가 정권을 잡든지 그네들의 그 뿌리를 송두리째 뽑아 버리지 않고는 혁정이 안 되네. 그것을 못 할 바엔 차라리 뒤로 물러앉는 게 일신의 안전을 도모하는 길이야. 누구 손에 죽으려구. 사람 누구나 권좌에서 쫓겨나게 되면 눈이 뒤집히는 게 아닌가. 마지막 발악이라도 해보려는 것이 인지상정 아닌가. 그러니 뭣하면 자네가 맡아 보게나. 대비전 마마를 잘 보필해 드리면서 자네 힘으로 저들과 맞서 보게나.」
젊은 조성하는 홍선의 너무나 뜻밖의 말을 듣고 어리둥절했다. 어리둥절했으나 조성하는 생판 싫은 이야기는 아니었다.
이 나라의 세도를 자기더러 잡아 보라는 홍선의 뜻밖의 권고이고 보면, 구미가 당기는 화제가 아니냐 말이다.
그러나 조성하는 말했다.
「대감, 이런 중대한 판국에 왜 마음이 그렇게 약해지셨습니까?」

무엇인가 읽어 보려고 홍선의 얼굴 표정을 지그시 노려보는 조성하의 눈초리엔 만만찮은 야망이 번뜩였다.
 홍선은 조성하의 그런 마음의 움직임을 투시하듯 바라보았다. 그리고 말한다.
 「수십 년 동안이나 이 나라의 정권을 잡고 뒤흔들던 김문이야. 아무래도 내 역량으론 그들을 당해 낼 재간이 없을 것 같으이. 그들은 필시 나를 이름 좋은 하눌타리로 만들 작전이 서 있을 걸세. 정원용, 조두순대감 들이 내 편을 들어는 주겠지만 김문의 힘을 당해 내겠나? 그럴 바에야 나는 여지껏처럼 풍월과 더불어 한세월이나 하겠으니, 자넨 대비전과 잘 의논해서 어디 세상을 바로잡아 보게나.」
 홍선의 쏘는 듯한 눈총은 조성하의 상기된 얼굴을 세세히 관찰한다.
 「그렇지만 대감, 제 힘으로서야 언감생심이 아니옵니까?」
 「글쎄, 하긴 자네네두 사람이 없는 게 탈이야. 조씨 집안두 너무 외로워. 자네 형제와 대비전 한 분의 힘으론 척족세도를 이룩하기가 어렵긴 하겠네만.」
 조성하에게 아우 영하가 있었다. 모두 이십대 안팎의 젊은이들, 세상 물정조차도 제대로 익히지 못했는데 경륜이야 더 말할 것이 못 된다.
 홍선은 또 한마디 했다.
 「어렵긴 어려워. 당장 쓸 만한 심복들이 없을 바엔 김씨네가 박아 놓은 세력을 하루아침에 이편으로 휘어잡아 한마디의 호령으로 천하가 움직이도록 만들어야 하는데, 아무래도 대비전의 힘으로는 어렵긴 어려워. 잘못했다간 꼴싸납게 화나 입을 게고. 하여간 자네 빙장 어른하고도 잘 의논해 보게나. 대비마마껜 내 말을 그대로 전해 올리게.」
 「대감!」
 「막상 이렇게 되고 보니 대비마마께선 정사에 너무 어두우셔. 오늘날까지 뒷방에만 묻혀 계시던 어른이시니까 그렇지. 저네들 등쌀을 감당 못 하실 걸세. 그러나 상감이 나이 어리시니까 청정은 하셔야 할 게고. 앞일이 어찌 될 것인지. 이렇게 되면 차라리 내 아들에게로 입승대통의 전지를 내려 주신 그 어른이 원망스럽네. 하나 할 수 없지. 지금 당장 하늘이 노오랗다고 해서 내일도 청명하지 말란 법은 없으니까. 요는 저 뿌리 깊은 척족의 세력을 휘어잡을 만한 큰그릇이 아쉬울 뿐이야.」

홍선의 논지는 그 방향을 명확하게 가릴 수가 없었다.

조씨 집안끼리 척족세도를 형성해서 해보라는 뜻인가 하면 너희들의 힘으론 도저히 안 된다는 뜻도 되고, 사람이 없어 김씨네의 책략과 그물을 당해 낼 길이 없다는 뜻인가 하면 홍선 자기가 아니곤 능히 그들을 견제할 사람이 없다는 뜻으로도 해석됐다.

「대감, 어찌 되었든 내일 중신회의가 또 열릴 것입니다.」

「열리겠지.」

「거기에 대비할 계략이 서야 하지 않습니까?」

「내 신상에 관한 얘긴데 나야 직접 나설 수 있나! 어서 가보게. 지금은 일각을 천추로 나눠 써야 할 때야.」

「그래도 무슨 지시를 내려 주셔야.」

「어서 가봐!」

조성하는 일어섰다.

그는 그길로 장인인 이호준을 만나 홍선이 하던 말을 전했다.

이호준은 즉석에서 펄쩍 뛰었다.

「큰일 날 소릴!」

이호준은 뭐가 큰일 날 소리라는 것인진 설명하지 않았다.

이호준은 사려 깊은 사람, 두 손으로 얼굴을 감싼 채 잠깐 생각에 잠기는 듯하더니 오기있는 말투로 젊은 사위에게 말했다.

「천하를 흥정하는 대판 싸움이야. 홍선대감이나 김씨넨 고래들이구, 자넨 새우예요.」

그는 더 말하지 않고 이 젊은 사위에게 지체없이 대궐로 들어가 대왕대비의 곁을 뜨지 말도록 타일렀다.

이호준은 돌아가는 조성하의 뒷모습을 보면서,

「너무 젊어서 탈이야!」

한마디 뇌까리고는 자기도 다급하게 의관을 정제한 다음 집을 나섰다. 홍선군을 찾아보고 그의 진의를 타진해 볼 작정이다.

그러나 이 무렵 홍선은 조성하를 보내고 혼자 곰곰 생각하다가 안필주를 불렀다.
「불러 계시옵니까?」
「너 지금 급히 조두순대감댁엘 가서 여쭤 봐라. 내가 찾아뵙고자 하는데 댁에 계시겠느냐고 여쭤 봐라.」
안필주는 몹시나 영리한 사람이다. 홍선에게 되물었다.
「만일 조대감께서 몸소 오시겠다면 어찌 하오리까?」
「이놈아, 잔소리 말고 얼른 갔다 와!」
그러나 안필주는 홍선의 그런 호통의 참뜻도 곧장 알아챘다.
「예이, 분부대로 알아 모시겠습니다. 대감.」
안필주는 별똥같이 밖으로 내달렸다. 그는 거리를 사뭇 경둥경둥 뛰면서 흐흥 하고 웃었다.
「우리 대원위대감께서 급히 찾아가시겠다면 '예 그렇소이까' 하구 조대감이 앉아서 기다릴라구? 허겁지겁 달려올 테지. 지금 세상이 누구의 세상인데 말씀이야, 히힝!」
그의 발길은 허공에 떠 있었다.
안필주를 조두순한테로 뛰게 한 홍선은 김응원을 불러 엄하게 분부했다.
「대문을 닫아 걸도록 하게. 누가 찾아오든지 오늘은 나 몸이 불편해서 사람을 안 만난다고 거절하란 말야.」
김응원이 반문했다.
「대궐에서 사람이 오면 어찌 합니까?」
홍선은 김응원을 쏘아보며 호통했다.
「누가 찾아오든지라고 했잖나!」
돌아서던 김응원은 그래도 한마디 되물었다.
「조대감께서 오셔두 들이지 말랍니까, 대감.」
그 말에 홍선은 또 소리를 꽥 질렀다.
「이 사람아, 조대감은 내가 만나야 해.」
날씨가 궂어지기 시작했다.

눈송이가 희뜩희뜩 흩날렸다.
북악을 내려온 매운 바람이 윙윙 나뭇가지를 빠져 바람꽃을 남촌으로 몰고 갔다.
흥선은 내실로 들어갔다.
내실에는 벌써 몇몇 이름 있는 현관정신들의 아낙네들이 와 있었다.
불과 며칠 전만 하더라도 그네들은 흥선군 이하응의 존재를 개 발싸개처럼 알던 콧대 센 외명부들이다.
그네들이 남 알게, 모르게 일구고 다니는 치맛바람은 곧바로 이 나라의 정치적인 높고 낮은 기류가 돼서 사회혼란을 조장해 왔다.
김병학의 아내도 눈에 띄었다.
「오셨습니까.」
흥선은 그네에게만은 머리를 숙였으나 다른 아낙네들은 거들떠보지도 않았다.
그는 부인 민씨를 협실로 불러 냈다.
「나 내실에 좀 누워 있어야 하겠으니 모두들 돌아가라고 하시오!」
찾아온 손들을 쫓아 버리라는 것이다.
흥선은 갑자기 불안해졌던 것이다.
대왕대비 조씨는 여자다. 아무것도 모르는 평범하고 단순한 여자다.
지금 이 마당에 자칫 옹졸한 여자의 생각으로써 자기의 이해나 앞세우는 나머지 손발을 맞춰 주지 않는 일이라도 생긴다면 흥선 자신의 꿈은 어이없게 깨어지고 마는 것이다.
(대왕대비로서 끝내 섭정을 고집할 것인가?)
자기의 역량은 돌봄이 없이 오랫동안의 울분을 풀 기회가 왔다고 스스로 권력의 정상을 노린다면 자기는 뭐가 되느냐 말이다.
아마도 김씨네의 계책대로 자기는 한낱 궁가의 벽화가 되어 하는 일 없이 평생을 보내게 될 것이 뻔하다.
(호강이야 할 수 있겠지!)
그렇게 되면 코에서 냄새가 나도록 호강은 할 수 있을지 모른다. 그러나 호강을 하는 게 목적일 수는 없었다.

(나는 일을 하고 싶다. 나만이 해낼 수 있는 일이 너무나 많다.)

흥선은 어금니를 또 주군주군 씹었다. 무슨 일이 있더라도 우선 실권을 쥐어 놓고 볼 일이라고 이를 악물었다.

그는 부인에게 커다란 음성으로 말했다.

「방을 좀 치워 주시오. 나 한잠 자야겠소.」

부인 민씨는 얼굴을 붉히며 민망해 했다.

「손님들한테 들리겠네요. 왜 새삼스럽게 내실에서 주무셔야 하세요?」

남편의 의도를 몰라 가볍게 항변해 보는 부인 민씨에게 그는 좀더 큰소리로 말하는 것이었다.

「낮술을 좀 했더니 취하는구려. 그리고 당신 옆에 있고도 싶구. 하하하.」

또 의식적인 행동임을 눈치챈 민부인은 잽싸게 손으로 남편의 입을 막았다.

무안을 당한 안손님들이 돌아가자, 흥선은 아랫목 보료 위에 단정히 앉으면서,

「당신도 들어 두오!」

대수롭지 않은 이야기처럼 가볍게 화제를 꺼냈다.

「오늘밤 사이엔 사람을 극도로 경계해야 하오. 누구건간에 함부로 집안에 들이질 마오.」

「왜요.」

「상감은 이미 즉위하셨으니 이젠 이 흥선을 눈 위의 혹으로 꺼려하는 사람들이 있게 마련이오. 아닌게아니라 상감에게 생부가 있엔선 후환덩어리가 아니겠소? 어떤 어리석은 놈들이 어리석은 짓을 저지르려고 들지도 모르니까.」

부인 민씨는 얼굴이 해쓱해졌다.

「권력투쟁처럼 더러운 것은 없으니까. 자고로 혈육끼리 피를 보는 게 권력에 대한 욕심이 아니냐 말야.」

「그럼 김씨네가……?」

「김씨구 조씨구 지금 가려서 말할 것은 못 되지만 하여간 조심을 해

서 손해 볼 건 없잖소!」
 마음이 약한 부인은 언젠가 그 이상지라는 자객을 맞은 일도 있고 해서 적잖이 불안한 모양이었다.
 이때 하인의 전갈이 있었다. 조두순의 행차가 당도했다는 것이다.
「안사랑으로 모셔라!」
 홍선은 서두르는 법 없이 귀빈을 맞았다.
「내가 찾아뵙겠다고 했는데 이렇게 행차를 하셨군요.」
 홍선의 말에 좌의정이며 원로대신인 조두순은 펄쩍 뛰었다.
「무슨 말씀을. 마땅히 제가 찾아뵈야지요.」
 그들은 일제 잡인을 금한 채 은밀히 대좌했다.
「오늘 낮 중신회의의 얘긴 다 들었습니다.」
 홍선군 이하응은 단도직입적으로 허두를 꺼냈다.
「공론으로는 내게 대군의 예우를 하고 일체 정사엔 관여함이 없이 오직 상감의 사친으로서 이 구름재에 묻혀 있도록 새로운 의주를 꾸미기로 했다지요?」
 앉기가 무섭게 따지듯 묻는 홍선에게 조두순은 허둥대며 대답했다.
「아닙니다. 그런 제안을 하는 측도 있었긴 하지만 아직 아무런 결론도 내린 바 없고, 또 어전(御前)이 아니고서야 감히 누가 그런 중대한 일을…….」
 위압에 눌려 버린 조두순은 무의식중에 허리를 굽혔다.
 그러자 홍선은 여유를 주지 않고 다시 한마디 했다.
「대감께서 이번 사왕이 등극하시기까지에 얼마나 큰 힘을 쓰셨는가는 내가 잘 알고 있습니다. 그리고 승하하신 철종이 척족 틈바구니에서 얼머나 고달픈 왕 노릇을 하셨는가는 대감께서 더욱 잘 알고 계실 겝니다.」
「이를 말씀이오니까.」
 홍선의 무서운 눈초리를 의식한 조두순은 다시 머리를 조아렸다.
 그러자 홍선군 이하응의 셋째번 설탄이 튀어나왔다.
「내 아들은 철종과 같은 임금 노릇은 시키고 싶지 않습니다.」

「이를 말씀이오니까.」
「대감!」
「예에.」
「주상은 충년(沖年), 열 둘이십니다.」
「예에.」
「누가 되든지 명목만의 섭정으로선, 세상이 바뀌었다고 좋아 날뛰는 저 백성들에게 새로운 활기를 줄 수 없습니다.」
「이를 말씀이오니까.」
「대감!」
「예에.」
「나라는 누란의 위기에 처해 있습니다.」
「예에.」
「서로 합심해서 오늘날까지의 비정을 하루속히 혁정해야 하지 않겠습니까?」
「이를 말씀이오니까.」
「대감!」
「예에.」
「내일 어전회의가 열린다지요?」
「원상께서 이미 대비마마께 품신하신 줄로 알고 있습니다.」
「대감!」
「예에.」
「대비전 승후관인 조성하가 와서 오늘 낮 중신회의의 내막을 말하기에 내 일러 보냈습니다. 내 생각으로는 섣부른 사람이 나서 가지곤 척족 김씨네의 육십 년 세도가 뿌리박은 저 탱자숲같이 굳건한 지반을 도저히 뒤엎을 재간이 없을 게니 조씨 집안에서 대왕대비전을 잘 보필해서 그들과 맞겨뤄 볼 양이면 한번 다부지게 해보라고 일러 보냈습니다.」

그제서야 조두순은 고개를 번쩍 쳐들고는 홍선군 이하응을 뚫어지게 쏘아봤다.

여태까지 '예에', '이를 말씀이오니까'만 연발하고 있던 사람과는 딴판으로 그 안광은 어떤 의지를 나타냈다.

그는 서슴지 않고 말했다.

「대감, 면전에서 말씀드리는 것은 안됐지만, 내 일찍이 홍선대감의 불우를 누구 못지않게 슬퍼한 사람입니다. 사왕의 등극은 홍선대감 연래의 숙원이신 줄로 내 압니다. 하물며 내 어찌 대감의 참뜻을 모르오리까.」

이번엔 홍선군 이하응이 그에게 머리를 숙였다.

「대감만 믿습니다!」

두 사나이는 서로 손을 굳게 잡았다.

밖에는 눈발이 좀더 여물었는가, 바람소리가 쏴 했다.

이날 그 무렵 교동에 있는 나합의 집에서도 심상찮은 밀모가 진행되고 있었다.

사랑에는 바깥손님들의 출입이 잦았다. 주인 김좌근이나, 드나드는 손들의 눈에는 핏발이 서 있는 것 같고 침울한 표정들은 흡사 초상집을 방불케 했으나 그러나 마지막 안간힘 같은 살벌한 분위기가 온 집안에 감돌고 있었다.

「마마!」

안방 미닫이를 열고 들어선 윤여인이 장판바닥에 두 손을 짚으면서 나합에게 마마라는 과남한 경어를 섰다.

특히 나합에게 '뵈옵기'를 청했고, 특히 허락되어 안방으로 들어온 윤여인의 얼굴에 얼음장처럼 차가운 아름다움이 있어 범할 수 없는 '여자의 기상'이 엿보였다.

「무슨 일인가?」

나합이 청동화로를 윤여인 앞으로 밀어 주며 물었다.

「은밀한 의논 말씀이 있기루…….」

윤여인은 화로에 꽂힌 인두로 참숯 불씨를 파헤치며 대답했다.

「아무도 듣는 사람은 없을 걸세!」

나합은 어딘가 귀찮아하는 표정이었다.

여러 가지로 신경이 피로해 있었던 것 같다.
「제 신분으론 너무 외람된 얘긴 것 같아서 말씀드려두 괜찮을지 모르겠사와요.」
윤여인의 아름다운 두 눈은 초음식을 먹은 순간처럼 새콤하게 감기는 듯했다.
「내게 대한 얘긴가?」
「물론입죠. 마마.」
「얘길 해보게나!」
「운명이란 앉아서 받아들이기만 할 것이 아니라 나아가 개척할 수만 있다면 서둘러 개척해야 하는 게 아닙니까, 마마.」
양심도 체면도 없는 지극히 낮은 아첨배들이 나합에게 '마마' 호칭을 써왔다. 그러나 윤여인이 그네에게 마마라고 부르는 것은 오늘이 처음이었다.
「무슨 얘긴가?」
「여자들이 나설 일은 아닐는지도 모르지만……」
「무슨 얘긴가?」
「지금 세간엔 흥선대감에 대한 물의가 대단합니다, 마마.」
「어떻게?」
「생부가 살아 계신 어른을 나랏님으로 등극시킬 수도 없지만, 이왕 나랏님은 등극을 하셨으니 흥선대감은…….」
「흥선대감은?」
「흥선대감은 아드님을 위해서 마땅히 희생돼야 한다는 중론입니다.」
말하는 윤여인의 눈초리는 소름이 끼치도록 차가웠다.
그 말을 들은 나합의 얼굴엔 푸른 빛이 감돌았다. 귀 앞 살쩍머리의 솜털이 있는 대로 곤두서는 것 같았다.
두 여인은 잠시 대화를 끊었다.
나합은 일어나서 방문을 열고 대청을 휘둘러보았다. 협실도 둘러봤다. 공교롭게 아무도 눈에 띄질 않았다.
뒤뜰의 앙상한 영산홍 가지에선지 참새들이 시끄럽게 지저귀고 있을 뿐이었다.
 흩날리는 눈송이가 꽤 여물어 있었다.
 나합은 방장을 내리고 제자리로 돌아와 앉으며,
「눈이 많이 오겠어.」
 윤여인의 눈치를 흘끔 살피고는 커다란 음성으로 그런 말을 했다.
「보리농사엔 눈이 흠뻑 덮여야 한답니다.」
「그런 술망나니의 아들이 임금이 되다니! 별세상 다 보겠네.」
 나합은 이런 말로 윤여인에게 본론을 슬쩍 재촉했다.
「새 임금이야 나이 어린 아기씨니까 괜찮지만 그 사친이 살아 있다는 점에서 얘기가 복잡해지는 것입지요. 더구나 그분은 오늘날까지 얼마나 심한 구박 속에서 살아 왔습니까. 자기가 똑똑하지 못해 자청한 짓이긴 하지만서두요.」
 윤여인은 홍선을 완연히 비양대는 말투였다.
「우리네에겐 좋잖은 감정을 가지고 있겠지? 저 한 짓은 생각잖구 말야.」
「그런 사람일수록 권력을 잡으면 무슨 짓을 저지를지 모릅지요, 마마.」
「세상이 또 어떻게 뒤집힐지 몰라 불안스럽네그려.」
「마마!」
 윤여인은 나합 옆으로 한 무릎 다가앉았다.
「언젠가 마마를 뵌 일이 있는 제 내종 오라빌 아십지요.」
「이상지라는 그 도도한 젊은이 말인가?」
「마마 기억도 좋으셔라.」
「그 친구가 어쨌다는 겐가?」
「이제서야 실토입니다만 사실은 그 오라비가 홍선대감관 감정이 좋지 않아서요.」
「그래.」
「전에 그이를 죽이겠다구 밤중에 그 집 담장을 뛰어넘었다가 붙잡힌 일이 있읍지요.」

「어머니나, 그래?」
「그러니 이제 흥선대감이 저렇게 높은 지체가 되면 제 오라비의 목숨은 없는 게 아닙니까?」
「위험하다구 봐야지.」
나합은 고개를 수없이 끄덕거리며 생각에 잠겼고, 윤여인은 그런 나합의 눈치를 세심하게 관찰하면서 음성을 아주 낮춰 버린다.
「마마께서만 알구 계셔요. 대감마님께도 말씀드리지 마시구.」
「뭘 말인가?」
「사실은 오늘 밤에 또 일을 저질러 볼 모양이에요.」
순간, 나합의 입술이 파르르 떨렸다. 말은 없이 눈총으로 윤여인에게 물었다.
「일을 저지르다니?」
윤여인은 나합의 귀에다 대고 소곤거렸다.
「어차피 죽을 몸이니까 이판사판, 선수나 써보겠다는 심정인가 봐요. 지가 아무리 말려두 들어야죠. 낼 아침엔 소문이 파다하게 퍼질 거예요.」
「자객이 돼서 흥선댁엘 침입한단 말인가?」
나합의 남달리 큰 흰 눈자위엔 핏발이 어렸다.
「마마께서만 알구 계셔야 해요.」
윤여인은 제자리로 물러가 앉았다.
「그 대신 성사를 하면 상금이나 후히 주시고요.」
윤여인의 입가에는 싸늘한 미소가 감돌기 시작했다. 윤여인이 또 말했다.
「잘만 된다면 교동댁 문중에선 손끝 하나 안 움직이고 불안스런 존재를 제거하게 되는 것입죠.」
「그 사람임, 해낼 수 있을지도 모르지!」
나합은 이상지의 그 도도하던 모습을 연상해 보는 눈치였다. 나합 자신이 남자 헌팅을 해보려고 했다가 실패한 사내란 오로지 그 이상지 한 사람이었다.

여자도 벼슬도 안중에 없다고 오연히 소리치던 그 사나이라면 홍선군 이하응이란 주정꾼 하나쯤 없애기란 다반사일는지도 모른다.
「난 모른 체하겠네!」
「끝내 모른 체하셔야죠.」
모르는 체하라면서 구태여 왜 그런 어머어마한 이야기를 사전에 찾아와 들려주는 것인지 나합은 의당 윤여인을 의심해야 하는 것이었으나, 그러나 그 점엔 무심했다.
밖에는 바람소리가 차츰 거세어지고 있었다.
나합 양씨의 심경은 더할 수 없이 착잡했다.
그것은 홍선군 이하응에 대한 문제보다도, 그리고 사양의 놀빛이 뻔히 보이는 자기네 권세에 대한 문제보다도, 그 착잡한 심경은 좀 엉뚱한 곳에 있었다.
나합의 생각엔 그 이상지라는 젊은이가 아무래도 신비로운 존재였다.
세속에 물들지 않고, 불의에 휘지 않는 싱그러운 인물, 그 준수한 면모는 소나기 끝에 보는 한 포기 난초처럼 청순한 인상으로 뇌리에 남아 있었다.
「실술 안 할까?」
나합은 윤여인을 바라보며 잠깐 혼자 근심해 보는 것이다.
만약 홍선댁에 자객으로 침입했다가 실패라도 하는 날이면 그 이상지라는 인물은 여지없이 파멸되고 말 것이다.
아까운 생각이 들었다.
「아직은 경계가 심하지 않을 테니까 실패 안 할 거예요. 그래서 더욱 서두르는 것 같더군요.」
「그 젊은이, 몸두 날쌔겠지?」
「그럼은입쇼. 웬만한 담장쯤은 훌훌 뛰어넘는 재주니까요. 처마끝 서까래만 잡으면 훌쩍 지붕 위로 올라갈 만큼 몸이 날쌔답니다.」
그러리라고 나합은 생각했다. 미워할 수가 없는 사람이다. 이쪽에서 먼저 몸이 달아 먼저 교태를 부렸는데 싸늘하게 거절을 한 사나이, 처음엔 권력의 힘으로 본때를 보여 주고 싶었으나 날이 갈수록 웬지 잊혀지지 않는 존재였다.
「나중에 내게 한번 데려오게나.」
얼마나 도도한 '녀석'인가 기어코 한번 꺾어 보겠다고 나합은 마음 속으로 다짐을 하면서,
「내일 어전회의가 열린다네.」
흥선군 이하응과 척족 김씨네가 대판 씨름이 될 어전중신회의가 내일 열리리라는 것을 나합은 미리 알고 있었다.
「그렇잖아도 그 전에, 한 이름 없는 젊은이의 손으로 홍선대감을 제거해 놔야 된다는 것이 제 오라비의 주장인 듯싶사와요.」
나합은 얘기가 길어선 안 되겠다고 생각했다.
「벌써 날이 저문 것 같군!」
「밤엔 눈이 꽤 내릴 듯싶네요.」
「왜 벌써 갈래나? 좀더 놀다 가잖구.」
「가봐야죠, 마마.」
그네들의 대화는 갑자기 그 음성이 높아졌다.
윤여인이 일어서면서 이번엔 다시 나직하게 물었다.
「참, 내일 언제쯤 어전회의가 열리게 되나요?」
「내 듣기엔 사시(巳時)라던가.」
사시라면 열시 쯤일까, 아침부터 그 중대한 어전회의가 소집된다는 것이다.
윤여인이 눈총을 한군데로 모으면서 지껄였다.
「어쨌든 피는 보게 되는군요. 오늘 밤의 일이 뜻대로 되면 한 사람이 피를 흘리게 되지만, 만약 그가 살아서 득세라도 할 양이면 많은 피를 흘리게 되지 않겠어요, 마마?」
꼭 협박과 같은 한마디를 흘리면서 나합의 거실을 나서는 윤여인의 아미는 독버섯처럼 요염하게 아름다웠다.
「조심들 해요.」
나합은 대청마루 끝까지 따라나오면서 간절히 부탁하듯 말했다.
'조심들' 하라는 말은 무엇을 뜻하는가. 홍선을 제거하는 그 일에 자

기가 직접 개입하거나 지원하는 것은 아니지만, 하여간 그런 일이 진행되고 있다면 부디 성공하라는 암시임에 틀림이 없다.

나합은 몸조심을 하라는 것이다. 섣불리 그런 궂은 일에 자기가 휘말려들기는 싫지만 일은 그렇게 돼야 한다고 속으로는 기뻐했다.

(오늘 밤만 지나면 사세는 또 달라지는 것인가?)

김씨네의 영화는 하루아침에 무너지지 않는다. 무너질 수가 없다. 무너지면 큰일이다.

「오늘 밤이 문제로다!」

나합은 미소하며 뇌까렸다.

나합 양씨는 자기만이 그런 중대한 비밀을 미리 알게 된 것을 대견하게 생각했다.

「성사만 하라! 내 그대를…….」

크게 출세시킬 것이라고 나합은 혼자 생각에 흐뭇했다.

원래 준마는 다루기가 힘드는 법, 이상지라는 사나이가 오늘 밤 그 큰일만 해놓으면 어느때고 그를,

(내 수족으로 만들 수 있을 것이다!)

나합은 더욱 이상지에게 마음이 쏠렸다.

밤이 깊어 초췌한 모습으로 내실에 든 영의정 김좌근에게 나합 양씨는 슬며시 물어 보았다.

「대감, 그래 내일 어전회의에 대한 대책은 마련이 됐나요?」

그러나 김좌근은 나합이 관여할 문제가 아니라는 표정으로 딴전을 부렸다.

「피로하니 어서 자리에 듭시다.」

나합은 그의 옷을 벗기고 앙상한 몸을 부축해서 대화단 금침 속에다 깊숙히 묻어 주면서, '영감은 너무 늙었다'고 생각했다.

「팔다리가 몹시 아프구려.」

「주물러 드릴까요?」

뼈마디가 아른거리는 그의 다리를 주물러 주면서 나합의 상념은 어쩔 수 없이 구름재의 흥선댁을 배회하고 있었다.

(지금쯤은 벌써 사단이 벌어졌을는지도 모른다!)
담장을 뛰어넘는 그 이상지의 늠름한 모습, 사랑으로 침입해서 홍선의 배를 깔고 앉는 그의 기백,
(결코 실패할 놈이 아니다!)
나합의 미간은 충격적으로 찌푸려졌다.
「대감.」
나합은 부지중에 김좌근을 불렀다.
「대감, 근심 안 하셔두 될지 몰라요.」
입이 간지러웠다.
「홍선군은 지금쯤 이 세상 사람이 아닐지도 몰라요.」
「뭣이?」
잠들기 시작하던 김좌근은 깜짝 놀라면서 두 눈을 번쩍 떴다.
나합의 입가엔 미소가 흘렀다. 태연하게 그의 넓적다리를 지근지근 주무르다 말고 말했다.
「우리보다두 그를 더 미워하는 사람이 있어요. 내가 알기로는…….」
김좌근은 상반신을 일으키며 나합을 쏘아봤다.
「오늘 밤 그의 집엔 자객이 든대요.」
김좌근은 눈이 휘둥그래졌다.
「자객?」
「네, 자객이에요.」
「홍선을 죽인단 말인가?」
「자객이 들면 죽이는 거 아네요?」
김좌근은 아주 일어나 앉았다.
머리맡 촛대에선 촛농이 눈물처럼 흘렀다.
바람소리가 위잉 지나간 다음 사각사각 눈 내리는 소리가 들리는 듯한 정적이었다.
「당신이 시켰구려?」
김좌근이 역정을 내면서 물었다.
「제가요? 제가 왜 그런 일을 대감께 의논두 없이 시킨단 말예요?」

나합은 여일하게 태연했다.
「그럼 당신이 어떻게 아오?」
「누가 와서 일러 주데요. 모른 체하구 있으라구요.」
「우리 집안에서 누가 하는 짓인가?」
「아뇨. 당신 권속 중에 그런 담 큰 위인이 어딨어요?」
나합은 빈정거렸다.
김좌근은 심각하게 생각하는 눈치였다. 정말 심각했다. 차츰 안면근육이 온통 씰그러지기 시작하더니 탄식했다.
「어허, 큰일 났군! 그건 우릴 파멸시키려는 무모한 짓이야!」
머리를 설레설레 흔드는 김좌근을 나합은 멍청하니 바라보고 있었다.
하옥 김좌근은 오랜 정치생활에서 얻은 경륜이 남보다 뛰어난 사람이다.
더구나 어떤 모사를 앞에 놓고는 몇 수 앞을 내다보는 눈을 가졌다.
그는 나합의 이야기를 단순하게 받아들이지를 않았다.
「홍선은 오랜 세월을 야인으로 지낸 사람이오. 왕족이면서 지나치게 불우한 생활을 했을 뿐 아니라 그 행동이 파격적이라서 뭇사람들의 흥미거리였단 말이오.」
나합은 연죽에 담배를 담아 그에게 내밀었다.
김좌근은 담뱃대를 입에 물다가 쑥 뽑고는 말하면서 생각하고, 생각하면서 말했다.
「나는 알고 있어. 백성들이란 한 집단이 너무 오래 집권을 하면 싫증이 나는 법이오. 지금 그들은 홍선군이라는 사람을 흥미에 가득찬 눈초리로 바라보고 있을 것이오. 그런데 아직 그군에 대해 처우문제도 결정이 나기 전에 그를 해칠 사람이 있을 리가 없어.」
나합은 지나치게 심각한 그의 소심을 비웃었다.
「그렇지만 그이에게 혐의를 가진 사람이 있을지도 모르잖아요?」
김좌근은 담배 연기를 후유 하고 뿜으면서 고개를 옆으로 저었다.
「아니. 개인의 혐의나 사감이 작용할 때가 아니오. 그를 죽일 만큼 혐의를 가진 사람이 있다면 그가 거리의 무뢰한일 때에 해치울 일이지,

왜 하필이면 지금 이 마당에 그런 무모한 짓을 하겠소? 대관절 누가 그런 짓을 한답디까?」

나합은 치마를 벗어서 횃대에다 휙 던지고는 하옥의 무릎을 손으로 퍽 짚으면서 대꾸했다.

「전에두 한번 그 집에 자객으로 침입했다가 실패한 사람이래요. 이번에 그이가 만약 득세라도 한다면 어차피 죽게 될 목숨이니까 이판사판으로 미리 선수를 쓰겠다는 얘기더군요.」

「당신이 어찌 그리도 소상하게 알고 있소.」

「누가 와서 귀띔을 해주데요.」

「누가?」

「그럴 만한 사람이 있어요.」

「무슨 필요가 있어서 당신한테 그런 큰 비밀을 미리 내통했을까?」

「아따, 몹시도 의심을 하시는군요. 이제 밝는 날 보면 알 일이니 어서 주무십시다!」

「잡시다!」

그러나 김좌근은 아무래도 그 이야기가 몹시 신경에 걸리는 모양이다.

등을 돌리면서 긁어 달라고 하면서, 혼잣말로 뇌까렸다.

「아무 일도 없었으면 좋겠소. 어느 지각없는 자의 사원(私怨)이라 하더라도 반드시 우리가 오해를 받게 될 게니……그리고 당신이 사전에 미리 알고 있다는 게 불쾌하오. 범인이 포박돼서 국문을 당하게 되면 무슨 말을 지껄일지 모르니까.」

늙은 재상은 모든 것을 정치적으로 추리하고 판단하려는 경향이었다.

국왕의 사친을 하룻밤 사이에 죽여 없앴다는 말은 듣고 싶지 않았다. 어떤 미친놈이, 혹은 강도가 그를 죽였다 하더라도 꼼짝없이 자기네가 그 누명을 쓰게 될 것은 명약관화의 사실이다. 김좌근은 잠이 오지 않았다.

지금이라도 수습할 길만 있다면 수습해야 하지 않겠느냐고 잠자리에서 벌떡 일어났다.

「여봐라아!」
 그는 하인을 소리쳐 불렀다. 달려온 하인에게 그는 명령했다.
「너 냉큼 호위영에 연락해서 구름재 흥선대감댁을 엄히 경호라고 일러라.」
 그러고 난 다음에야 그는 잠들 수 있었다.
 아침이 서서히 밝아오기 시작했다.
 영의정 김좌근도, 그의 소실 나합도 아침에 눈이 뜨이자 이내 흥선의 소식이 궁금했다.
 (밤새 무슨 일이 일어났는가?)
 만약 흥선, 이하응이 살해됐다면 세상이 발칵 뒤집힐 것이다.
 이하응은 이제 단순한 흥선군이 아니라 국왕의 생부다. 만약 그가 밤 사이에 변고를 당했다면 하늘로 머리를 둔 두 발 가진 짐승들은 이구동성으로 척족 김씨네를 욕할 것이다.
「그 지탄을 어떻게 당해 내느냐?」
 김좌근은 아침 자리끼로 들여온 잣죽이 소태처럼 썼다.
 누구한테 미리 물어 볼 일도 아니다.
 저쪽에서 무슨 기별이 전해져 올 때까지 잠자코 기다려 보는 수밖에 없다.
 나합도 같은 심경인지 그 문제에 대해선 일체 말을 꺼내지 않았다.
 아침 식사시간이 지났는데도 아무런 소식이 들려오지 않았다.
 (별일 없었던가?)
 김좌근도, 나합도 비로소 한숨을 쉬었다.
「예궐을 해야겠으니 채비를 차리시오.」
 그는 나합에게 말하면서 기침을 쿨룩 했다.
 그는 어깨가 몹시 무거웠다.
 (어떻게 결판이 날 것인가?)
 반세기 동안을 유지해 온 척족 김씨네의 정권을 계속 장악하느냐 빼앗기느냐의 관건이 흥선군 이하응을 어떻게 처우하게 되느냐의 문제로 귀결되고 마는 것이다.

만약 빼앗기는 날엔 김씨네 일족이 멸문의 화를 입을 가능성이 있다.
(뺏느냐 뺏기느냐의 문제가 아니라 죽느냐 사느냐의 문제로다!)
당대의 재상 김좌근은 비상한 각오가 필요했다.
자기 한 사람의 문제라면 그동안에 영화도 누릴 만큼 누렸고, 이제 나이도 나이이니 체념할 수도 있다.
(그러나 다칠 사람이 너무도 많지 않은가!)
그는 홍선군 이하응보다도 대비 조씨의 설욕을 더욱 두려워한다.
설움을 받아온 과부다.
김씨 일족이 권좌에서 물러나면 조대비의 보복적인 칼날이 번득일 것이다. 홍선과 손발이 맞을 경우 말이다. 자기 혼자의 힘으로는 어쩔 수 없겠지만 홍선과 협동하면 무슨 짓을 할는지 예측할 수가 없다.
(그런 의미에선 홍선을 없이 하는 것도 하나의 방도는 된다.)
그는 머릿속이 더할 나위 없이 착잡했다.
─간밤에 홍선군이 괴한에게 시해됐습니다.
이런 보고를 받는 것도 어쩌면 무방하지 않겠는가 싶기도 했다.
그러나 해가 중천에 왔는데도 홍선에 대한 아무런 소식도 들려오지 않았다.
날씨는 바뀌어 있었다.

밤새 내린 눈은 제법 쌓여서 사랑채의 용마루 너머로 보이는 남산은 은세계였다.
그는 금관조복으로 위의를 갖춘 채 드디어 소실 나합의 방을 나섰다.
「대감마님 예궐행차시다!」
나합이 대청에서 하인들에게 분부했다.
「대령하고 있사옵니다.」
교가가 안뜰에까지 들어왔다. 교군꾼과 구종별배들이 제 부서에 섰다.
영의정 김좌근은 교가에 오르면서 생각했다.
(이 위의가 언제까지 지속될 것이냐?)

태양은 하늘에 빛났다. 쌓인 눈은 눈이 부시도록 희었다. 바람은 없으나 공간은 얼어 있었다.

까욱, 까욱.

마침 머리 위로 까마귀떼가 한무더기 서천을 향해 날아가고 있었다.

「훠어이! 훠어이! 이놈어 까마귀떼!」

무심한 별배 한 녀석이 하늘을 보고 소리를 질렀다. 짝짝짝 손뼉을 치며 소리를 질렀다.

「어서 가자.」

김좌근은 신경절적으로 측근 종자에게 호통을 쳤다.

불리한 싸움터로 향하는 발길이 가벼울 수는 없다.

조정 현관들은 속속 창덕궁을 향해 모여드는데 몇몇 특정인을 제외하고는 모두 울울한 표정들이었다.

당대의 현관이라면 거개가 척족에 의해서 기용된 사람들이다. 자기네의 운명이 걸린 이 회의에 마지못해 참집은 하지만 자칫 경솔했다간 천추에 남을 화를 자초하게 될 것을 염려 안 하는 사람이 없었다.

창덕궁의 정문은 돈화문, 금호문은 이른바 통용문이었다.

국상중이라서 정문인 돈화문은 굳게 닫혀져 있었다. 소명에 의해서 참집하는 현관들은 금호문으로 몰렸다.

「대제학 김병학대감의 행차시오!」

호위영 군관의 호명소리가 차가운 공간을 울리면,

「듭시라고 하여라!」

수문장의 명령과 함께 군사들은 대문을 삐이걱 하고 열어 젖힌다.

「원상 정원용대감의 행차시오!」

「정원용대감의 행차시오!」

정원용이 교가에서 내려 도보로 금호문으로 들어가고,

「영상 김좌근대감의 행차시오!」

김좌근이 구지레해진 눈꼬리를 삼팔수건으로 닦으면서 의젓하게 궐내로 사라져 간다.

종이품관까지가 모이는 어전회의, 회의장은 희정당, 당내의 공기는 썰렁했고 당상에는 임금이 앉을 옥좌, 옥좌 뒤엔 발, 발 뒤엔 대왕대비 조씨의 자리, 그 뒷면은 이례적으로 운학문의 병장이 드리워져 있었다.
 이미 참집한 사람들의 면면은 기라성과 같다.
 김문측에선 김좌근을 위시해서 김홍근, 김병문, 김병필, 김병기, 김병학, 김병국 등이 주요 멤버였고, 중도파로서는 역시 정원용, 조두순뿐이고, 두드러지게 조대비나 홍선군 쪽의 세력이라고 지목할 만한 진용은 눈을 씻고 봐도 없으니 포진의 형세로 보면 결판은 이미 나 있는 것과 다름이 없었다.
 누구도 입을 열지 않았다.
 국왕과 조대비가 아직 자리에 나타나지 않았으니 뭣인가 서로 할 말이 있어야 했다. 하다 못해 아침인사라도 있어야 하고 끼리끼리라면 미심한 점을 서로 타진이라도 할 듯싶은데 아무도 입을 열지 않았다.
 그러나 김좌근의 신경은 더할 나위 없이 예민했다.
 그는 좌중의 면면을 하나하나 세심히 살피면서 그들의 표정에 나타난 홍선의 이변소식을 찾아보려고 했으나, 누구의 표정에도 그런 중대한 소식은 표현돼 있지 않았다.
 (역시 와전된 이야기였구나!)
 비로소 안심을 하니까 한숨이 저절로 입술 사이에서 새어나왔다.
 김좌근은 아들 병기를 눈으로 찾았다.
 김문 일족 중에서 가장 슬기로운 일꾼이기에 어려운 일이 있을 때는,
 (그애가 어떻게 해내겠지!)
하고 믿는 마음이 두터웠다.
 모든 순서와 작전은 이미 짜여져 있었다. 흑을 백이라고 누가 우기지 못하는 이상엔 대세는 순조롭게 결말이 나겠지만, 그러나 불안했다.
 (원상 정원용이 어떻게 나올 것인가?)
 그는 삼조에 걸쳐 충성을 바쳐온 중신인만큼 그 비중은 만만치가 않다.
 (이쪽 편은 안 들 사람!)
 영의정 김좌근은 원상 정원용은 지그시 노려보았다.

이때 갑자기 분위기가 술렁거렸다.
「대전마마 납시오!」
드디어 소년왕 희(熙)가 부인들의 부액을 받아가며 근엄하게 나타났다.
환경이 무엇인가. 명복은 벌써 국왕으로서의 틀이 몸에 젖어 있는 것처럼 의젓해 보였다.
용상에 정좌하고 보니 그 앙증하면서도 아름다운 풍모가 귀인의 전형이었다.
「대비전마마 납시오!」
조대비가 역시 좌우에 궁인들을 거느린 채 위품있는 보행으로 당상에 오르고 있다.
그러나 소년왕과 조대비 사이엔 발이 내려져 있어 이름 그대로 수렴청정의 격식적인 배석이었다.
참집한 중신들은 일제히 굽히고 있던 허리를 펴면서 용상을 우러러 봤다.
고개를 반듯하게 가눈 채 단정한 자세로 앉아 있는 홍안의 소년, 그 뒤 어른거리는 발 뒤에 엄숙히 자리잡은 대비의 눈초리, 이제 이 나라의 주인은 그 두 사람임을 중신들은 너나없이 실감하는 것이었다.
기침소리 하나 없이, 숨소리조차 들리지 않게 긴장된 일순, 기어코 조대비의 첫 음성이 당내에 울려 퍼졌다.
「오늘 이 어전회의는 상감의 생친, 즉 대원군에 대한 의주를 책정하기 위해 제대신을 모이게 한 것이오. 그러나 그 전에 제대신한테 한 가지 알릴 일이 생겼소! 듣기에도 매우 송구한 일이오만.」
조대비는 여기서 잠깐 말을 끊고 서서히 눈동자를 굴려 가며 어리둥절하는 중신들의 면면을 차례로 훑어보는 것이었다.
이렇게 되면 긴장이라는 말보다도 더 극도의 긴장을 표현할 만한 새로운 어휘가 아쉽다.
모두들 눈 한번 깜박거릴 여유가 없이 조대비의 다음 말을 기다렸다.
조대비의 음성은 착 가라앉았다.

「듣자니 간밤엔 실로 해괴망측한 일이 생겼소그려!」
비로소 김좌근의 눈썹이 꿈틀하고 움직였다.
이어 김병기가 대담하게 고개를 번쩍 들면서 대비 조씨의 얼굴을 정면으로 쏘아봤다.
원상 정원용은 목을 틀며 귀를 기울였다.
좌상 조두순은 눈을 수없이 껌벅거렸다.
그러한 동정들을 조대비는 하나도 빠짐없이 살폈다. 그리고 말했다.
「놀라운 일이오! 상감의 생친이신 홍선군댁에 간밤에 자객이 들었었다는 소식인데 제대신 중엔 아는 이가 없으시오?」
청천에 벽력이다.
장내는 극도로 긴장하며, 한편 술렁거렸다.
(제대신 중엔 아는 이가 없으시오?)
조대비의 이 말은 무엇을 뜻하는가. 누가 관련자냐? 누가 그 자객을 홍선댁에 들여보냈느냐? 그런 뜻이 아닌가?
죽은 사람의 안색은 납빛으로 변한다. 이른바 사색이다.
특히 영의정 김좌근의 안색은 납빛으로 변했다.
(그럼 기어코 홍선군은 당했는가?)
조대비가 여유를 주지 않고 또 말했다.
「그러나 누구도 천운은 꺾지 못하는 법. 다행히 홍선군께선 무사하시고 범인은 포박되었소.」
―어어!
중신들은 일제히 신음성과 같은 안도의 한숨을 뿜었다. 그리고 더욱 술렁거렸다.
원상 정원용이 즉각 입을 열었다.
「황공하오나 처음 듣자옵는 놀라운 소식, 범인이 포박되었으면 그 배후가 판별됐겠습니다?」
다시 당내는 그 긴장의 도가니, 모든 시선은 소년왕 그 뒤의 발, 발 뒤의 조대비한테로 총집중됐다.
배후가 누구냐고 정원용이 물은 것이다. 조대비는 반드시 그 배후가 누구라고 밝힐 것이다.
 (그렇게 되면 무슨 사태가 벌어지는가.)
 그러나 조대비의 대답은 뜻밖에도 방향이 빗나갔다.
「다행히 홍선군께서 불행이 없었으니 천만 다행이오.」
 조대비는 이어 말했다.
「자, 그럼 국왕의 사친, 즉 대원군 의주에 대한 전거가 있으면 말해 보시오!」
 당내의 중신들은 정신을 못 차렸다.
 사고의 전환이 그토록 재빨리 돌아갈 수는 없는 것이다. 어리둥절들 했다.
 조대비는 계속 말했다.
「원상이 먼저 말씀해 보오! 대원군의 의주에 대해서 말이오!」
 늙은 재상 정원용은 간신히 정신을 가다듬으면서 말했다.
「소신이 아는 바로는 아조 400여 년에 생존하신 대원군이 없으셨습니다.」
 조대비가 지체 않고 반문했다.
「지금은 계시지 않소?」
 정원용이 허리를 굽히며 대답했다.
「전례가 없는 일이라 참고할 만한 전기를 발견 못하겠사오니 중의에 물으시어 대비전마마께오서 정책하셔야 할 줄로 아뢰옵니다.」
 조대비는 영의정 김좌근을 쏘아봤다.
「영상 의견은 어떠하오?」
 김좌근은 간신히 자기 자신을 수습했다.
 그는 자기가 해야 할 말을 잊혀진 기억의 책갈피 속에서 끄집어 내기에 잠시 시간을 소비했다. 말한다.
「대원군은 주상의 생부, 주상은 생존하신 아버님을 가지고 계십니다. 그러나 충이 군신간의 대본이라면 효가 인륜의 본분인가 하옵니다.」
「그러니까?」
 조대비는 성급하게 결론을 재촉했다.

김좌근은 정신을 바짝 차리고 말했다.

「따라서 아드님이 군왕이시라 해서 그 어버이가 북면 추배해 가며 신사 하기도 난처한 노릇이고, 그렇다고 어버이라 하셔서 신하 노릇을 아니하시면 한 나라에 두 군주가 계시게 되니 이 또한 난처한 일이옵니다.」

「그러니까?」

「그러니까, 신의 소견으로는……」

「말씀해 보오!」

「그러니까, 대원군은 군주도 아니고, 신하도 아닌 위치에 서시게 하고, 예궐했을 때 주상께 허리 굽혀 절하지 않고, 주상 앞에서 스스로 이름 부르지 않고 현복사모(玄服紗帽)에다 기린보수(麒麟補繡), 옥대(玉帶) 띠고, 조산(早繖) 비끼고, 대궐에 드실 때는 사인 남여를 타시고, 운현궁엔 하마비(下馬碑)와 홍목마(紅木馬)를 세워 백관(百官), 공경(公卿), 왕자(王子), 부마(駙馬)에서 사부(師傅)에 이르기까지 대원군을 뵈오러 운현궁에 갈 때면 관복 입고 비 앞에서 하마(下馬)하고, 당에 오르면 영외에서 배례하고, 대원군 출입하실 때엔 군사들이 경호해 모시고, 그 옷은 대군에 준하되 좀더 높여 위의를 세우며 존친의 의례를 갖추기 위해 주상께서는 월초에 한 번씩 반드시 운현궁으로 근친행차를 하심으로써 대원군은 일체 국사 정치에는 관여하심이 없이 만백성의 숭앙을 받으시도록 예우해 드리면 군신인자(君臣人子) 사이의 명절과 의례가 함께 온전할까 하옵니다.」

치밀하게 짜여진 완전한 계획이 영의정 김좌근의 입에서 줄줄이 흘러나왔다.

만당은 물간 듯 숙연했다.

김좌근은 결사적인 심경이었다. 발언을 마친 그의 얼굴은 해쓱하게 핏기를 잃고 있었다.

홍선군댁에 자객이 들었다는 조대비의 발언으로 해서 미리 기가 질렸었기 때문에 무슨 말을 하는지도 모르게, 그러나 결사적으로 지껄여댔던 것이다.

소년왕은 단정하게 앉아 있었다.

조대비는 발 뒤에서 느릿느릿 고개를 끄덕였다.

밝은 햇살은 문틈으로 새어들어 서치라이트처럼 회의장을 비쳤다.

김병기는 두 눈을 치뜨고는 멍청하니 소년왕의 무심한 자태를 응시했다. 무슨 이야기들인지 소년왕은 그 뜻을 정확히 판단 못 할 것이었다.

어린 왕인 탓일까. 곤룡포(袞龍袍)는 황금빛이 아니라 붉은 비단이었다. 가슴과 양쪽 어깨에 수놓은 오조룡(五爪龍)은 황금빛이었다.

좀 지루한 모양이다. 곤룡포의 앞자락을 만지작거려 보다가 몸을 약간 뒤틀면서 턱을 좀 치키면서, 새카만 눈으로 차츰 홍분해 가는 중신들을 내려다봤다.

「조대감, 의견 있으면 말씀해 보오!」

조대비의 음성은 싸늘했다.

좌의정 조두순은 비장한 결심이 그 표정에 역력히 나타났다.

「신의 생각에도 영상의 말씀은 대체로 옳은 줄로 압니다. 그러하오나…….」

그는 기침 한번을 쿨룩 하고는 말을 이었다.

「영상의 말씀으로는 대원군을 운현궁에 칩거하시도록 하고, 국사에는 일체 관여 마시도록 하는 게 좋다는 결론이오나, 신은 의향을 좀 달리하고 있습니다.」

「어떻게 다르오.」

조대비가 허리를 펴면서 즉각적으로 물었다.

「말로는 그것이 가능할 듯싶사오나 그렇게 되면 묘당에 또 하나 새로운 세력이 형성돼서 혼란이 일는지도 모릅니다. 그렇지 않아도 아방(我邦)은 자고로 권세의 다툼이 심해서 정사가 극도로 문란한데 자칫하다간 신구 세력의 혼돈으로 어리신 상감의 심금을 어지럽혀 드리지나 않을까 저어되옵니다.」

「그러니 어찌하면 좋겠다는 말씀이오?」

「송구한 말씀이오나 근자 이 나라의 왕실은 빛을 잃고 있는 게 사실입니다. 그러하오니 이 기회에 퇴색한 왕권을 확립하고, 군주의 권위로 만백성을 습복(褶伏)시키기 위해서도 대원군으로 하여금 유충하신 주상을 협찬케 해야 합니다. 그래야만 백성에게 새로운 빛을 주게 될 것이며, 피폐한 국정이 혁신될 것이며, 왕도가 반석 위에 놓일 것이며 오랫동안의 척신정치로 말미암아 파생된 누란의 고질을 대원군 역량 여하에 따라 깨끗이 도려낼 수도 있을까 합니다.」

실로 목에 칼이 들어갈 도전적인 발언이었다.

김병기가 드디어 나섰다. 그 음성은 카랑하게 높았다.

「좌상 말씀에도 일리가 없는 바 아니오나, 그렇게 되면 이 나라엔 동시에 삼군을 옹립하게 되는 격이니 단연 불가한 줄로 아옵니다. 법도에 따라서 주상을 협찬하는 분은 대비전마마시온데 어찌 또 한 분으로 하여금 국사에 관여토록 해서 파쟁의 씨를 낳게 한단 말씀입니까. 신의 의견으로는 대비전마마만이 오직 상감을 협찬하실 권한을 가지셔야 합니다.」

역시 김병기의 두뇌는 명석했다.

조대비의 투기를 유발시켜서 홍선군의 대두를 막자는 계산임에 틀림이 없다.

그리고 그 계산은 어느 정도 들어맞았다.

조대비의 얼굴엔 고통과 같은 안간힘이 나타났다.

김병기의 말은 지극히 당연하며, 자기의 생각도 전폭적으로 그와 같았다.

그러나 조대비는 자기가 앉아 있는 등뒤에 대해서 몹시 신경이 씌여졌다.

조대비의 등뒤엔 운학문의 병장이 드리워져 있고, 그 병장과 뒷벽 사이엔 사람이 하나 들어앉을 만한 공간이 있으며 그 공간에는 지금 이 어전회의의 설왕설래를 한마디도 빠짐없이 엿듣고 있는 귀가 있는 것이다.

조대비는 어쩔 수 없이 위하(威嚇)를 느꼈다.

자기 뜻대로 입을 열어서는 안 되는 것이다.

(나냐, 홍선이냐?)

조대비 자기가 실권을 잡느냐, 아니면 흥선군 이하응에게로 넘겨 주느냐 둘 중에 하나를 택해야 하는 것이다.

자신이 저네들 김씨 일족을 상대로 싸우기란 너무 벅찬 일이고, 그렇다고 흥선군에게 모든 권한을 다 넘겨 주기엔 미련이 너무나 큰 것이다.

조대비가 망설이는 눈치를 알아챈 김병기는 제2의 공세를 취했다.

「대비전마마! 제가 그런 말씀을 드린 것은 다른 뜻이란 추호도 없사옵니다. 어차피 이제까지의 세력은 깨끗이 물러가야 할 이 마당에 있어서 행여 어리석은 미련을 가지고 주상의 사친이신 흥선군을 욕되게 할 의도란 있을 수 없지 않사오이까. 단지 소신들은 오늘날까지의 비정을 뉘우치고 스스로 물러가 전원에나 묻힐 작심입니다만, 그러나 국가의 장래를 위하여 일말의 기우를 가져 보는 것 또한 여지껏 국록을 먹은 자의 당연한 도리이옵기에 오로지 대비전마마의 존엄을 생각한 나머지 그런 외람된 말씀을 드린 것이오니 마마, 통촉하소서!」

결국, 당신 앞에 굴러든 권세를 흥선에게 넘겨줄 이유가 뭐냐는 뜻이었다.

김병기의 이 주장은 다른 중신들의 입을 완전히 봉해 버리는 데 결정적인 쐐기가 되고 말았다.

섣불리 흥선을 두둔했다가는 조대비 면전에서 조대비를 깎아 내리는 결과가 될 것이니 함부로 발언을 할 수가 없었다.

당내에는 비록 잠시나마 무거운 침묵이 흘렀다.

김병기의 입가에는 회심의 미소가 떠돌았다.

조두순은 기침을 쿨룩 하다가 조대비의 눈치를 슬쩍 훔쳐 보았다.

김좌근은 허리를 폈다.

김흥근은 감기가 들었는지 재채기를 참았다.

김병학은 눈동자만을 굴려 여러 사람의 표정을 점검했다.

정원용은 콧수염을 쫑긋거리며 두 눈을 스르르 감았다.

소년왕은 한쪽 다리를 두세 번 건들거려 보다가 다시 제자리에 놓았다.

그러나 이 모든 사람들의 그런 행동은 지극히 짧은 순간에 일어난 현상이었다.

그때였다. 사람들은 갑자기 긴장을 하면서 자기의 귀를 의심했다. 어디선가 가벼운 헛기침 소리가 난 것 같았기 때문이다.

소년왕이 앉아 있는 '옥좌' 근처에서 들려 온 성싶은데 어린 기침소리가 아니었다. 물론 조대비의 헛기침이 그렇게 들렸을 까닭은 없다.

(착각인가?)

긴장을 하고 있었기 때문에 착각이었을까 싶어 사람들은 더이상 의심하지 않았다.

드디어 조대비가 음성을 가다듬고 선언한다.

「원로, 중신들의 의견 잘 들었소. 모두 이치에 맞는 말씀들이오.」

조대비는 엄숙하게 선언한 다음 잠시 침착하려고 눈을 지그시 감았다.

「내 의견도 여러 대신들과 과히 다르지 않으오. 상감은 이미 익종대왕의 대통을 이으신 몸, 사가의 인연은 끊어졌으니 흥선군은 역시 신하의 반열에 서는 게 도리겠지요.」

영의정 김좌근은 조대비의 그 말을 듣자 얼굴빛이 두드러지게 밝아졌다. 김병기의 눈동자도 갑자기 빛을 발산했다. 뜻대로 일이 되는 것 같아 다음 말에 귀를 기울였다.

「그러나 흥선군은 대원군, 대원군은 상감의 생친임엔 틀림이 없으니, 생친에게 북면해서 신하 노릇 하기란 인륜상 어긋나는 일인가 하오. 따라서 대원군은 상감 앞에서 당신 이름 부르지 않고, 추배(趨拜)하지 않고, 현복사모에다 기린보수, 옥대 띠고 조산 비끼고, 궐문에 들 때는 사인 견여를 쓰고 그 사저는 운현궁이라 칭하며, 문밖에는 하마비에 홍목마를 세우며, 백관은 대신, 왕자, 부마에서 사부에 이르기까지 그 저(邸)에 갈 때는 품계대로 관복을 입을 것이며, 당에 오를 때는 영외에서 배례하고 대원군 출입시에는 군사가 호위하고, 쌍초선을 받치고, 그 공복(公服)은 대군에 준할 것이나 좀더 그 위의를 높이고 위계는 삼공(三公)의 위에 들 것이며, 내수사로 하여금 백반의 일용을 조달하며, 운현궁장을 마련해서 전답노비를 대군의 예에 따라 두게 하고, 상약은 물론 해마다 진어되는 산삼을 운현궁에 분할 헌상하여 그 예우 극진토록 하오!」

조대비의 선언은 장황했으나, 엄숙했다. 까다로웠으나 조리정연했다.

순간 중신들의 표정은 각양각색으로 돌변했다.

가장 희색이 만면한 것은 김좌근이다.

(승리다. 우리의 승리다!)

그는 허리를 쭉 펴면서 조대비의 선언은 자기의 주장과 완전히 합치되고 있음을 흔쾌히 여겼다.

(원형이정이야!)

김병기는 남의 눈에 띌 만큼 고개를 끄덕이며 그렇게 뇌까렸다.

(그럼 어떻게 되는 것인가?)

정원용은 어리둥절한 표정이었다.

「큰일 났구나!」

조두순은 얼굴빛이 사색으로 변했다.

그는 잠시 전 자기의 발언이 쓸데없이 과격했던 것을 뉘우치며 안면 근육을 씰룩거렸다.

김병학은 덤덤했다.

김병국은 남의 눈치를 살폈다.

이런 모든 반향은 순간적으로 일어난 희비였다.

그러나 그 순간에 조대비는 또다시 당내를 긴장의 도가니로 몰아 넣었다.

「단지, 지금은 국사다난한 때인데 상감은 어리시고, 도와 드려야 할 이 몸은 식견이 부족한 늙은 여자임이 한스럽소. 그러니 나라와 백성을 생각해서 이 몸은 뒤로 물러앉기로 하고 대원군께서 직접 상감을 협찬해서 국사를 돌보시게 함이 옳을까 하오!」

결국 대원군으로 하여금 만기(萬機)를 재결하도록 섭정의 대권을 흥선에게 넘긴다는 의외의 선언이었다.

너무나 돌변해 버린 사태다.

중신들은 정신을 못 차리고 어리둥절했다.

조대비는 그러한 그들의 정수리에다 추호의 여유도 주지 않고 마지막 동곳을 꽂았다.
「그럼 다른 대신들은 이견이 없을 줄로 아오. 이것으로 오늘의 막중한 의제는 완전히 결정이 난 것이오.」
맑은 하늘에서 날벼락이 떨어진들 그 놀라움이 이보다 더할 것인가.
김좌근은 그 순간 현기증을 일으켜 두 다리가 마구 휘청거렸다.
김병기는 입을 딱 벌린 채 마침 결연히 일어나서 회의장을 나가는 조대비를 멍하니 바라보았다.
조두순은 그 자리에서 펄썩 주저앉고 싶은 심경인 모양이다. 그는 죽었다가 살아난 찰나의 기분일 것이었다.
김흥근은 눈만 껌벅거렸고 김병학은 동생 김병국을 보면서 뜻 모를 미소를 지었다. 그리고 정원용은 서서히 걸음을 옮기며 쿨룩쿨룩 기침을 했다.
그러나 그 모든 사람의 충격보다도 몇 곱절 심각한 충격을 받은 것은 다른 사람 아닌 흥선군 이하응이었다.
그는 그때 거기 희정당 안에 있었다.
「아무래도 내가 저들과 맞겨뤄 싸워 본 일이 없어서 불안하구려. 대원군께서 곁에 계셔 주셨으면 마음이 든든하련만, 그럴 수도 없는 노릇이고……」
이날 이른 아침 남몰래 조대비를 찾은 흥선에게 조대비는 경험이 없어서 불안하다고 자진해서 토로했다. 그 말을 들은 흥선군은 즉각 말했던 것이다.
「마마, 자칫 잘못하셨다간 천추에 한을 남기십니다. 좀 점잖진 못한 일입니다만, 저네들의 흉당(胸膛)도 들여다볼 겸 제가 용상 뒤에 숨어서 대비마마의 불안을 덜어 드리면 어떠할는지요?」
이렇게 해서 흥선은 조대비의 후면 운학과 일월문의 병장 뒤에다 교의를 놓고 은신을 했던 것이다.
그는 자기의 운명이 결판나는 그 중대한 회의를 경륜과 물정에 밝지 못한 조대비한테 일임해 놓고 결과만 기다리고 있기가 너무도 무모한 짓이라고 생각했다.
 그는 김문 일족의 속셈을 직접 파악하겠다는 것이 전연 핑계는 아니었지만, 그보다도 조대비로 하여금 딴생각을 못 갖도록 배후에서 심리적인 위압을 주는 동시에 그네의 발언 자체를 감시하자는 데에 근본목적이 있었다.
 (일생 일대에 오직 한번 있는 기회!)
 체면과 수단을 가리다간 정말 자기 자신이 천추에 한을 남길는지도 모른다는 생각이었다.
 그는 병장 뒤에 숨어 있었다.
 그는 조대비의 그 감격적인 마지막 선언이 의외로 준열하고 엄숙해서 불현듯 갈채를 치고 싶은 충동을 간신히 억제했다.
 그는 어린 국왕과 조대비가 퇴장을 하고 중신들이 넋을 잃고 있는 동안에도 병장 배후에서 혼자 꼼짝을 하지 못했다.
「오늘부터 나는 홍선대원군, 국태공(國太公)이다.」
 이날을 위해서 얼마나 많은 세월을 굴욕 속에서 허우적거렸는가. 이 순간을 위해서 참아온 피눈물이 몇 섬 몇 말이나 되는가.
 (이제 나는 이 나라 만백성 위에 군림했다!)
 일찍이 뉘 있어 오늘의 나와 같은 영광 차지했던가.
 (아들은 국왕, 아버지는 섭정, 삼천리반도 1천 200만 민초를 실질적으로 지배하는 것은 국태공인 나 이하응이다!)
 그만큼 책임이 무겁다. 할 일이 너무나 벅차고 많다.
 (잘해야 한다! 시원스럽게 슬기롭게 잘해야 한다. 이제 나는 척신들 학정에 시들어 버린 이 나라의 역사를 새로이 혁정하고 창조하는 것이다!)
 그는 두 손바닥으로 얼굴을 감쌌다. 눈물이 열 손가락 사이사이로 줄줄이 흘러 내렸다.
 (후인들에게 이 시각 이후의 홍선을 어떻게 기록시켜야 하는가.)
 그는 이미 텅 비어 버린 중회당 한 귀퉁이에서 일어설 줄을 몰랐다.
「전하, 우리 함께 명군이 돼봅시다.」

태산명동泰山鳴動에 서일필鼠一匹이지요

　정통적인 왕족으로서 천하에 거리낌이 없이 파락호 행세를 해온 흥선군 이하응이 대원군이 되고, 섭정이 되고, 국태공의 존엄을 차지했다는 소식은 온 나라 안을 발끈 뒤집어 놓았다.
　선비 셋만 모이면 그 화제,
「해낼까?」
「글쎄?」
「해낼거야!」
「해낼까?」
「오늘을 위해서 일부러 그런 파락호 행세를 해온 사람이니까.」
「딴은 그래서 목숨이 부지됐을지도 모르지.」
「피를 많이 보겠군!」
「김씨네 몇십 명쯤은 참살되구 말걸?」
「원체 설움을 많이 받아 왔으니까.」
「조대비두 김씨네라면 이를 갈 거구.」
「한동안 나라 안이 어수선하겠군.」
「어수선할 걸세!」
「백성은 굿이나 보구 떡이나 먹으면 되지!」
「보래!」
「와?」
「사돈의 팔촌 중에 운현궁 상노녀석한테라두 비비댈 만한 연줄이 없겠나?」
 모든 이목은 운현궁으로 집중됐다. 그리고 척족 김씨네의 동태를 주목했다.
 사람들은 누구나 깜짝 놀랄 만한 소식이 운현궁에서 연거푸 쏟아져 나올 것을 기대했다.
 나라가 부패하고 있을 때는 흔히 겉으로는 태평세월인 것이다.
 그럴 때 사람들은 자극이 아쉽다. 마음이 편하고 호의호식을 해도 무사태평이면 몸과 마음이 권태로운데, 하물며 학정에 시달리면서 반세기 이상을 김씨네한테 지배를 받아온 백성이니 자극적인 소식을 고대하는 것은 당연한 인정이었다.
 (야인 홍선이 대권을 잡았다!)
 백성들은 흥미와 기대와 쾌감으로 운현궁에서 새어나오는 뻑적지근한 소식을 기다렸다.
 (밉살스런 놈들의 모가질 뎅겅뎅겅 잘라 버리구…….)
 속이 후련하게 혁정을 해주길 바랐다.
「이젠 세상이 다르단 말씀이야!」
 오랫동안 울분 속에서 살아온 사람들이 활개짓을 하면서 여태껏 몹쓸 짓을 해온 미운 놈들을 말끔히 쓸어 버릴 수 있도록 세상은 뒤집혀야 한다는 것이었다. 그러나 며칠이 지나도 운현궁에선 아무런 신기한 소식이 새어나오질 않았다.
 (웬일일까?)
 침묵은 때로 터무니없는 억측을 자아내지만, 때로는 음울한 공포분위기를 조성한다. 사람들은 홍선이 워낙 '그런 위인'이라서 아무 결단도 못 내리고 갈팡질팡하고만 있다고들 쑥덕거렸다.
「그러다간 영악한 김병기한테 다시 발이 걸려 쓰러질걸!」
「그럴지도 모르지. 정치를 아무나 한다던가!」
 실망하는 소리마저 있었다.
 그러나 김씨 일족은 그럴수록 더욱 공포에 떨었다. 운현궁의 침묵은 그들에게 있어서 더할 수 없는 공포였다.

(무슨 꿍꿍이속을 꾸미기에 이토록 잠잠하냐?)

(본시가 미친 망나니, 무슨 짓을 해낼는지 모른다!)

특히 김좌근은 그 '자객사건'이 마음에 걸려서 견딜 재간이 없었다.

(우리가 저를 죽이려고 했다 해서 반드시 보복의 칼날을 벼르고 있을 게다.)

그날 조대비는 범인이 포박됐다고 했는데도 대체 그 포박된 범인이 어디에 갇혀 있는지 영의정인 김좌근 자신조차 모르고 있다. 의금부에도 없다고 했다. 포도청에도 없다고 했다. 호위영에서도 물론 그런 범인을 인계받은 일이 없다는 대답이다.

그런데 운현궁은, 홍선대원군은 며칠이 지나도 침묵 일관이다. 언제까지나 운명을 기다리고만 있을 수도 없는 일, 김좌근은 드디어 결심했다.

김씨네의 영좌인 김좌근은 안면근육이 비통하게 씰그러졌다.

그는 초점 잃은 동공으로 허공을 응시하고 있다가 불현듯 뇌까렸다.

「이미 여생이 길지 않을 몸, 종중을 위해서 제물로 바친들 무엇이 아까우랴!」

그는 사랑에서 나와 내실로 들었다.

내실엔 공교롭게 아무도 없었다. 애첩의 거실인데 나합은 측근에 없다.

그는 아랫목에 좌정하자 두 눈을 지그시 감은 채 몸을 좌우로 흔들었다.

너무나 심각한 결심이다. 피가 마르는 고민이 없을 수 없다.

나이야 늙었든 젊었든 스스로 목숨을 끊는다는 일처럼 사람에게 있어서 심각한 마음씀이 달리 있을까.

김좌근의 이마에는 땀방울이 맺히기 시작했다.

(나 하나 희생해서 권속들에게 이롭기만 한다면야!)

그가 알기에도 특히 아들 병기는 홍선한테 지나치도록 교만했다.

자기가 알기에도 홍선이 당한 김씨 일문에 의한 수모는 매거(枚擧)하기가 어렵다. 뿐인가.

조대비는 조대비대로 가슴에 사무친 함원(含怨)이 오죽 하겠는가. 청상과부인데 말이다.
 이제 그네들이 손을 잡았고 권세를 차지했다.
 마음대로 휘두를 수 있는 철퇴를 손에 쥔 것이다.
 (통쾌하게 휘둘러 보고 싶을 게다!)
 백성들도 오랜 시달림 끝이라 쾌재를 부르겠지. 백성들도 그들의 편이 되겠지. 한번 피를 보면 눈이 뒤집히는 게 인간의 속성이 아니냐.
 김좌근은 뜨거운 한숨을 뿜으면서, 파리목숨처럼 죽어가는 자기의 권속을 연상했다.
 비정이란 말이 있다. 인정이 아니면 비정, 이젠 저쪽도 이쪽도 비정의 소용돌이 속에서 혹은 잔인하고 혹은 처참하게 설욕을 하고 보복을 당하는 일이 남아 있을 뿐이다.
 ─너희가 먼저 나를 죽이려 했다. 나는 너희를 죽인다.
 홍선의 보복의식은 불같이 일고 있음이 분명하다. 그 아무래도 알 수 없는 자객사건으로 말이다.
 김좌근은 난생 처음 애첩 나합이 미웠다. 참을 수 없을 만큼 미웠다.
 「요사스런 계집!」
 홍선의 집에 들었다는 그 자객사건을 나합이 예언한 것을 보면 분명코 나합과는 어떤 맥이 통해 있는 사건이다.
 「계집의 경망 때문에 멸문의 화를 더욱 재촉했구나.」
 김좌근은 눈을 번쩍 떴다. 부릅떴다.
 그는 양철 간죽 담뱃대에다 빛이 샛노란 황엽을 꼭꼭 담았다. 청옥 물부리를 핏기 잃은 입술 사이에 끼우면서 앞에 놓인 청동화롯전을 대꼭지로 걸어 끌었다.
 그는 상반신을 뒤로 젖히면서 대꼭지를 화롯재 깊숙히 푹 꽂아 불씨를 찾았다.
 그 순간이다.
 별안간 펑! 하는 소리가 늙은 재상의 고막을 후려때렸다.
 김좌근은 정신이 아찔했다. 또, 펑! 펑펑!

연거푸 두세 차례의 펑 소리가 터지자 눈앞이 캄캄해졌다. 그리고 얼굴이 화끈했다.

그는 자기의 시계(視界)를 완전히 가린 연막을 의식한 순간 뒤로 벌렁 나자빠지고 말았다.

그는 잇사이로 부르짖었다.

「어허, 벌써 당했구나!」

홍선에게 '당했다'고 직감했다.

그 다음엔 정신을 잃었다.

눈앞이 어찔거릴 심뇌 끝이다.

어이없게 의식불명이 돼버렸다.

시간이 얼마나 지났는지 의식을 잃은 사람은 알 길이 없다.

하여간 쓰러져 있는 김좌근은 사람의 음성을 귓결에 들을 수 있었다.

여자들의 음성이 귓가에 가냘팠다. 가냘프지만 떠들썩하는 것 같았다.

나합의 음성임을 깨달았다. 몸을 자꾸 흔드는 것 같아 그는 눈을 떴다. 눈을 뜨니까 시계가 아직도 희뿌옇다.

「이 미련 곰퉁이 같은 년아, 날밤을 겉껍질두 까지 않구 화로에다 묻는 소갈머리가 어디 있느냐!」

나합이 몸종한테 야단을 쳐대고 있는 것이었다.

「아이구, 대감마님 얼굴에까지 화롯재가 날았구나, 하마터면 큰일 날 뻔 했잖니! 이 방정맞은 년아!」

영의정 김좌근은 큰소리를 듣자 어처구니가 없었다.

펑! 소리의 정체를 비로소 파악했다. 눈앞이 안 뵌 까닭도 알았다.

화로에서 밤알이 튀는 바람에 재가 날아와 얼굴에 씌워졌던 것이다.

밤알이 화로에서 튀는 것을 폭약이라도 터진 줄 알고, 혼비백산 뒤로 자빠졌던 영의정 김좌근의 사정을 알아줘야 한다.

얼마나 노심초사를 했기에 더운 재가 얼굴에 끼얹어져 화끈하는 것을 폭약의 열기로 착각했겠는가.

나합은 삼팔수건으로 그의 얼굴을 닦아 주면서 말했다.

「누워 계셨길래 망정이지 앉아 계셨더라면 어쩔 뻔했어요.」
나합은 '날밤 튀는 바람에 눈알 빠진다'는 말을 연상했던 것 같다.
김좌근은 쑵쓸하게 웃으며 대꾸했다.
「고단하길래 좀 누웠다가 깜짝 놀랐소.」
「대감!」
「어딜 갔다 왔어?」
「바깥세상이 궁금하길래 나갔다 왔어요.」
김좌근은 일어나 앉으면서 투정 비슷하게 말했다.
「홍선댁에 침범했다는 자객의 행방을 들었나?」
「감감소식이네요.」
「자객이 드는 것을 미리 알았으면 그놈이 지금 어디에 갇혀 있는지도 알아야 하잖소?」
아래턱이 복스럽게 괸 나합은 핀잔을 맞으면서도 맞서지를 않았다. 딴소리를 한다.
「사동집들은 구름재엘 빈번히 드나들고 있대요.」
「그래?」
사동집들이란 김병학, 김병국을 가리키는 말이다.
「드나든다고 무사할 수 있겠어요? 차라리 위신이나 지킬 일이지!」
나합은 입을 삐죽거렸다.
그리고 눈초리에 찬바람이 돌았다. 또 말했다.
「죽게 되면 다 같이 죽구, 살게 되면 다 함께 살 일이지, 이제 와서 김가가 이가한테 가서 아첨을 떨게 됐어요?」
김좌근도 나합의 그 말에는 동감이 아닐 수 없었다.
그러나 그는 고개를 옆으로 저었다.
「그렇게 생각할 일만도 아니오. 명분도 소중하지만 목숨은 더욱 소중한거요. 자기 목숨에 위해가 오리라고 생각되면 사람들은 너나없이 최선을 다해서 그 위해를 모면해 보려고 온갖 수단을 기울여 보는 게 인지 상정이 아니겠소?」
「그런다구 죽을 목숨이 살아난대요?」

「그야 모르지, 영악해서 사는 사람들도 있고, 아둔해서 죽는 사람들도 있는 거니까.」
「그럼 대감께서두 흥선한테 가서 살려 달라고 애원을 해보시죠?」
「그렇잖아도 그래 볼까 해. 아니면…….」
「아니면요?」
「글쎄, 여러 가지 생각이 많소!」
그러자 별안간 나합 양씨의 눈초리가 번쩍 빛났다. 무슨 기발한 착상이 떠오른 모양이었다.
나합은 김좌근 옆으로 바짝 붙어 앉았다.
「흥선의 성정으로 봐서 아무래도 무사하긴 어렵겠죠?」
나합은 새삼스럽게 그런 말을 물었다.
「어렵겠지!」
「대감!」
「무슨 얘기요?」
나합은 산란해진 화롯재를 인두로 다독거렸다.
김좌근은 담배만 뻑뻑 빨았다.
「저쪽의 처분만 기다리고 계실 작정이세요?」
「그럼? 또 자객이라도 들여보낸단 말인가?」
자객 생각만 하면 그는 화가 치미는 모양이다.
「대감!」
「말해 보오!」
「유서 한 장 쓰세요!」
「유서?」
김좌근은 입에 물었던 담뱃대를 쑥 뽑았다가 물었다.
「나더러 자결을 하란 말이오?」
나합은 대답을 하지 않고 좀더 뭣인가를 골똘히 생각했다.

겨울날은 벌써 한낮이 겨워 있었다.
햇살이 해맑은 창호지에 밝았다.

어디선가 낮닭이 홰를 치며 한가롭게 울었다.
나합의 넓은 이마에는 분이 곱게 먹어 있었다. 조신하게 묻는다.
「이열치열이란 말이 있지요, 대감?」
김좌근은 길게 자란 새끼손톱으로 코끝의 부정한 것을 따짝거렸다.
「그래서?」
「죽음 앞에선 죽음으로 대항해 봐야 해요!」
「어떻게!」
김좌근은 나합의 지혜를 믿는다.
「저쪽에서 손을 대기 전에 이쪽에서 선수를 써보세요.」
「죽이기 전에 자진해서 죽으란 말인가?」
「아주 돌아가신다면야 선수고 후수고 없지요.」
김좌근은 나합의 말뜻을 알아들었다. 생각해 볼 일깨움이라고 생각했다.
「유서는 어떻게 하려고?」
「유서 쓰시는 분이 유서의 효용까지 생각하시잖아두 돼요.」
나합은 이야기를 끊고 체경 앞으로 돌아앉아 얼굴을 매만졌다. 풍만하게 흐르는 어깨의 선은 언제 봐도 육감적이다.
나합은 거울 속의 자기 얼굴을 들여다보며 말했다.
「만약 홍선이 똑똑한 사람이라면 당장 김씨네한테 과격한 짓은 못 해요!」
김좌근은 거울 속에 비친 애첩의 얼굴을 물끄러미 바라볼 뿐 말이 없었다.
「제가 듣기엔 국고도 비어 있구, 대비두 홍선두 가진 건 남녀의 밑천밖에 없는 털털이들이에요. 당장 아쉬운 게 있잖겠어요?」
「돈?」
「우린 여직까지 약채전(藥債錢)을 받아만 왔지만 이젠 우리 쪽에서 바쳐야 할 때가 됐어요, 대감.」
김좌근은 고개를 끄덕였다.
남자란 다급한 순간엔 여자의 지혜를 따르지 못한다.

나합은 여전히 거울 속의 자기 얼굴을 들여다보며 지껄였다.
「내가 내 관상은 좀 볼 줄 알아요. 아직 생과부 될 팔자는 아닙니다, 대감. 나두 만만찮은 정기를 타구난 년이니까요. 대감두 알구 계시죠?」
「뭘?」
「이서구와 저와의 얘기 말씀이에요.」
이서구라는 사람이 전라감사로 있을 때였다.
하루는 수하 영교를 불러,
「너 급히 나주읍에 가서 한 산부(産婦)를 찾아야겠다!」
분부하고는 실로 허무맹랑한 일을 지시했다는 일화가 있다.
전라감사 이서구는 술서(術書)에 통달한 사람인 모양이었다.
어느날 어느때 나주의 어느 지점으로 가서 수소문하면 반드시 분만을 하는 여자가 있을 테니 만약 낳는 어린애가 사내거든 즉석에서 죽여 없애고, 계집애거든 내버려 두랬다는 것이다.
영교는 감사의 지시대로 나주읍에 가서 탐색을 했다. 과연 분만을 한 산부가 있었다. 그러나 사내아이가 아니고 계집애였다.
그대로 돌아왔다.
그 계집애가 자라서 기녀가 되고 기녀가 자라서 나합이라는 이야기고 보면 그녀는 분명 범상찮은 정기를 타고난 여자다.
전라도엔 나합에 대해서 그런 전설과 같은 이야기가 퍼져 있다. 만큼 나합의 자아는 강했다.
「당장 돈이 아쉬운 사람들이니 돈으로 매수해 보세요.」
일리 있다고 김좌근도 수긍했다.
잠시 후, 김좌근은 아들 병기와 더불어 장시간 심각하게 의논했다.
날이 어두워질 무렵, 김병기는 비장한 각오를 하고 교동의 자기 집을 나섰다.
처음이다. 그가 홍선군 이하응의 집을 스스로 찾아가는 것은 난생 처음이다. 운현궁은 벌써 범할 수 없는 권위에 감싸여 있었다.
그곳을 경호하는 군사들은 김병기의 남여를 보고도 무표정했다.
염량세태라던가.

권력의 판도는 이미 냉엄하게 변해 있음을 그는 두 눈으로 똑똑히 보았다.

(만나나 줄 것인가?)

김병기는 남여에서 내리자 곧장 대문께로 접근했다. 의젓한 태도로 접근해 갔다.

그러나 군사들은 서슴없이 그를 가로막았다.

'무엄'하게도 주장(朱杖)막대로 그를 가로막는다.

「나 사영 김병기다.」

김병기는 불쾌해서 아호와 이름을 함께 밝혔다.

그러나 군사는 허리도 굽히지 않고 뻣뻣하게 말한다.

「사영대감이신 줄은 압니다.」

김병기는 발끈 역정을 냈다.

「안다면 무엄하구나!」

군사는 빙긋 웃음을 흘렸다.

「누구도 대원위대감의 허락 없인 못 들어갑니다. 여긴 운현궁이니깝쇼.」

김병기는 더 할 말이 없었다. 고개를 끄덕이며 멈칫거렸다.

청지기 김응원이 나왔다.

「대감께 내가 뵈오러 왔다고 전해 올리게!」

「기다리십쇼!」

들어간 김응원도 한참 동안이나 감감소식이다.

김병기는 굴욕감을 억제할 수가 없었으나 이미 세상은 바뀌었다고 자신에게 타이를 수밖에 없었다.

그는 지금 자기가 당하고 있는 굴욕이 전에는 흥선이 자기 집 문전에서 수없이 당한 바 있는 굴욕이었음을 미처 깨닫지 못했다.

그는 차마 군사들과 마주 보고 서 있을 수도 없어서 차라리 뒷짐을 지고 돌아서 버렸다.

(싸움에 지면 진실로 참혹하구나!)

김병기는 소리없이 한숨을 뽑았다.

삭풍이 마당가 은행나무 가지를 흔들었다. 차가운 날씨였다.
(빌어먹을! 되돌아설까!)
그는 배알이 뒤틀렸다. 귀가 시려 손을 귀로 가져가다가 점잖지 못해서 내려 버렸다.
그는 뒷짐을 지고 마당가를 서성댔다.
(죽느냐 사느냐의 판국이다. 모든 수모를 참아야 한다.)
아버지 김좌근의 간곡한 부탁을 그는 묵살해 버리고 싶었다.
비겁하게 사느니보다는 떳떳하게 죽는 것이 남아의 취할 바 태도가 아니냐 싶었다.
이때 마침 안필주가 그의 앞으로 다가왔다.
그는 얼굴을 기웃했다.
그리고는 뒷짐을 턱 지더니 김병기의 주변을 어슬렁거리며 빙빙 돌기 시작하는 것이었다.
그 걸음걸이, 뒷짐을 지고 뻗장다리처럼 낀큼낀큼 내딛는 그 안필주의 걸음걸이에는 분명히 김병기를 조롱하는 장난기가 깃들어 있었다.
그는 두 바퀸가 김병기의 주변을 빙빙 돌고 나더니 느닷없이 말했다.
「오셨소? 난 누구신가 했더니 세도대감이시군요.」
그 눈초리, 김병기를 째려보는 그 무례한 눈초리, 게다가 왜 빈들거리고 웃음까지 흘리느냐 말이다.
김병기는 기가 막혀서 차라리 외면을 할 수밖에 없었다.
그러나 안필주는 짓궂게도 한마디 더 지껄인다.
「대원위대감을 만나 뵈시려구요? 지금 귀한 손님이 와 계시니까 좀더 기다리셔야 할 겝니다.」
김병기는 이를 악물며 폭발하려는 노여움을 억제했다.
운현궁 주변은 벌써 어수선하기가 난장판이다.
너무나 낡아빠진 건물이었다.
담장은 허물어지고 용마루는 말안장처럼 가운데가 휘고, 창호들은 육량이 난 채 멋대로 씰그려져 있었다.
거기 벌써 대대적인 수리공사가 착수돼 있는 것이었다.

재목이 쌓이고, 목수들이 대패질을 하고, 석수가 돌을 다듬고, 흙을 짓이기고, 석회를 반죽하고 하기에 주변은 어수선했다.
 그런 앞에서 군사들에게, 청지기 하인배들한테, 당대의 세도이며 좌찬성이며 호조판서를 겸하고 있는 김병기가 그런 창피를 당한 것이다.
 그러고도 호통을 한번 못 쳤다.
 (아무리 세상이 변했기로!)
 그는 가슴 속이 뒤틀리는 것을 이를 악물고 참았다.
 또 얼마나 시간이 걸렸는가. 발이 꽁꽁 얼어 왔다.
 (김병기의 발이 얼다니!)
 운현궁의 대문이 삐이걱 하고 열렸다.
 흘깃 보니, 좌의정 조두순이 나온다.
 김병기는 몸을 돌리고 고개를 숙였다.
 그처럼 당당하던 김병기가 이처럼 소심하고 처량해 보일 수가 없다.
 「대감 인제 들어가실깝쇼?」
 안필주가 또 다가왔다. 다가온 그는 엄지손가락으로 한쪽 콧구멍을 찍어 눌렀다. 그러고는 행! 하고 콧물을 풀었다.
 「누구 내객이 계시냐?」
 「아뇨!」
 씨암탉이 탐스런 꽁무니를 벌름거리며 그의 앞길을 뛰딱뛰딱 가로질렀다.
 붉은 볏을 세운 수놈 한 마리가 쏜살같이 또 그의 앞을 가로질러 암놈을 추격했다. 황계였다.
 「훠이! 저 음탕한 놈들! 뵈는 게 없나. 대감 앞길을 어지럽히다니!」
 안필주가 카랑하게 소리를 쳤다. 김병기는 말없이 입맛을 다셨다.
 섬돌 위로 올라서다가 뜻않은 사태에 필요 이상으로 당황했다.
 흥선군 이하응이, '대원위대감이' 마루 끝까지 나와 그를 융숭하게 반긴 것이다.
 「대감 어려운 행차를 하셨소. 어서 올라오시지요!」
 김병기는 저도 모르게 허리를 반나마 굽혔다. 그리고 정중하게 인사를 했다.
「대감의 서운(瑞運)을 축복하옵니다.」
 대문 밖에서 하인배들한테까지 참을 수 없는 수모를 당했는데, 막상 주인의 태도는 그처럼 지극히 융숭하니 김병기는 당황할 수밖에 없었다. 삼공 이하는 대원군과 영내에 자리를 함께 하지 못하고 영외에 앉기로 규제돼 있다.
 삼공은 영의정, 좌의정 그리고 우의정이다.
 그런데 대원군은 좌찬성 김병기더러 영내에 앉기를 권했다. 무슨 속셈일까.
 김병기는 흥선의 그런 엉뚱한 수작에 정신이 얼떨떨했다.
 그는 냉정을 회복하자, 당연하다는 태도로 영내로 올라가 대원군과 대좌했다.
「그렇잖아도 내가 찾아뵐까 했는데.」
 흥선의 말.
「대감, 무슨 그런 황공한 말씀을.」
 김병기의 대거리.
「거리의 파락호가 잠을 깨어 보니 하루아침에 대원군이 되었소그려. 하하하. 어째 믿어지지 않습니다그려!」
 말하는 흥선의 안광은 비수끝처럼 차갑게 빛났다.
「하루아침에 되신 게 아닙지요. 타고나신 서운이십니다.」
 김병기의 두 손바닥은 장판 바닥을 짚었으나 차츰 오므라들기 시작했다.
「어떻게 오셨소?」
「사과를 드릴 겸 왔습니다.」
「무슨 사과를?」
「대비전 말씀으론 댁에 자객이 들었었다 하셨는데 얼마나 놀라셨습니까?」
「아, 하 하 하아!」
 김병기는 갑자기 웃어 젖히는 흥선을 조심스럽게 지켜봤다.

태산명동泰山鳴動에 서일필鼠一匹이지요 225

웃음을 그친 홍선의 눈총은 흡사 묘군(猫君)의 그것처럼 변화가 심했다.

그는 또 웃으며 말한다.

「그런 얼빠진 녀석을 자객으로 들여보내다니 얼빠진 사람들이구려!」

「들여보내다니 누가 들여보냈습니까? 대감!」

「사영대감은 짐작 못 하시오?」

「제가 어떻게 짐작을 하겠습니까?」

「그런데 뭘 사과하러 오셨소?」

「조정대신의 한 사람으로서 그런 소식을 듣고 어찌 사과하러 찾아뵙지 않겠습니까?」

「그놈을 포박했더면 배후가 드러났을텐데. 하긴 그놈을 조종한 배후야 짐작 못 하는 바 아니지만.」

「포박되지 않았습니까?」

「그래요? 포박됐나요?」

대화는 혼돈을 일으켰다.

어전회의 때 조대비의 선언으로는 범인은 포박됐다고 분명히 말했는데 홍선은 놓쳤다면서 씨알이 안 먹는 멍청한 반문을 하고 있는 것이다.

그뿐이 아니다.

홍선은 그 문제에 대해서 김병기가 더 자세히 물을 여유를 주지 않고 화제를 급속히 바꿔 버렸다.

「참, 어전회의 때 사영대감의 소신은 이로정연(理路整然)하고 당당하십디다.」

실로 정문(頂門)에 일침이었다.

김병기는 숨이 콱 막히는 것 같았다.

그러나 김병기는 이내 정신을 가다듬었다.

「남아 일생에 권세는 쥐어 볼만한 것입니다. 한번 쥔 권세는 내놓기 싫은 것입니다. 최후 발악을 해보았습지요. 참 병풍 뒤에서 듣고 계셨다지요?」

너무나 담대하고 솔직한 발언에 이번엔 홍선이 오히려 낭패의 빛을 나타냈다.

　홍선의 짙은 눈썹은 숨을 쉬는 것처럼 조용히 움직였다. 무서운 말을 한다.

「오랜 영화들을 누리셨소!」

　김병기의 얼굴빛은 새파랗게 질렸다. 기가 죽어서 말한다.

「저하의 처분만 기다립니다. 관대하신 처분을.」

　저하(邸下), 합하(閤下)보다 더 높인 존칭인가, 저하라고 서슴없이 불렀다.

「산다는 것은 괴로운 것입니다. 그러나 즐거운 것이기도 하구요!」

　홍선대원군은 이런 말을 하고는 연죽에 담배를 담아 입에 물었다.

「한 대 피우시지요.」

「언감생심, 저하 앞에서.」

「영상도 한번 찾아뵈야겠는데.」

「의당 가친이 오셔야 했습니다만, 좀 사정이 생겨서 못 오셨습니다.」

「무슨?」

「자결을 꾀하셨습니다.」

　이 말을 던져 놓고 김병기는 홍선의 눈치를 세심하게 관찰했다.

「놀라운 소식이군요!」

　홍선은 싸늘하게 한마디 하고는 김병기를 쏘아봤다.

「다행히 일찍 발견해서 서둘렀기로 생명은 건져 드린 것 같습니다.」

　김병기는 허리를 펴면서 한숨을 쉬었다.

「그것 참 불행중 다행이셨소!」

「실정(失政)을 당신 혼자 인책하시겠다고 유서까지 써 놓으시고…….」

　홍선대원군은 고개를 끄덕였다.

「실정이란 하고 싶어서 하는 건 아닌데.」

「저하의 인자하신 관용을 바랄 뿐입니다.」

「내야……대비마마의 성정이 워낙 격하셔서! 설움도 많이 받으셨고.」

홍선은 협박의 올가미를 조금도 늦춰 주지 않았다.
그러나 김병기는 그 이상은 비루하게 탄원하지 않았다. 야무지게 말했다.
「이제 와서 저희 김문이 취할 수 있는 길은 세 가지뿐인가 합니다.」
홍선대원군은 조용히 김병기를 지켜볼 뿐 말은 하지 않았다.
「저희들이 취할 수 있는 저희 운명의 타개책은……..」
「말씀해 보십시오!」
「첫쨌, 저하께 자비로운 동정을 바라는 것이고.」
홍선의 담뱃대에서 끄르륵 댓진이 끓었다.
「둘쨌, 끝내 저하와 맞겨뤄 보는 방법이 있고.」
홍선은 딱딱딱 재떨이에다 대통을 두드렸다.
「셋쨌?」
「셋쨌, 스스로 죽든지 죽음을 당하든지 양자택일의 길밖엔 없습니다.」
홍선은 싸늘하게 웃었다.
「그래, 어느 길을 택하기로 하셨소?」
김병기는 바짝 마른 입술에다 침칠을 했다.
「관대하신 처분만 기다리겠습니다. 그동안 제가 저하께 부린 밉상은 도저히 용서받을 수가 없을 만큼 허다한 줄로 압니다만.」
홍선은 고개를 끄덕였다.
「잘 알고 계시군요.」
홍선은 문득 언젠가 김병기의 집을 찾아갔다가 그와 마당에서 나눈 대화가 생각나서 입 안에 신침이 돌았다.
김병기는 마침 용변을 마치고 나오는 길이었다.
홍선은 그를 좀 비꼬아 주고 싶어서,
「대감두 몸소 뒤를 보십니까?」
하고 물었다.
그 말에 김병기는 서슴지 않고 대답했다.
「어 허허허. 그런 소리도 과히 듣기 싫지 않군요!」

그토록 거드럭대던 김병기다.
홍선은 김문 중에서 이 김병기가 가장 미웠다.
'놈이 너무 똑똑해서' 가장 미웠다.
홍선의 눈초리엔 증오가 깃들었다. 그는 엄숙히 말했다.
「주상전하를 위해서, 대비전을 위해서, 대감들이 무슨 일을 할 수 있는가를 생각해 두시지요!」
그는 '나를 위해서'라고는 하지 않았다. 그러나 홍정을 해보자는 여유를 보였다. 그러면서도 김병기의 이마에서 진땀을 짜보자는 속셈인 듯싶었다. 또 말했다.
「미상불 어전회의 때 사영대감의 말씀대로 나는 초야에 묻혀 편안히 놀고 지낼 수 있기를 원했소. 대감 말씀대로 거리의 부랑배 노릇을 하던 이 사람이 어찌 감히 정사에 손을 댈까 싶어서. 대감, 방이 좀 더운가요? 이마에 땀이 흐르는군요! 닦으시지.」
홍선은 일어섰다. 그리고 한마디 더 했다.
「내 며칠 후에 대감댁엘 한번 가리다. 그동안 내 집에 들었던 자객이나 속히 잡으시오!」
벌써 명령이었다.

「얘들아! 예궐 채비를 차려라!」
다음날 아침 홍선대원군은 근엄한 음성으로 분부했다.
며칠 전만 해도 대궐에 한번 들어가려면 여러 가지 절차를 밟고 소명을 기다리던 그였다. 이제는 마음이 내키면, 필요가 있으면 언제나 드나들 수가 있다.
그는 사린 남여 위에 동그마니 올라앉았다. 네 사람의 장정이 어깨에 메고 조심조심 다루는 견여(肩輿)다.
구종별배는 물론, 전후좌우에 호위영 군사들이 호위한다.
─홍선대원군의 행차다!
─대원위대감의 예궐이다!
─국태공의 반차다!

거리엔 남녀노소 구경꾼들이 구름같이 모여들면서 수군댔다.
쌍초선이 푸른 공간을 간다.
앞길은 물살처럼 갈라지고, 시민들의 표정엔 흥미와 기대와 찬탄과 그리고 회의가 엇갈렸다.
「대원위대감 듭시오.」
돈화문이 활짝 열렸다.
오직 한 사람이다.
이 나라엔 오직 한 사람이다.
국왕과 조대비를 제외하고 신하로서 대궐문을 교가에 탄 채 들어가는 사람은 오직 홍선대원군뿐이다.
금천교의 돌다리 위엔 엷게 깔린 살얼음이 아침 햇빛에 반짝이고 있었다.
하늘로 활개치는 인정전 처마끝엔 흰구름 한 점이 가볍게 걸려 있었다.
대궐 안에선 우람하게 생긴 무예별감이 뒤를 따랐다.
「대원위대감 듭시오!」
홍선대원군은 곧바로 대비전에 나타났다.
「대감 어서 오시오!」
그를 맞는 조대비의 얼굴엔 화사한 웃음이 꽃구름처럼 번졌다.
「마마, 측근을 물려 주십시오.」
홍선대원군의 표정은 엄숙했다.
「얘들아, 모두 물러가 있거라!」
조대비의 목소리는 새댁처럼 해맑았다.
「대감, 편히 앉으시오.」
「마마, 척신들에 대한 징벌은 어찌 생각하고 계신지요?」
홍선대원군은 숨도 돌릴 사이도 없이 단도직입적이었다.
「날씨가 찬데 따끈한 구기차나 한 잔 드시면서 얘기합시다.」
조대비는 홍선의 눈치를 살폈다.
「마마께오서 이미 생각하신 바가 있으실 줄로 아옵니다.」

「없는 바는 아니나 대감, 우선 손이나 녹이시오.」
조대비는 참숯불이 이글거리는 곱돌화로를 그의 앞으로 밀었다.
「마마, 대권이 바뀐 이상 조정대신들의 경질은 시급한 문제인 줄로 아뢰오.」
「나도 그런 줄은 알고 있소.」
「대신들을 경질하려면 우선 김가들에 대한 문제를 해결해야 합니다.」
성격의 차이일까.
조대비의 태도엔 여유가 있었고 홍선대원군은 당장 발등에 불이 떨어진 듯이 서둘렀다.
그러나 그것은 홍선대원군의 의식적인 행동이었다.
자기의 계획을 누구의 방해도 받지 않고 관철하기 위해서는 먼저 조대비의 기를 꺾어 놓아야 한다고 생각한 것이다. 기를 꺾기 위해서는 처음부터 강압적인 태도로 나가야 한다. 그 강압을 사나이의 성급으로 나타냈다.
그는 침중하게 그리고 강경하게 계속 말했다.
「마마께서나 저나 오늘날까지 그놈들한테 피눈물 나는 수모를 당해 오지 않았습니까? 도저히 관용할 수 없는 원적(怨敵)들입니다!」
홍선대원군은 이런 말을 던져 놓고는 조대비의 표정을, 그 변화를 세심하게 관찰했다.
조대비의 그 부드럽던 표정엔 서서히 긴장과 노기의 물결이 번져가기 시작했다.
「대비마마!」
대원군의 음성엔 사람의 의기를 꺾어 버리는 무서운 마력이 깃들어 있었다.
「마마의 의중을 말씀해 주셔야 저도 받들어 봉행할 게 아닙니까!」
실로 생각할 여유를 주지 않는 성급한 채근이었다.
조대비는 입을 꽉 다문 채 마치 그와 대결이라고 하듯 쏘아봤다.
「그렇잖아도 그런 일 저런 일을 상의하려도 대감을 들어오시라 하려던 참이오.」

조대비는 그날 극적인 어전회의를 치러낸 이후 몹시 외롭고 불안했다.

영악한 척신들한테 무슨 뜻않은 보복을 당할는지 몰라 몹시 불안했다.

그런데 대원군은 오늘에야 예고도 없이 불쑥 들이닥쳐서는 흡사 목덜미라도 잡아채듯 성급하게 몰아쳐 대니, 조대비는 얼떨결에 작심을 털어놓을 수밖에 없었다.

「내 원한은 골수에 사무쳐 있습니다!」

드디어 조대비는 짤막하게 전제했다.

「대감께서도 아시다시피 김수근과 김문근은 존엄한 왕실의 혈통을 어지럽힌 대역지배들이에요.」

한마디씩 해놓고 조대비의 입은 꽉꽉 다물어졌다.

「당연히 왕통을 이어야 할 인손(仁孫)을 제외하고, 강화에서 나뭇지게나 지고 있던 머스마를 데려다가 대통을 잇게 해서 저들의 영화를 누리게 한 원흉은 그들 형제입니다!」

인손은 그후에 역모로 몰려 비명에 죽은 도정 이하전의 아명이다.

김수근은 철종의 장인인 김문근의 형으로서, 헌종조의 중신이며 벼슬이 이조판서에까지 이르렀다가 철종 5년, 즉 1854년에 죽은 사람이다.

그는 목사 김인순의 아들이지만 그의 동생 문근은 영은부원군에 봉군됐다.

그리고 그의 아들 형제가 바로 김병학, 김병국인 것이다.

「그들은 무엄하게도 왕손의 생명을 빼앗은 역도들입니다.」

역시 도정 이하전의 죽음을 가리키는 말이다.

「대감 생각엔 어찌하시려오?」

이미 죽은 사람에 대해서 어찌하겠느냐고 묻는 바람에 이번엔 대원군의 말문이 막혀 버렸다.

「먼저 김수근을 어찌하시겠소?」

「기위 세상을 떠난 사람이야 어찌하시겠습니까, 마마?」

대원군은 어쩔 수 없이 수세로 몰렸다.

「내 의견을 말하리다.」

「말씀하십시오.」

「김수근에 대해선 통한을 풀어 주시오!」

「예에.」

「고 혜당(惠堂) 김수근은 파혈(破穴)해서 그 관을 꺼내 참시(斬屍)를 하시오!」

묘를 파헤쳐 시체를 꺼내 난도질을 하라는 것이다.

흥선대원군은 어이가 없어서 조대비를 멍청하니 쳐다볼 뿐이었다.

설움을 받아온 청상의 원한은 다시 냉혹하게 펼쳐진다.

「그의 아들 병학과 병국은 즉시 절해고도로 원배하시오. 다시는 서울 땅을 못 밟도록.」

조대비의 눈초리가 파르르 떨렸다.

대원군으로선 가장 난처한 노릇이었다.

김병학, 김병국 형제만은 돌봐 주고 싶었다. 그들 형제한텐 실로 많은 신세를 져왔지 않은가. 조대비는 그런 점을 알면서도 그런 소리를 하는가.

흥선대원군은 '예, 예' 할 수만도 없어서 입을 열었다.

「마마, 황공하옵니다…….」

무슨 일이 있더라도 김병학과 김병국에 대해서만은 변명을 해주려고 입을 열었다.

그러나 조대비는 그의 그런 심경은 도통 아랑곳도 하지 않고 또 말했다.

「참, 김수근은 그 무덤을 파헤치기 전에 먼저 묘정배향(廟庭配享)을 거두도록 하시오!」

대원군은 기가 막혀 말이 나가지 않았다.

고려 때부터 내려오는 의식이다. 묘정배향 말이다.

국왕을 잘 보필한 충신이 죽으면 그 보필한 왕의 위패와 함께 종묘에 다 배위한다.

제향 때엔 함께 배식을 시킨다.

고려조엔 도합 73인이 배향을 받았다.

이씨왕조에 와서는 태조실에다 이화, 이제, 이지란, 조준, 남재, 남은, 조인옥 등 그밖에 자그마치 92명을 배향했다.

지금 조대비가 말하는 김수근은 저들에 의해서 철종 묘정에 미리 배향한 것이다.

그것을 먼저 철회하라는 것이다. 그런 다음 무덤을 파헤치고 주검을 꺼내 참시하는 것이 순서가 아니냐는 것이다.

철저한 보복의 방법이다.

(큰일 났구나!)

대원군이 오히려 속으로 혀를 찼다.

가볍게 반발해 봤다.

「마마, 이미 묘정배향을 한 사람을 취소한 일이란 일찍이 그 예를 보지 못합니다.」

「그래요?」

조대비의 입가엔 야릇한 미소가 떠돌았다.

(아차!)

대원군은 마음속으로 무릎을 쳤다.

조대비는 그런 것까진 모르리라고 한마디 던져본 것이었다.

그런데도 조대비는 알고 있었다.

「숙종조에도 당파싸움으로 배향을 거두어 버린 일이 있지 않습니까?」

대원군은 대화의 핵심을 슬쩍 돌려 버렸다.

「마마, 마마께선 그런 당파싸움을 하고 계시는 게 아니옵니다. 주상전하를 입승시키신 대비전마마께서 차마 본받을 수 없는 숙종조의 전철을 밟으심은 삼가시는 게 좋은 줄로 아뢰옵니다.」

「대원위대감!」

「예에.」

「내 의향을 말해 달라 하기에 말하고 있는 것이오!」

「황공합니다.」

「대감!」

「예에.」

「병학과 병국은 멀리 종신 귀양을 보내시오. 병필도 원배를 보내시오. 홍근도 보내시오. 단지 김좌근은 좀 난처하구려. 선마마 순조비 김씨의 동기일 뿐 아니라 나이도 이미 늙었으니 벼슬이나 뺏으시오!」

조대비는 대원군한테 발언의 여유를 주지 않고 계속해서 말했다.

「김병기가 문제구려. 가장 무서운 놈이니 즉각 파직한 다음 역시 원배를 했다가 지체없이 사약을 내리도록 하는 게 어떤가요? 아마 대감께서도 김병기라면 치가 떨리실텐데!」

조대비의 의향은 이것으로 끝난 모양이다.

이번엔 홍선대원군의 차례였다.

그는 조대비 앞에 정중히 머리를 조아렸다.

「대비전마마! 마마의 말씀은 한결같이 지당하시옵니다. 저의 감정과 완전히 일치하는 말씀, 백번 지당하십니다. 그러나 마마!」

홍선대원군은 숙였던 고개를 번쩍 들었다.

대원군은 착 가라앉은 음성으로 그러나 부드럽게 말했다.

「사심을 말하라면 저도 마마 못잖게 김가들한테는 원한이 많습니다. 그러나 마마, 영상 김좌근은 이미 전비를 뉘우치고 자결을 도모했다는 소식이고, 그밖에 김문들도 이젠 죽지를 잃은 병아리들처럼 마마의 처분만 기다리는 무력한 존재들입니다.」

이 말에 조대비의 눈꼬리는 꿈틀하고 위로 치켜졌다.

「김좌근이 자결을 했단 말씀이오?」

「들리는 말에 의하면 유서를 써놓고 자결을 꾀했으나 권속에게 발각되어 생명을 건졌다고 전합니다.」

「그래요?」

「마마, 제 의향을 말씀드리겠습니다.」

대원군은 한 무릎을 앞으로 당겨 앉았다.

조대비는 착잡한 표정으로 대원군을 지켜봤다.

「마마, 저네들을 멸문시키는 것은 이제 하루아침의 일일 수 있습니다. 그러나 마마, 과거 수백 년을 두고 백성들은 그런 보복과 파쟁으로 흘리는 피를 너무나 많이 봐왔습니다.」
「당연하지요!」
「당연합니다. 그러나 저의 소견으로는 그러한 백성의 예측을 뒤엎음으로써 마마의 자비로우신 위덕을 과시하는 편이 실속이 있을 듯도 싶습니다. 현금 김씨 일족은 이미 산송장입니다. 산송장에게 칼을 대는 것보다는 차라리 자비를 베푸시고 대신……..」
「대신 무엇이 내게 돌아옵니까?」
「그 다음은 저에게 일임해 주십시오.」
홍선대원군은 지그시 조대비의 안색을 살폈다.
조대비는 불만스럽기는 하지만 실권은 이미 대원군에게 넘어가 있으니 여자로서 자꾸 고집만 부릴 일도 아니라는 표정이었다.
조대비는 긴장을 풀면서 그러나 시무룩하게 말했다.
「대감께서 좀 잘 처리하시겠소.」
「황공하옵니다, 마마.」

대원군은 정중히 머리를 숙였다.
「포박됐다는 자객의 입에선 무슨 말이 나왔습니까?」
조대비는 화제를 바꿨다.
「아직 진상을 듣지 못했습니다.」
「대감, 김가들을 너무 방심 마시오. 대감 생각보다는 좀더 극성스런 사람들이니까요.」
대원군은 일어났다. 일어나면서 조대비에게 안심을 시켰다.
「만사 마마의 의지를 받들어 봉행할 것이며 결심이 되는 대로 다시 입궐하겠습니다.」
대궐에서 나온 홍선대원군은 운현궁으로 돌아오자 우선 부인 민씨에게 말했다.
「큰일이구려. 예상한 대로 대비전은 김문에 대한 원한이 골수에 박히셨습디다!」
「그럼 기어코 피를 보게 되나요?」

마음이 착한 민씨, 이젠 부대부인(府大夫人)으로 불리는 민씨는 미간을 찌푸리며 남편에게 물었다.
「김병학, 김병국은 절도(絶島)로 원배를 보내고 김수근은 묘를 파헤쳐서 그 시신을 참하고, 김좌근은 탈관삭직하고, 김병기는 사사(賜死)하고, 홍근, 병필 등도 그에 준하는 벌을 주라는 분부시구려.」
부대부인은 얼굴빛이 해쓱하게 변했다.
「그래 어떻게 하시기로 하셨어요?」
「별수없지 않소? 이번만은 대비마마의 원한을 풀어 드려야지.」
아내는 울상이 되고 말았다.
「사동대감 형제분한텐 많은 신세를 졌는데 어떻게 그런?」
「할 수 없지 않소? 다 시운이니까!」
대원군은 몇몇 측근에게도 그런 말을 퍼뜨렸다.
그리고 그는 '장다리' 천희연을 불러 서슬 푸르게 분부를 했다.
「너 급히 사동 훈련대장댁에 가서 영어대감께 내가 급히 오시란다고 여쭤라!」
천희연은 심부름이라면 신바람이 난다.
「예이. 비호같이 다녀오겠습니다, 대감마님.」
천희연은 정말 나는 듯이 뛰어나갔다. 흥선대원군은 또 소리쳤다.
「하정일 게 없느냐!」
'돌대가리' 하정일이 득달같이 대령했다.
「불러 계시오니까, 대감마님.」
대원군은 하정일에게 또 명령했다.
「너는 교동에 가서 하옥대감을 곧 오시라고 해라!」
「예이. 한달음에 다녀오겠습니다, 저하.」
그러나 발길을 돌리려던 하정일은 어리둥절하면서 주춤거렸다.
그것을 본 대원군은 호통을 친다.
「이놈아! 뭘 우물거려! 냉큼 갔다오질 않구!」
호통이 엄했어도 하정일은 할 말이 있었다.
「그러하오나, 저하.」

「뭐냐?」
「하옥대감은 이미 자결을 했다는 소문을 들었습니다. 송장이라두 오라 할깝쇼?」
「이놈아, 잔소리 말고 냉큼 갔다 와!」
하정일은 뒤통수를 긁적거리며 뒷걸음질을 쳤다.
자결했다는 사람을 데려오라는 명령, 그는 자기 주인의 의도를 이해할 수가 없어서 고개를 갸우뚱거렸다.
그런저런 광경을 보고 있던 김응원이 대원군에게 말한다.
「하옥이 자결했다는 소문은 저도 들었습니다.」
「그래?」
「지금 장안엔 그 소문이 파다하게 퍼진 것 같습니다.」
「알았네!」
「대감마님!」
「뭔가?」
「잠시 전에 좌상댁에서 사람들이 왔습니다.」
「왜?」
「저하께서 계시냐고 미리 알아보란 듯싶습니다.」
「알았다!」
흥선대원군은 두 손바닥을 싹싹 비비고는 이내 두 눈을 또 비볐다.
간밤에 잠을 제대로 못 잤는지 피로해 보였다.
「나 잠시 눈을 붙여야겠다. 깨우지 말아라!」
그는 김응원이 내려주는 금침 속으로 파고들면서 늘어지게 하품을 했다.
시간이 오래 걸리지는 않았다.
훈련대장 김병국이 대원군의 급한 부름을 받고 운현궁으로 나타났다.
며칠 사이에 얼굴이 해쓱하게 여윈 그는 자기 관직에 어울리는 정장을 하고 불안한 모습으로 나타났다.
그는 불려서 달려온 것인만큼 서슴지 않고 사랑 섬돌로 올라가면서,
「대감 계시지?」

김응원에게 형식적으로 물었다.
그러나 김응원은 뻣뻣한 태도로 대답했다.
「저하께선 주무시고 계십니다.」
「주무셔?」
김병국은 마루로 올라섰다.
「누가 오시더라도 깨우지 말라는 저하의 분부이십니다.」
「그래?」
김병국은 별수없이 협실로 안내되어 혼자 무료하게 기다렸다.
「언제부터 주무시나요?」
「방금 마악 눈을 붙이셨습니다.」
사람을 급히 불러 놓고 누가 오든지 깨우지 말라고 분부했다는 대원군의 의도를 몰라 김병국은 극도로 긴장이 되고 초조했다.
이때 또 바깥이 술렁거렸다.
또 누가 오는 모양이었다.
김병국은 자리를 고쳐 앉았다.
그는 웬지 이 자리에서는 아무도 만나지를 말았으면 좋겠다고 생각한다.
불려서 오긴 했으나, 자주 이 집엘 드나드는 것이 비루한 것 같았고, 종중에 대해서 배신적인 행위인 성싶었던 것이다.
그런데 나타난 사람은 어처구니없게도 집안의 어른인 영의정 김좌근이 아닌가.
서로들 무색했다.
「오셨습니까?」
「어, 왔는가?」
주인이 없이 손끼리 어색한 인사들을 했다.
「대감께선 어데 계신가?」
노 재상 김좌근은 아직 현직 영의정의 신분이다.
협실에 좌정하기란 체면상 안돼서 청지기 김응원에게 물었다.
그러나 김응원은 서슴지 않고 대답했다.

「거기 좀 앉으셔서 기다리십시오. 저하께선 마악 잠이 드셨습니다.」
 김좌근은 기가 막혔다. 사람을 불러 놓고 잠이 들었다니 기가 막힌다. 깨우지도 않을 모양인가, 기다리란다.
 김응원은 손들을 협실에 앉혀 놓고는 어디론가 사라졌다.
 협실에 마주 앉아서 주인이 낮잠에서 깨기를 기다려야 하는 조정의 두 실력자들은 참을 길 없는 모멸감에 사로잡혔다.
 김병국은 파리똥이 꾀죄죄한 천장을 쳐다보며 어금니를 주근주근 씹었다.
 김좌근은 벽에 걸린 완당(阮堂) 김정희의 멋대로 쭉쭉 뻗었으면서 균형을 이룬 예서체의 휘호를 바라보다가 쿡쿡 하고 가볍게 기침을 두 번 했다.
「나오실 수 없으실텐데 어떻게 나오셨습니까?」
 김병국이 은근하게 물었다.
 비록 연극이지만 자결 미수의 소문을 퍼뜨려 놓고 어떻게 운현궁엘 나타났느냐고 물었다.
「이 양반은 허언이라는 것을 눈치챘어.」
 김좌근은 고통스러운 표정으로 솔직히 실토를 했다.
 '이 양반'이란 물론 대원군을 가리킨다.
 김좌근 자기의 자결 시도설이 허위임을 간파하고 사람을 보내 급히 오라고 한 대원군의 형안엔 놀라지 않을 수 없었다.
 차라리,
「몸이 좀 불편했었습니다!」
 얼버무릴 작정으로 권속들의 주저를 무시한 채 집을 나선 것이다.
 잡혀온 죄인들의 심정이었다.
 그것도 남남끼리라면 덜 어색하다. 집안 존장과 함께 앉아 있자니 김병국은 차마 두 눈을 뜬 채 마주 보고 앉았을 수가 없었다.
「입궐했던 것 같습니다.」
 김병국이 역시 소곤대듯 말을 꺼냈다.
 김좌근은 그 소리를 들었는지 못 들었는지 상반신을 좌우로 흔들면서

도통 반응을 보이지 않았다.

더할 수 없는 모멸과 불안이 그들에게 지루한 침묵을 강요했다.

김병국은 이미 짐작했다.

사람들을 급히 불러 놓고 낮잠을 핑계삼아 기다리게 하는 대원군의 의도를 그는 짐작했다.

(철저한 조롱이다!)

김병국 자기와 하필이면 집안의 어른인 김좌근을 함께 불러 놓고 협실에서 기다리게 하는 것은 이쪽의 기를 꺾으려는 그의 고의적인 수단이라고 생각했다.

김좌근은 객초를 피워 물었다.

김병국은 재빨리 부싯돌을 쳐서 불을 붙여 주었다.

그리고서도 꽤 시간이 흐른 다음에야 흥선대원군은 장지문을 열고 나타났다.

「어, 고단하길래 눈을 좀 붙였더니, 이리들 내려오시지요!」

말할 수 없는 굴욕감을 느끼며 김좌근은 주인이 권하는 자리로 옮겨 앉았다.

대원군은 그들과 대좌하자 역시 거두절미하고 비수와 같은 말을 불쑥 꺼내 놓았다.

「내가 하두 불우한 세월을 살아 왔길래 되도록이면 피를 흘리지 않게 하려고 여러 가지로 궁리를 하다가 오늘 대비전을 뵈러 들어갔었습니다. 그러나…….」

그는 입을 꽉 다물면서 무서운 눈초리로 김좌근을 쏘아봤다.

순서상 당연히 있어야 할 김좌근의 자결 미수설에 대한 문안이 완전히 생략됐다.

「그러나 대비마마의 원한을 누그러뜨릴 재간이 없었어요.」

그는 경련을 일으킨 김좌근의 안면근육을 확인하면서 그대로 말을 잇는다.

「도정궁 이하전나으리의 무고한 사사(賜死)를 도저히 잊으실 수 없으시다면서 시각을 유예 말고 내게 결단을 내리라는 분부이십니다.」

태산명동泰山鳴動에 서일필鼠一匹이지요 241

김좌근은 두 눈을 지그시 감고 있었다.

김병국은 고개를 푹 숙인 채 두 주먹으로 자기의 무릎을 찍어 눌렀다.

「대감!」

대원군은 갑자기 김좌근을 불렀다.

「예에.」

김좌근은 깜짝 놀라면서 감았던 눈을 번쩍 떴다.

「특히 영상께선 평생에 모진 일을 많이 안 하신 줄로 나도 익히 알고 있습니다. 실제로 나 자신 영상 어른의 신세를 적잖이 져온 셈이지요……그러나 대감!」

「예에.」

「영상께 만일 과실이 있으시다면 그것은 오로지 아녀자인 나합의 소행인 줄로 나는 짐작이 갑니다……대감!」

「예에.」

「고 혜당은 파혈 참시하라는 분부이시더군요……대감!」

「예에.」

「그러나 나도 남의 자손, 자손된 도리로 선영에 욕을 뵈느니보다는 차라리…….」

김병국의 얼굴이 단박 새파랗게 질려 버렸다. 혜당 김수근은 그의 아버지이니 그럴밖에 없었다.

대원군은 계속해서 말했다.

「실상 대비마마의 그런 분부는 지극히 당연하기도 합니다. 오늘날까지 권세의 판도가 바뀔 때에는 으레 그렇게 해왔으니까요……대감!」

「예에.」

이번엔 김병국이 깜짝 소스라치면서 대답했다.

대원군은 담배를 담기 시작했다.

김병국은 또 부싯돌을 쳤다. 손이 자꾸 떨리면서 깃에 불이 당겨지지 않았다.

「그러나 나로 말하면 그동안 영어(穎漁)껜 너무나 많은 신세를 진 사람이라 몹시 괴롭군요. 내 안사람도 사동대감들만은 어떻게든지 보살펴

드려야 한다고 간원이구.」
 흥선대원군은 무표정하게 담배를 뻑뻑 빨다가 기어이 의중의 말을 꺼냈다.
「마침 지금은 국상중이고, 또 신왕께서 등극하신 경사중이니 내 힘으로 될 수만 있다면 궂은일을 피하고 싶습니다……영상합하!」
「예에.」
「어떻습니까? 영상께선 종중과 상의하신다면 얼마든지 돈이 걷힐 수 있을까요.」
「글쎄올시다.」
「용동궁에 직접 헌납하시고 내게 귀띔해 주시면 내 다시 한번 대비마마를 찾아뵙고 관용을 간청해 보겠습니다만…….」
 김병국은 천장을 쳐다보며 눈만 껌벅거렸다.
 김좌근은 조용히 한숨을 뿜으며 검다 쓰단 말도 하지 않았다.
「그것도 몹시 서둘러야 할 겝니다.」
 대원군은 딱딱딱 재떨이에 대통을 두드려대다가 말고 별안간 화제를 핵 바꾼다.
「그리고, 참 대감!」
 대원군의 음성은 서릿발처럼 싸늘해졌다.
「혹시 대비마마 뵐 기회가 계시거든 일전에 내 집에 들었던 자객은 문초 결과 단순한 도둑이었다고 말씀드리십시오!」
 김좌근도 그 말에만은 무반응일 수가 없었다.
「도대체 그 자객은 포박됐다고 하셨는데 어디다가 인계하셨습니까? 아무리 알아보아도 어느 옥에도 그런 놈은 인계받은 일이 없다고 하니.」
 대원군의 입가엔 보일 듯 말 듯 미소가 나타나다가 스러졌다.
「낸들 압니까. 놓쳤다는 말도 있고, 또 잡아선 무얼 하나요?」
「잡아선 뭘 하다뇨?」
「아하하, 잡아선 뭘 합니까. 내게도 이제 자객이 들 만하게 됐으니 비로소 사람 구실을 하게 됐는가 싶습니다.」
 김병국이 입을 열었다.

「그래도 그놈은 반드시 잡아내서 문초 결과를 세상에 공포해야 됩니다.」
「어허허, 그까짓 대수롭지도 않은 지난 일을 가지고 떠들썩할 건 없지요. 필시 태산명동에 서일필일텐데. 하긴 대비전께선 그 일에 대해서 적잖이 진노하셨습니다만, 그러나 이제 다 지난 일 아닙니까.」

대원군의 말투를 엄밀히 분석해 보면 그 사건은 끝내 얼버무려 두는 것으로 두고두고 김씨네에게 정신적인 부담감을 주려는 의도인 것 같았다.

대원군은 화제의 초점을 한곬으로만 몰지를 않았다. 방향을 갑자기 핵핵 바꿔서 상대로 하여금 어리둥절케 하는 사이에 함정에 빠지도록 하는 것이다.

「상감은 물론 대비마마도 그렇고, 나도 그렇고, 모두 속 빈 강정들이니 앞으로 일을 해나가기가 막연하외다.」

말하자면 정치자금이 필요하다는 말이었다.

그것을 김씨네의 부정축재 중에서 갹출하라는 것이었다.

언제나 마찬가지이다.

누구나 새로이 정권을 잡으면 막대한 정치자금이 소요되게 마련이었다.

어떻게 마련하느냐에 따라서 민심을 얻기도 하고, 잃기도 한다.

백성들한테서 과중한 세금을 받아들여 충당하는 길도 있고, 대원군처럼 부정으로 축재한 특수층에서 조건부로 뺏아 내는 법도 있었다.

대원군은 미리 계산을 하고 있었다.

용동궁으로 들어가는 재화가 반드시 국고금이 돼서 정치자금이나 나랏돈으로 이용될 수 있으리라고는 그 자신도 보장할 길이 없었다.

그러나 그의 계산으로는 자칫 귀찮기만 할 존재일 수도 있는 조대비한테 우선 뇌물 선심을 써 놓는 것은 여러 모로 긴요한 포석이었다.

뿐 아니라 김병학, 김병국을 구출해서 그들이 닦아 놓은 기반을 고스란히 이쪽으로 흡수해 버리기 위한 명분으로 조대비에 대한 뇌물공세는 유효한 방략이라고 단정했던 것이다.

드디어 김좌근이 정중하게 머리를 숙이며 대원군에게 말했다.

「저희들도 성의를 다해서 대감의 뜻에 부응하겠으니 대비마마께서 너그러우신 처분이 있으시도록 대감께서 진력해 주시기 바랍니다.」

대원군은 그러나 김좌근, 김병국을 번갈아 쏘아보면서 단단히 못을 박는다.

「노력해 보겠습니다. 하루이틀 안에 우선 명세서를 작성해서 내게로 주시지요!」

누가 얼마 얼마라고 밝히라는 것이었다.

아첨과 경쟁심리를 이용해서 그들의 '성의'를 평가하겠다는 것이었다.

김좌근은 주먹으로 뒤허리를 서너 번 투덕투덕 치면서 자리에서 일어났다.

그것을 본 대원군은 냉연하게 속으로 뇌까렸다.

(너희들에겐 최선의 방법이다.)

금위대장 禁衛大將 나가신다

 극도로 긴장된 정국은 하루하루 묵묵히 흘러가고 있었다.
 대궐에서도 운현궁에서도 아무런 새로운 소식이 새어나오지를 않았다.
 창덕궁의 용마루도 침묵 일관이고, 운현궁의 주인도 침묵 일관이었다. 그리고 김씨네도 침묵했다.
 (어찌 될 것이냐?)
 반드시 큰 변혁이 있을 것인데 어찌 이리도 감감소식인가.
 ― 결국 흥선군은 무능하냐?
 사람들의 이목은 운현궁을 주시하기에 차츰 지쳐가고 있었다.
 그러나 그런 침묵은 잠자는 바다 같아서 표면만의 침묵이었다.
 삼각함수 같았다. 삼각으로 얽힌 갈등은 깊숙한 내면에서 엎치락뒤치락 실랑이를 계속하고 있었으나 표면은 조용했다.
 창덕궁의 조대비는 분명히 후회를 했다.
 (끝까지 수렴청정을 고집해야 했을걸!)
 대보를 날쌔게 치마폭에 간직했던 것은 다른 사람 아닌 대왕대비 자신이었다.
 그 엄청난 권한을 왜 송두리째 흥선군한테 넘겨 주었는가, 후회가 됐다.
 「대원군은 벌써 김가들 손아귀에 쥐였나 보더라!」
 조대비는 조카이며 승후관인 조성하에게 노골적으로 속마음을 내비쳤다.
「제 생각 같아선 몇 놈 뎅겅뎅겅 목을 잘라서 본보기를 뵈어 주는 게 당연한 순서일 성싶은데 대원군은 무슨 생각을 하고 있는지 모르겠습니다, 마마.」
조성하도 답답하다는 듯이 우악스런 언투로 맞장구를 쳤다.
「상감은 내 아들, 나는 조씨, 아무래도 조씨 집안에서 발벗고 나서야 했을 걸 그랬나 보다!」
「김씨네 주장에도 일리는 있었습니다, 마마. 대원군을 운현궁에 칩거시키자던 의견 말입니다.」
「그렇지만 조씨 문중엔 원래 인재가 귀해서.」
조대비는 입맛을 짝짝 다셨다.
「이씨 집안엔 누구 사람이 있습니까?」
조성하는 눈알을 굴렸다.
그는 벌써 여러 날을 대원군과 만나지 못했다.
당연히 자주 불려가서 의논 상대가 될 줄 알았는데, 그래야만 순서인데, 대원군은 도통 부르는 일이 없으니 섭섭했다.
「자기가 누구 때문에 대원군이 됐습니까. 다 마마의 은총이온데 마마의 첫 분부에 이론을 비치다니!」
조성하는 자기의 힘이 컸다는 말은 차마 못 했다.
「성하, 자네가 아니었던들 나도 그를 가까이 하지 않았을 걸세!」
그랬는지도 모르지만 조대비 자신도 홍선군이 아니었던들 오늘의 권좌를 차지하지 못했을 것이 분명하다.
「마마, 내일이라도 대원군을 부르셔서 준열하게 말씀을 내리시지요.」
「나도 그럴 생각이다.」
그네들은 더할 수 없이 울울한 심경으로 시간을 짓씹고 있는 중이었다.
교동에서도 연일 심각했다.
「대원군은 지극히 약한 사람이다. 섣불리 우리 김씨네한테 박해를 가하기보다는 조대비를 빙자해서 재물을 훑어낼 배짱이다.」

김좌근의 말에,
「어차피 몰려날 신세들인데 재물마저 뺏긴다면 앞으로 어떻게 살아갑니까?」
김흥근은 불복했고,
「그렇지만 그의 입에서 한번 나온 말인데 거역할 수도 없잖습니까?」
김병필은 겁에 질렸다.
「제1차로는 재물을 뺏기지만 제2차로는 무엇을 뺏길지 아무런 보장도 없지 않습니까?」
그처럼 담차던 김병기도 완연히 풀이 죽어 있었다.
대원군에게 가장 밉상을 부린 자신이었기 때문에 아무래도 생명의 위협을 떨어 버릴 수가 없는가 싶었다.
그러나 김좌근은 침착하게 말했다.
「그는 결코 옹졸한 위인이 아니야. 백성한테 잔혹성을 보이기보다는 호기를 보여서 의젓하게 군림할 속셈을 세운 것으로 봐야지!」
「사동집에서들은 어떻게 한답니까?」
김병기가 물었다.
「우선 병국인 힘 자라는 대로 긁어모아서 바칠 심산이더라.」
한참 만에 김병기가 단안을 내렸다.
「사실인즉, 저도 미리 그런 방안을 생각했었고, 일전에 대원군한테 그런 뜻을 은근히 비쳐 뒀었습니다. 거래를 할 수만 있다면 하는 수밖에 없지요.」
김좌근도 고개를 끄덕였다.
「미리 명세를 적어서 자기한테 보내 달라더군.」
「철저한 사람이군요!」
김흥근이 씹어 뱉듯이 말했다.
재산들은 많이 있다. 어떻게 어느 만큼이나 거둬서 갖다 바치면 이 난국을 무사하게 넘길 수 있는가를 신중하게 검토해야 했다.
목숨이야 물론 다시없이 아까운 것, 그러나 재물도 아까운 것이었다.
아무도 먼저 내가 얼마를 내겠다고 자청해서 밝히지는 않았다.

금액에 대한 명세를 미리 적어 보내라는 대원군의 요구는 철저한 위협이었다.
남보다 적게 적을 수도 없는 것, 유독 많이 적으면 집안끼리의 빈축을 사게 되고 이래저래 그들은 이 앓는 사람처럼 오만상만 찌푸리고 있었다.
「좌우간에 내일 아침엔 통지를 해줘야겠네!」
체념도 하나의 수양이다.
김좌근의 표정만은 비교적 담담했다.
권력이란 잃고 싶지 않은 것이었다.
잡았을 때는 통쾌하지만 일단 잃고 보면 너무나 초라한 것이다. 잡았을 때 지나치게 교(驕)하면 잃었을 때 너무나 비참하다.
「난 결심했다!」
김좌근은 담뱃대에 담배를 담으며 결연히 말했다.
좌중의 시선들은 일제히 그에게로 집중됐다.
「내 집에서 한 50만 냥만 장만하겠네. 100만 냥쯤은 구면해야 될게야. 주고도 후환을 남길 필요는 없으니까. 그러니 나머지 50만 냥은 여러 집에서 추렴해 보게나!」
놀라운 금액이었다. 그러나 그들의 재력으로써는 불가능한 한도액이 아니다.
「사동의 두 집더러 한 20만 냥쯤 속히 마련하라 하고!」
김좌근의 지시에,
「사동집들이야 좀더 내게 해야죠.」
김병필이 불만을 표시하자,
「그 두 집은 대원군과는 특수한 관계니까, 콩 놔라 팥 놔라 할 수 없어요.」
김병기가 불쾌한 어조로 잘라 말했다.
영의정의 그 큰 집안은 쓸쓸하기 폐허 같았다.
며칠 동안을 두고 누구 하나 찾아오는 사람이 없고, 수많은 하인들마저 병든 병아리처럼 비실비실 하는 게 보기조차 역겨웠다.

그러나 반면에 운현궁의 주변은 날로 소연 번다해져 갔다.
— 높은 양반은 아침 일찍이 아니면 뵙기 힘들다. 언제나 그런 것이었다.
남의 눈을 피해서 조반 전에 찾아가야 은밀히 만날 수 있다는 생각은 공통되게 마련이다.
따라서 권세가의 사랑엔 반갑잖은 아침 손님들로 조반 전 시간이 가장 번잡하다.
다음날 아침이었다.
운현궁의 사랑엔 제각기 남의 눈을 피해서 찾아온 손들이 모여서 영내 영외가 꽉차 있었다.
권세가의 아침 손님이란 주인에겐 반갑지 않은 무리들이다.
대개는 아첨, 청탁, 매관, 협잡을 목적으로 찾아오는 사람들이다.
빈손으로는 안 온다. 뭣인가 선물을 가지고 온다.
대개 주인한텐 시치미를 떼지만, 주인은 못 본 체 모르는 체하지만, 청지기는 그들이 가지고 온 선물의 품목을 일일이 기록해 놨다가 나중에 주인한테 보고하게 마련이다.
운현궁이 새로운 권부로 등장한 이래, 일반 손님을 받기는 오늘 아침이 처음이었다.
어제까지는 일체의 잡인을 멀리하고, 꼭 만날 사람만 골라서 만나다가, 오늘 아침 비로소 사랑을 일반에게 공개하겠다고 밝혔다.
이른 아침부터 하나둘씩 찾아들기 시작한 방문객이 삽시간에 사랑채에 꽉찼다.
대원군은 느지막하게 사랑으로 나왔다.
처남 민승호가 와 있었다.
조성하의 동생 영하의 얼굴도 보였다.
그밖에는 태반 모를 사람들이 영외 협실에 빽빽히 들어앉아 있다가 일제히 일어나서 대원군을 맞이했다.
대원군은 영내 보료 위에 좌정하자 좌중을 한바퀴 훑어보고는 점잖게 제일성을 발했다.

「편히들 앉으시오!」

국태공이다. 앉으라는 분부가 내리기 전에는 누구도 앉지를 못하고 서 있었다.

방문객들은 너나없이 지극히 송구스러운 태도로 무릎을 모아 단정히 앉았다.

대원군은 한 사람 한 사람씩 앞으로 불러, 찾아온 소관사를 친히 물었다.

그러나 누구도 용건을 솔직히 말하는 사람은 없었다. 그저 '문안차 찾아뵈었다'는 것이었다.

이름과 얼굴이나 기억해 달라는 표정들이었다.

유명한 지방의 수령방백도 몇몇 있었다.

민씨 성을 가진 사람이 꽤 여럿 있었다. 조씨 성도 몇몇 있었다. 민씨는 대원군의 처가 쪽 원척들이라 했다. 조씨들은 조대비의 '사돈의 팔촌'들인 성싶었다. 물론 전주 이씨가 가장 많았다.

민씨들은 민승호를 앞장 세우고 '대원위대감'을 '우러러뵈려고' 온 사람들이었다.

조씨들은 조영하의 줄을 타고 '대원군'에게 일찌감치 '문안을 드리려고' 찾아온 사람들이었다.

전주 이씨들은 대원군의 아들 재면과 재선을 통해서 '운현궁 출입'을 시도해 본 축이었다.

나머지 몇 사람은 대원군의 노름친구, 술친구였다.

대원군은 그 모든 사람들을 일일이 불러서 개별적인 인사를 받고, 찾아온 용건을 물어 보는 파격적인 접대를 해서 그들을 공구 감격케 했다.

(역시 산전수전 다 겪으신 어른이라서 사람을 대하는 태도부터 다르시군!)

모두들 속으로 그렇게 탄복하는 눈치였다.

대원군은 여러 사람을 한꺼번에 상대해서 엄숙하게 말했다.

「나는 여러분을 만나고 약간 실망했소이다!」

좌중은 일순 극도로 긴장했다. 숨소리 하나 들리지 않을 만큼 숙연했다.
　대원군은 말했다.
　「나는 모처럼 찾아준 여러분 입을 통해서 민정의 갈피를 듣고 싶었소. 백성의 원한이 무엇이며, 관원의 적폐가 무엇이며, 어떻게 하면 나로 하여금 앞으로 올바른 치자가 되겠는가를 일깨워 주려고 찾아들 온 줄로 알았소!」
　좌중은 누구 하나 고개를 들지 못했다.
　무릎에 얹은 손들이 벌벌 떨리고 있었다.
　대원군은 음성을 부드럽게 풀었다.
　「지금 나라 꼴이 말이 아니오. 상감과 나와, 여러분과 그리고 온 백성이 함께 뜻을 모아 과단성 있게 일을 해야 하겠소. 부스럼을 도려 내고 더러운 곳은 말끔히 씻는 크낙한 작업을 시작해야 하겠소.」
　사람들의 이마는 꿇어앉은 무릎에 닿을 지경이었다.
　대원군은 이 한마디를 하고는 별안간 목청을 돋우었다.
　「여봐라아!」
　찌렁 하는 그 음성엔 쇳소리가 섞여 있었다.
　청지기 김응원이 한쪽 손에 종이쪽지를 쥔 채 대령했다.
　「그게 뭐냐?」
　대원군이 물었다.
　응원은 그 종이쪽지를 대원군에게 바쳤다.
　대원군은 그 종이쪽지에 나열 기록된 인명과 품목의 목록을 훑어보았다.
　그것은 지금 여기에 와 있는 사람들의 이름과 가지고 온 선물의 품목이었다.
　좌중의 시선들은 일제히 대원군에게로 쏠렸다. 그리고 전전긍긍하는 시선들이었다.
　「알았다!」
　대원군은 간단하게 한마디 했다.
　좌중은 가볍게 한숨을 돌렸다.

이때 마침 관복 차림의 김병기가 등장했다.

대원군은 그를 반가이 맞아 영내로 앉혔다. 역시 파격적인 접대였다.

대원군은 다른 사람들을 꺼리지 않고 김병기에게 말했다.

「그렇잖아도 아침 일찍 입궐하려던 참이었습니다.」

그의 이 말이 뭣을 뜻하는가를 김병기는 즉각 알아차렸다.

「진작 찾아뵈어야 할 건데 늦었습니다.」

김병기는 사과하듯 머리를 조아렸다.

그는 품속에서 흰 봉투 한 장을 꺼내 대원군 앞에 놓았다.

「영상께서 저하께 갖다 드리라 하기로……」

그의 말씨는 더할 수 없이 은근했으나 입술빛은 푸르렀다.

대원군은 잠자코 그 봉투를 개봉했다.

── 김좌근 20만 냥, 김병기 10만 냥, 김홍근 10만 냥, 김병필 10만 냥, 김병학 10만 냥, 김병국 17만 냥, 합계 77만 냥.

빳빳한 간지에 적힌 헌금 숫자의 명세였다.

대원군은 그것을 일별하자 아무런 말도 표정도 없이 봉투에다 다시 넣어 문갑 위에다 놓고는 두 손으로 눈자위를 지그시 눌렀다.

만족해 하는 것인지 불만해 하는 것인지 판단을 할 수가 없어서 김병기는 눈을 치뜨고 그를 지켜봤다.

좌중은 영문을 모르는 채로 또다시 긴장했다.

어디서나 어떤 경우에나 군중 속에서 엉뚱한 인간이 섞여 있게 마련이다.

때마침 가장 말석을 차지하고 앉았던 한 헙수룩한 사나이가 실로 맹랑한 발언을 양푼 깨지는 음성으로 터뜨리는 바람에 좌중은 아연실색을 했다.

「대감! 대감께선 앞으루두 투전판을 벌이시려우?」

무식하고 우람한 말투였다. 아마도 좌중에선 자기가 가장 대원군과 허물없이 지내는 사이임을 자랑할 배포였던 것 같다.

좌중은 대원군의 날벼락이 내릴 줄 알고 전전긍긍했다. 그러나 대원군은 눈을 가리고 있던 두 손을 내리면서 태연하게 대답했다.
「물론이지. 인생이란 원래 투전판과 같은 도박이 아닌가!」
투전판에서 어울린 일이 있는 사람이었다.
그러나 그 무뢰배는 그 한마디만으로 입을 다물지는 않았다.
그는 대원군의 시원한 반응을 보자 코가 한 치가 높아진 것처럼 우쭐해지는 모양이었다.
자기보다 다 잘난 사람들이 대원군 앞에서 꼼짝을 못 하고 있는 판에 그런 농담이 척척 먹어들어 간 것을 다시없는 자랑으로 여긴 듯싶었다.
그 무뢰배는 또 득의만면해서 입을 열었다.
「대감!」
「말해 보게!」
「나의 생각엔 지금 김가놈들에 대한 백성의 원성이 대단하외다.」
「그래서?」
대원군은 천연스럽게 맞장구를 쳐주었다.
성도 이름도 모를 그 무뢰배는 더욱 신바람이 나서 지껄여댔다.
「몇 놈의 모가질 뎅겅 뚝딱 잘라서 혼구멍을 내시우다!」
그는 자기의 말이 옳지 않느냐는 듯이 의기양양해서 좌중을 훑어본다.
그는 대원군의 옆에 앉아 있는 고관이 바로 김병기라는 것을 까마득히 모르는 눈치였다.
좌중은 물간 듯이 조용했다.
침을 꼴깍꼴깍 삼키며 모두들 김병기의 낯빛을 훔쳐봤다.
그러나 김병기는 놀라우리만큼 태연자약했다. 눈썹 하나 까딱하지 않고 오히려 미소까지 흘려 가며 그 무뢰배를 불쌍하다는 듯이 바라보고 있는 것이다.
대원군의 표정에도 격심한 변화는 즉각 나타나지 않았다.

대원군도 빙그레 웃으며 그 무뢰배를 불쌍하다는 듯이 바라보는 것이었다.

눈치도 모르고 무뢰배는 또다시 지껄인다.

「대원위대감은 손끝 하나 까딱 안하셔도 될 게우다. 눈짓 한번 찡긋하심 하루아침에 교동판서들의 집은 우리네 함경도 물장수들이 산산조각으로 때려부술 거외다. 예, 그렇구 말구요. 태조대왕님은 함경도 분이신데 저 김가들은 경상도 문둥이가 아니갔소? 우리네 함경도놈들, 김가네한테 유감이 많수다! 아 하하하하!」

대원군은 비로소 눈살을 찌푸렸다. 그에게 말해 주었다.

「네 들거라. 지금 이 나라의 영의정은 김좌근대감이시다. 김병기대감은 서슬 푸른 세도대감이시다. 내 네 소원대로 교동 김병기대감댁에다 기별해서 너의 그 소망을 김병기대감이 직접 들어 보시도록 주선하겠다. 여봐라아!」

대원군은 밖에다 대고 소리쳤다.

「천희연 대령했사옵니다.」

'키다리' 천희연이 달려와 허리를 굽혔다.

대원군은 미닫이를 화다닥 열어 젖히고는 천희연에게 분부했다.

「네 저놈을 단단히 포박해서 교동대감댁으로 압송하렷다.」

「예이. 분부대로 시행하겠습니다.」

순간 함경도 출신의 무뢰배는 사지를 벌벌 떨면서 안절부절을 못했다.

이때 대원군은 또 한마디 엄하게 명령했다.

「네 저놈을 끌고 가서 교동 젊은 대감께 여쭤라. 정치가 뭔지도 모르는 무식한 놈이 한 나라의 재상댁을 모조리 부수겠다고 자원한 무뢰배이니 대감 임의로 처분합시사, 여쭤라!」

무뢰배는 얼굴이 새파랗게 질려 버렸다.

「예이, 분부대로 시행하겠습니다.」

천희연은 눈치 코치도 없이 우람하게 소리를 질렀다.

「여보슈! 냉큼 이리로 나오슈!」

무뢰배가 무뢰한에게 끌려 나가자, 대원군은 온화한 얼굴로 김병기를 돌아보며 귓속말을 했다.

「77만 냥, 큰돈을 거두셨소. 용동궁에 들여보내 봅시다.」

남 보기엔 지극히 다정한 사이 같았으나 두 사람의 입김은 더할 수 없이 싸늘했다.

김병기는 재빨리 대원군의 눈치를 살폈다.

불만스러워하는 것 같지는 않지만 만족해 하는 표정도 아님을 알아차렸다.

이번엔 김병기가 남 안 듣게 대원군한테 말했다.

「대감 분부이시라 최선을 다했습니다만 그 정도밖엔 안될 듯싶습니다.」

그 말을 듣자 대원군이 정색을 했다.

「대감, 오해를 하셨구려. 나는 그런 돈을 요청한 기억이 없는데.」

김병기가 자기의 말을 정정했다.

「물론 저하께서 요청하신 것은 아닙니다. 저희들의 성의입지요.」

대원군의 요청인지, 김씨 일족의 자진 헌금인지, 서로 따질 일은 아니었다.

더구나 김씨네로서는 그런 문제를 가릴 계제가 못 된다.

김병기는 의식적으로 노력했다.

(지금 이 자리엔 대원군과 나와 단 두 사람밖에 없다!)

그런 기분으로 침착성을 유지해야 하는 것이었다.

패장이 적진으로 돌아와 승자한테 항복조건을 제시하고 있는 것이다.

빗발치는 야유 속에서 단독으로 적장과 항복조건을 거래하고 있는 중이다.

승자의 비위를 건드려도 안 되고, 지나치게 비루해도 손해다.

기위 목숨을 걸어 놓은 거래지만, 상대편이 무엇을 원하고 있으며, 그에게 무엇이 얼마만큼이나 필요한 것이며, 그가 승자로서 양보할 수 있는 한계선이 어느 정도인가를 파악하는 것은 이쪽의 희생을 줄일 수 있는 근본요건인 것이었다.

수모는 이미 각오하고 온 걸음이다.

이름도 성도 모를 무식한 무뢰한에게 창피를 당했다고 해서 낯을 붉힐 김병기가 아니었다.

짐작은 의외로 정확할 경우가 있다. 그 함경도 출신의 무뢰한은 대원군도 원치 않은, 뜻하지 않게 뛰어든 손이었으며, 그 발언 역시 대원군도 원치 않은 것임이 분명했다. 그런 일로 분격하거나 낭패할 김병기가 아니었다.

김병기가 마지막으로 대원군에게 속삭였다.

「저하, 삼사일 사이에 한 10만 냥쯤은 더 구면이 될는지도 모르겠습니다.」

그것은 별도로 대원군 당신에게 바치겠다는 김병기의 암시였다.

김병기는 좀더 구체적인 말을 꺼냈다.

「함경감사 이유원을 아시지요?」

「짐작은 하지요.」

「실인즉 그 이유원에게 은밀히 주전일을 맡겼습지요. 10만 냥쯤은 만들었을지도 모르기에 급히 보내라고 기별해 놓았으니까 곧 도착할 겝니다. 짐바리가 오는 대로 곧 저하께 상납하겠습니다.」

10만 냥을 말잔등에 실으려면 수십 필이 열을 지어야 한다.

그런데 용동궁에 바치겠다는 것이 77만 냥이면 그 얼마나 많은 돈인가.

김씨네 몇 사람은 그런 거금을 장만할 수 있다는 것이다.

김병기의 제안을 들은 대원군은 물었다.

「새로 주전한 돈이면 국고금이 아닙니까?」

순간, 김병기는 뒤통수를 얻어맞은 기분이었다.

국고금을 누가 누구에게 주고 말고 할 수가 있느냐는 뜻이다.

대원군은 잠시 후 큰소리로 김응원을 불렀다.

그는 김응원에게 말했다.

「손님들 돌아가시네!」

대원군의 이 말이 떨어진 지 잠시 후였다.

운현궁 뜰에서 실로 기괴한 광경이 벌어졌다.

손님들이 일제히 물러가려는 순간이었다.

청지기 김응원이 큰소리로 외쳤다.
「손님들 잠시 가만히 계십시오!」
그는 왠가 수선거리더니 또 말했다.
「한분 한분 차례로 나오셨으면 좋겠습니다.」
손님들은 영문을 몰라 어리둥절했다. 하라는 대로 한 사람 한 사람씩 뜰아래로 내려졌다.
그러니까 김응원은 아까 대원군한테 보였던 종이쪽을 펼치면서 그 성명과 사람을 대조 확인하기 시작했다.
그러면서 말했다. 아주 엄숙하게 말했다.
「대원위대감의 분부이십니다!」
바로 옆에는 천희연이 서 있었다.
그리고 중마루에는 가지각색으로 혹은 크고, 혹은 작게, 또는 네모나게, 아니면 둥글게 멋대로 포장된 물건들이 수북히 쌓여 있었다.
김응원은 다시 한번 엄숙하게 말했다.
「어험, 대원위대감의 분부이십니다. 오늘 손님들께서 손수 들고 오신 선물들은 대감께서 고맙게 받으셨다는 치하 말씀이 계셨습니다. 그러나 대감께서 소인에게 분부하시길, 오늘의 선물을 가지고 오신 분들께 일일이 돌려 드리라고 하십니다. 혹시 물건이 바뀌지 않나 유념하시면서 찾아가시기 바랍니다.」
김응원의 말투는 연설조였다.
사람들은 너나없이 낭패의 빛을 감추지 못했다.
저마다 남의 눈에 안 띄게 가지고 온 선물인데, 뇌물인데, 여러 사람들이 보는 데서 도로 찾아가지고 가라는 것이니 그들은 당황하지 않을 수 없었다.
「어디 그럴 법이 있소!」
중간에 선 누군가가 말했다.
「어른을 찾아뵙는데 빈손으로 오는 건 도리가 아니라서 조그마한 뜻을 표시한 게 아니오! 도로 가져가라니 그럴 법이 없소이다!」
앞장을 선 사나이가 투덜댔다.

「점잖은 어른이시라 그런 분부를 내리셨는진 몰라도, 그러나 그런 건 아랫사람들이 알아서 처리할 문제요!」

어떤 노인은 응원을 꾸짖었다.

그러자 누군가가 말했다.

「그런 범절에 익숙치 않은 탓이겠죠. 어서들 나갑시다요.」

선물은 당연히 받는 것, 뇌물은 시침 딱 떼고 거둬 두는 것, 그럴 줄을 모르고 주인이 체면상 한마디 한 말을 그대로 곧이듣는 이 집의 하인들은 분명히 범절에 익숙치가 못한 탓이라는 것이었다.

그러나 사태는 의외였다.

김응원은 고집했던 것이다.

「대원위대감께서는 저한테 엄히 분부하셨습니다. 가져오신 선물들은 어느 분도 빠짐없이 도로 가지고 가셔야 합니다.」

옆에 있는 천희연은 키가 멀쑥하면서도 기억력은 좋았다.

누가 누군지를 거의 정확하게 기억했고, 어떤 물건을 누구에게 돌려 줘야 하는가를 착오없이 가려냈다.

보기에도 딱하게 된 사람들도 있었다.

큼직한 보따리를 하인 편에 지워가지고 온 사람들이 있었다.

하인은 이미 가고 없는데 보따리를 도로 가지고 가라니 난처하지 않을 수가 없었다.

짐이 간단한 사람들은 별수없이 자기 물건을 찾아가지고 슬금슬금 도망치듯 대문을 빠져 나갔다.

서너 사람은 도저히 자기가 운반할 수 없는 물건들이었다.

그제서야 천희연이 그들을 동정하듯 말했다.

「정 못 가지고 가시겠거든 나중에 하인을 보냅쇼!」

이때 김병기는 그들의 앞을 지나 대원군의 전송을 받으며 운현궁을 물러나고 있었다.

홍선대원군은 그날 오후 창덕궁 낙선재에서 조대비와 만났다.

「그래, 어떻게 결정을 보셨소!」

대비전의 나인들은 모조리 물렸다.

좌의정 조두순과 승후관 조성하가 한자리에 배석했다.

조대비는 대원군이 들어올 줄 짐작하고 미리 그 두 사람을 불렀던가 싶다.

대원군은 대답했다.

「마마, 황공하옵니다. 곰곰 생각해 보았으나 아무래도 당분간은 일을 온건하게 처결하는 방향으로 나가는 게 순서일까 합니다.」

이 말에 조대비의 눈초리는 단박 샐쭉해졌다.

「온건한 방향이라니, 대감께서 생각하신 대로 말씀해 보시오!」

조두순은 두 눈을 지그시 감은 채 귀를 기울였다.

조성하는 눈을 똑바로 뜨고 대원군을 지켜봤다.

대원군은 서슴지 않고 말했다.

「영상 김좌근은 여러 가지 체모로 보아 탈관삭직이나 하고, 원로상신(元老相臣) 자리에 머물러 있게 할까 하옵니다.」

조대비는 조용히 어깨로 숨을 쉬며 대원군을 마주 보고 있었다.

대원군은 또 말했다.

「좌찬성 김병기는 탈관삭직하고 여주 같은 지방으로 내려보내 초야에 묻히도록 하겠습니다.」

조대비의 눈초리가 파르르 떨렸으나 대원군은 못 본 체하고는 다시 말을 이었다.

「전 영상 김흥근도 근신칩거를 명하겠습니다.」

조대비는 차라리 눈을 감았다.

대원군은 역시 못 본 체했다.

「승지 김병필도 실직에서 물러나 근신토록 하겠습니다.」

조대비는 감았던 눈을 떴다.

「모두 탈관삭직, 칩거근신이구려?」

한 놈도 죽일 놈은 없느냐는 언투였다.

「김병국은 어찌 하시겠소?」

이번엔 조대비가 먼저 물었다.

홍선대원군은 역시 망설이지 않았다.

「마마, 황공하온 말씀이오나, 병학, 병국 형제한테는 오랜 세월을 두고 제가 신세를 졌습니다.」

「그러니 어떻게 하실 작정이시오?」

「그 두 사람은 같은 김씨이면서도 과히 실인심을 아니했고, 또 인물들도 버리긴 아까운 점이 있어 되도록이면 포용해서 유용하게 써 먹을까 합니다.」

「병국에겐 영의정이라도 줄 작정이시오?」

조대비는 노골적으로 비양거렸다.

대원군은 개의치 않고 말했다.

「앞으로 수많은 인재가 필요한데, 한 사람이라도 포섭할 가치가 있는 사람은 포섭하는 게 현명할 듯싶습니다.」

조대비는 소리없이 한숨을 뽑았다.

(대원군은 뱉도 없는 사내였던가!)

조대비는 대원군의 참모습을 파악할 수가 없었다.

그토록 김씨네한테 생명의 위협을 당했으면서, 한 사람도 죽이지 않고 그저 벼슬을 뺏는 정도로 일을 처리하겠다는 그는 너그러운가, 바보 천치인가.

그러면서 말끝은 번번이 야무졌다. 김씨네 누구누구를 어떻게 '하고 싶다'는 게 아니라, 이렇게 저렇게 '하겠다'는 것이었다.

조대비는 엄지와 무명지로 이마를 짚으며 말했다.

「김좌근은 선마마 순원왕후의 동기이니 그런 정도로 처리하시오.」

조대비는 조두순을 흘끔 보고는 또 말했다.

「김흥근, 김병필도 알아서 처결하시구려! 그러나, 병기마저 그런 정도로 탁방을 내면 세상 사람들이 대감을 어떻게 보겠소?」

조대비의 이마에는 파란 힘줄이 돋아났다.

대원군에 대한 조대비의 불만은 완연히 그렇게 표면화됐다.

「좌상대감의 의향은 어떠시오? 지금 대원위대감 말씀처럼 김씨네 중의 누구 하나도 손을 안 댄다면 세상에서 우리를 어떻게 보겠소? 무력하다고 비웃지 않을까요?」

동의를 요청해 온 조대비의 말에, 좌상 조두순은 난처한 표정으로 시덥잖은 반응을 보였다.
「글쎄요. 감정대로 처리할 문제는 아닙니다만.」
「그럼 좌상 생각에도 그저 온건 무사하게만 처리하면 좋겠다는 말씀인가요?」
좌의정 조두순은 조대비와 같은 풍양 조씨의 문중은 아니다.
그렇더라도 조대비의 편을 들었어야 자연스러운 것이다.
그런데 그의 대답이라는 것이 그토록 물에 물탄 것처럼 흐리멍덩했을 뿐 아니라, 오히려 대원군한테 동조하는 듯한 말투라서 조대비는 심정이 몹시 불쾌한 모양이었다.
그러자 대원군이 차근하게 말했다.
「마마의 심금을 이해 못 하는 게 아니올시다. 마마, 그들에 대한 보복심으로 말하자면 저도 남만 못지않습니다. 그러나 여러 날을 두고 신중하게 생각해 봤습니다. 마마, 우리는 우리의 선대들이 궁중에서 얼마나 많은 피를 흘렸으며, 골육상잔과 당파싸움이 얼마나 우심했으며, 세도가 바뀔 때마다 필요 이상의 보복이 얼마나 반복되었는가를 너무나 잘 알고 있습니다. 마마, 황공한 말씀이오나 세상 일은 세월의 흐름에 따라 항시 윤회하는 법칙이 있는 것입지요. 좋은 일은 좋은 일대로, 좋지 않은 일은 좋지 않은 일대로 자꾸 반복되는 게 아니오니까. 보복은 또 새로운 보복을 잉태합니다. 반면에 관용은 또 새로운 관용을 잉태합니다.」
대원군은 여기서 일단 말을 끊고 조대비를 지그시 쏘아봤다.
조대비는 하품을 참는 시늉을 했다.
조두순은 또 두 눈을 감고 있었다.
조성하는 대원군을 노려보고 있었다.
대원군은 다시 말을 이었다.
「마마, 지금 그들한테 통쾌한 보복을 하고 싶은 것은 마마께서나 저나 같은 심정입니다. 그러나 진실로 마마를 위해 드린다면 삼가야 할 줄로 압니다. 김씨네는 60년을 두고 득판을 쳐왔습니다. 그들의 뿌리는 아직 무성해서 일조일석에 말끔히 뽑아지지 않습니다. 아직도 그들에겐 힘이 있습니다. 그러나 우리에겐 없습니다. 유충하신 상감은 이제 마악 등극하셨습니다. 대비마마의 주변에도, 저의 주변에도 아직 '사람'이 부족합니다. 지방의 수령방백 하나도 아직은 우리의 사람이 아니라 김씨네의 사람입니다. 대궐을 지키는 군사들도 지금은 어리둥절하고 있을 공백기입니다. 실권이 우리에게로 넘어온 것 같지만 아직 우리의 손엔 쥐어지지 않았습니다. 마마, 설혹 지금 그들을 통쾌하게 보복할 수 있다고 치십시다. 그러나 그들에게도 자식들이 커가고 있습니다. 마마가 계실 동안엔 감히 고개를 못 들겠지요. 허나, 만일 마마께서 천세(千歲)하신다면 또다시 보복의 악순환이 반복될 것은 뻔한 이치입니다. 과거의 사기를 읽노라면 몸서리가 쳐지는 대목이 많습니다. 후손들이 금상과 마마의 성대(盛大)를 읽을 때, 특히 마마의 하늘과 같은 높고 넓으신 자비와 관용에 감격토록 하고 싶습니다. 마마, 적을 없애는 것보다 굴복시켜서 이용하는 것이 이쪽의 힘을 배양하는 길이올시다. 마마, 통촉합시오.」

홍선의 언변은 흐르는 물처럼 유창했고, 절절했다.

그는 별안간 품속을 더듬었다.

대원군은 품속에서 눈이 부시도록 흰 간지 봉투를 하나 꺼냈다.

대원군은 그 봉투 속에서 착착 접힌 알맹이를 꺼냈다. 그리고는 저력 있는 말투로 조대비에게 최후의 쐐기를 박았다.

「마마, 속담에 죽기 아니면 살기란 말이 있습니다. 언제고 반정(反正)이란 권력이 무너질 때 일어나는 수습키 어려운 사태입니다. 무너지는 권력이 죽기 아니면 살기라고 마지막 저항을 시도하면 실로 만만치 않은 오욕의 사태가 발발하게 마련입니다. 마마, 김가들 중에서도 병기의 지모와 담력은 발군합니다. 구슬러서 그 죽지를 못 쓰도록 만드는 게 상책입니다. 그러기 위해서 우선 마마께서 파격적인 관용을 베푸시는 게 좋을까 합니다. 그래야만 마마의 천세 후에도 저 성하 형제에게 재난이 없을 것입니다.」

궁중에서는 국왕이나 비, 대비의 죽음을 백세(百歲)라고 부른다.

오래 수(壽)를 하라는 기원이 그렇게 변했는지도 모른다.

대원군은 조대비에게 백세가 아니라 천세라는 말을 썼다.
조대비가 가장 믿고 사랑하는 조성하 형제한테 불행의 씨를 뿌려 주지 말자는 데에는 조대비로서도 할 말이 없었다.
대원군은 조대비 앞에다 김씨네의 헌금 명세서를 펼쳐 놓았다.
「오늘 아침 김병기가 가지고 온 상납금 단자올시다. 속죄하는 뜻으로 용동궁에 올려 달라고 손이 불이 되도록 애원하기에 가지고 들어왔사옵니다.」
조대비는 단정한 자세를 끝내 허물지 않고 펼쳐 놓은 헌금 목록을 내려다봤다.
조두순은 꺼풀이 늘어진 거적눈을 내려깐 채 그것을 읽고 있었다.
젊은 조성하는 일어선 채 허리를 꺾으며 지대한 관심을 가지고 그 문면을 살폈다.
대원군은 허리를 펴면서 말했다.
「김병기한텐 일단 혼비백산하도록 호통을 쳐서 보냈습니다. 그러나 마마, 신중히 통촉합시오. 77만 냥이면 듣도 보도 못한 거금입니다. 그들이 아무리 가렴주구에 급급했어도 갑자기 이만한 재물을 거둬 내리면 완전히 파하고 말 것입니다. 그리고 이 돈은 어차피 그네들의 사재일 수가 없습니다. 마마, 재물을 탐하시도록 권고드리는 게 아니옵니다. 일국의 국모이신 마마께서는 평상시에 이만한 여축은 가지고 계셔야 국모로서의 범절을 차리실 수 있는 것으로 생각합니다.」
조대비는 또 엄지와 무명지로 두 눈자위를 가볍게 눌렀다. 묵묵불언이었다.
조두순은 조대비의 눈치를 지켜봤다.
조성하도 지켜봤다.
대원군은 메마른 입술에 침칠을 했다.
밖에는 바람소리가 지나가고 있었다.
조대비는 한참 만에 무거운 일을 열었다.
「어련히 처리하시겠소, 좋을 대로 하시오!」
그 한마디를 듣자, 조두순은 한숨을 뽑았다.

조성하는 굽혔던 허리를 폈다.
대원군의 입가엔 미소가 흘렀다.
「그러나…….」
그러나, 조대비는 '그러나'를 전제했다.
대원군은 미소를 거두고 다시 긴장했다.
밖에는 위잉 하고 바람소리가 또 지나가고 있었다.
「대감의 큰자제는 상감의 동기이니 상용한 벼슬자리를 마련하셔야지요.」
조대비의 발언은 엉뚱하게 비약했다.
순간 조성하의 눈빛이 번쩍 빛났다.
조대비는 뚫어지게 대원군을 쏘아봤다.
대원군은 보일락말락하게 고개를 끄덕였다.
대원군은 조대비가 왜 별안간 그런 말을 꺼내는 것인지 그 의도를 알아차렸다.
조대비는 대원군의 맏아들 재면의 처우를 화제삼음으로써 자기의 조카인 조성하의 등제문제에 대해서 그의 분명한 언질을 잡아 놓자는 의도임이 분명한 것이다.
그러나 대원군은 시치미를 떼고는 묻는 말에만 대답했다.
「그 애는 봐서 승후관 자리나 하나 줄까 합니다.」
낮은 벼슬이다.
비서관 정도에 지나지 않는다. 지금까지 조성하가 조대비전의 승후관이다.
조대비는 펄쩍 뛰었다.
「그게 무슨 말씀이시오? 상감의 친형이며 대원군의 맏자제를 고작 승후관 자리에 앉히다니, 그런 법은 없습니다.」
「아무리 상감의 동기이고 내 아들이라도 제 인물 됨됨이에 따라서 출사시켜야지 사사로운 정으로 특례를 만들어선 아니 됩니다.」
대원군의 말투는 강경했다.
조대비는 고개를 옆으로 저었다.

「그래도 승후관이야 체면상 지나치지 않으오?」

대원군은 고개를 옆으로 저었다.

「오늘날까지 이 나라의 조정이 극도로 문란하고 척신들이 왕권을 농단한 것은 그런 사연(私緣)에 의한 관직의 제수가 원인이었습니다. 마마, 저는 제 권속에 대해서는 한 사람도 자격에 맞지 않는 벼슬을 주지 않을 작정이올시다.」

대원군은 조대비의 실망하는 빛을 분명히 보았다.

그는 미리 견제를 한 것이다. 다시 척신으로 대두하기 쉬운 조씨 문중에 대한 냉정한 견제였다.

임금의 친동기조차도 자격에 걸맞지 않은 벼슬은 안 주겠다면, 조씨 문중에 대해서도 조대비의 지나친 요청은 거부하겠다는 말이 된다.

조대비는 조성하와 그의 아우인 영하에 대해서 대원군의 언질을 받으려다가 역시 보기 좋게 좌절당한 것이다.

대원군은 그런 사정을 번연히 알면서도 조성하에 대해서는 일언반구 언급하지 않았다.

「그럼 마마, 저는 물러가겠습니다. 김씨들에 대한 조처는 곧 단행하겠으며, 모든 일은 마마의 관후하신 뜻에 부응해서 공정무사하게 다룰 것이며, 퇴폐한 민정에다 마마의 원광(圓光)이 빛을 발하도록 진력할 것이며, 국정을 쇄신하고 국력을 배양하고 왕권을 회복하기에, 주상을 극진히 보필 익찬하겠습니다.」

좌중은 숙연했고 대원군의 태도는 냉연해서 낙선재의 한때는 낙망과 의지와 체념이 갈등하고 혼돈된 채 싸늘한 공기가 감돌았다.

다음날쯤은 김씨네에 대한 마지막 조처가 대원군의 입을 통해서 열두 살짜리 신왕의 어명으로 승정원에 통고될 줄 알았다.

그러나 운현궁은 역시 침묵했다.

그해도 마지막 하루를 남겨 놓은 아침이었다.

밤새 눈이 내렸고 아침엔 그쳐 있었다.

운현궁의 사랑엔 그날도 아침 방문객으로 영내 영외가 넘쳐 흐르는 성황이었다.

모두 '문안차' 아침 식전에 찾아온 사람들이었다.
자리끼라는 말이 있다. 밤에 침실 머리맡에 준비되는 물이나 가벼운 음식물을 자리끼라고 하지만, 아침에 일어나서 목을 축이거나 잣죽 정도를 가볍게 입매하는 것도 자리끼다.
대원군은 잣죽으로 입매를 하고 손님들의 인사를 받고 그들 중에서 혹시라도 '쓸 만한 놈'이 있는가 싶어 차례로 사람들의 관상을 훑어보고 있었다.
대원군은 자기한테 아첨할 기회를 잡지 못해 조바심하고 있는 여러 사람들의 면면을 훑어보다가 불현듯 장난기가 들었다.
그는 장중한 음성으로 말했다.
「서설이 강산을 덮었고, 아침 햇살이 동창에 빛나는데, 여러 선비들이 이렇게 모였으니 우리 시나 한 수씩 읊읍시다.」
그 말이 떨어지기가 무섭게 방문객들은 다투어 아첨을 했다.
「저하, 그것 참 좋으신 의견이시옵니다. 운자를 떼시지요.」
모두들 내노라 하고 자신만만한 문객들이다. 시를 읊는다면야 결코 남보다 뒤지려고 할 사람들이 아니다.
더구나 대원군의 시재(詩才)야 뻔할 게 아닌가.
난초로는 일가를 이룬 줄을 잘 안다. 글씨는 추사(秋史) 김정희에게 사사한 솜씨니까 한몫 놓을 수가 있다.
그러나, 그가 시재에 뛰어났다는 소문을 그들은 일찍이 들은 바가 없다. 모두들 그의 앞에서의 시작(詩作)이라면 자신들이 있었던 것이다.
「저하, 그럼 시제(詩題)를 내시지요.」
사람들은 절호의 기회라고 생각했다. 자신의 역량을 대원군에게 소개할 수 있는 절호의 기회라고 생각했다.
벌써 두 눈을 지그시 감고 몸을 좌우로 흔들어대기 시작한 사람도 있었다.
시제도 나오기 전에 정신을 안정시려는 준비태세였다.
「즉흥시니까 시간을 너무 오래 끌어도 감점이오!」
대원군의 말에,

「지당한 말씀이십니다.」
정말 자신만만한 노인도 있었다.
「그럼 내 시제를 내리다. 서(瑞), 운(運), 건(乾), 곤(坤)이오.」
대원군이 시제를 내걸었다.
그러자 충청도 아산에서 왔다는 어느 선비가 재빨리 그러나 느릿한 말투로 제청했다.
「세상만사엔 다 순서가 있는 법인데, 저희가 짓기 전에 대원위대감께서 먼저 한 수 읊어 주시지요.」
이 제안에는 자신없는 축들이 환성을 올렸다.
「그것 옳은 말씀이옵니다. 저하께서 먼저 시작(試作)을 하십시오.」
반대할 사람이 있을 수 없다. 모두들 흥미로운 눈초리로 대원군을 우러러보았다.
사양할 대원군도 아니다.
「그럼 내가 먼저 읊을까요?」
대원군은 팔짱을 끼면서 눈을 감았다.
좌중은 삽시간에 물간 듯이 조용해졌다.
그 순간이다.
별안간 영외 말석에 앉았던 한 늙은이가 손으로 자기의 무릎을 탁 치면서 큰소리로 외쳤다.
「허, 그 시 참 자알 됐습니다!」
좌중은 놀랐다. 영문을 몰라 그 늙은이에게로 시선들을 집중시켰다.
그러자 그 늙은이는 천연덕스럽게 두 눈을 감은 채로 자기 무릎을 탁 치는 것이었다.
「하아, 참 대감께서 지으신 그 시 만고에 남을 명작이시옵니다.」
옆에 앉은 한 장년이 핀잔을 줬다.
「아니, 대감께서는 아직 읊으시지도 않았는데, 그게 무슨 말씀이시오?」
사람들은 그 노인의 정신상태를 의심하며, 그러나 일제히 주목했다.
그러자 노인은 감았던 눈을 번쩍 뜨고는 오히려 그 장년한테 점잖게 핀잔을 주는 것이었다.
「어허, 노형은 모르는 말씀이시오! 대원위대감께서 시를 읊으신 연후에야 나같이 말석에 앉은 백면(白面)한텐 칭찬말씀 올릴 기획들 어디 차례가 오겠소?」
사람들은 넋을 잃었고 대원군은 아연해서 고개만 끄덕이고 있었다.
아첨도 그 정도면 시 한 수보다 우위에 속한다.
대원군은 기가 막혔으나 태연히 물었다.
「영감 누구시라고 했더라?」
노인이 자세를 바로잡으며 대답했다.
「전라도 광주에 사는 이청죽입지요.」
대원군은 다시 물었다.
「전주 이씨시오?」
「네에.」
「푸를 청(青)자, 대 죽(竹)자시오?」
「네에 그러하옵니다.」
대원군은 노기 띤 음성으로 호통을 쳤다.
「성명을 가시오! 이아첨이라고.」
사람들은 웃지도 못하고 머리를 숙였다.
노인은 혼비백산해서 사지를 벌벌 떨었다.
분위기가 이렇게 되고 보니 모처럼의 시음(詩吟)은 좌절되고 말았다.
마침 이때 새로운 손님 하나가 영외에 나타나 대원군에게 공손히 절했다.
「저하, 경호 문안 아룁니다.」
대원군은 고개를 끄덕이며 물었다.
「자네, 오래간만이군. 언제 올라왔나?」
「방금 도착한 길이옵니다.」
「그래 다들 무고한가?」
「예에.」
사위 조경호가 충청도에서 여러 해 만에 나타난 것이다.

대원군의 자녀는 적서(嫡庶)를 합해서 육남매였다.

아들 삼형제에 딸 세자매를 두었다.

아들 삼형제 중엔 재선이 서출이고, 딸 세자매 중에선 둘째가 서출로서 이호준의 서자 윤용에게로 이미 출가했다.

지금 찾아온 조경호는 맏사위였다. 맏딸은 아버지에 대해서 불만이 많았다.

집안 형편이 끼니를 거를 때 조경호한테로 출가를 시킨만큼 부녀는 짜증으로 출가를 시켰고 눈물로 시집을 갔다.

몇 해가 되도록 서로 내왕조차 끊기고 지낸 것이다.

「자네 혼자 왔는가?」

「같이 왔습니다.」

부부 함께 상경했다는 것이다.

조경호의 출현은 오히려 늦은 감이 있다.

처남이 임금이 되고 장인이 대원군에다 섭정공이 됐으니 그의 출세가도는 환히 트인 것이다. 일각인들 시골에 처박혀 있을 수가 있겠는가.

「안으로 들어가 있게나!」

대원군은 냉연하게 사위 조경호를 내실로 쫓았다.

그러자 이번엔 또 새 인물이 하나 등장했다.

「대감께 문안 드리오!」

젊은 군관 한 사람이 영외에 올라와 넙죽 절을 한다. 대원군은 턱을 치키면서 그 젊은이를 오만하게 바라봤다.

순간 대원군의 안광은 비수처럼 날카로워졌다. 언제 어디선가 한 번쯤 본 사람 같아서 물었다.

「누군가? 자넨!」

젊은 군관은 공손히 두 손을 앞으로 모으면서 허리를 굽힌 채 대답한다.

「이장렴이올시다.」

「이장렴이라?」

대원군은 그 이름도 들은 기억이 있었다.

「이장렴이라?」
 대원군은 한마디 더 뇌까리다가 별안간 그 표정이 더할 수 없이 험악해졌다.
 그는 기억해 냈다. 이장렴, 어떻게 잊을 수 있는 이름인가.
 언젠가 어느 기방에서 그에게 얻어맞은 일이 있다. 조성하가 안내했던 곳이었던가. 시비가 벌어졌다.
 젊은 군관이 나서서 공술을 얻어먹으려거든 저한테 숙배를 드리라고 했다. 그날의 봉변을 어찌 잊겠는가.
 그날의 장난은 지금 생각해도 좀 지나쳤던가 싶다.
 홍선은 임금한테나 드리는 숙배를 그 젊은 군관에게 서슴없이 했던 것이다.
 '국궁, 바이'의 구령에 따라 사배(四拜)를 하고 나니까 그 젊은놈은 홍선에게 술을 끼얹고 발길질 주먹질로 폭행을 했었던 것이다.
 왕족이면 왕족의 체면을 지키라고 호통을 치면서 말이다.
 남에게 맞아 보기란 꼭 두 번이다.
 청주 화양서원에서 유생들한테 맞았고, 술집에서 이장렴에게 맞았다.
 대원군은 이장렴을 노려보면서 불쾌한 어조로 물었다.
「네가 감히 어찌 나를 찾아왔느냐?」
 대원군은 그가 꽤 대담한 놈이라고 생각하며 분연히 물었다.
 이장렴은 주저없이 대답했다.
「석일의 죄를 용서해 주십사 하고 찾아왔사옵니다.」
「네 죄를 네가 알면서도 왔는가?」
「예에.」
 대원군은 노기에 찬 음성으로 선언했다.
「너는 전에 내 뺨을 때렸으니, 나는 오늘 네 목을 자를 것이다!」
 대원군의 음성은 서릿발처럼 냉엄했다.
 비로소 좌중은 대원군과 이장렴의 사이에 얽힌 사연을 짐작하고 겁에 들 질렸다.
 한마디면 목이 뎅겅 달아나는 것이다.

대원군의 명령은 이제 왕명과 다름이 없다. 아니 왕명보다도 더 무서운 것인지도 모른다.

어린 국왕의 영(令)은 주위에서 간할 수도 있지만, 자주적이며 신념에서 우러나오는 대원군의 명령은 아무도 만류하거나 간할 사람이 없다.

좌중의 여러 사람들은 숨도 제대로 못 쉬면서 일의 귀추만을 주시했다.

그러나 그중엔 만용으로써 아첨을 시도해 보는 어떤 주착없는 노인도 있었다.

「대감, 듣자오니 저 젊은놈은 기막힌 무뢰배로군요? 당장 하옥을 시켜 극형으로 다스리시는 게 지당하옵신 처분이십니다.」

그 말에 여러 사람이 동조했다.

「옳은 말씀이오. 어찌 대원위대감께 손찌검을 한 놈이 백일천하에 살아 활보를 하리까.」

「허, 세상엔 저처럼 하늘 높은 줄을 모르는 자도 있구먼요?」

「삼족을 멸할 죄인이오.」

「왜 아니겠소!」

한마디씩 안 하면 대원군에게 불충한 것처럼 모두들 다투어 이장렴을 매도하기에 바빴다.

이장렴도 얼굴빛이 납덩이처럼 푸르뎅뎅하게 변해 있었다.

두 손을 앞으로 모아 쥐고, 허리를 45도로 꺾고, 죽은 얼굴이 되어 서 있는 그의 키는 아마도 육 척이나 됨직하게 거대했다.

그는 살려 달라고도 죽여 달라고도 하지 않았다.

담이 크고 혈기가 방장한 탓인지, 아니면 비굴하지 않으려는 의식적인 노력인지, 방 가운데에 우뚝 선 채로 묵묵불언이었다.

「네 이놈아!」

드디어 대원군의 새로운 호통이 쩌렁! 하고 방 안을 울렸다.

사람들은 움찔 하고 몸을 오므라뜨리면서 침들을 꿀깍 삼켰다.

순간 이장렴은 허리를 좀더 굽히며,

「예에.」
음성이 목구멍 속으로 잦아들었다.
기어코 그의 두 다리는 사시나무 떨듯 떨리기 시작한다.
입술이 바작바작 타들어가는지 혀끝으로 침칠을 했다.
그때 대원군의 노기에 찬 음성이 다시 한번 쩌렁 하고 울렸다.
「네 이놈! 지금도 네놈이 나를 때릴 수 있느냐?」
대원군의 음성은 특이했다.
높지도 않으면서 쩽쩽 울리는 금속성이 섞인다. 그러면서 등골 속에서 울려 퍼지는 듯한 저력이 있었다.
그것은 범할 수 없는 위엄이었다. 그의 호통을 듣고 몸을 떨지 않는 사람은 없다.
언제부터 대원군의 음성이 그렇게 변했는가. 낙백시절엔 들어 보지 못했던 감춰진 음성이었다.
「대답해 봐라!」
그는 지금도 대원군 자기를 때릴 수 있느냐고 이장렴에게 잼처 물었다.
(저놈 큰일 났구나!)
수십 개의 시선들이 이장렴에게 총집중했다.
이장렴은 이제 몸을 떨지도 않았다. 떨 고비도 지난 것 같았다.
그의 핼쑥해진 얼굴은 경련을 일으켰다. 양미간이 찌푸려지는 듯하더니 이내 활짝 펴졌다.
이장렴은 고개를 번쩍 쳐들면서 입을 연다.
「저하, 황공하옵니다.」
대원군은 다시 호통을 쳤다.
「이놈아, 묻는 말에나 대답해라! 네가 지금도 여러 사람 앞에서 나를 때리겠느냐?」
이장렴은 결연히 대답한다.
「때릴 수 있습니다.」
대원군도 놀라고 손님들도 놀랐다.

「때릴 수 있어?」
「있습니다. 저하께서 지금도 대원군으로서의 위신을 돌보심이 없이, 왕족으로서의 체통을 생각지 않으시고, 볼썽 사나운 행동을 하신다면 소인은 지금도 저하를 때릴 수 있습니다!」
순간 만좌의 시선들은 일제히 대원군에게로 쏠렸다.
긴박한 분위기는 팽창할 대로 팽창해서 단박 폭발할 것 같았다.
대원군의 얼굴은 고통을 참는 것처럼 일그러졌다.
잠시 동안 심각했다.
그는 소리쳤다.
「네 이놈! 내 앞에서 썩 물러가라!」
대원군은 어깨로 숨을 쉬었다.
(참패로다! 저놈을…….)
그는 속으로 부르짖었다.
관객들도 어깨로 숨을 쉬었다.
이런 경우에도 간교한 사람은 있다. 누군가가 이장렴에게 호령을 했다.
「허어 무엄한 놈이로고!」
동조하는 사람이 있기 마련이다.
「하늘 무서운 줄을 모르는 놈이로세!」
그러나 이장렴은 다시 한번 허리를 굽혔다.
「소인 물러가겠습니다.」
그는 몸을 돌려 세웠다.
문을 열고 밖으로 나갔다.
섬돌로 내려섰다.
그때였다.
대원군은 별안간 샛미닫이를 화닥닥 열어 붙였다.
백설로 뒤덮인 남산이 방 안으로 왈칵 다가왔다.
대원군은 쩌렁 하는 음성으로 소리쳤다.
「애들아! 금위대장감 나가신다! 옹위해서 모시렷다!」

희롱인 줄로 알고 사람들은 술렁거렸다.
이장렴을 한껏 비웃었다.
그러나 잠시 후 '관객'들은 놀랐다.
대원군이 다시 한번 소리친 것이다.
「극진히 모셔라! 금위대장 나가신다!」
천하장안이 즉각 이장렴을 앞뒤에서 옹위했다.
그제서야 수많은 관객들은 너나없이 입들을 딱 벌리고 멍청했다.
금위대장(禁衛大將), 수도경비사령관일까.
대원군은 새로운 집권자로서, 가장 시급을 요하는 직책의 인선을 즉석에서 발표한 것이다.
운현궁 뜰엔 늦아침의 햇살이 찬란했다.

동매冬梅는 피는데 여정女情 구만리九萬里

시간은 세상 일에 구애 없이 흐른다.

철종 임금이 세상을 버렸거나 말거나 반세기 동안을 두고 세도하던 안동 김씨네가 몰락하거나 말거나 파락호로 알려졌던 홍선군 이하응이 하루아침에 대원군이 되고 섭정공이 됐거나 말거나 시간은 그런 세상 일엔 일체 구애 없이 그저 흐른다.

끼닛거리가 없으면 창자를 줄여라. 재수 없는 사람은 억울한 옥고라도 치러라.

돈이 있으면 관직을 사고 아첨으로 출세할 재주라도 있으면 그렇게 하라.

못난 녀석은 남의 병역이나 대필하고, 정력 있고 수단만 있으면 유부녀라도 후려라.

양반이 잘났으면 상놈이 못났다.

서인이 득세했으면, 남인이나 북인은 행세를 못 하게 마련이다.

유생은 서원에, 서교는 성당에, 동학은 움막에, 불교는 산사에 할거해서 멋대로 진리를 논하라. 용기라도 있으면 민요(民擾)라도 일으키고, 입이 걸면 남의 욕이라도 실컷 하라.

그러는 사이에 시간은 흐르고 세상은 바뀔 때도 있다. 양지가 응달 되고, 죄인이 충신도 된다. 늙은이는 죽고, 젊은이는 늙고 그리고 아이는 자라 어른이 된다.

시간은 그런 것에서 오직 초연할 뿐이다. 일각이 삼추 같다 해서 빨라지는 것도 아니고, 누가 죽음을 응시하며 초조하다 해서 더디 오지 않는 게 냉엄하기로 으뜸인 시간의 본질이다.

1863년 계해(癸亥)는 갔다.

이 나라의 그 잡다한 일들과 그 큰 변화를 아랑곳하지 않고 그해는 속절없이 갔다.

1864년은 밝았다.

거리엔 아이들의 웃음이 해맑았다. 설빔을 하고 세뱃돈을 받으러 골목길을 누비기에 바빴다.

젊은이들은 덕치기와 윷놀이에 목청들이 쉬었다.

연날리기에 고개가 아팠고 무릎을 깨뜨렸다.

처녀들은 널뛰기, 젊은 아낙네들은 주사위, 처녀들은 노랑 삼회장저고리에 다홍치마, 젊은 아낙네는 남치마, 마나님은 옥색치마가 설빔이다. 사내아이 전복에 복건 씌우고, 어린 계집아이는 색동저고리 다홍치마에다 머리는 도루락댕기, 시집갈 나이엔 제비부리다. 신부는 꽃자주댕기, 3년 안 과부는 흰 댕기에다 고름도 못 단 저고리고, 거상을 벗으면 검정댕기니까 늙은 마누라의 댕기와 같다.

그러나 정초의 설움과 즐거움들은 그런 풍속처럼 일정할 수가 없다.

가난한 사람이야 끼니조차 굶어 섧은 설이지만 웬만한 서민이면 만두는 으레 먹는 음식이고, 식혜, 수정과, 약식, 저냐, 떡볶음쯤은 있어야 한다. 전병이나 인절미엔 주악이 얹혀야 하며, 나박김치엔 실고추 실백이 뜨고, 생과로는 사과, 배, 연시, 밤, 대추며, 숙과로는 약과, 다식, 중배끼, 강정, 반사 등이 오른다.

하여간 정초는 설, 설은 서러운 사람도 많으나 즐거운 사람도 많아서 부산스런 명절이 아닐 수가 없다.

그런데 이런 정초에 음식을 만들어 먹일 사람이 없고, 옷치장을 해서 보일 이가 없고, 찾아갈 곳도 없고, 찾아주는 사람도 없는 젊은 아름다운 여인이 있다면 그 얼마나 외롭고 쓸쓸할까.

정월 초사흘 해가 중천에 있는데 추선은 자리에서 일어나지도 않았다.

잠을 자고 있었던 것은 아니다.
그러나 선하품을 몇 차례인가 거듭했다.
몸이 아픈 것은 아니다.
그러나 사지가 나른해서 기동을 하기 싫은 모양이다.
다정은 병이라지만 외로움은 병이 아닐까.
추선은 신음을 하듯이 한숨을 뽑으면서 배를 깔고 엎드렸다.
추선은 엎드린 채 두 손으로 턱을 괴면서 오장 깊숙히에서 우러나오는 음성으로 그리운 사람의 이름을 불렀다.
「대가암!」
그것은 부르짖음이었다.
처절하게 슬픈 부르짖음이었다.
「대원위대가암!」
추선은 턱을 괸 두 손을 힘없이 팅기고는 손등에다 손을 얹었다. 그 위에다 이마를 얹었다. 있는 힘을 다해서 눈을 꽉 감으니까 눈물이 손등에 주르르 쏟아졌다.
추선은 다시 한번 잇사이로 부르짖었다.
「대가암!」
사람이 사무치게 그리울 때 사람들은 몸부림을 치는 경우가 있다.
추선은 엎드린 채로 두 발을 후당탕탕 굴러댔다.
물 속에서 그랬으면 물장구지만 이불 속에서 그랬으니 발장구일까.
추선은 손꼽아 세어 본다.
(며칠째냐?)
대원군의 모습을 못 본 지가 며칠째인가. 벌써 보름이 넘었다.
전에라도 매일 찾아 준 '그분'이 아니다.
보름은 고사하고 한 달, 두 달씩 안 오다가, 장마비처럼 매일 오다가, 아쉬운 때면 오다가, 뚝 그쳤다가 하는 식으로 불규칙한 접촉을 해온 '그분'이다.
보름쯤 볼 수 없다고 해서 지금처럼 몸부림을 친 일은 없다.
그런데 왜, 자신이 초라해서 견딜 수가 없을 만큼 그가 그리운 것인지 추선은 자기 마음이 밉고 야속했다.

전에는 또 올 것이라는 믿음이 있었으나, 이제는 영영 가버린 사람이라고 생각하는 까닭일까.

전에는 '그분'만 잘되면 추선은 자기는 뭐가 되든지 어떠한 희생이든지 감수할 자신이 있었다.

그러나 막상 그가 대원군이 되고, 국태공이 돼서 천하를 호령하는 권좌에 오르고 보니, 추선의 마음은 마냥 기쁘기만 한 것은 아니었다.

사랑은 만나는 기쁨임을 비로소 깨달은 것이다.

아무리 순정을 바쳐 그를 사랑하더라도 다시는 만나기 힘든 다른 세계의 사람이라고 생각하니까 견딜 재간이 없었다.

여자가 어질다는 것은 별것이 아님을 알았다. 끈기있게 잘 참는 여자를 세상에선 어진 여자라고 칭찬한다.

구박을 받아도 참고, 솥에 거미줄이 슬어도 참고, 어려운 일, 괴로운 일을 다 잘 참으면 현부(賢婦)라고 부른다.

추선은 다른 모든 일을 다 참을 수 있었다.

그러나 사무치는 그리움만은 참기가 힘든 성정이었다.

(한번만 만나뵙고 싶다! 꼭 한번만.)

배를 깔고 엎드렸던 추선은 불현듯 몸을 일으켰다.

(무슨 수단을 쓰든지 한번만 만나뵙고 싶다. 이승에서는 마지막이 돼도 좋으니까.)

사람이라도 보내올 줄 알았다. 세모에 말이다. 조그마한 정표라도 있을 줄로 믿었다. 정초에 말이다. 그런데 오늘이 벌써 초사흘인데 운현궁에선 눈 감듯 감감소식인 것이다.

(벌써 잊으셨는가?)

사나이는 사업에 살고 여자는 정에 산다고 하지만 그렇게도 간단히 잊을 수가 있을까.

추선은 체경 앞으로 가서 앉았다. 거울 속에 비친 얼굴은 며칠 사이에 몰라볼 만큼 수척해져 있다.

추선은 얼굴을 매만지기 시작했다.

그러자 마침 대문께가 술렁거렸다.
「누가 오셨소?」
추선은 바짝 긴장을 하면서 밖에다 대고 소리쳤다. 한가롭게 찬모의 대답을 기다리고 있을 마음의 여유가 없다.
미닫이를 빠끔히 열고 코를 내밀었다.
「누가 오셨소?」
추선이 다시 또 물었을 때, 찬모가 섬돌 아래로 와 대답한다.
「어떤 아낙네가 찾아왔어요.」
찾아온 사람이 대원군이 아니고, 운현궁의 사자(使者)가 아니고, 아낙네라는 바람에 추선은 실망했다.
「누군데?」
「모르겠어요. 첨 뵙는 분이구만요.」
「들어오시라지!」
추선은 매무새를 고치고 낯모를 여인을 맞이했다.
안방에 대좌하자 추선이 물었다.
「어디서 오셨는지요?」
주인의 물음에 찾아온 아낙네는 어색한 웃음을 머금었다.
「나는 윤씨 성을 가진 여자예요.」
어디서 왔다는 말은 하지 않는 것이다. 그러면서 도도한 자세였다.
「그러세요? 전 추선이에요.」
추선은 약간 경계의 빛을 보이며 윤씨라는 여인의 모습을 이모저모 관찰했다.
아름다웠다. 교양이 있어 보였다. 반명하는 집안의 여자라고 생각했다. 추선 자기와 비슷한 나이였다. 아름다움도 서로 시새울 수 있을 정도였다.
단지 추선 자기는 기녀의 몸인 데 비해서 상대는 치마폭을 왼쪽으로 여미고 있다.
「날씨도 차가운데 화롯불이라도 쬐세요.」
추선은 청동화로의 불씨를 돋워 주면서 상대편이 찾아온 연유를 자진해서 말하기를 기다렸다.
 이번엔 윤여인이 추선의 아름다운 모습을 뜯어보면서 말했다.
「대원위대감의 총애를 받고 계시다는 말씀을 들었어요.」
 순간 추선의 눈총은 새치름해지지 않을 수 없었다. 흡사 시앗을 대하는 심정이었다. 실상 그런 의심이 앞섰고, 따라서 유쾌하지 않은 경계심이 고개를 들었던 것이다.
「무슨 말씀이신가요?」
 추선이 싸늘하게 반문하자,
「그동안 운현궁 소식은 자주 들으셨겠죠?」
 윤여인은 화젓가락으로 새빨간 참숯불을 콕콕 찍으면서 예측을 불허하는 화제를 꺼낸다.
 추선은 대꾸하지 않았다.
 윤여인은 개의치 않고 또 말한다.
「은밀한 부탁이 있어 찾아왔어요.」
「저한테요?」
「자객 얘길 들으셨죠?」
「자객요?」
 추선은 소스라치게 놀랐다. 자객이라니, 처음으로 귀에 담는 소리였다.
「운현궁 자객 얘길 못 들으셨나요?」
 이번엔 윤여인이 놀랐다. 당연히 알고 있을 줄로 알고 불쑥 말을 꺼냈는데 추선은 여태 모르고 있는 눈치니 놀라지 않을 수 없었다.
「자객이라뇨? 대감 신상에 무슨 변이라두 생겼어요? 네? 탈이라두?」
 추선의 입술은 단박 새파랗게 질려 버렸다. 얼굴에서 핏기가 싹 가셨다.
 윤여인은 부드러운 음성으로 말했다.
「아직 소문을 못 들으셨군요?」
「못 들었어요. 네? 무슨 일이에요.」
 기절이라도 할 것 같은 추선에게 윤여인은,

「하긴 여기까지 소문이 번져 올 일두 아니었군요?」
 더욱 여유있게 화제를 전개하고 있었다. 마치 추선을 곯려 주려는 심산처럼 말이다.
 추선은 몸을 떨기 시작했다. 어금니가 덜덜덜 마주치고 있었다.
 밑도 끝도 없이 처음 찾아온 여자가 자객 소리를 꺼냈으니 너무나 큰 충격이 아닐 수 없다.
 그러나 윤여인은 담담하게 말했다.
「안심하세요! 벌써 여러 날 전의 일이지 뭐예요. 운현궁에 자객이 들었어요. 거기가 어디라구 들어갑니까. 담장을 뛰어넘다가 잡혔대요.」
 잡혔다는 소리를 듣자 비로소 추선의 얼굴에는 서서히 화기가 돌기 시작했다.
「그럼 대감 신상엔 아무 일도 없었군요?」
「무슨 일이 있겠어요. 하늘이 내신 어른이신데.」
 추선은 어깨로 숨을 쉬기 시작했다. 엄청난 충격을 받았던지 눈동자는 초점을 잃었다. 손으로 방바닥을 짚으며 고개를 숙였다. 뛰는 가슴을 진정시키노라고 지그시 눈을 감았다.
「내가 너무 당돌하게 말을 꺼냈나 보죠? 난 알고 계신 줄 알고…….」
 윤여인은 남을 너무나 놀라게 해서 미안한 마음이 들었으나,
 (무섭게 그분을 사랑하고 있구나!)
 여자로서의 질투가 고개를 들었던 것 같다. 냉소에 가까운 웃음을 흘렸다.
「실은 그 자객이 내 외종 뻘 되는 오라비예요.」
「그래요?」
 이번엔 추선의 눈동자에 싸늘한 냉기가 감돌았다. 그것은 분명한 적의였다.
「구명운동을 하러 오셨나요?」
 추선이 자진해서 물었다.
「천만에요!」
 윤여인은 딱 잘라 대답하면서 고개를 옆으로 젓는 바람에 추선이 오

히려 어리둥절했다.

「지금 밖에 엿듣는 귀가 있지요?」

윤여인이 바깥에다 신경을 쓰자, 섬돌 근처에서 부엌 쪽으로 사라져 가는 발소리가 있었다. 찬모였다.

「여자끼리니까 믿구 실토하는 거예요. 사실은 내 오라비가 자객으로 운현궁에 침입한 건 대원대위감을 위해서였어요.」

자객 이상지는 본시 도정궁 이하전의 사람이었는데 근래에 와서는 대원군에게 완전히 심복해서 그분을 위해 신명을 바치겠다고 나섰다는 것이다.

「곧이 안 들으셔도 좋아요. 무슨 불순한 욕심이 있어서 찾아온 건 아니니까요.」

이상지가 자객을 가장해서 운현궁 담장을 넘은 것은 척신 김씨네한테 미리 선수를 쓴 것이라고 했다.

「어린 임금 한 분 대궐에 들여보냈다구 해서 그게 곧바로 대원위대감의 권력이 될 순 없잖아요?」

아직도 실제로 힘을 가진 것은 척족세도인만큼 미리 화근을 제거하기 위해서도 그들이 대원군한테 어떤 위해를 가할는지 누가 아느냐는 것이다.

「막말로 한쪽은 죽기 아님 살긴데 마지막 고비에서 사태가 어떻게 변할는지 누가 알아요?」

그러니까 절벽 끝에 선 척족들이 시도할 수 있는 폭력적인 수단을 앞질러 심리적으로 방지하기 위해서,

「오라범은 마치 김씨네가 조종한 자객처럼 가장했던 거예요.」

그랬더니 대원군은 단박 그 눈치를 알아채고 그 자객사건을 역이용해서 김씨네의 기를 꺾어 버렸다는 것이다.

「추선아씨와 의논하고 싶은 것은…….」

자객 이상지는 현재 운현궁의 보호를 받아 가며 모처에 은신하고 있으나, 대원군은 의정부에다 대고 요구하기를,

「하루바삐 범인을 잡아내서 그 배후 조종자를 백일하에 밝히라!」

고 독촉중에 있다는 것이다.

그런데 그 자객 이상지가 추선을 한번 만나게 해달라고 조른다는 것이다.

「아마 뭐 긴하게 상의할 일이 있나 봐요!」

그 말을 듣자 추선은 윤여인을 빤히 쏘아봤다.

추선은 윤여인의 정체를 파악할 길이 없었다.

윤여인이 지껄이고 있는 사연이 사실과 어느 정도 부합하는 것인지도 모를 뿐더러, 더구나 홍선대원군을 해치려고 했다는 자객이 추선 자기를 왜 만나려 하느냐 말이다.

아무래도 무슨 내막이 있는 수작으로 여겨졌다.

추선의 태도는 냉담했다.

「내가 왜 그런 사람을 만나요? 그런 사람이 나한테 무슨 볼일이 있겠어요? 난 안 만납니다.」

「대원위대감을 위하는 일이라는데두 정말 안 만나겠어요?」

「내가 댁의 말씀을 그대로 다 믿을 수는 없잖아요?」

「하긴 그렇군요. 하지만 내 얘기가 하나두 거짓말이 아니더라두 안 만나겠어요?」

「나는 한낱 미천한 기녀예요. 열 두 대문 깊숙히 들어앉은 귀한 집 규수는 아니잖아요? 어떤 한량이든 찾아와서 대문만 두드리면 문을 열어 줘야 하는 계집이란 말씀예요. 그런데 왜 댁에서 누굴 만나 달라 말라 하실까요?」

「그래요? 난 그렇게 생각지 않구 왔군요. 비록 과거엔 기적(妓籍)에 몸을 뒀어도 홍선대감을 극진히 모신 분이라서 깍듯한 예절을 찾아 미리 와서 청을 드린 건데요.」

「그 말씀이 옳아요. 과거엔 홍선이라는 낙척 왕손을 간간이 모셨죠. 그러나 그렇다구 해서 지금의 대원위대감과 무슨 관계가 있나요? 추선이라는 기녀는 예나 이제나 다름이 없지만, 홍선군 이하응과 지금의 국태공 어른은 완연히 다른 분이 아니던가요? 본시 기녀란 여객집과 같아요. 길 가던 사람이 자기 아쉬움으로 잠시 머물렀다 갔기로 무슨 대단한 인연이 되겠어요? 혹시 돌아오는 길이 있어서 잊지 않고 잠시 들러라도 준다면 구면이라 좀 반갑긴 하겠지만.」

대화는 엉뚱한 방향으로 번져 나간다.

「무슨 말인가요? 댁의 말대로 기녀의 몸으로 그런 어른을 극진히 모셔 오다가 이제 팔자가 피게 됐는데 그게 무슨 말인가요? 꽃은 스스로의 향기로 호접을 유혹하는 것이 아니예요?」

「그런 말씀 마시오! 꽃은 시궁창에 피었고, 호접은 백두산 상상봉에 앉았는데 어찌 접근이 됩니까?」

추선은 울먹이고 있었다. 눈물이 코언저리로 흘러내렸다.

혼자라도 하고 싶었던 대화였다. 마침 척척 받아 주는 상대가 생겼으니 저도 모르는 사이에 대화가 실감을 냈다.

윤여인도 입을 다물었다. 역시 가슴이 찡했던 모양이다.

위로하듯 추선에게 말했다.

「그런 말 마오. 세상에선 추선아씨가 대원위대감의 소실로 들어앉았다는 소문이 파다한데 그런 말 마오.」

그러나 추선은 별안간 발끈 성깔을 부리는 것이었다.

「그런 말씀 마오! 나더러 나합이 되라 하시오? 나합은 한 사람이면 됐지, 나더러 또 나합이 되라 하시오? 아닌게아니라…….」

지난 세모엔 이름도 모를 사람들이 수많은 세찬을 들고 오고, 지워 보내와 뜰아랫방 하나가 값진 물건들로 꽉차 있다는 말을 추선은 털어놓았다. 그것이 보기도 싫다고 했다. 비위가 뒤집힐 만큼 그런 염량세태가 싫다고 호소했다.

추선은 병자처럼 마음이 순해져 있었다.

갑자기 윤여인의 손을 덥석 잡았다.

「언니!」

추선은 윤여인에게로 와락 안길 듯 외쳤다.

너무나 외롭던 것 같다. 남달리 외로움을 타는 성정이었다.

억지로 자신을 버티고 있다가 속의 말을 대화해 보고 나니까 설움이 왈칵 솟아난 모양이다.

친언니에게처럼 의지하고 싶은 심정이었다.
「언니라구 부르게 해줘요. 추선인 하늘 아래 외톨이예요. 대원위대감이 내게 뭐야! 세밑에도 정초에도 소식조차 없어요. 영영 없을 거예요. 타박타박 지친 길을 걷다가 길가 주막집에서 하룻밤 다리를 쉬어 간 인연을 그 어른이 다시 기억해 낼 것 같지 않아요. 세월은 가구, 난 기다리다 시들구 말거야. 언니라구 부르게 해줘요.」
윤여인도 울먹였다.
추선의 어깨를 감싸안았다.
「아우님!」
순정을 보고 냉혹하게 외면할 수 있는 것은 비정이다.
추선은 소녀처럼 순정이었다.
윤여인은 비정의 소유자가 아니었다.
결의형제란 반드시 오랫동안의 우의가 필수조건은 아니다.
비록 순간적일망정 감정과 감정이 합일돼서 심지가 서로 밀착하면 호형칭제(呼兄稱弟)할 수 있지 않겠는가.
두 여인은 서로 부둥켜안고 한참 동안 말이 없었다.
한참 만에 추선이 애원하듯 말했다.
「운현궁 소식 좀 들려 줘요. 새어나온 얘기두 많겠죠?」
윤여인은 고개를 끄덕였다.
「자세힌 모르지만…….」
「나보단 많이 들었을 거예요.」
「김씨네가 막대한 구명금을 상납하겠다고 간청했다네.」
「대감께선 벌써부터 뇌물을 거둬들이시나요?」
「대비전으로 상납해서 사동대감 형제를 구출하시련다더군.」
「사동대감한텐 화가 안 미치도록 하셔야죠.」
추선은 언젠가 필운대 사정 광경이 머리에 떠올랐다.
그날 궁술대회에서 꼼짝없이 당하게 된 흥선의 봉욕은 지금 생각해도 가슴이 떨린다.
훈련대장 김병국의 그 슬기로운 호위가 아니었던들 흥선은 중인환시

(衆人環視)리에 참혹한 봉변을 당했을 것이다.
 홍선을 감싸준 김병국의 행동이 너무나 고마워서 추선은 허리띠 질끈 동여매고 궁신(弓身)을 휘어잡아 숯검정처럼 타버린 마음을 창공에다 올려 줬다.
 그 순간에 요란하게 울려 퍼지던 지화자 소리, 지금도 귓전에 선하다.
 소나기가 쏟아졌지. 사람들은 뛰고 추선 자기는 바위 밑으로 비를 피했었다.
 홍선은 그 억수같이 쏟아지는 비를 고스란히 맞으며 자기 키보다 낮은 나무 옆에 바위인 양 서 있었지. 그 무표정의 표정, 그것은 슬픔이었고, 초연이었고 해탈이었지.
 바위 밑에서 그와 얼싸안았지. 한마디의 말도 못 하고 눈물인지 빗물인지 얼굴엔 물만이 흘러내렸지.
 그날의 김병국은 천하에 둘도 없는 의인으로 여겨졌지. 인정이 아름답다지만 그때의 사내들의 우의는 이 세상에서 가장 존귀하고 아름다운 거라고 혼자 눈물을 흘렸지.
「참 내일 말야.」
 윤여인은 이제 반말을 썼다.
「신왕께서 운현궁으로 근친행차를 하신대, 아마 서울바닥이 발칵 뒤집힐거야.」
 더할 수 없는 낭보였다.
 추선의 얼굴은 활짝 피어 흐트러졌다.
 추선의 기뻐하는 얼굴을 보자 윤여인도 기뻤다.
「아무리 임금이래두 아버님한텐 세배를 드리러 친가로 거둥하시는 모양이야. 그리구 환궁하실 땐 아버님이 배행(陪行)하신다지, 아마 근엄할거야!」
 내일은 대원군을 만날 수 있다는 말이 된다.
 (기껏 길바닥에서 우러러보는 게 고작이겠지!)
 추선은 반가운 소식이면서 시무룩했다.
 그 내일이 됐다.

하늘은 쾌청, 날씨는 아침부터 포근했다.

시민, 선남선녀들은 어린 신왕의 근친반차(覲親班次)를 구경하려고 창덕궁과 운현궁 사이의 길목으로 다투어 운집했다.

교동, 재동, 와룡동, 원남동 일원의 골목길은 아침부터 붐볐다.

「얼른 나서야 자리를 잡아요!」

윤여인은 아침 일찍 추선의 집으로 왔다. 함께 구경을 가자는 것이다.

여자들끼리의 사귐은 아이들보다도 빠르다.

어제 처음으로 만난 사이 같지가 않았다.

같은 뱃속에서 나온 자매들처럼 다정하게 보이는 것은 윤여인의 노력인지도 모른다.

추선은 두 눈이 부석해 있었다. 간밤을 꼬박 뜬눈으로 지새운 모양이다.

여자다. 화장이 짙었다.

먼발치로나마 정인을 보러 나서는 길인데 얼굴에 손이 안 갈 수 없었다.

윤여인은 숙고사 겹치마에다 노랑 삼회장저고리를 받쳐 입었다.

가슴엔 청, 황, 홍의 숫실이 달린 금사 향갑을 찼다. 여러 가지 향료가 담긴 노리개다. 양갓집 아낙네들이나 찬다. 방아다리 대삼작도 겉고름에 찼다.

그러나 추선은 기녀의 신분이라 겨울에도 입는 대접무늬 남갑사로 만든 홑치마가 제격이다. 기생은 노랑저고리도 못 입는다. 연분홍이었다. 치마꼬리도 바른편으로 여며야 한다.

머리 모양은 큰머리, 노리개로는 술 달린 은장도와 바늘겨레를 옷고름 고리에 달았다.

「아우님은 참 천하일색이야!」

윤여인이 추선의 아름다움을 감탄하자,

「언니야말루!」

추선은 윤여인의 약간 거센 듯한 미모를 황홀한 눈으로 쏘아봤다.

「이걸 써!」
「괜찮을까?」
「쓰라니까!」
윤여인은 장옷 두 벌을 가지고 왔다.
초록빛 삼팔천에다 흰 명주 안집을 받쳐 만들었다. 자주고름 둘, 다홍 고름 둘, 고름은 네 개다. 자줏깃이다. 자주끝동 소매엔 흰 거들지가 달렸다.
양갓집 새댁들이 외출할 때, 추위도 막고 외면도 하기 위해서 얼굴만 빠끔히 내놓고 머리에서부터 내려 쓰는 두루마기와 같은 옷이다.
똑같은 장옷을 똑같은 미인들이 쓰고 나서니까 두 여인의 신분은 분별하기가 어려웠다.
윤여인이 섬돌에서 연두빛 비단 운혜(雲鞋)를 발에 끼우며 말했다.
「추선아씬 좋겠네! 임도 볼 겸 뽕도 딸 겸 추선아씬 좋겠네!」
추선의 얼굴엔 홍조가 어렸다.
흥분했는지 분홍 비단신이 섬돌에서 굴러 떨어졌다. 폭삭 엎어졌다.
때마침 처마끝에서 고드름이 철석 하고 떨어져 섬돌 아래에 박살이 났다.
「몇 시래? 언니.」
「오시(午時) 초에 궐문을 납신대.」
두 여인은 종종걸음을 쳤다.
골목길엔 쌓이고 밟힌 눈이 녹기 시작하고 있었다.
「하마!」
골목 어귀에서 윤여인은 갑자기 발길을 멈추고는 앞을 가로지르는 어떤 여자를 봤다.
역시 신왕의 거둥 구경을 가는 여자일까, 중인인 모양인데 장옷을 썼다. 뒤집어썼다. 흰 안이 거죽으로 나오게 뒤집어 입은 것이다.
그것을 본 윤여인은 '하마!' 하고 깨달은 것이다.
지금은 철종 임금의 국상중인 것이다. 더구나 대궐 근처엘 가려면 거상을 입었다는 표시로 장옷을 뒤집어써야 한다.

그렇지 않으면 거리에서 봉변을 당한다. 이원(吏員)들이 먹물을 풀어 놓고 있다가 무색옷엔 먹물을 끼얹어 준다.

젊은 아낙네한테는 희롱삼아 어깨나 잔등을 먹손으로 철썩 때린다. 잔등이나 어깨엔 시커먼 다섯 손가락 자국이 도장처럼 찍히기가 일쑤였다.

두 여인은 길가에서 장옷을 뒤집어쓰고 다시 걸음을 재촉했다. 발길은 허공에 뜬 것 같았다.

창덕궁에서 운현궁으로 이르는 큰길은 눈을 깨끗이 쓸어 없앴다. 그리고 백사를 깔아 놓았다.

길가 요소요소엔 막사가 설치돼 있고, 보련이 갈 연도는 호위영 군사들이 삼엄하게 선 채 금잡인(禁雜人)이었다.

금관주의(金冠朱衣)의 환관들이 이리 뛰고 저리 달리며 행찻길 정비를 독려하기에 바빴다.

남녀노소 구경꾼들은 골목 안으로 밀렸다.

대문만 열리면 네 집 내 집 없이 들어들 갔다. 담장 너머로 구경을 할 작정들이다.

연도에선 부복을 해야 하니까 구경할 겨를이 없다.

한길로 창호가 난 민가엔 발을 내리든지 문을 닫든지 하라는 지엄한 영(令)이었다.

'버러지 같은 백성들'의 호기심을 억누를 수는 없었다.

수천 수만 개의 호기에 찬 눈총들이 문틈으로, 울타리 사이로, 담장 너머로 앙증스런 어린 왕의 얼굴을 보기 위해서 한길을 노리고 있다.

윤여인은 미리 재동 모퉁이의 어느 친지의 집을 예약해 놨던 것 같다. 돈화문을 나온 보련이 운현궁으로 들어갈 때까지 한눈에 들 수 있는 위치였다.

드디어 시간이 된 모양이다.

궁궐 쪽에서 주악소리가 울려 퍼지기 시작했다.

백의의 군중들은 술렁거렸다.

융안악(隆安樂)의 장중한 가락이 울려 퍼진 것이다.

국왕이 궐문을 출입할 때 연주되는 악곡이다.

임금이 탄 보련 앞에는 호위영 군사 1천 명이 선도를 했다.

손에 손에 의장(儀仗)인 정기(旌旗), 창기(槍旗), 기치(旗幟)가 들려 바람에 나부낀다. 남부령(南部令), 한성판윤, 경기감사, 기사장(騎士將) 등이 마상에 높이 앉았다.

행고(行鼓)가 둥둥둥 울리는 가운데 마군별장(馬軍別將)이 인솔한 오마작대(五馬作隊)를 따라 보군삼대(步軍三隊)가 전사파총(前司把摠), 좌사파총, 중사파총, 우사파총, 후사파총의 수많은 대오를 거느리고 전진한다.

기마악대가 그 뒤를 따른다.

선두엔 영군천총(領軍千摠)이 가고, 소라, 나팔, 태평소, 바라, 호적, 북, 해금, 관(管), 장(杖), 다시 북의 순서로 융안악을 명주한다. 마지막으로 북두칠성을 그린 초요기(招搖旗)가 나오면 제1군이 끝이다. 중군(中軍)이 영기(令旗)에 묻힌 채 금고(金鼓)를 둥둥둥 울리며 나온다.

중군엔 훈련대장이 의장군사들한테 엄중히 호위된 채 적토마는 아니지만 요란하게 장식한 조랑말 위에 높이 앉아 위엄을 과시한다.

훈련대장은 누군가, 김병국이다.

「아아…….」

중군 행진 속에서 훈련대장 김병국을 발견한 추선은 저도 모르게 '아아……' 하고 신음성을 발했다.

추선의 그런 신음은 훈련대장 김병국의 모습이 위풍당당해서가 아니었다.

김병국은 그런 위풍 속에 휩싸였으면서도 너무나 초췌해 보였다.

초췌해 보였으나 반가웠다.

고개를 숙이고, 눈을 내리깔고 등을 구부정하게 꾸부린 채 행진을 하는 그의 모습은 오히려 처량했으나 반가웠다.

추선은 조락하는 권력의 일면을 보는 것 같아 가슴이 뭉클했다.

(그처럼 호담하고 의리 있던 분이!)

그러나 보는 눈은 사람마다 달랐다.

「저 훈련대장의 꼴 좀 봐! 도수장에 가는 소 같잖아? 세도두 어지간히 부리더니!」

윤여인은 통쾌한 듯이 지껄이며 발돋움 하는 것이었다.

중군 다음엔 중황진(中黃陣)으로서 활과 화살을 어깨에 멘 금군(禁軍)기마대가 간다.

금군기마대의 뒤엔 지영(祇迎), 유생들이 국왕의 동가(動駕)를 받들어 모시는 지영이 있고, 그 다음에야 전립 전복의 금군별장(禁軍別將)과 금장(禁仗)군사들의 엄중한 경호를 받으며 수십 명의 무감들이 어깨에 받들어 모시는 국왕의 보련이 하늘을 흐르듯 간다.

보련은 여덟 모로 된 교자로서 사면이 아니라 팔면으로 창이 났다.

여덟 개의 창은 대개는 열려 있어서 그 안에 탄 임금은 시야에 방해를 받지 않는다.

「상감이다!」

남의 집 담장 밑에서 한껏 발돋움을 한 추선은 충격적인 기쁨으로 눈물이 시계를 가렸다.

사랑하는 사람을 보는 것처럼 반갑고 기쁘다.

'그분'의 분신이라 생각하니 미칠 것처럼 가슴이 뛰었다.

「참 의젓하기도 하셔라. 귀엽기도 하셔라.」

해가 바뀌어 열 세 살이 된 소년왕은 붉은 곤룡포에 금빛 찬란한 왕관을 쓴 채 거리의 풍정(風情)에다 무심한 시선을 던지고 있었다.

「시상에! 엊그제만 해도 코흘리개 소년이었는데 저렇게 의젓하시다니!」

「원래가 용골루 귀하게 생기셨군. 하기야 나랏님은 하느님이 내신 사람이니까 범상하실라구!」

구경꾼들의 감탄은 대략 이 두 마디로 집약된다.

그러나 말은 않지만 속으론 엉뚱한 생각을 하는 사람도 간혹 있었다.

(저런 어린 걸 임금이라구 등에 업구서, 이번엔 어떤 놈이 또 무슨 짓을 저질러댈 겐가!)

누가 왕이 되든, 누가 대신이 되고 현감이 되든, 흥미도 기대도 갖지 않는 게 이 나라 일부 백성들의 생리였다.
 바뀌면 뭘 하나.
 또 한동안 시끄럽기만 하겠지.
 뺏고 뺏기고 피흘리고 하는 건 저들의 권세다툼 아니냐.
 바뀐들 뭐 속시원할 일이 있을거냐. 못살고 단련받기론 매일반이 아니냐 말이다. 백성은 저들 말대로 새끼오라기에 맨 돌멩이, 끄는 대로 끌려가야 하는 백성들.
 그렇게 생각한다.
 누가 뭐가 되든 그들은 그저 무관심과 체념으로 내 알 바 아니라는 생활신조가 생리로 돼 있었다.
 어차피 못 살겠다면 갈아 보잘 수도 없는 노릇이다.
 한 지방의 성주라면 직접 자기네의 생활과 관련이 있지만, '나랏님'은 구중궁궐 속의 사람 아닌 사람이니 관심 없다 해서 그들의 잘못은 아니다.
 지금도 어린 신왕을 보면서, 그 명운이 경각에 있는 척당들을 보면서, 흥분하고 기뻐하고 슬퍼하는 축은 역시 그네들과 관련이 있는 사람들이었다.
 임금의 반차는 끝이 없었다.
 임금의 보련 다음에는 당대의 권신들이 숙연히 뒤를 따르고 있었다.
 파초선에다 일산(日傘)을 곁들인 영의정 김좌근의 평교자를 필두로 해서, 좌우의정의 남여와 원로중신들, 좌찬성 김병기와 대제학 김병학의 교가, 그리고 육조판서, 좌우찬성과 도승지를 비롯한 좌우승지들과 몇 줄 걸러서는 조랑말을 타고 턱을 꺼떡거리는 내관들이 소년왕을 호종(扈從)한다.
 이어 장악원(掌樂院)의 악수들이 대오 정연하게 제각기 다른 악기를 가지고 행진(行陣)에 가담하고 있다.
 후군(後軍)도 1천 명, 고색창연한 기치창장(旗幟槍仗)이 임립(林立)해서 흐르는 것은 선도하는 제1군과 다르지 않다.
 「저 수염!」

별안간 윤여인이 추선의 허리를 흔들었다.
추선도 후군대장의 탐스러운 흰 수염을 보고 있는 중이었다.
추선이 무심결에 뇌까렸다.
「수염이 석 자라두…….」
윤여인이 그 말을 제꺽 받았다.
「먹어야 한다는데…….」
추선이 또 말했다.
「굶진 않았을텐데…….」
윤여인이 결론했다.
「나이두 다하구 관운도 다한 줄을 아는가 보지.」
후군대장이 사흘 굶은 사람처럼 후줄근해 보인다는 그네들의 예기치 않은 농담들이었다.
칠십이 가까운 늙은 무골이었다. 기운도 쇠하고 융복(戎服)도 낡고 흉배에 수놓은 호상도 퇴색했으나, 그래도 명색은 마상(馬上)의 장군이었다.
선봉은 운현궁에 닿았을 것이었다.
후군의 말미에 선 후군대장 뒤에는 구경꾼들이 따르고 있었다.
두 여인도 거리의 집단 속으로 휩싸였다.
「상감님의 절을 받으시겠지.」
윤여인도 기분이 좋은 모양이었다.
국왕의 절을 받는 사람, 대원군의 하늘 끝에 닿은 위세가 윤여인도 더할 수 없이 기쁜 기색이었다.
추선은 대꾸하지 않았다.
그럴수록 대원군은 하늘 저쪽에 있는 사람만 같아서 걷잡을 수 없는 외로움으로 가슴이 답답했다.
예측대로였다.
소년왕의 근친례는 공개적이었다.
현신백관이 보는 앞에서 국왕은 인자(人子)의 자격으로 아버지한테 정중히 절을 했다.

대원군은 꼿꼿이 앉은 채로 어린 아들의 절을 받았다.

제왕의 절을 고개도 숙이지 않은 채로 받았다. 사람들은 놀랐다. 일부에선 이맛살을 찌푸렸고, 원로중신들은 분노마저 느꼈다.

그럴 수가 없다는 것이다.

아무리 자기의 아들이라 하더라도 지금은 이 나라의 제왕인데 제왕의 절을 꼿꼿이 앉아서 받다니 언어도단이라는 것이다.

이 나라엔 제왕 위에 또 제왕이 있었더냐고 은근히 분개하는 사람도 있었다.

「일깨워 드리시오. 저 어른이 나라의 예절을 모르는 것 같소!」

대원군이 몰라서 하는 것 같다고 민망해 하는 것은 삼조에 걸쳐 중신 노릇을 하고 있는 원로 정원용이었다.

정원용뿐이 아니었다.

참석한 모든 정신들이 서로 눈짓을 하며 눈살을 찌푸렸다.

드디어 영의정 김좌근이 허리를 깊숙히 굽히며 입을 열었다.

「국태공 저하께 아뢰오!」

순간 만당의 호흡은 일시에 정지된 양 숙연했다.

「무슨 말씀이시오? 영상대감.」

대원군의 카랑한 음성은 만좌를 위압했다.

수백 개의 긴장된 시선들이 일제히 영의정 김좌근에게 쏠렸다.

웬지 모두들 심상찮은 분위기를 피부로 느낀 모양이었다.

노 재상 김좌근은 주저하지 않았다.

김좌근은 분명한 어조로 말했다.

「외람된 말씀이오나 주상은 만승이십니다.」

나이로도 관록으로도 당대의 정상이면 김좌근이다.

그 어투엔 만만찮은 위엄이 깃들었다.

대원군은 그러나 당황하지 않았다.

「주상이 만승이신 줄 누가 모르오?」

김좌근의 명분이 서는 발언이었다. 위축되지 않았다.

「황감하오나 국태공이시라 하더라도 앉으신 채로 주상의 절을 못 받으십니다!」

도발적인 언투였다. 누구한테 누가 감히 도발을 하느냐.

세상이 바뀐 마당이다. 김좌근이 어떻게 국태공한테 그런 도발적인 발언을 하느냐.

만당의 기라성같이 모인 당세의 귀빈들은 일순 침을 꼴깍 삼켰다.

대원군의 기색을 살피기에 모두들 전전긍긍했다.

날벼락이 떨어질 것은 뻔한 일, 김좌근은 무슨 속셈으로 그런 말을 맞대 놓고 꺼냈는지 딱하다는 눈치들이었다.

그러나 대원군은 언성을 높이지 않았다.

그는 김좌근을 지그시 내려다보면서 부드럽게 말했다.

「주상께 바치는 영상의 충성은 고맙소이다. 허나 나도 그런 것은 분별할 줄 아는 사람이오. 오늘로 말하면 전하가 국왕으로서 나를 찾으신 게 아니라 인륜의 정으로 아들이 아비를 찾아 세배를 온 것이 아닙니까. 근친이라 함은 어버이를 찾는다는 뜻이 아니겠소? 상감이라 해서 어버이를 섬기지 말란 법 없으며, 아들의 세배를 앉아서 받았다고 해서 그 아비를 책할 수도 없는 일 아닙니까?」

소년왕은 조용히 듣고 있었다.

수많은 현신들은 그도 그렇다는 듯이 고개를 끄덕였다.

그러나 오직 김좌근은 수긍하지 않았다.

그는 대원군의 속셈을 알고 있었다.

국왕의 절을 앉아서 받음으로써 대원군의 권위를 만중(萬衆)에 과시하자는 속셈임을 알고 있었다.

김좌근이 다시 말했다.

「저하, 이 김좌근의 생각엔 그렇지가 않습니다. 상감께서 오늘 만조백관을 거느리고 공식적인 행가(幸駕)를 하셨습니다. 만일 국왕 전하의 행가가 아니시고 한 사인으로서의 근친행가라면 이처럼 조정의 원로와 대신들이 배행해 모시지는 않는 것입니다.」

소년왕은 조용히 듣고 있었다.

수많은 현신들은 그도 그렇다는 듯이 고개를 끄덕였다.

그러나 오직 대원군은 수긍하지 않았다.

그는 김좌근의 속셈을 알고 있었다.

천하의 권세를 쥔 대원군에게 위축되지 않고 바른말을 함으로써 몰락 직전에 있는 김문 일족의 콧대를 만좌에 과시하자는 속셈임을 알고 있었다.

대원군은 다시 말했다.

「영상의 충성은 고맙소이다. 국왕이 궐문을 납시는데 조정백관이 배행해 모시는 것은 신자의 당연한 도리로 압니다. 허나 일단 사가에 듭시어 사친에게 문안인사를 하는 것은 국왕으로서가 아니라 남의 아들로서의 당연한 도리지요. 조정백관도 그렇습니다. 배행이란 국왕을 예까지 모시고 오고, 모시고 가는 것으로 족하지요. 사가에 드신 다음에 잠시 사인으로서 행동하시는 것까지 관여함은 신자의 예절도 아니고, 배행의 목적도 아닙니다.」

대원군의 턱은 위로 치켜졌다.

김좌근의 고개는 아래로 숙여졌다.

수많은 현신들은 그도 그렇다는 듯이 고개를 끄덕였다.

기회라 싶어, 소년은 왕의 존엄한 지체를 깜빡 잊고 자리에서 벌떡 일어났다.

소년왕은 아버지의 말에 힘을 얻었던 것 같다.

아버지의 말이 백번 지당하다고 판단한 순간, 주저없이 그 거추장스러운 국왕의 지체로부터 한낱 열 세 살짜리 소년으로 환신해 버린 것이다.

누가 만류할 틈도 없었다.

곤룡포에 왕관을 쓴 소년은 한달음에 내실로 뛰어들었다.

혼비백산한 것은 의식을 갖추고 절차를 초조히 기다리던 부대부인 민씨였다.

미칠 듯이 보고 싶던 어린 아들이다.

모정으로선 불문곡직하고 귀여운 아들을 덥석 안아야 한다.

그러나 부대부인의 상식으로선 그게 불가능했다. 부대부인 민씨는 당

황한 나머지 대청에 황급히 한 무릎을 세우고 앉으면서,
「상감, 이게 웬일이시오?」
하는데 두 눈엔 단박 눈물이 함빡 괴었다.
「어머님!」
소년의 울먹인 음성은 어머니의 귀청을 때렸다.
소년의 자그마한 몸은 어머니의 품에 답삭 안겼다.
「내 아들아!」
어머니는 '상감' 소리를 까막 잊어먹었다.
아들의 상기된 볼에다 볼을 대고 비볐다.
어머니의 눈물인지 아들의 눈물인지 눈물은 두 사람의 뺨에서 질척거렸다.
한 달 미만의 그리움이었다.
그러나 영겁의 그리움처럼 모자는 몸부림쳤다.
할 말들도 없었다. 어머니! 내 아들아! 서로 그 한마디씩이면 족했다.
소년도 어머니도 서로를 부둥켜안은 채 눈을 감고 있었다.
시간은 정지하라. 만상(萬象)은 숨을 죽이라.
누구도 지금의 이 모자를 눈여겨보지 말라. 왕과 부대부인으로 보기를 말라.
여기 어머니와 아들이 있다.
태양은 창공에서 웃고 있었다.
바람이 없어 세월이 정지한 것 같았다.
모든 어버이들은 숙연하게 옷깃을 여미고 그 아들과 어머니를 조용히 지켜보고 있었다.
그러나 남의 어버이가 아닌 사람이 있었다.
대궐에서 미리 나와 있던 대전상궁 안씨였다.
대궐의 상궁이라면 지아비가 없이 늙는 몸이니 남의 어버이가 돼 본 일이 없다.
안상궁은 어린 왕의 부모 역할을 맡고 있었다.
직책상으로라도 어머니와 아들의 그 애틋한 정을 편들고 있을 마음의

여유가 없었다.
 안상궁은 근엄하기 그지없게 싸늘한 음성으로 말했다.
「마마, 이 무슨 법도에 어긋나는 일이시오니까. 어서 위의를 갖추시고 부대부인께 가인례(家人禮)로 문안을 드리십시오.」
 안상궁은 그래도 너그러움을 보이겠다는 것이다. 궁중법도를 생략하고 사가의 예절로 어머니에게 정식인사를 드리라고 했다.
 그제서야 부대부인 민씨는 소스라치게 놀라면서 품에 안은 아들을 떼어 놓았다.
 부대부인은 아들에게 정중히 사과했다.
「황공하오, 상감.」

 부대부인은 아들이 입고 있는 옷이 곤룡포임을 보았다. 머리에 쓴 것이 존엄의 극치를 상징하는 왕관임을 보았다. 왕관을 쓰고 곤룡포를 입었으며 아들이 아니라 이 나라의 지존임을 비로소 깨달았다.
 소년왕은 사가 어머니에게 일어나 절했다.
 부대부인은 마주 절을 했다. 누가 절을 받은 것인지 분별이 가지 않았다.
 어머니는 어린 아들을 보면서 생각했다.
 (자식이란 슬하에 둬 두고 싶은 것이다. 떨어져 있는 국왕보다는 슬하에서 평범히 지내는 아들이 내 아들이다!)
 어린 아들은 그립던 어머니를 물끄러미 바라보면서 생각했다.
 (어머니의 곁을 떠나고 싶지 않다. 대궐로 모시고 가서 한방에서 지낼 수는 없을까. 방이 그렇게 넓은데 혼자 지내기엔 너무나 쓸쓸하다!)
 지밀상궁 안씨는 두 모자를 우러러보면서 생각했다.
 (아무리 모자 분이시지만 이마가 어찌도 저리 닮으셨을까? 누가 그 어머님의 아드님이 아니시라구 할까 봐서…….)
 그러나 안상궁은 두 손을 모으고 서서 공손히 말했다.
「황공하옵니다, 마마. 아무리 친가에 오셨더라두 다른 분들의 문안례는 앉으셔서 받으셔야 하옵니다.」

이 말에 소년왕은 분명히 짜증을 부렸다.
「내 알아서 할 테니 안상궁은 물러가 있으시오!」
그러나 보모상궁 안씨는 물러가지 않았다.
「황공하옵니다, 마마. 소인한테는 하댓말씀을 쓰셔야 합니다.」
「알았으니 물러가 있거라!」
「황공하옵니다, 마마. 소인은 언제나 마마의 측근에서 시중해 모셔야 합니다.」
소년왕은 연속되는 '황공하옵니다, 마마'에 눈살을 찌푸렸다.
부대부인은 남몰래 한숨을 씹어 삼켰다.
마당 섶엔 겨울 매화가 봉곳하게 부풀었고, 사랑채 용마루엔 까치 한 마리가 동그마니 앉았다가 날개를 치면서 바깥 은행나무 가지로 옮아갔다.
그 사랑에선 아직도 대원군과 김좌근의 신경전이 새로운 갈피를 펼치고 있는 중이었다.
「참, 영상께선 그동안 몸이 불편하셨다고 들었는데 이제 쾌차하셨소?」
대원군은 김좌근을 넌지시 흘겨보면서 그런 말을 물었다.
김좌근의 자살 기도설을 은근히 야유해 본 것이다.
조작된 사건인 줄을 뻔히 알고 있으면서도 눈치를 떠보는 것이다.
김좌근은 난처한 표정을 감추지 못하면서, 그러나 또렷한 어조로 대답했다.
「대수롭지도 않은 일이 과장돼서 저하께까지 전해져 심려를 끼친 모양입니다.」
정말 대수롭지 않게 대답했다.
대원군은 이번엔 김병기에게로 말머리를 돌렸다.
「참, 내 집에 들었던 자객이 포박됐다죠?」
이상지 이외에 또 포박될 놈이 없는 줄 알면서 그는 김병기의 입장을 난처하게 만들려고 짓궂은 질문을 던졌다.
그러나 김병기의 대답은 실로 뜻밖이었다.

「예에, 보고에 의하면 방금 엄중 문초중에 있다 합니다.」
대원군은 김병기의 태도를 주의깊게 관찰하면서 다시 물었다.
「그래요? 성명은 뭣이라는 사람입디까?」
김병기는 어쩔 수 없이 말을 더듬거렸다.
「아직 소상한 보고를 미접(未接)해서……..」
「그래요? 국문이 끝나면 내게 사건의 전말을 소상히 알려 주시오.」
「예에, 분부대로 거행하겠습니다.」
김병기는 실상 진땀이 났다.
요새 그 일엔 전연 신경조차 쓰지 않고 있었다.
그런데 별안간 '포박됐다죠?' 하니까 졸지에 '예에' 하고 대답이 나간 것이다.
'예에' 하고 대답이 나갔으니까 내친 김에 '방금 엄중 문초중'이라고 대답해 버린 것이다.
그런데 문초가 끝나는 대로 소상히 보고를 하라니 진땀이 안 날 수 없는 노릇이다.
김병기는 신음처럼 속으로 뇌까렸다.
(범인을 조작할 수도 없구…….)
순간 김병기의 뇌리엔 어떤 탈출로가 훤히 보이는 것 같았다.
그는 자진해서 말했다.
「저하, 수삼일 안으로 범인의 정체는 백일하에 드러날 줄로 압니다.」
「그래요?」
이번엔 대원군이 고개를 갸웃했다.
김병기의 자신 있는 말로 미뤄 본다면 범인은 이상지 말고 따로 또 있는 것이 된다.
이상지는 자기의 단독적인 소행이라고 자백했는데,
(그럼 그게 허언이었던가?)
대원군 쪽이 어리둥절할밖에 없었다.
국왕의 거둥은 필요치 않은 시간을 허비하지 않는다.
잠시 후 환행(還幸)의 행렬이 운현궁을 떴다.

반차 순서는 운현궁으로 올 때와 같았다.

단지 이번엔 임금이 탄 보련 바로 뒤에 대원군의 평교자가 바짝 따르는 것이 먼저와 다를 뿐이다.

영의정의 교가는 보련과 대원군의 평교자를 함께 모시는 형국이었다.

모든 중신들과 호위군마는 국왕과 대원군을 함께 모시는 형국이었다.

뜻있는 사람들은 속으로 생각했다.

(이 나라엔 군주가 두 분이 됐구나!)

쌍파초선을 곁들인 대원군이 임금이라는 이름의 어린 아들을 데리고 거둥하는 형국이었다.

사람들은 국왕의 어린 모습을 구경하지 않고 대원군의 위엄을 우러러봤다.

「대가암!」

재동 모퉁이에서 추선의 시선이 그렇게 부르짖었을 때, 대원군은 무심히 연도변을 두리번거렸다.

추선은 대원군이 자기를 본 것 같아 온몸이 팍삭 사그라져드는 충격을 받았다.

눈길이라도 마주칠 수 있다면 그것으로 우선은 만족해야 할 추선의 처지였다.

「대감마님!」

추선은 고통과 같은 부르짖음을 씹으면서 발돋움을 했으나, 그러나 대원군의 자세는 벌써 원형으로 돌아간 채 꼿꼿이 앞만 바라보고 있었다.

추선은 서러워졌다.

여자의 운명을 생각했다.

사랑이란 여자에게만 있는 것이지, 남자에겐 헌신짝보다도 가치가 없는 것인지 모른다고 생각했다.

남자란 심심할 때면 여자를 사랑할 수도 있으나 자기의 일이 바빠지면 언제 그런 일이 있었더냐는 듯이 손 툭툭 털고 돌아서는 게 아닌가 싶었다.

(저들에겐 이제 정치가 생명이지 사랑 따위는 낯이 간지러워 못 할 것이다.)
추선은 차라리 그를 보지 않았다.
(마지막으로 대감의 모습을 뵈었습니다.)
추선은 벌써 여러 날을 두고 곰곰히 생각했던 것이다.
깨끗이 그분한테서 물러가자는 체념이었다.
하늘과 땅과 같이 합쳐질 수 없는 환경이 됐는데, 헛되게 미련을 갖는 것은 자신을 더욱 불쌍하게 학대하는 길이라고 생각했다.
윤여인은 추선 자기가 그분의 소실로 들어앉을 수도 있는 것처럼 말했지만, 그것은 싫었다.
추선이 듣기엔 부대부인 민씨는 착하고 어진 여자라고 했다.
그런 여자의 가슴에다 못을 박기가 싫었다. 기생이란 평생 남의 첩 노릇이나 하게 마련이지만, 그러나 대원군을 사랑하는 까닭에 그분의 첩 노릇은 싫다.
어느 길목에서 추선이 이런 생각으로 울고 있거나 말거나 국왕의, 대원군의 행차는 더욱 위엄을 더해 가며 거리를 흐르고 있었다.
왜 그런 마음이 들었는지 모른다.
추선은 어이없이 답답하던 가슴마저 후련해진 것 같았다.
—이제 모든 게 끝이 났다!
대원군과의 인연은 끝났다고 생각했다.
그게 자기 인생의 모든 것이었으며, 그 모든 것이 끝난 이상 자기의 악착같이 살아야 한다는 의미마저 잃은 허무에 사로잡혔다.
추선은 실성한 사람처럼 히힝 웃었다.
—어처구니없는 구경!
보고 싶던 사람을 본 것이 아니라 거리의 구경거리를 구경했다.
미상불 감격적인 구경거리였다. 까닭에 구경 뒤끝이 견딜 수 없이 허망했다.
추선은 윤여인과 인사도 없이 헤어졌다.
—어디로 갈 것인가?

갈 곳이 없었다. 허허로운 벌판에 외로이 팽개쳐진 고아처럼 갈 곳이 없었다.
 ─그분은 대궐로 향해 갔다. 나는 어디로 가야 하는가?
 그러나 추선은 다방골 자기 집을 향해 몽유병자처럼 허청걸음을 걷고 있었다.
 사동을 거쳐서, 종로로 나와, 종각을 돌고, 광교를 건너는 동안 추선은 자기 자신의 존재를 의식 못했다.
 천변을 끼고 서녘으로 걸었다.
 천변에선 아이들이 연날리기에 열중하고 있었다.
 지난해부터 부쩍 눈에 띄기 시작한 아이들의 색동저고리가 빈촌이 아닌 광교 천변에 더욱 두드러지게 흔했다.
 마침 장님들이 대막대기를 투덕거리며 앞을 가고 있었다.
 그들의 대화가 들렸다.
 「오늘 대원위대감의 배행 행차는 아주 장관이었다는군!」
 「눈깔을 뜬 놈들은 오래간만에 보는 큰 구경거리였겠지.」
 「흥선이 대원군이라…….」
 「한껏 높은 나무에 올랐지.」
 「높은 나무에 오르면 내려올 일두 생각해야 될걸! 오를 땐 통쾌하겠지만 내려올 때 자칫 잘못했다간 일락천장(一落千丈)으로 떨어져.」
 「하긴 그런 거지. 오를 땐 쾌(快)한 게고, 실족해서 떨어졌을 땐 참혹한 거지.」
 「우리넨 눈깔이 멀었으니까 아예 오르지 못하는 대신 떨어지지도 않아.」
 투둑 투두둑.
 대막대기 둘은 단조롭게 천변길을 가고 있었다.
 추선은 무심히 그들의 대화를 듣다가 소름이 오싹 끼쳤다.
 (높은 곳엘 오르면 떨어질지도 모른다? 오를 땐 쾌하지만 떨어졌을 땐 참혹하다?)
 장님들의 무심한 대화엔 진실이 있는 것 같았다.

추선은 오늘 대원군의 그 위세를 보고 웬지 불안한 마음이 앞섰다. 그리고 어쩔 수 없는 거리감을 느꼈다.

실상 추선이 사랑해 온 사람은 대원군이 아니라 흥선이다. 폐립파의에 텁텁한 행색으로 천하를 주름잡던 그 흥선을 사랑한 것이지, 오늘의 저 위세 좋은 대원군과는 아무런 인연도 없는 것이다.

만나면 헤어지는 것, 높이 오르면 땅으로 떨어지기 쉬운 것, 권력을 잡았으면 잃을 날이 있는 것, 그렇다.

(대원군은 흥선으로 되돌아올 날이 있을지도 모른다. 그를 위해선 불행한 일이지만…….)

그가 불행해졌을 때, 그에게서 권력이 없어졌을 때, 아무도 그를 돌보지 않을 때, 지난날처럼 그가 다시 외로워졌을 때,

(나는 그분을 지성껏 모셔야 한다!)

그것이 그와의 인연이며, 숙명이며, 그와의 사랑이다.

추선은 장님들이 지껄이는 무심한 대화를 듣고는 자기의 갈 길을 발견했던 것이다.

추선은 다방골 자기 집 골목으로 들어서다가 이번엔 젊고 깨끗하게 생긴 여승 한 사람과 마주쳤다.

바랑을 메고 고깔을 쓰고 목탁을 든 여승이 아니라, 맨머리에 회색 베 중의를 입은, 아무것도 지닌 것 없는 비구니였다.

왜 그런 마음이 들었는지 모른다.

추선은 골목을 나오는 그 젊은 비구니를 보자 까닭 모를 친근감이 솟아났다.

(예쁘게도 생긴 스님이 있어라!)

속으로 감탄을 하면서 길을 비켜섰다.

그러나 추선은 이내 발길을 멈추고는,

「저, 스님!」

생각 없이 그 여승을 불러 세웠던 것이다.

여승도 발길을 멈추면서 자기를 부른 아낙네를 돌아다봤다.

「소승을 부르셨나요?」

여승은 음성도 청아하게 고왔다.
「네, 저, 어느 절에서 오신 스님이신가 해서……」
「덕절서 내려온 중입지요.」
「덕절이 어딘가요? 멀겠죠?」
「가까워요. 서울서 삼십 리도 안 되는 걸요. 그런데 왜 그러시죠? 불자신가요.」
불교신도냐고 번잡스럽게 묻는다.
추선은 얼떨결에 대답했다.
「혹시 시주를 하고 싶으면 어떻게 하나 해서요.」
여승은 그 말을 듣자 얼굴에 단박 자비로운 웃음꽃을 피웠다.
「그러세요? 복 받으시겠네요. 나무관세음보살.」
여승은 추선에게 합장을 하면서, 허리를 굽히면서, 입버릇인 양 나무관세음보살이다.
「내 집이 가까운데 쉬었다 가시지 않겠어요?」
「고마우셔라. 나무관세음보살.」
추선은 길에서 우연히 만난 여승을 데리고 자기 집으로 돌아왔다.
「소승의 법명은 운여(雲如)라고 하지요. 강화 전등사에 승적을 두고 있지만 1년에 몇 달은 덕절에 와서 수도를 하고 있답니다.」
여승은 묻지도 않은 자기 소개를 하고는 방 안의 분위기를 신기로운 표정으로 훑어본다.
「보시다시피 나는 천한 기생이에요. 몸은 비록 천기지만 대자대비하신 부처님 모시는 건 못 할 일두 아닐 듯싶어서.」
그래서 여승 운여를 집 안에까지 끌어들였노라고 했다.
운여는 반색을 했다.
「대자대비하신 부처님께선 모든 사람을 오직 자비로운 눈으로만 보십니다. 그 어른의 눈엔 귀하고 천하고가 없습지요. 부도 가난도 없구요.」
「나는 번민이 좀 있는 계집이에요. 부처님을 섬기면 그런 세속의 번민을 잊을 수가 있을까요?」
어디에든지 의지를 해야만 자기 자신을 지탱할 수 있을 것 같았다.

마침 지나가는 여승을 발견하자 놓치면 큰일이라는 듯이 달려든 추선이었다.
여승은 추선을 지그시 지켜보면서 어느 틈에 어디서 꺼내 들었는지 윤이 반들거리는 염주알을 손끝에서 굴리고 있었다.
「부처님께 의지하십시오. 인생은 나그네길이랍니다. 잠시 이 세상을 지나가는 나그네랍니다. 이 세상은 내세로 가는 길목에 지나지 않는답니다. 부처님께 의지하세요. 사바의 번민을 잊을 수 있습니다. 아무리 살을 에이는 번민이 있더라도 『관음경』의 〈송주편〉, 〈예경편〉을 백 번 천 번 지성껏 외우고 있노라면 백팔번뇌가 말끔히 없어진답니다. 나무관세음보살.」
추선은 하나의 길을 얻고 눈을 뜬 성싶어서 가슴이 후련했다.
「덕절이라구 하셨는가요?」
「예, 수락산에 있습니다.」
추선은 아래채 골방에 들뜨려 둔 적잖은 값어치의 재물을 생각했다. 그것은 재물이었다. 요 며칠 사이에 추선 자기를 제2의 나합으로 보고 재빠른 아첨배들이 보내온 더러운 선물들이 골방에 그득 쌓여 있는 것이다. 어떻게 처리할까 했는데 차라리 절에다 바쳐 버리자는 생각이 들었다.
추선은 여승 운여에게 말했다.
「내 분복에 맞지 않는 재물이 좀 있어요.」
부처님한테 바치기엔 좀 떳떳하지 않은 것이지만 사람의 귀천조차 가리지 않는 것이 불심이라니 운여 당신이 있는 절에다 기부하겠다고 제안했다.
「참 고맙습니다. 더러운 물건도 맑은 물에 들어가면 깨끗해지는 것, 사바의 속진이 묻은 추한 것이라도 일단 부처님 앞에 바쳐지면 정갈해집니다. 석가모니께서 내리는 자비와 복을 받으실 겁니다. 나무관세음보살.」
여승은 정중하게 합장을 했다.
추선은 담담한 미소로써 그 합장에 회답했다. 정말 담담한 미소였다.

그것은 사랑에 병든 한 여성의 실의가 승화해서 미소로 변모된 예술이었다.
정말 아름다운 미소였다. 그것은 불타는 정열을 식히려는 한 여성이 낙조를 가슴에 안고 단애 끝에 선 순간, 달관을 해버린 체념의 미학이었다.
흔히 담화중의 침묵은 스스로 택하는 게 아니라 계시처럼 찾아드는 것이다.
여승은 반들거리는 염주알을 굴리면서 관음상을 명상했다.
추선은 눈을 감고 무사무념의 벌판에 혈혈히 서 있었다.
사람, 마음이 가라앉은 때는 어떤 음향에서나 리듬을 가려낸다.
이웃의 어느 집에선가 아낙네들이 널 뛰는 소리가 쿵덕쿵덕 들려 오고 있었다.
쿵덕 쿵덕 쿵덕 쿵타닥.
단조로운 음향이기 때문에 거기엔 심화된 리듬이 주조를 이루고 있었다.
세상은, 세상에서 벌어지는 일은 결코 획일적인 것은 아니다.
같은 시각에 어디서 무슨 일이 벌어지고 있는가는 하늘만이 안다.
대궐 창덕궁에선 경조와 희비가 혼돈한 역사적인 의식(儀式)이 절정에 올라 있었다.

한편엔 대행대왕 철종의 주검이 안치돼 있고, 내곡반(內哭班)은 이따금씩 조용하지만 슬픈 곡성을 터뜨리고 있었다.
그러나 인정전 앞뜰에는 문무백관이 품반품서(品班品序)에 따라 숙연하게 도열한 채 용상을 우러러보고 있었다.
그러나 만정(滿庭)한 현신들은 용상에 정좌한 어린 국왕보다도 그 측면에 서 있는 대원군을 보았다.
(무슨 소리가 나올 것이냐?)
그는 지금 국태공으로서 만정 신료들에게 첫 발언을 하는 것이다.
그의 발언은 단순한 취임의 변이 아니라 생살여탈의 호통일 것임을 예견치 않을 수 없었다.

　죄 없는 사람이 조정 안에 있을 수 없다. 가책으로 미리 떨지 않을 사람이 반열(班列)에 서 있을 리도 없다.

　―오늘 대원위의 말씀은 날벼락임에 틀림이 없을 것이오.

　누구의 입에서 나온 추측인지는 몰라도 그런 말이 아침부터 조정에 떠돌았다.

　―새로운 조신(朝臣) 명단이 발표될지도 모르오. 공포와 기대가 엇갈리는 그런 풍문을 퍼뜨린 자가 누군지는 누구도 알 길이 없다.

　즉위식은 국왕의 취임식이지만, 오늘의 성대한 하례식은 대원군이 국태공이 되었음을 축하하는 의식이다.

　그런 축하의식을 이용해서 대원군은 폭탄선언을 하리라는 것이다.

　만당의 조신들은 숨을 죽인 채 발등을 내려다보고들 있었다.

　드디어 대원군의 그 쩌렁 하는 음성이 도도하게 터져 나왔다.

　「어리신 주상을 협찬하라는 대비전의 분부를 받들고 이 자리에 선 여(余)는 조정의 문무백관을 거쳐서 만백성에게 고한다.」

　황제면 짐(朕), 왕이면 과인(寡人)이라고 자신을 표현한다.

　대원군은 물론 그 두 자를 쓸 수가 없다.

　그렇다고 '나'라고 하기는 싫었던 것 같다.

　그는 여(余)라고 말했다. 공식적인 의식에서 자신의 일인칭을 여라고 할 것을 마음 속으로 결정한 모양이다.

　그는 금관자 옥관자가 만당에 숙연한 전각 앞뜰을 다소 오만하게 훑어보고는 아래턱을 앞으로 당겼다.

　그는 말한다.

　「돌이켜보건대 철종대왕께서 후사가 없이 홀연히 붕어하시자, 만백성은 존엄한 왕통을 계승할 자가 누구인가에 대해서 분분한 억측과 불안에 휩싸였었다. 그만큼 사왕의 책립은 시급을 요하는 나라의 근본대사였다. 다행히 영특하신 대왕대비께오서는 만백성의 충성된 원의(願意)를 통찰하신 나머지 촌각을 유예 않으시고 주상으로 하여금 즉각 즉위케 하셨음은 조종의 음덕이 곁들인 것이라 하겠다. 그러나, 주상은 불과

십 삼 세의 어린 몸이시라 불가불 익찬(翼贊)의 대임이 필요했다. 왕가의 법례에 의하여 그 대임은 의당 대왕대비전께서 수임(受任)하시고 수렴청정을 베푸시는 게 순서였는데도 대비전께오서는 스스로 그 대임을 사양하시고 여로 하여금 목하 누란의 위기에 선 폐정(弊政)을 쇄신광정하랍시는 분부를 내리셨다. 따라서 여는 여에게 부여된 중책이 태산보다 무거움을 안다. 여, 이제 작금의 민정(民情)을 관찰컨대 실로 용이치 않은 난관이 첩첩함을 눈앞에 본다. 객년에는 경상도 진주에서 민란이 일어 혼란을 초래했고, 이어 전라도 익산에서도 수천 난민이 관아를 습격해서 인부(印符)를 탈취하는 등 온 나라의 민심이 실로 흉흉한 바 있었다. 그러나 조정은 그런 민란의 근본 연유를 밝히려 하지 않고 미봉적인 사태진무에만 급급하였다. 치자는 모름지기 백성의 어버이가 되어 민심의 소재를 알아야 한다. 어느때고 상하 이원(吏員)들은 백성의 종복이어야 한다. 그러나 이미 오랜 세월을 두고 대소 관원은 백성 위에 군림하면서 그들을 괴롭혀만 왔다. 기강은 이완되고, 이도는 부패하고, 정령은 시행되지 않았으며, 특히 공평치 못한 과세와 일부 척당의 주구는 순박한 농민들로 하여금 민요(民擾)를 유발시키기에 이르렀던 것이다. 문무백관 제공은 명심해서 들으라. 여는 제공들의 우국지정을 신뢰한다. 지금 나라는 적년의 적폐로 국계(國計)가 난감하다. 이것은 모름지기 상하 대소관원들의 연대책임으로 귀일한다. 제공은 명심하라. 여는 이 난국을 수습하기 위해서 비상대권을 행사해서라도 부패한 서정을 혁정(革正)할 것이며, 땅에 떨어진 이도를 바로잡을 것이며, 이반된 민심을 주상궐하로 귀향(歸向)시키기 위해서 맡은 바 대권을 유감없이 행사할 것을 선언한다. 이에 이심(異心)을 품은 자는 그 직에서 스스로 물러가라. 그리고 여와 뜻을 함께하려는 자는 여의 지시에 충실히 따르라. 문무백관 대소 관원들은 스스로 서 있는 위치를 확인하고, 만백성에게 여의 뜻을 고하여 그들로 하여금 청신한 활기를 되찾게 할 것이다.」

만조 백관들은 대원군의 그 줄기차고 통렬한 일장연설이 끝난 줄조차 깨닫지를 못했다.

(엄청난 사람이구나!)

너나없이 위축될 대로 위축되어서 숨도 크게 못 쉬었다.
바람도 잤다. 폭풍이 지나간 후의 정적 같았다.
그것이 어디 취임사인가.
취임사라면 다분히 의례적인 내용이어야 한다.
그 어조도 좀더 부드럽고 점잖아야 한다.
누구도 섭정공의 취임사로는 듣지 않았다. 보통의 섭정공이 아닌 줄은 안다.
살아 있는 국왕의 아버지다. 너무나 설움을 많이 받아온 사람이니까 절치발분하는 포부가 있는 줄은 알고 있다.
그러나 막상 대원군의 그 냉혹한 선언을 듣고 보니 조정백관들은 정신이 얼떨떨했다.
당장 목에 칼이 떨어지는 것같이 섬뜩하는 충격들을 받았다.
조두순은 멍청한 채 눈만 꿈벅거렸다.
김좌근은 다리가 후들후들 떨렸다.
그러나 김병기는 표정에도 동작에도 두드러진 변화를 보이지 않았다.
김병학은 대원군을 쳐다봤다.
김병국은 입맛을 쩍쩍 다셨다.
그러나 정원용은 무슨 생각에선지 고개를 둬 번 끄덕거렸다.
이날 이 자리에 조대비는 임석하지 않았다.
이미 모든 실권은 대원군한테로 넘어간 이상 여자의 몸으로 그런 자리에 나가 앉고 싶지가 않았을런지도 모른다.
아니면, 어물어물하다가 보니까 자신도 모르는 사이에 모든 실권이 대원군한테로 넘어가 있는 것을 깨닫고는 섭섭도 하고 어이도 없어서 모른 체하고 있는 것인지도 모른다.
그러나 회의의 진행은 그런저런 개개인의 동태 심경 따위와는 아무런 관계도 없이 냉혹하게 다음 순서로 넘어가고 있었다.
도승지 민치상이 앞으로 나섰다.
민치상의 손에는 둘둘 말려진 서장(書狀)이 쥐어져 있었다.
만조 백관들의 가슴은 다시 한번 죄어들었다.

(저 종이에 무엇이 적혀 있느냐?)

직위가 높은 사람일수록 입술이 타들어갔다.

도승지의 입놀림 하나로 운명이 결정되는 것이라고 생각하니 흡사 법정에 선 죄수들의 심경이었다.

죄상이라는 게 낱낱이 공개된 다음 형벌이 선포될 것인가.

죄상을 내탐하기 위해서 시일을 지연했고, 그 형벌을 결정하기 위해서 보름 동안을 침묵해 온 것이 아닐까.

대원군은 도시 무슨 짓을 해댈 위인인지 예측을 불허하는 인물이었다.

이러한 긴장 속에 드디어 도승지 민치상이 입을 열었다.

「도승지 민치상, 삼가 대원위 저하의 분부를 아뢰오.」

만정한 품반품서의 문무백관은 일제히 허리를 굽히고 귀를 기울인다.

민치상은 들고 있던 서장을 펼쳐 들었다.

「주상전하의 어명을 받든 대원위는 첫 정사로 다음과 같이 결정하여 승정원에 통고한다.」

도승지는 그 첫 정사의 첫 결정을 낭독했다.

「경평군 이세보는 부실한 죄목으로 오로지 척신들에 의하여 유배된 것인즉 그의 원죄를 사하고 즉각 귀경케 한다.」

첫 정사의 첫 결정으로는 지극히 평범한 안건 같았다.

그러나 척당 김씨 일문에게는 더할 수 없는 심각한 충격을 주는 선언이었다.

김병기는 비로소 다리를 후들후들 떨었다.

영의정 김좌근은 눈앞이 캄캄했다.

(아차, 대원군은 아직도 그 일을 모르고 있었구나!)

경평군 이세보는 현재 전라도 신지도(新智島)에서 귀양살이를 하고 있는 것으로 돼 있으나, 실은 이미 죽었을는지도 모르는 것이다.

경평군은 철종과 사촌간이다. 그의 동생 택응이 등과해서, 왕이 특명으로 한림(翰林)을 제수하려고 했으나, 김씨네의 반대로 뜻을 이루지 못했다.

경평군 이세보는 어느날 김씨네에게 그 문제로 분통을 터뜨렸다.
「이 나라의 왕은 이씨냐 김씨냐. 일단 내린 국왕의 특지(特旨)가 척당에 의해서 짓밟히다니 왕권은 땅에 떨어졌구나!」
이런 욕설로 김씨네의 미움을 산 이세보는 엉뚱하게 대역죄로 몰려 전라도로 귀양간 것이다.
그러나 철종은 핏줄이 당겼던지 이따금 그의 죄를 사하고 싶은 의사를 내비쳤다.
그것이 더 화근이 됐다. 척당은 왕에게 강요해서 그에게 사사(賜死)의 명을 내리도록 했다. 서둘렀다.
척당들은 그를 일단 서울로 압송하도록 비밀리에 금부도사를 내려보냈다.
철종은 건강이 날로 악화해 갔다. 그들이 더욱 초조했다.
사약도사를 또 내려보냈다. 그런데 며칠 뒤에 철종이 세상을 떠났으니 그후 이세보가 사약을 받고 죽었는지 어떻게 됐는지 아직 회보를 못 받고 있는 실정이다.
(필시 그는 이미 죽어 있다!)
비밀리에 그런 일을 진행시켰는데 지금 와서는 화근이 되는 것 같았다.
대원군이 첫 정령으로 이세보의 사면을 발표한 이상, 그가 죽었어도 탈이고, 살았어도 탈인 것이다.
쥐도 새도 모르게 그가 이미 죽었으면 대원군이 격노할 것이고, 만약 살아서 돌아온다면 이세보 자신의 보복이 잔악할 것이다.
(이세보에게 영의정이라도 줄 것인가?)
그래서 대원군 자신은 손끝 하나 움직이지 않고 이세보로 하여금 보복의 칼날을 휘두르게 할 작정이 아닌가.
김문 일족은 눈앞이 캄캄했다.
도승지는 별지에 적힌 다음 정령을 낭독했다.
「주상전하의 어명을 받든 대원위는 새로운 조정 조신을 다음과 같이 결정하여 승정원에 통고한다.」

말하자면 새로운 내각의 진용을 발표한다는 것이다. 조신들은 다시 한번 당황 망조했다.

이 자리에서 예고도 없이 발표할 성질이 아닌 것이다. 그러나 발표해서 안 될 일도 아니다.

현직들을 앞에 놓고 그 경질된 명단을 발표하는 것은 정치도의가 아니다.

그러나 그렇게 해서는 안 될 일도 아니다.

만정한 품반품서의 문무백관은 일제히 허리를 굽히고 귀를 기울인다.

민치상은 새로운 서장을 펼쳐 들었다.

목청을 돋웠다.

「조두순에게 영의정을 제수한다.」

순간 조두순이 뻣뻣한 허리를 구십도로 꺾었다. 다른 사람들은 일제히 새로운 영의정을 바라본다.

모두들 있을 수 있는 조처라고 수긍을 했다.

도승지는 또 목청을 돋운다.

「김병학에게 좌의정을 제수한다.」

순간 김병학도 허리를 구십도로 꺾었다.

다른 사람들은 일제히 새로운 좌의정을 바라본다.

모두들 다시 한번 놀랐다.

아무리 김병학과 대원군이 보통 사이가 아닌 줄은 알지만, 병학도 안동 김씨인데 좌의정을 주다니 상상조차 못 할 일이다.

만조 백관은 자기들의 귀를 의심했다. 대원군의 뱃속을 알 수가 없어서 술렁거렸다.

(김병학이 좌의정이라?)

도승지가 또 외쳤다.

「유후조에게 우의정을 제수한다.」

사람들은 또 한번 놀랐다.

그는 비록 명문 유성룡의 자손이긴 하지만 남인에 속한다. 남인이 정승자리에 오르다니 꿈에도 생각 못할 파격이다.

영의정을 중심으로 좌의정을 합쳐서 삼공(三公)이라고 부른다. 총리와 총리를 보좌하는 두 사람의 부총리가 결정된 셈이다.

그 아래로는 각부의 대신들, 육조니까 육부가 있는 셈이다.

도승지는 기계적으로 또 목청을 돋운다.

「이조판서 이의익.」

만조 백관은 정신이 또 얼떨떨해졌다.

귀를 의심했으나 분명히 남인 이의익이 이조판서라는 것이다.

(옳거니! 대원군은 사색을 무시하는구나!)

놀라운 일이 아닐 수 없었다. 아마도 백여 년 만에 남인들이 대신자리에 오르는가 싶었다.

본시 동, 서, 남, 북이라는 파당이 생긴 것은 선조조 때의 일이다.

숙종 때에 와서 서인파와 남인파의 싸움이 절정에 이르더니 남인파가 실세하고 말았다.

득세한 서인파는 얼마 안 가서 또 집안싸움을 일으켰다. 같은 서인파 중에서 이번엔 노론이니 소론이니 하고 패거리가 갈렸다.

노론과 소론이 엎치락뒤치락 싸웠다.

영조 이후에는 노론 세상이 되고 말았다.

그러나 남, 북인에 비하면, 노론도 소론도 서인이다. 서인이 아니고는 아예 벼슬할 생각은 말아야 했다. 오늘날까지 남, 북인이란 미관말직 하나를 할래도 불세출의 아첨꾼이 아니면 불가능한 실정이었다.

그런데 이조판서면 뭔가. 내무장관이다. 내무장관자리에 남인을 앉힌 것이다.

(대원군인지 뭔지 미친놈이 아닌가?)

듣고 있던 김병기는 속으로 중얼거렸다.

― 호조판서 김병국.

김병국도 입각했다.

문무백관들은 또 한번 놀랐다. 훈련대장이던 김병국은 조대비가 죽이라고까지 한 사람인데 호조판서라니 믿을 수가 없었다.

― 병조판서 정기세.

원상 정원용의 아들이다. 정원용의 이번 공로로 봐도 있을 수 있는 조처라고 수긍들을 했다.

호조는 재무, 병조는 국방이다.

「예조판서는 아직 미정이오.」

도승지의 음성은 좀 낮아졌다.

(사람이 어지간히 없는 게로구나?)

외무인 예조가 아직 미정이라는 바람에 김병기는 또 한번 입을 삐죽거렸다.

「공조판서도 미정이오.」

도승지는 다음부터 홀가분하게 낭독했다.

─선혜당상　　　이승보
─좌포도대장　　이경하
─우포도대장　　신명순
─금위대장　　　이장렴
─어영대장　　　이경우
─총융사　　　　이방현

술집에서 대원군한테 손찌검을 한 인연으로 금위대장이 된 이장렴의 정체는 만조 백관 중에서 아는 사람이 별로 없었다.

이때 빈전 쪽에서 철종의 죽음을 슬퍼하는 내곡반의 곡성이 터졌다.

「아이고오, 아이고오, 아이고오, 아이고오.」

나를 따르는 자者엔 복福이 있나니

흰 포장의 가마 한 채가 운현궁을 나섰다.
운현궁은 이제 옛날의 그 초라한 모습이 아니었다.
말이 수리였지 새로 지은 궁궐처럼 호화로운 풍모로 변해 있었다.
백 년 묵은 은행나무 앞에는 잡인을 금한다는 홍살문(紅箭門)이 세워져 있었다.
그 홍살문을 나서는 흰 포장의 독교는 앞뒤에 호위하는 종자가 따르지 않았다.
국상중이라 가마는 흰 거상을 입은 것이었다.
종자는 거느리지 않았으나 귀인이 타고 있는 것임엔 틀림이 없었다.
그렇지 않고서야 운현궁 대문 안에서부터 가마를 타고 나올 사람이 누구냐 말이다.
석양 무렵이다.
겨울의 태양열은 죽은 놈의 콧김처럼 시답잖았다. 바람이 맵싸한 석양 무렵을 흰 포장의 가마는 묵묵히 거리를 흐르고 있었다.
(어느 귀인의 밀행길이냐?)
아무도 대단한 관심을 갖지 않았으나, 그렇다고 무심히 지나치지는 않았다.
(운현궁엔 치맛바람이 불고 있구나!)
행인들은 이런 추측을 하면서 지나쳤다.
한자리 새로 하려는 사람, 있는 자리에서 밀려나지 않으려는 사람, 원통하외다, 대감만 믿사와요, 하는 식의 청탁꾼들이 연이어서 운현궁에다 치맛바람을 불어넣고 있으리라는 것쯤은 누구나 짐작할 수 있다.

뭇백성들은 의아심과, 놀라움과 아련한 기대를 가지고 운현궁을 주목하고 있는 중이었다.

새로 삼정승 육판서가 된 면면들을 보고 온 백성들은 깜짝 놀랐던 것이다. 남인이고 서인이고를 가리지 않고 등용한 대원군의 배짱에 대해서는 두 가지 여론이 있었다.

——뒤죽박죽이구나! 똥싸 뭉갠 것처럼.

이것은 김씨네와 콧김을 마주대고 있는 축의 비판이었다.

그러나 오늘날까지 그늘에서만 살아오던 대다수의 식자들은 말했다.

「파벌과 성분을 가리지 않고 인재라면 등용하겠다는 대원군의 배포를 보여준 것이구려. 좀더 두고 보면 알 거요.」

기회균등의 때는 왔다고, 여지껏 불우했던 패들은 쾌재를 부르며 막연한 기대를 걸어보는 경향이었다.

그러나 한 가지 점에서는 대체로 공통된 의견들이었다.

——대원군은 무슨 엉뚱한 짓을 해낼지 모를 사람이야.

운현궁 주변에 사람들의 관심도는 이렇게 나날이 높아져 갔다.

그 운현궁에서 나온 가마 한 채가 방금 동관 아래쪽으로 꺾이고 있는 것이다.

잠시 후 가마는 도정 이하전의 집 대문 앞에서 멈췄다.

가마의 포장이 조심스럽게 걷혀졌다.

새까맣게 윤기가 흐르는 머리, 일직선으로 희게 타진 가리마, 가리마 초입에 꽂은 은첩지, 그 은첩지가 먼저 바깥으로 나온다.

대문이 삐이걱 소리를 내며 열렸다.

계집종이 나왔다가 기겁을 하면서 안으로 뛰어들어갔다.

이내 안주인이 황망히 달려나왔다. 이하전의 아내였다.

「황감합니다. 미리 통기도 안 해주시고 이런 누추한 곳엘 몸소 오셨군요? 어서 안으로 드시지요.」

영접하는 말씨가 곱고 친절했으나, 이하전 부인의 눈초리엔 싸늘한 냉기가 돌고 있었다.
「진작 뵈올 기회가 없었어요.」
가마에서 내려선 여자는 대원군의 아내이며, 국왕의 어머니인 부대부인 민씨였다. 조촐한 소복 차림이었다.
뜻아닌 손을 맞이한 이하전의 아내는 냉랭한 태도로 부대부인의 인사에 응대했다.
「황감합니다.」
지체 높은 사람을 대했을 때 말이 막히면 '황감하옵니다'로 얼버무리는 수가 많다.
이하전의 아내는 갑자기 맞이한 부대부인 민씨에게 무슨 말로 응대해야 할지 얼른 생각이 나지 않았다.
(별안간 왜 찾아왔을까?)
대군의 아내나 국왕의 장모가 부부인(府夫人)이다.
이 여자가 누군가. 신왕의 사가 생모이며 대원군의 아내 민씨다. 아마도 지금 이 나라 여자로선 조대비의 실속 없는 지체 말고는 으뜸가는 신분인 부대부인이다.
(별안간 왜 찾아왔을까?)
불안과 의구가 앞서는 바람에 이씨 부인은 묵묵히 앞장을 서서 부대부인을 내실로 인도했다.
내실에 좌정하고서도 이씨는 부대부인에게 하례의 인삿말을 하지 않았다.
「혼자 사는 몸이라 안집도·누추하고…….」
남편 잃은 과부임을 강조할 생각은 아니었는데 불쑥 나온 말은 그랬다.
그러나 민부인은 그런 말엔 반응을 보이지 않고 나직하게 입을 열었다.
「조용히 찾아뵈라는 상(上)의 분부로 왔어요.」
상은 임금, 상의 분부라면 어명, 어명을 받들고 왔다면 사인(私人)의 자격이 아니라는 뜻이 된다.

이씨 부인은 몸가짐을 단정히 하면서 오롯이 고개를 숙였다.
「무슨 말씀이신지요?」
민부인이 말했다.
「도정궁 어른이 너무도 억울하게 당하신 참화, 같은 종실로서 위로의 말씀을 드릴 길이 없어요. 상감께서도 특히 가슴 아프게 생각하시고 돌아가신 어른의 누명을 씻어 드리고자, 연좌돼서 옥고를 치르고 있는 사람들을 오늘 즉일로 사면하랍시는 특지를 내리셨습니다. 국태공께서도 나더러 부인을 직접 찾아뵙고 위로의 말씀을 드리라기에 번거로운 절차를 버리고 찾아온 거예요.」
민부인의 인자한 말씨에는 진심어린 동정이 깃들여 있었다.
그러나 이하전의 아내는 분명히 새치름한 눈초리로 부대부인을 지그시 쏘아보며,
「황감합니다.」
반가워하지도 않고 고마워하지도 않는 덤덤한 탯거리였다.
민부인은 더욱 차근히 말했다.
「비록 일은 척당들이 저지른 것이지만 이제라도 어떻게 해야 부인의 상심을 덜어 드릴 수 있는가를 알아 오라는 대원위의 분부이십니다.」
독실한 종교인은 그 얼굴에 여유와 안정과 그리고 원만한 덕성이 감돌게 마련이다. 속이 차면 외모도 너그러워지는 모양이다.
민부인의 얼굴엔 범할 수 없는 기품과 안정된 너그러움이 잔잔하게 파동쳤다.
「사람의 목숨이란 이 세상에 뭣으로도 메꿀 수 없는 것인데, 이미 세상을 떠나 천주님 곁으로 가신 어른에게야 달리 무슨 도리가 있겠습니까만, 살아 계신 부인에게나 다소라도 위안이 될 길이 있다면 하는 게 상감의 뜻이시겠죠.」
민부인은 무심결에 발설한 천주님 소리를 깨닫고 약간 당황하면서 이씨 부인의 표정을 살폈다.
이씨 부인은 비로소 입언저리에 잔자로운 미소를 흘렸다.
「황감하옵니다. 그이도 살아 생전 뉘우칠 일이라곤 저지르지 않았는

데, 무슨 업원(業怨)으로 비명에 갔으니 부처님께서 자비를 베푸시겠습죠.」

부인 이씨의 음성엔 울음이 섞였다.

부인 민씨의 눈엔 눈물이 괴었다.

이하전의 아내는 울음 섞인 음성으로 말했다.

「내 남편의 목숨은 나라에서 뺏아 갔습니다. 그날 저는 나라에서 내린 사약을 내 손으로 달여서 남편 손에 들려 줬어요. 아주 경건한 마음으로 남편의 죽음을 지켜봤지요. 그 죽음이 얼마나 억울한 죽음이며, 누구네의 농간으로 생떼 같은 목숨을 끊어야 하는지를 번연히 알면서 한마디의 항거도 못 하고 경건히 지켜봤습니다.」

민부인은 기구(祈求)하는 자세였다.

병풍이, 열 폭짜리 병풍이 두 여인을 아늑하게 에워싸고 있었다.

「생사는 뜬구름과 같이 허무하다는 부처님의 말씀을 믿어 왔습니다. 그런데 이제 왜 그이의 죽음이 새삼스럽게 남의 입초시에 오르내려야 하나요? 죽이는 것은 사람의 힘으로 되지만 죽은 사람을 살려 놓지는 못하지 않습니까. 살려 놓지 못할 바엔 사면이고 뭐고 그분을 화제삼지 말았으면 좋겠어요.」

쓰라린 기억을 되살게 하는 것도 하나의 죄악일 수 있다면서 미망인 이씨 부인은 등뒤에 있는 병풍을 눈으로 가리켰다.

「홍선대감이 치신 난초화지요.」

민씨 부인은 아까 방에 들어서자마자 한눈에 그것을 알아봤다.

석파(石坡)라는 낙관을 보지 않아도 분위기로 남편의 그림을 알아볼 수 있었다.

「그 양반이 생전에 홍선대감의 난화를 몹시 좋아하셨어요. 이 병풍은 손수 배접한 것이죠. 그이가 돌아가자 웬지 이 병풍이 싫어서 여러 번 광 속에 꾸겨박았다가 다시 꺼내 놓군 한답니다. 그이가 사약을 받게 된 데엔 홍선대감의 어떤 힘이 작용한 것 같아서 말예요. 그러나 남을 무고하게 의심 말라는 부처님의 가르침으로 저는 남편이 좋아하던 이 병풍을 머리맡에 쳐놓아야 밤에 잠이 들 수 있게 된답니다.」

이른바 이하전 역모사건은 흥선군 이하응의 농간이 개재했었다는 일부의 억측이 있었음을 민부인도 알고 있다.

왕족 중에서 흥선과 겨룰 수 있는 오직 하나의 강력한 상대가 이하전이었던 까닭에 역시 누군가가 억측하고 날조한 풍문이었음이 분명하다.

그것은 이미 첫번째로 운현궁 담장을 뛰어넘었을 때 잡힌 자객 이상지가 실토한 바 있는 것이다.

민부인은 손수건으로 눈을 닦으면서 조용히 입을 열었다.

「사람이 가장 불우하고 외로울 때는 악할 수가 없습니다. 내 남편은 남다른 설움과 불우한 처지에서 의롭게 의롭게 살아 왔습니다. 억측이겠지요. 남의 말 좋아하는 사람의 억측이에요.」

민부인은 혼잣말처럼 또 뇌였다.

「권세란 죄악을 낳지요. 나는 가난하더라도 오늘까지의 흥선을 내 남편으로 섬기고 싶어요. 내 아들도 내 밑에서 평범하게 자라나기를 소망했습니다. 그런데 아들은 상감이 되고 내 남편은 대원군이 됐군요. 나는 평생을 천주님께 기구하면서 살아가렵니다. 내 아들이, 내 남편이 권세 때문에 남에게 못 할 일을 하지 않도록 천주님께 열심히 기구하며 살아가렵니다.」

민부인은 두 눈을 내리깔았다.

이씨 부인은 손끝으로 눈마구리를 꼭꼭 눌렀다. 오열하듯 말했다.

「이 집을 처분할까 합니다. 이 집엔 그 양반의 몸내가 너무 강렬해서 안 되겠어요. 저는 당분간 입산해서 세속을 잊고 불도나 닦아 볼까 해요.」

천주와 불도를 말하는 두 여인은 침묵했다.

어디선가 낮닭이 한가롭게 울고 있었다.

부대부인이 이하전의 미망인을 찾아간 것은 대원군의 특별한 배려였다.

이하전이 역모로 몰려 죽은 것은 같은 왕족의 한 사람으로서 가슴 아픈 일이었는데 누구의 조작인지는 몰라도 그가 역모로 몰린 것은 흥선의 농간이라는 풍문이 퍼졌으니 이제 대원군으로서 특별한 배려가 없을 수 없었다.
「가서 부인을 잘 위로하고 무엇을 도와줄 것인가를 알아보시오..」
이것이 대원군의 분부였다.
대원군은 다른 모든 정치범들에 대해서도 특별 사면령을 내렸다. 그는 측근을 통해서 간단한 담화를 발표한 바 있다.

비록 죄과가 있어 처벌된 무리라도 그것이 위정자의 잘못과 연관이 있는 국사범이라면 일단 재생의 길을 열어 주기로 한다. 모름지기 성은에 감격하고 진충보국하라!

보도기관이 없다.
사면령에 해당돼서 방면되는 죄수에게는 이 '대원위의 분부'를 반드시 구전(口傳)하라는 영을 내렸다.
그러나 이 사면령에 해당되지 않은 정치사범이 있었다. 대원군은 자의로 분명히 못을 박지는 않았으나,
「동학의 무리는 어떻게 하랍니까?」
하는 형조의 물음에,
「동학?」
하고 심상찮게 반문한다.
「괴수 최제우를 비롯한 일당 30명이 현재 대구감영에서 국문중에 있는 것으로 압니다.」
대원군은 간단히 대답했다.
「국문중에 있으면 철저히 국문해 봐야 죄의 유무를 가름할 게 아닌가!」
그도 동학만은 계속 귀찮은 화란의 씨가 되리라고 예견한 것 같다.
밤, 부대부인이 이하전의 집을 방문하고 돌아오자 대원군은 내실에 들러 직접 그 전말을 들었다.
「불가에 귀의해서 여생을 조용히 지내겠다고 해요.」
하는 부인의 말에,

「유자(遺子)가 없었던가?」
대원군은 물었다.
「아직 젊은데 더구나 외로우니 보기에두 딱하더군요.」
「이하전이 살았더면 손잡고 일을 할 수 있었을텐데!」
대원군은 진심으로 사람이 아쉬운 모양이었다.
그는 부인 앞에서 오랜만에 자기의 심경을 솔직히 토로했다.
「조정대신들을 정하긴 했소만 그게 모두 어디 내 사람이오? 해바라기처럼 권력을 향해 고개를 뺑뺑 돌려대는 무리들이지. 일을 의논해 보면 저들의 의견이라는 게 없구, 그저 '네네, 지당하옵니다'로 눈치들만 보니 답답하구려.」
「어찌 되었든 김씨네한테 가혹하지 않게 하신 건 백번 잘 처리하신 일이에요.」
「그놈들은 아직 내게 이용가치가 있으니까! 좀더 쥐어짜야지.」
「대감두!」
오랜만에 부부는 함께 웃었다.
「정치란 그런 거요. 이해관계에 가장 냉혹한 것이 정치지.」
「대감.」
「여보라구 부르구려.」
「큰애한테두 뭘 한자리 주셔야죠?」
「재민인 승후관.」
「승후관요?」
국왕의 친형인데, 대원군 자기의 맏아들인데, 승후관은 너무나 낮은 벼슬이었다.
이날 밤 운현궁은 또 전격적으로 중대한 발표를 했다.

대원군은 누구와도 상의하는 법 없이 이날도 즉흥적으로 인사발령을 하는 것이었다.
마침 사랑에는 도승지 민치상이 와 있었다.
그리고 조성하가 여러 날 만에 찾아와 문안을 드렸다.

대원군은 승후관 조성하의 절을 받자 느닷없이 말했다.
「조승지! 앞으로도 내 힘이 돼 줘야겠어.」
젊은 조성하는 고개를 드는 순간 얼굴이 벌겋게 상기됐다.
대원군의 그 한마디로 조성하는 승지(承旨)가 돼버린 것이다.
조성하는 얼떨결에 다시 고개를 숙였으나 그 심경은 몹시 착잡한 듯 싶었다.
승후관에서 승지가 되었다고 하면 적잖은 승격이긴 하다.
그러나 조성하는 시무룩한 표정을 감추지 못했다.
(고작 승지야!)
얼굴에 그런 불만이 역연히 나타났다.
미상불 오늘의 대원군이 있기까지엔 조성하의 역할이 컸다.
조대비와 흥선과의 징검다리 구실을 한 게 누구냐 말이다.
조성하 자신은 적어도 육조 중에 자기 이름이 한몫 낄 줄로 기대했었다.
(그런데 고작 승지라?)
그는 대원군한테 배신을 당한 것 같아 가슴 속에서 불끈 치미는 게 있었던 것 같다.
「아마 네게 큰 벼슬은 안 줄 눈치더라.」
조대비한테 이미 그런 말은 들었다.
그러나 승지는 너무하다고 조성하는 반발했다.
「저하, 시생은 나이도 젊고 또 경륜도 부족한 몸이라 아직은 승후관으로 족할까 하옵니다.」
대원군은 빙그레 웃으며 고개를 끄덕였다. 그리고 냉엄하게 말했다.
「자네는 나이와 경륜에 비해서 퍽 똑똑한 편이라 특히 승지자리를 주는 것이니 내 왼팔이 돼 줘야만 하네.」
대원군은 일각의 여유도 주지 않고 도승지 민치상에게 분부했다.
「지필(紙筆)을 준비하게!」
위압적인 명령에 측근들은 어깨를 움츠렸다.
대원군은 다음과 같이 계속 호명했다.

——의정부 팔도집리(八道執吏) 윤광석
——형조집리　　　　　　　오도영
——호조집리　　　　　　　김완조
——동(同)　　　　　　　　김석준
——병조집리　　　　　　　박봉래
——이조집리　　　　　　　이계환
——예조집리　　　　　　　장신영

대원군은 줄줄이 외고 난 다음,
「지금 호명한 사람들은 내일 내게로 사후(伺候)토록 하라!」
도승지에게 지시했다.
도승지 민치상은 서독간지 위에 숙달된 필치로 그 이름들을 적어 가면서도 누구 하나 알 만한 사람이 아니라, 어이없는 표정을 감추지 못했다.
사실상 거개가 이름 없는 상민들이었다. 대원군의 복심(腹心)은 명백하다.
그런 문벌도 경력도 없는 상민들로 하여금 파격적인 밀령을 띄워 행정기구 속에다 박아 놓으면 충직한 귀와 눈과 입의 역할을 해주리라고 판단한 것이다.
그는 육조에다 첩보망을 펴놓으면 운현궁에 앉아서도 각 조의 집무 동태를 면밀히 파악할 수 있다는 계산이었다.
물론 각 도의 감영에도 한두 사람씩 박아놓을 작정이었다.
우선 전라감영엔 백낙서, 백낙필의 형제를, 경상감영엔 서은로를 밀파할 심산이었다.
그뿐이 아니었다. 그는 자기의 아들이 국왕인데 궁정 안에도 신경을 썼다.
대원군은 이날 밤 외부 사람들을 다 물리고는 천하장안 네 녀석을 은밀히 불렀다.
「너희들 듣거라!」
천하장안은 제법 엄숙한 표정으로 늘어서 있었다.

대원군은 그들을 쭈욱 훑어보고는 불쑥 엉뚱한 질문을 했다.
「네놈들은 다 누이를 가졌다고 했겠다?」
천하장안 네 녀석은 일제히 대답했다.
「예이.」
「네놈들을 닮았으면 천하의 박색이겠구나. 그렇지? 천희연!」
키다리 천희연이 허리를 굽혔다.
「제 누이년은 누구를 닮았는지 제법 얼굴이 반반합니다.」
대원군은 안필주에게 물었다.
「필주야! 네 누이는 어떠냐?」
안필주는 코끝을 벌름거렸다.
「외양은 소인을 닮아 꽤 똑똑하옵고, 머리가 또한 지극히 영리해서 에미 애비의 귀염을 독차지하구 있읍지요.」
대원군은 더는 묻지 않았다. 천하장안 네 사람에게 지시했다.
「듣거라. 내일부터 한 열흘 동안 너희 누이들한테 몸치장을 가르치도록 하겠다.」
천하장안은 너나없이 어리둥절했다.
대원군은 다시 말했다.
「모두 궁녀가 돼서 대궐로 들어갈 것이니 그리 알고 준비를 시켜라. 내일 이리로 데려오너라. 부대부인께서 궁중법도에 대한 초보지식을 익혀줄 것이다.」
대원군은 대궐에도 귀와 눈을 배치하는 것이었다.
조대비가 기거하는 낙선재에도, 이번에 과부가 된 김비한테도 각각 한 사람씩의 궁녀를 배치해 둘 모양이었다.
그리고 대전에는 천희연의 누이와 안필주의 누이를 들여보내기로 내정했다.
「네놈들 집안엔 경천동지할 경사다. 명심하고 충성을 다하도록 이르렸다!」
「예이.」
천하장안은 한결같이 공구 감격해서 어쩔 줄을 몰라 했다.

그네들의 집안으로서는 정말 금시발복이었다. 부와 권세를 누릴 수 있는 복문(福門)이 활짝 열린 셈이었다.

그들은 눈치가 대단히 빨랐다.

대원군이 왜 자기네의 누이를 대궐로 들여보내는 것인지 그 속셈을 즉각 알아챘다.

천희연이 대표격으로 대원군에게 복명을 했다.

「대감, 소인들의 미천한 지체로선 분에 넘치는 광영이옵니다. 가슴 깊이 새기고 누이들로 하여금 대감께 결초보은을 맹세하도록 다짐해 두겠사옵니다.」

대원군은 대통으로 놋쇠 재떨이를 딱딱딱 두드려대면서 말했다.

「저들만 똑똑하게 굴면 미구에 상궁으로 승진시킨다.」

천하장안은 일제히 허리를 굽혔다.

「황공하옵니다, 대감마님.」

여덟 개의 눈엔 감격의 눈물이 번뜩였다. 안필주는 또 코끝을 벌름거렸고 천희연은 주먹으로 눈구석을 닦았다.

「물러들 가거라.」

대원군은 가령(家令) 세 사람도 새로이 결정했다.

이승업과 유재소였다. 그리고 자객 이상지였다.

자정이 가까운 시각이었다.

사위는 죽은 듯이 고요하고 이따금 바람소리가 쏴아 흘러가는, 겨울밤의 자정이 가까워 올 무렵이었다.

새로이 등장한 권세가엔 밤과 낮이 없었다.

「금위대장 이장렴 아뢰오.」

「밤중에 무슨 일인진 몰라도 번거롭구나. 날이 밝거든 들라.」

대원군은 금위대장한테도 하댓말을 썼다. 의식적으로 썼다.

그는 이장렴이 밤중에 할 말이란 필시 급하고 중대한 일일 것임을 알면서도 밝는 날 들라고 했다.

그런다고 물러갈 그가 아님을 알면서도 말이다.

신임 금위대장이 당하에서 허리를 굽혔다.

「저하, 김가들의 동정이 갑자기 수상해졌다 하옵니다.」
「그래?」
대원군은 가벼운 반응을 보이면서 이장렴과 함께 나타난 젊은이를 쏘아봤다.
「소인 이민화 저하께 문안 드리옵니다.」
황촛불이 까부는 바람에 두 젊은이의 그림자가 뒷벽에서 춤을 췄다.
대원군은 사방침에 한편 팔꿈치를 괴고는 이민화라는 사람의 생김새를 물끄러미 바라보다가 느닷없이 물었다.
「이민화라? 자네 키는 몇 자나 되는가?」
그러자 이장렴이 긴장을 풀고 웃음어린 표정으로 이민화를 돌아봤다.
이민화는 허리를 휘엉청 꺾으며 대답한다.
「예, 황감하옵니다. 소인의 키는 여섯 자 두 치올시다.」
대원군은 자기의 키와 견줬다.
「나보다 꼭 한 자가 더 길구나!」
「황감하옵니다.」
키가 큰 것도 황감하다고 했다.
대원군은 또 한마디 물었다.
「자네는 불알이 없는가?」
여섯 자 두 치의 사나이는 또 허리를 꺾었다.
「예, 황감하옵니다.」
불알이 없어서 황감하다고 했다.
그는 고자(鼓子) 이른바 내시였다.
그놈이 없는 고자들은 대개 키만 멀쑥하게 크다.
이마가 훤하고 얼굴이 넓적하고 젊어도 얼굴에 주름살이 잡히는 게 특색이다. 야무지지가 않고 헤식어 보인다. 웃음조차도 성겁게 보이고 걸음걸이도 헐렁헐렁하다.
사람이나 동물이나 그놈을 없애면 발육이 빠르고 체구가 커지는 모양이다.
말은 사람들이 부려먹기 위해서 그놈을 까발겨 주는 일이 있지만, 고자니 내시니 하는 사람은 물론 선천적인 불구다.

성욕은 있다. 그러나 성교는 불가능하다. 불가능한데 욕정은 있으니 신의 장난은 너무나 짓궂다.

그들은 수염이 안 난다. 얼굴빛이 누렇게 뜨거나 희멀겋거나 피부에 탄력이 없다. 장가는 갈 수 있으나 질투 때문에 부인이 배겨나기 어렵다. 대개 양자를 얻어서 대를 잇게 한다.

이민화는 그런 고자였다.

대원군은 물었다.

「그래 김씨네들의 동정이 뭐가 어떻게 수상하다는게냐?」

이민화가 대답한다.

「김병기는 여주로 낙향할 준비를 급히 서두르는 모양이고, 김홍근도 그럴 모양이고, 하옥 김좌근도 나합과 더불어 시골로 떨어질 궁리를 한다 하옵니다.」

「그래 그게 어쨌다는게냐? 벼슬길에서 물러나면 낙향이라도 하는 게 당연하지 않은가?」

「물론 당연하기도 합니다. 그러나 대감께 일단 알려 드려야 할 소식임엔 틀림없습니다.」

「왜?」

「그들은 아직 서울에서 대원위대감께 협찬해야 할 일들이 많을 줄로 아옵니다.」

대원군은 내시 이민화의 얼굴을 무서운 눈총으로 노려봤다. 그러다가 별안간 쩌렁 하는 음성으로 호통을 쳤다.

「네 이놈!」

이민화는 물론 이장렴도 질겁을 했다.

대원군은 옆으로 뉘었던 몸을 바로잡으며 다시 호통을 쳤다.

「네 이놈, 남 다 가진 불알도 없는 놈이 씨아리도 안 먹은 아첨을 하기 위해서 밤중에 나를 찾아와?」

그러나 대원군의 다음 말은 어처구니가 없었다.

「너 내일부터 대궐 내시부에 가서 일을 봐라. 어리신 상감을 위해 신명을 바칠 수 있겠지!」
 대원군의 그런 즉흥적인 결정은 결코 생각없이 하는 무모한 짓은 아니다.
 그렇잖아도 그는 대궐 내시부에다 심복을 박아 둘 계획이었다.
 그것을 마침 금위대장과 연줄이 닿는 성싶은 내시 이민화로 결정했을 뿐이다.
 내시부의 기구는 만만찮은 규모로서 그 정원이 140명이다.
 그러나 정원이란 하나의 규제, 규제란 반드시 지켜지는 것만은 아니다. 많을 때는 300여 명이 들끓은 때도 있었다.
 현재도 창덕궁 안에는 150여 명의 불알 없는 사내들이 웅성대고 있다.
 그들의 공식적인 임무란 궁전 안의 식사 감독, 명령의 전달, 궐문의 수직, 궁원의 청소와 정돈 등이다.
 그러나 실제로 그들이 하는 일이란 복잡하고 시끄럽고 때로는 중요하기도 했다.
 그들은 제각기 권세가와 콧김을 맞대고 있어서 정탐, 모략, 음모의 세포신경이 되기도 한다. 가다가는 궁녀들과의 미완성 염문도 일으킨다. 그리고 영악한 내시는 환관으로서 음양으로 정무에 관여하는 당당한 세력을 형성한다.
 두령은 상선(尙膳), 종이품관이다.
 그들은 남자 구실을 못 하기 때문에 대궐 안에서 기거한다. 무예청이나 호위영 군사들은 대궐 안에서 기거 않는다.
 궁정에는 수백 명 궁녀들이 젊음과 아름다움을 시새움한다.
 그네들은 불타는 정염을 억제하며 청춘을 허송한다. 남자가 없어서 몸부림들을 친다.
 그런 여자의 우리 속에다 온전한 남자들을 기거시킬 수는 없었다. 그래 병신들만 모아다 놓았다. 제깐 놈들이 설혹 여자를 건드려 봤자 별 수 있겠느냐는 생각에서다.
 대원군은 그 내시부에도 자기의 심복을 박아 둘 필요가 있었던 것이다.
「넌 대전장번(大殿長番)의 소임을 맡아라.」
대원군은 공구 감격하는 이내시한테 임금의 주변을 보살피라고 했다.
「하해 같으신 은총, 신명을 바쳐 보답하기로 맹세하겠사옵니다.」
이민화의 말하는 품은 몹시도 야무졌다.
「궐내의 맥류(脈流)를 살피는 게 너의 직책이다.」
대원군은 이민화가 내시 쳐놓고는 누구보다도 약삭빠르고 똑똑할지도 모른다는 생각에서 스스로 만족했다.
그는 일종의 집을 짓고 있는 것이었다. 정치적인 집을 짓고 있었다. 이 나라를 다스리기 위해서 조직이라는 이름의 집을 짓고 있었다.
그 집에는 신경줄이 거미줄처럼 고루 얽혀서 대원군 자기의 의사에 민감해야 하는 것이다.
대원군의 인선방법은 너무나 즉흥적인 것 같았으나 실은 그런 것도 아니었다.
그는 면밀한 계산 하에서 파격이라는 특수 전법을 원용할 뿐이었다.
그는 다분히 인기라는 것을 염두에 두고 일에 당하는 성싶었다.
세평은 그에게 지극히 민감했다. 그리고 호평이었다.
(그는 어쩌면 걸물일지도 몰라!)
출신의 동서남북을 가리지 않고 인재라고 인정하면 서슴없이 등용해 버리는 그의 인사정책이 통쾌하다는 것이다.
──누구든지 저만 똑똑하면 한자리 뚝딱 얻어 할 수 있다.
그런 세상이 왔다.
운현궁엔 연일 온갖 잡동사니가 다 모여들었다.
그러나 대원군은 또 그런 무리에겐 냉혹하게 대했다. 말하자면 그의 태도엔 변화가 많았다.

어느날 아침 운현궁엔 묘령의 처녀들이 모여들었다. 제비부리의 검정 갑사댕기를 맵시 있게 치렁치렁 드리운 처녀들이 하나, 둘, 셋 모여들었다.

촌닭 서울에 잡아다 놓은 것처럼 처녀들은 어리둥절했지만, 외양들은 제법 반반했다.

「넌 나이가?」

내실로 직접 인도된 처녀 셋은 부대부인 민씨에게 공손히 인사를 하고 한편으로 비켜 앉았다. 비켜 앉자, 부대부인이 가장 앳된 처녀에게 물었다.

「열 여섯이옵니다.」

천희연의 누이동생이라고 했다. 피부는 가무잡잡했으나 갸름한 얼굴 윤곽에 콧등이 날카롭게 선 것을 보면 꽤 성깔이 있을 아이가 분명하다.

「넌?」

「열 여덟이옵니다.」

「과년했구나.」

하정일의 누이동생은 얼굴이 둥글었다. 이마가 넓은 것을 보면 마음이 착할 것 같았다. 처녀 나이 열 여덟 살이면 아닌게아니라 과년이다.

「어디 혼처 정한 곳도 없었더냐?」

「없었사옵니다.」

있다고 치더라도 없다고 대답할 것이다. 대궐의 나인이 되기 위해 운현궁에 불려와서 작정된 혼처가 있다고 대답한다면 숙맥이다.

「넌 이름이 뭐지?」

부대부인은 안필주의 누이동생에게 물었다.

「안신녀라고 부르옵니다.」

간난이나 언년이가 아니라 신녀라고 부른다는 안처녀의 눈총은 흑진주처럼 반짝였다.

부대부인은 세 처녀를 앉혀 놓고는 조신하게 타일렀다.

「모두들 오래비한테 얘길 듣고 왔겠다만, 너희들은 뽑혀서 궁중에 들어가느니만큼 짐이 무겁다. 궁궐은 완연히 다른 세상이야. 오늘날까지의 너희들의 모든 생활과 인연을 깨끗이 등지고, 오로지 지존을 위해서 지존이 계신 궁중법도에 따라서 너희들의 인생이, 인생의 향방이 새롭게 펼쳐진다는 것을 명심해야 한다.」

부대부인의 훈계는 엄숙했다.

「여자가 성숙한 나이로 나인이 돼서 궁중에 들어간다는 것은 영광스럽기도 하다만, 우선은 지극히 괴로운 일이다. 일신의 모든 욕정을 버려야 해. 물욕도 음욕도 버려야 하고 자기 권속에 대한 사랑도 제 몸에 대한 사랑도 다 버리고, 오직 대전을 위해서 대전을 모시는 궁중의 웃어른을 위해서 일신을 바쳐야 하니까, 열 가지 백 가지 괴로운 일 투성일게다.」

부대부인은 남편 대원군이 왜 이 처녀들을 직접 골라서 궁중으로 들여보내는 것인지 그 까닭을 빤히 짐작하고 있었으나, 그러나 남편의 숨겨진 의도는 일절 비치지 않았다.

오직 임금을 위해서 충성을 다하라고만 일렀다.

오직 자신의 영욕을 버리고 훌륭한 나인이 되라고만 했다.

부대부인은 특히 다짐해서 일렀다.

「나인이 돼서 가장 삼가고 경계해야 할 일은 남을 의심하는 것과 질투하는 것과 남의 말 즐겨하는 속성들이다. 내가 알기로는 대궐 안의 반목과 불화가 한낱 나인들의 입초시로 싹트는 수가 많단 말이다. 언제나 자기 인격에 부끄러운 일이 없도록 명심할 것이다.」

부대부인은 처녀들에게 며칠 동안 자기 밑에서 궁중의 풍습과 법도를 익히라고 일렀다.

마침 그 무렵이었다.

부대부인은 대원군에게 세 처녀를 인사시켰다.

대원군은 세 처녀들을 번갈아 가며 바라보다가 불현듯 부대부인에게 물었다.

「왜 세 아이뿐이란 말이오? 장순규의 누이는 어째 안 왔소?」

부대부인 민씨는 하인한테서 들은 대로 남편에게 대답했다.

「장서방 누인 용인에 살고 있다는군요. 데리러 간 모양인데 아직 돌아오지 않았대요.」

「그 녀석은 친동기가 아니라지?」

「그래요?」

그 장순규가 처녀 하나를 앞세우고 운현궁에 나타난 것은 이틀 뒤 저녁 나절이었다.

그날 밤, 대원군은 그 장씨 성을 가진 처녀를 접견해 보고는 의외로 깜찍한 미모에 감탄했다.

「네 이름이 뭐냐?」

그는 말을 걸어 봤다.

「장귀희라고 부르옵니다.」

「귀희?」

대원군이 그 희한한 이름을 듣고 반문하니까,

「이번에 새로 지은 이름이옵니다.」

처녀는 귀밑을 붉히면서 그런 묻지도 않은 말을 자진해서 털어놓았다.

「누가 지어 줬느냐?」

「오라버니가 지어 줬습니다.」

「오래비람 순규 말이냐?」

「네.」

「어허, 죽일 놈!」

대원군은 실소를 터뜨리고 말았다.

장순규의 의도는 뻔한 것이었다.

이왕 나인이 된다면 임금의 총애를 받아 귀하게 되라는 뜻에서 미리 귀희(貴姬)라고 이름을 붙여 준 것이 분명하다.

처녀를 내보내자, 대원군은 부인을 돌아보며 말했다.

「순규란 놈 말대로 제법 절색이구려. 촌티만 벗으면 말야.」

부인 민씨는 남편을 쳐다보며 말없이 빙그레 웃었다.

「왜 웃소?」

「대감께서 그 앨 보시고 단박 욕심을 내시는 것 같아서요.」

「무슨 소릴!」

부대부인은 남편의 살쩍에서 흰 머리털 한 올을 뽑아들고 말했다.

「왜 그런지 그 애가 제 눈엔 요기(妖氣)가 승해 보이는군요, 대감.」

남편도 그 말에는 동조했다.
「글쎄, 좀 음란한지도 모르지? 그 눈웃음치는 게 말야.」
대원군 부부의 사람 보는 눈은 정확했다.
아닌게아니라 장순규는 몹시 망설이면서 그 처녀를 데리고 온 것이다.
그는 대원군에 대한 죄의식으로 몹시 불안했다.
── 나인이 되려고 궁중에 들어가는 처녀는 남자의 피부를 모르는 순짜라야 한다.
이만한 상식쯤이야 가지고 있는 장순규였다.
그런데 그게 아니었으니 그는 죄스럽고 불안할밖에 없다.
그는 기가 막히는 광경을 목격했으면서도 그 처녀를 데리고 왔다.
그에겐 친동기 중에 성숙한 여동생이 없었다. 그래 친척 중에서 적임자를 모색한 것이다.
경기도 용인에 김양장이란 촌락이 있다.
거기 장순규의 먼 친척 몇 가구가 살고 있었고, 당숙 뻘 되는 사람에게 똑똑한 외동딸이 있었다.
(얼마나 좋아들 하리!)
그런데 120리 길을 찾아가 보니, 사정이 전연 달랐다.
그의 당숙은 농사는 짓고 있을망정 지조 있는 유학자였다. 조카의 신바람 나는 이야기를 묵묵히 듣고 있던 그는 서서히 고개를 가로저었던 것이다.
「글쎄, 난 마음에 땡기질 않네!」
장순규는 비웃어 주었다.
(이 땅두더지 같은 양반아, 답답두 하구나!)
그러자 그의 당숙은 담담하게 말했다.
「여자란 나이 들면 시집가서 배나 곯지 않구 남의 씨나 받아 주면 되는 겔세. 뭐가 답답해서 다 키운 딸자식을…….」
궁중으로 들여보내서 평생을 처녀로 한숨짓게 하느냐는 것이었다.
「잘돼야, 임금의 후궁이셨구나. 자고로 후궁 쳐놓고 종당엔 피눈물 안

흘린 예가 없더라.」

그는 장순규의 속셈을 빤히 들여다보듯이 말했다.

「자네나 내나, 그 애 덕을 볼 수는 있겠지. 우린 그 애 덕분에 일시적인 호강을 할는지 모르겠네. 그러나 호강 끝엔 반드시 눈물이 있어. 나는 그런 호강두 원치 않을 뿐더러 늘그막에 눈물 짜는 것은 원치 않네!」

그의 결론은 장순규가 듣기에도 지극히 고루했다.

「농사꾼의 딸년, 농사꾼한테로 놓을라네. 삼복엔 보리개떡으루 연명을 하구, 삼동엔 도토리묵으루 끼니를 잇는 한이 있더라두, 시골계집앤 시골서 사는 게 좋아.」

장순규는 하는 수 없이 말했다.

「그럼 아저씨, 당사자의 말이나 한번 들어 보구 가게 해주십쇼.」

장순규는 당사자를 직접 설복할 작정이었다.

「맘대루 하게나. 그러나 우리 그 앤 이 고장 사방 삼십 리에 소문이 자자할세. 얌전하다구 말야. 설복 안 될걸!」

그러나 아버지는 아버지고 딸은 딸이었다.

처녀는 깔끔한 눈동자를 반짝이면서 자기 의사를 분명히 밝혔던 것이다.

「오라버니의 말씀 대강 들었어요. 전 오라버닐 따라서 서울에 가구 싶어요.」

딸의 아버지는 딸의 말에 어이가 없었던 것 같다.

「이 애비가 끝내 안 된다구 해두 넌 서울엘 가겠다는게냐?」

딸은 아버지에게 어리광처럼 대들었다.

「보내 주세요. 안 보내 주셨다가 두구두구 아버질 원망하면 어쩌실래요?」

바로 그날 밤, 장순규는 그 기가 막힌 광경을 목격했던 것이다.

준비도 있고 하니 그네들 오누이는 이틀 후에 서울로 함께 올라오기로 작정이 됐었다.

집 안은 밤중까지 떠들썩했다. 벌써 소문이 퍼져서 친척 아낙네들과 동네 처녀들이 모여들어 밤늦게까지 서울 대궐로 나인이 돼 간다는 장씨 집 외동딸의 전정을 축복해 주느라고 떠들썩했다.
 밤은 어느때쯤 됐을까. 사랑에서 잠들었던 장순규는 변기를 느끼고 밖으로 나왔다.
 밤바람은 쌀랑했다. 상현달은 어디에 있는지 보이질 않았다.
 컹컹컹, 어디서 개가 시끄럽게 짖어댔다.
 장순규는 뒷간에 턱을 괴고 앉아 있다가 사람 발자국 소리에 귀를 기울였다.
 장순규는 온 신경을 그 발자국 소리에 집중시켰다.
 (도둑놈인가?)
 사립문을 손쉽게 열고 안마당으로 들어가는 괴한의 뒷모습은 의외로 당당했다.
 장순규는 빙그레 웃으면서 소리 안 나게 뒷간문을 열고 나왔다.
 (저놈을 튀길 게 아니라 내 손으루 잡아야겠다.)
 그는 수수깡 울타리 뒤로 몸을 잽싸게 감추면서, 괴한의 동정을 엿봤다.
 안방에도 사랑에도 등잔불은 꺼져 있었다. 우연일까. 부엌 옆에 달린 아랫방에만 아직 창문이 훤했다.
 그런데 희끄무레한 괴한은 그 아랫방으로 서슴없이 접근해 가고 있는 것이었다.
 장순규는 또 어둠 속에서 빙그레 웃었다.
 (저놈을 그저 한 주먹에 때려 잡아야지.)
 촌놈 한둘쯤 때려 눕히기엔 자신이 만만한 그였다.
 장순규는 어둠 속에서 눈을 부릅뜨고 괴한의 동태를 살폈다.
 괴한은 아랫방 문 앞으로 다가가더니 문꼬리를 가볍게 흔들었다.
 그것은 바람에 흔들리는 정도밖엔 안 됐다.
 그러나 신기하게도 방문은 소리없이 열렸다. 밖에서 연 것인지 안에서 열어 준 것인지 하여간 방문은 소리없이 열렸다.
 그리고 괴한은 마치 흡수되듯 방 안으로 들어가 버린 것이다.
 장순규는 정신이 얼떨떨했다. 도깨비에 홀린 것처럼 정신이 얼떨떨해서 담력을 잃고 말았다.

이제는 이웃에서 개도 짖지 않았다.

하늘에는 별빛이 차갑고 밤바람은 품속으로 파고들어 그는 부지중에 몸을 으스스 떨었다.

(저 방엔 틀림없이 그 누이가 혼자 자고 있다.)

사람 도둑인지 물건 도둑인지 분간을 할 수가 없었다. 방문이 닫히자 이내 불이 꺼졌다. 그리고 방 안이 사뭇 조용한 것을 보면 도둑은 우선 등잔불을 끈 다음 저 할 짓을 하기 시작한 것임에 틀림이 없다.

「첫잠이 들었겠지! 누인 누가 업어가도 모를거야. 첫잠이 마악 들었을 테니까.」

장순규는 뇌까리면서 안마당으로 들어섰다. 살금살금 방문 앞으로 접근해 갔다. 신경을 곤두세우고는 귀를 기울였다.

그런데, 놀라운 일이었다.

방 안 어둠 속에선 갑자기 소곤소곤 대화소리가 들리기 시작했으니 말이다.

어처구니가 없었다.

「서울 간다지?」

「가기루 했어.」

「가지 말어.」

「너두 서울루 오게 할께.」

또 무슨 대화가 오고갔는지 장순규는 분별해 듣지를 못했다. 그는 방 안에서 새어나오는 거칠은 숨소리를 들으면서 어둠 속에서 자기 입술을 깨물었을 뿐이다.

장순규는 문득 당숙의 점잖던 말이 머리에 떠올랐다.

(우리 그 앤 이 고장 사방 삼십 리에 소문이 자자할세.)

장순규는 의분을 느꼈다. 여편네 바람기를 모르는 건 오직 서방뿐이라더니 딸년의 부정한 행실을 모르는 건 오직 아범뿐이구나 싶어서 그는 참을 수 없는 의분을 느꼈다.

두 남녀의 수작은 아주 익숙한 것이었다. 계집애의 비음(鼻音)은 들기에도 쾌락의 절정이었다.
 장순규는 그날 밤 밤새도록 혼자 자문자답했다.
 ── 그만 두자.
 ── 그래두 데려갈까?
 ── 궁녀는 처녀라야 한다!
 ── 누가 알 게 뭐야!
 천희연도 하정일도 안필주도 누이들을 자랑스럽게 데려왔을 것을 생각하니 그는 서울로 혼자 돌아갈 수가 없었다.
 (자식들, 제각기 하나씩 나인으루 들여보내 놓구 거드럭댈텐데!)
 장순규는 심각하게 망설이던 끝에 눈 딱 감고 처녀와 함께 길을 나섰던 것이다.
「너 대궐에 한번 들어가는 날이면 다른 데론 시집을 못 간다. 괜찮니?」
 그는 산길을 호젓이 걸으면서 넌지시 그런 말을 물어 봤다.
「시집 같은 건 안 가요!」
 깜찍한 대답을 서슴지 않고 해내는 처녀에게 장순규는 말문이 막혔었다.
「서울 가거든 네 이름이 귀희라고 그래라! 귀희, 장귀희, 이름이 아주 좋다!」
 그 장귀희가 네 처녀 중에서도 가장 똑똑하고 잘생겼다는 운현궁의 평판이었다. 대원군도 부대부인도 칭찬이었다.
 장순규는 그것이 더욱 죄스럽고 불안하기만 했다.
 고민하다가 부대부인을 조용히 찾았다.
 ── 차마 대원위대감께야.
 대원군한테는 차마 그런 내막을 털어놓을 수 없을 것 같았다.
 장순규는 인자한 부대부인에게 의논하고 그 지혜를 비는 편이 훨씬 수월할 듯싶었다.
「마마께 조용히 여쭐 말씀이 있습니다.」
 부대부인의 한가로운 틈을 잡고 장순규는 말을 걸었다.

「마마라니? 마님이라구 그러게.」
부대부인 민씨는 자애로운 미소로 그를 대해 줬다. 중문 안에서였다.
「무슨 얘긴가?」
「황감한 말씀이오나, 나인은 꼭 처녀라야만 될 수 있읍지요?」
부대부인 민씨는 장순규의 엉뚱한 물음에 눈을 둥그렇게 떴다.
「그게 무슨 소린가?」
반문하는 민부인은 남편의 충실한 비복을 냉연한 표정으로 돌아다봤다.
「이번 대원위대감 분부대로 대궐에 들어가는 소인네의 누이들은 문자 그대로 숫처녀의 깨끗한 몸이라야만 되는 게 아니옵니까?」
부대부인은 그가 아무리 허물없는 자기 집 비복이긴 하지만 외간 남자와 나눌 수 있는 화제가 아니라서 얼굴을 붉혔다.
「장서방! 감히 내 앞에서 어찌 그런 말을 서슴없이 꺼낸단 말인가?」
장순규는 허리를 굽히며 겸연쩍은 듯이 뒤통수를 긁었다.
「황감합니다, 마마.」
「글쎄 마마는 아무한테나 쓰는 게 아니라니까.」
김좌근의 소실 나합은 뭇 아첨배들한테 평연히 당당하게 마마라는 말을 들어 왔다지만, 부대부인 민씨는 그런 분외의 호칭이 싫었다. 부대부인은 상반신을 옆으로 틀고는 점잖게 그를 나무랐다.
「무슨 얘긴진 모르지만, 듣기가 민망하네. 아마 이번에 나인이 될 네 처자 중에 몸이 깨끗하지 않은 아이가 있는 게로군?」
들어 넘기기엔 너무나 중대한 일로 부대부인은 알았던 것 같다.
장순규는 두 손을 마주 비비면서 대답했다.
「황감합니다. 사실인즉슨 그러하옵니다.」
「어느 앤가?」
「제 누이년이올시다.」
「그래? 왜 시집을 갔었던 앤가?」
「그렇진 않사옵고…….」
「그럼?」

「시집도 가기 전에 사내를 본 계집애올시다. 세상은 다 속일 수 있어도 대감과 마님한텐 거짓말을 할 수가 없어서…….」
그러나 부대부인 민씨는 고개를 가로저었다.
「글쎄, 자세힌 알 수 없네만, 남녀문제에 대한 세상 풍문이란 곧이곧대로 믿었다간 남에게 억울한 누명을 씌우기 쉽네.」
점잖은 말이긴 했다. 그러나 장순규는 답답해졌다. 말을 꺼낸 이상 흐지부지 얼버무릴 노릇도 아니다.
그는 퉁명스럽게 말했다.
「풍문이 아닙니다, 마마.」
「마님이라고 부르라니까!」
「풍문이 아닙니다, 마님.」
「증좌라도 있단 말인가?」
「증좌 정도가 아닙니다, 마마.」
「마님이라구 부르라니까!」
「황감합니다. 마마, 님.」
「누가 본 사람이라두 있다던가?」
「마님, 제 눈깔루 봤사옵니다.」
「자네 눈으루?」
「제 눈깔루 사내와 동침하는 걸 봤사옵니다.」
부대부인 민씨는 그 소리엔 말문이 막히는 모양이다. 얼굴이 붉어졌다. 입술이 떨리고 있었다.
부대부인 민씨는 샐쭉한 눈으로 힐책하듯 말했다.
「그런 애를 애초에 왜 데려왔나? 자넨 미리 알았다면서.」
장순규는 또 뒤통수를 긁적거리며 대답했다.
「천하장안 저희 네 녀석 중에서 혼자만 못 데려올 수도 없잖습니까.」
부대부인은 고개를 끄덕였다. 행보를 옮기기 시작하면서 장순규에게 말했다.
「아직 아무한테두 얘기 말게. 내 대감께 의논해 볼 테니.」
그날 밤 민부인은 대원군과 마주 앉자, 느닷없이 그 이야기를 꺼냈다.

「장순규가 데려온 아이는 처녀가 아니라는군요!」

대원군은 처음엔 놀라는 기색이었으나 아내의 대강 이야기를 듣고 나더니 의외로 대수롭잖은 반응을 보였다.

「궁중에 들어가고 난 다음이 문제지. 제 집에 있을 때야 무슨 짓을 했는지 신이 아닌 이상 누가 보장하겠소! 댕기꼬랭이 땋은 처자라면 처녀 줄 알 수밖에.」

그는 수염을 쓰다듬으면서 또 말했다.

「시골 것들이 사내맛은 먼저 아는 법이오. 서울에서야 눈도 많고 그럴 만한 장소두 없지만, 시골이야 날만 어두우면 온 천하가 별빛 아래 괴괴하니 남녀가 아무 데서나 어울린들 누가 아오.」

그는 담배를 한 모금 빨고 나서 또 혼자 지껄였다.

「그 눈동자 돌아가는 게 시골계집애치곤 보통이 아니잖았소? 꽤 바칠 아이야…….」

부대부인 민씨는 화롯불에 잣죽을 데우면서 조신하게 말했다.

「여자의 행실이란 쉬이 고쳐지는 게 아니잖아요? 세종조 때의 궁녀통외사건(宮女通外事件)만 해두 행실 부정하던 애가 궁중에 들어갔기 때문에 그런 망측스런 일이 일어났던 게 아녜요?」

1444년이니까 세종 26년에 있었던 색다른 사건이다. 늦가을 시월이다.

부마(駙馬)는 임금의 사위, 권공이라는 부마는 난봉기가 대단했다. 그는 자기 아내인 옹주의 시종들을 자주 건드렸다.

고미라는 궁녀와는 특히 물불을 가리지 않았다. 명예도 체통도 돌볼 겨를이 없었다.

그네들은 끝내 사랑의 도피를 감행했다. 수강궁(壽康宮)의 두 길 담장을 손에 손을 잡고 뛰어넘어 도망을 쳤던 것이다.

이 대담무쌍한 염문은 세상을 발칵 뒤집어 놓았다. 그들은 이내 잡혔다.

권공이라는 그 난봉꾼과 관련이 있었다는 혐의를 받은 궁녀는 실로 100여 명에 이르렀다. 젊고 아름다운 궁녀 100여 명이 경복궁 밀실에 간했다. 매일 기괴한 대화의 엄중한 신문이 계속되었다.

방자(房子)는 궁녀 방의 계집종이다. 특히 수강궁의 방자와 시녀 여덟 명이 부마 권공 앞에서 치마끈을 풀었다고 해서 의금부로 송치됐던 것이다.

부대부인 민씨는 그 궁녀통외사건도 남자보다는 여자들의 근본 행실이 나빠서 일어난 것이라고 생각한다. 그러니까 장순규의 누이동생을 아예 실격시켜 버리자는 의견이었다.

민부인은 자기의 귀여운 아들을 위하는 마음에서였다. 궁중에서 남자의 상징은 오로지 국왕이다. 그런 부정한 여자를 대전으로 들여보내기는 싫었다.

그러나 대원군은 어떤 생각에선지 일소에 붙였다.

「괜찮아! 삼백 궁녀 중에 어떤 내력의 여자가 섞였는지 알 게 뭐요.」

중국은 삼천 궁녀다. 하(夏), 은(殷), 주(周)의 삼대시절부터 궁녀 제도가 비롯됐다.

이래, 그 종주국 황제궁엔 삼천 궁녀지만 속방인 이 나라의 왕궁엔 삼백 궁녀가 대전, 내전에 들끓는다.

대원군은 정색을 했다. 부인의 얼굴을 말끔히 들여다본다. 이마가 맞닿을 만큼 얼굴을 부인에게 접근시킨 대원군은 말했다.

「계집앤 그런 걸 다 겪어 봐야 여무는게요. 내가 원하는 건 그런 여문 계집앨 대전 주변에 박아 두는게야!」

그러나 민부인은 끝내 불쾌한 표정이었다.

「안 될 말씀이세요. 상감 주변에다 하필이면 그런 부정한 애를 둬 두자니 안 될 말씀이세요!」

여필종부의 사상에 젖어 있는 부대부인 민씨였지만 그러나 결연히 항변했다.

대원군은 웃었다. 역정을 낼 것 같은데 웃었다.

「왜 그 애가 빈(嬪)이 될까 봐 걱정이시오? 참 그 애 이름이 귀희랬나? 귀인(貴人)이라도 될 것 같소? 설혹 된들 어떻겠소? 강물에 뜨는 배를 타려면 오히려 새것은 피하는 법이오. 불안하니까. 귀희가 상감의 총애를 받아 귀인이 된들 그 또한 좋지 않으리까!」
　부대부인 민씨는 능청을 부리는 남편한테 가볍게 눈을 흘겼다.
　「어리신 상감을 두고 별 망측한 말씀을 다 하시는군요. 그런 부정한 애가 귀인이 되다뇨.」
　민부인의 결백으로는 도저히 용납 못 할 이야기가 아닐 수 없다.

　궁녀가 임금의 총애를 받아 하룻밤 동침의 영광을 얻으면 대뜸 종사품 이상의 품계를 딴다.
　빈(嬪)은 정일품이다. 그 아래로 귀인(貴人), 소의(昭儀), 숙의(淑儀), 소용(昭容), 숙용(淑容), 소원(昭媛), 숙원(淑媛) 등의 칭호가 있다. 그리고 정일품에서 종사품까지의 품계가 있으나 그들에겐 직책은 주어지지 않는다.
　상궁(尙宮)은 정오품에서 종구품으로 내려간다. 갓 입궁한 무수리 따위는 물론 품계도 없다.
　그네들은 임금한테 속살을 보이지 못하고는 꽃다운 처녀로 들어가서 새우등처럼 늙어 꼬부라져도 종사품 이상으로는 오르지 못한다.
　그러니까 상궁나인들은 결사적이다. 어떻게 하든지, 무슨 방법으로든지 임금이라는 사나이에게 하룻밤 노리개 노릇을 할 기회를 얻으려고 결사적이다.
　삼백 궁녀다. 쉬운 일일 수가 없다. 요행히 잠시 동안이라도 그 사나이의 위안물이 되면,
　「얼씨구나, 됐다!」
하고 그 자리에서 치마를 홀떡 뒤집어 입고 치마꼬리를 칭칭 감아 쥔다.
　「나두 전하를 모셨다!」
　이런 말 대신 치마꼬리를 치키고 뒤집어 입는다.
　그리고는 동료 궁인들한테 뒤집어 입은 치마를 자랑한다.
　국왕은 그날로 승정원에 명한다.
　「아무개는 과인의 총애를 받은 몸이니…….」
　무슨 품계의 무슨 칭호를 준다는 칙지(勅旨)가 내린다.

궁녀 된 몸으로 이 아니 영광이겠는가.

모두들 결사적으로 미태(媚態)를 다투지만 자칫 세월은 무심히 흘러 흘러 고스란히 처녀로 늙는 게 그네들의 운명인 것이다.

그 삼백 궁녀 속에다가, 정조를 잃은 게 미상불 흠은 흠이지만 장순규의 동생 하나쯤 섞어 놓은들 어떠랴 싶은 것이 지금 대원군의 속셈이다.

그는 농담조로 말했다.

「나를 따르는 자에겐 복이 있나니, 그 출신을 가리지 않는도다!」

민부인은 그 소리를 듣자 얼굴이 붉어지고 가슴이 뛰었다. 남편은 성경의 한 구절을 엉뚱하게 인용해서 자기를 은근히 놀리는 것이라고 생각하지 않을 수 없었다.

침묵했다.

오랜 부부 사이의 방사(房事)는 하찮더라도 계기가 필요하다.

그날 밤 대원군은 장년기의 남편으로서 아내에 대한 의무에 유열을 느꼈다. 며칠 후 천하장안의 네 가지 성을 가진 처녀들은 소리소문없이 창덕궁으로 일제히 투입됐다.

또 며칠 후 대원군은 천하장안 네 녀석을 뜰아래에 은밀히 불러 놓고 엄숙히 명령했다.

「너희들은 내 말을 명심해 들어라!」

대원군은 가슴을 딱 벌리고 뒷짐을 지고, 턱을 당기고, 눈을 치뜨고, 천하장안 네 사람을 뚫어지도록 쏘아봤다.

그의 음성은 실로 장중했다.

「나는 국태공이다. 나의 명령은 상감의 어명을 대신한다. 나는 국태공으로서 이 나라 백성들을 괴롭히고 있는 탐관오리들을 말끔히 쓸어 버릴 작정이다. 지방 관원 중에 누가 탐관이고 누가 오리인지 시급히 분별해야 하겠다. 너희들은 사흘 안에 도성을 떠나라. 사명은 극비에 붙이고 각 지방을 답사하라. 눈이 밝아야 한다. 귀에 들리는 풍문만을 믿지 말라. 확인하고 증거를 잡아라. 민심의 소재를 살피라. 소망을 들어 보라. 관원이 그들을 어떠한 방편으로 괴롭히는가, 어떻게 하면 농군들의 괴로움을 덜어 줄 수 있는가를 탐지하라. 너희들에겐 마패(馬牌)가 없다.

그러나 너희들의 소임은 암행어사와 다를 배 없다. 통렬하게 권력을 행사할 수는 없다. 어떠한 어려운 일에 부딪치더라도 꼬리를 잡히거나 정체를 드러내서는 안 된다. 기한은 3개월이다. 노자는 충족치 않다. 때에 따라선 품팔이라도 할 작정을 하라. 알겠느냐?」

숨 쉴 사이도 없이 내려쏟는 대원군의 명령이다. 엄청난 권위가 그 음성에 깃들어 있었다.

천하장안 네 장한들은 일제히 허리를 굽혔다.

「예이, 분부대로 거행하겠습니다.」

대원군은 뒷짐을 진 채 잠시 서성대고 있었다. 스스로 흥분하고 있는 것 같았다.

그는 서성거리던 발길을 멈추더니 두 다리를 마룻장 위에다 탁 버티었다.

「천희연!」

키다리 천희연을 불렀다.

「예이.」

「너는 황해도로 해서 평안도를 돌아라.」

「예이.」

천희연의 패랭이가 머리 위에서 건들 움직였다.

「하정일!」

「예이.」

「너는 강원도와 함경도다. 철원 삼방 땅을 밟고 원산, 함흥, 단천, 청진, 회령으로 더듬어 올라갔다가 다시 쭉 내려와서, 안변, 통천 고저, 속초를 거쳐 강릉 경포대에서 해 뜨는 거나 잠시 구경하고 묵호, 영월, 원주 양구로 해서 서울로 돌아오라. 노정이 특별히 기니, 네겐 한 달을 더 준다. 다리 힘은 튼튼하냐?」

「예이, 나귀 다리보다는 튼튼합니다, 대감.」

하정일은 코끝을 벌름거리며 고개를 발랑 젖혔다.

「장순규 차례냐?」

「예이.」

「네놈은 경기도와 충청도다.」
「예이, 분부 황감하게 받자옵겠습니다.」
「이놈아!」
「예이?」
「계집애들 속곳 밑이나 훔쳐보고 다니는 게 네놈의 소임이 아니다.」
장순규는 그 말귀를 알아듣고 갈퀴발 같은 손가락으로 뒤통수를 긁적거렸다.
「필주야!」
「예이, 소인은 전라, 경상을 맡으랍쇼?」
「가장 중요하고 까다로운 곳이다. 가난한 놈도 많고 부한 놈도 많은 고장이다. 특히 근래의 민란으로 뒤숭숭하고 사단이 많은 게 전라, 경상이다. 그리고 수령방백의 주구 방법도 가장 교활하고 우심한 곳이니 각별히 유의하라!」
포수와 네 마리의 사냥개, 주인의 명령은 떨어졌다. 사냥개들은 일제히 짐승들이 우글대는 미지의 숲을 향해 후각을 세우고 치달리기 시작했다. 그런 형국이었다. 겉보기엔 조용하지만 운현궁의 세력은 착착, 그 골격이 형성돼 가고 있었다.
대원군의 일처리는 쾌도난마처럼 거침이 없는 즉결방법이지만 그러나 그것은 용의주도한 계산 아래 진행되는 틀림없는 포석이었다.
창덕궁엔 궁녀라는 이름의 귀와 눈과 입이 내시 이민화를 정점으로 비밀리에 포진됐다.
의정부와 육조엔 집사라는 이름의 귀와 눈과 입이 거머리처럼 달라붙었다.
훈련대장, 금위대장과 같은 힘의 수령도 자기 사람으로 앉히고 조정의 삼정승 육판서도 과거의 세력은 말끔히 쓸어 버렸다.
이제 서울이 아닌 각 지방에도 천하장안이라는 그의 충복들이 정보수집을 위한 밀령을 띠고 흡사 파문처럼 쫙 퍼져 나갔다.
대원군은 연일연야의 격무로 심신이 피로해졌던 것 같다.
하룻밤 하룻낮을 꼬박 누워 있었다.

감기 기운에다가 몸살이 겹쳤던 듯싶다.

신열이 있었으니 오한이 났다. 오한에는 으레 팔다리의 통증이 따르게 마련이다. 허리도 아팠다.

모든 내객을 만나지 않고 이틀을 조리했다.

저녁 무렵, 날씨는 또 궂기 시작했다. 눈발이 희끗희끗 날리는 듯하더니 진눈깨비로 변했다.

대원군은 사랑에 누워 있다가 홀연히 눈을 떴다. 눈을 뜬 그는 초점 없는 눈으로 천장을 멀거니 쳐다보고 있었다.

「야속해 하겠구나!」

그는 하품을 싸악 하면서 뇌까렸다.

천장 가득히 추선의 얼굴이 떠올랐다. 수척해진 모습이었다. 애련한 눈총엔 슬픔이 깃들어 있는 것 같았다.

대원군은 그 추선의 따스한 정이, 여정(女情)이 불현듯 그리웠다.

추선의 그 착한 마음씀이, 그 영리한 성품이, 그 불타는 애정이, 그 뛰어난 재질이 대원군은 새삼 그리웠다.

(틈을 내서 한번 만나 주도록 해야겠구나! 호강두 좀 시켜 줘야겠구.)

대원군이 이런 생각에 잠겨 있을 때였다.

「대감께 아뢰옵니다.」

새로 가령(家令)이 된 이상지가 뜰아래에 와서 허리를 굽혔다.

「무슨 일이냐?」

「계동대감께오서 오셨습니다.」

계동대감이라면 홍인군(興寅君)이다. 홍인군이라면 이최응이다. 이최응은 홍선군 이하응의 형이다.

형제 사이의 의가 그다지 좋은 편이 아니라서 내왕이 빈번하지가 않았었다.

홍선이 대원군이 된 후로 꼭 한 번 하례차로 운현궁엘 다녀갔을 뿐이었다.

「들어오시라고 여쭤라!」

내객과의 면담은 사절하고 있는 중이었지만 친형이 찾아왔다는데엔 안 만날 도리가 없었다.

흥인군 이최응은 동생 대원군처럼 작은 키는 아니었다. 오히려 큰 편이었다. 신수도 희멀겋게 훤했다.

그러나 그는 대원군처럼 야무진 사람은 아니었다. 헐렁헐렁하는 성품에다 좀 헤식은 음성을 가지고 있었다. 사람을 꿰뚫을 듯한 대원군의 눈총과는 달리 어딘가 기백이 없고 그러면서 탐욕스러운 일면이 있다는 중론이었다.

「몸이 좀 불편해서 누워 있던 중예요.」

대원군이 자리를 권했다.

「눠 계시오. 감기가 드셨는가?」

국태공이다. 동생이지만 형은 하댓말을 쓰지 못했다.

대원군은 예고없이 찾아온 형의 눈치를 흘끔 살피면서 까닭없이 경계를 한다.

형제는 잠시 동안 서로 먼저 말을 꺼내지 않았다.

형은 연죽통에서 양철 간죽 긴 담뱃대를 뽑아 객초를 담으려다 말고 담뱃대를 다시 통에 꽂았다.

국태공이다. 동생이지만 그의 앞에서 담배를 피울 것인가 아닌가를 잠깐 망설인 것 같다.

「담배 피우세요.」

동생이 형에게 자기 앞에서 담배 피우는 것을 허락했다.

이최응은 다시 담뱃대를 뽑아 은수복(銀壽福) 대통에다 삼등초(三登草)를 꼭꼭 눌러 담았다.

그는 반투명의 청자빛 옥물부리를 깊숙히 입에 물다가 쑥 뽑으면서 부싯돌을 탁 탁 탁 치기 시작했다.

그것을 바라보고 있던 대원군은 옆에 놓인 곱돌화로를 형의 앞으로 밀어 놓았다.

「화롯불에 붙이시지요.」

형은 치던 부싯돌을 챙겨 놓고는 동생의 권고대로 화롯재 깊숙히에다 대통을 박았다. 뻑 뻑 뻑 소리 내며 힘들여 물부리를 빨아댔다.
「태공한테 청이 하나 있어서 왔네.」
형은 한마디 불쑥 꺼내 놓고는 동생의 눈치를 불안스럽게 지켜봤다.
「무슨 말씀이신지요?」
동생은 당연히 이렇게 반문할 것이지만 잠자코 형의 다음 말을 기다렸다.
이 두 형제는 어려서부터 이처럼 서먹했다.
형은 동생이 웬가 만만치가 않아서 경원은 아니지만 수월하게 접근하지를 않았다.
동생은 형이 웬가 미덥지가 않아서 얕보는 것은 아니지만 쉽사리 친근감을 느끼지 못했다.
그런 형제 사이였는데, 이제 동생은 대원군이고 국태공이고, 형은 그저 대원군의 형일 뿐, 이렇다 할 명색이 없는 존재이니 그들의 대좌가 처음부터 다정할 수가 없었다. 형이 망설이던 끝에 드디어 거두절미하고 자기의 청이라는 것을 털어놓았다.
「여주목(驪州牧)이나 내 앞으로 줄 수 없을는지 모르겠어!」
「여주를요?」
대원군의 반응은 의외로 민감했다.
대원군은 물었다.
「형님이 여주목사로 가시겠단 말씀인가요?」
추궁하듯 형에게 묻고 있는 대원군의 눈총은 남의 가슴 속까지 투시하는 듯했다.
「내가 간다는 게 아니라⋯⋯.」
이최응은 제풀에 당황하면서 말꼬리를 흐렸다.
「누굴 보내시겠다는 건가요?」
대원군은 더욱 날카롭게 형을 쏘아봤다.
「태공은 모를 사람이오.」
「그럼 형님껜 돈이 생기는군요? 여주목사를 나 모를 사람에게 따준다면.」

대원군의 추궁은 형을 더욱 당황하게 만들었다.
대원군은 부드럽게 다시 물었다.
「얼마나 생깁니까?」
「20만 냥. 돈 10만 냥은 내가 썼으면 좋겠구.」
「10만 냥은 내게 주신다는 말씀이군요?」
「여주목사 한자리로 20만 냥이면 거금이오!」
거금이었다. 2, 3만 냥이면 사고 팔던 자리다. 20만 냥이면 그 열곱의 액수다.
대원군은 입마구리에 가냘픈 미소를 흘렸다.
「형님!」
대원군은 형을 쏘아봤다.
「김병기의 청이군요?」
형은 대답을 못 했다. 부정도 하지 않았다. 허를 찔린 모양이다.
「김병기가 아니곤 여주목을 20만 냥이나 내구 살 사람이 없어요!」
동생의 말에 형은 손과 발을 부들부들 떨고 있다.
대원군은 불쾌한 낯빛으로 형 이최응에게 쏘아 붙였다.
「그런 어리석은 심부름으론 아예 나를 찾지 마십시오. 김병기는 불일내에 여주로 낙향을 한답디다. 이왕 낙향을 할 바엔 제 심복을 그 고장 수령으로 앉혀 놓고 때를 기다려 보자는 뱃속일게요. 그렇죠?」
이최응은 긍정도 부정도 하지 않았다. 결국 긍정이었다.
「형님!」
대원군은 장죽에 담배를 담으려다가 만다.
「피우시게!」
형은 동생에게 담배를 피우라고 권했다. 동생의 위압에서 헤어나려는 무의식적인 행동이었다.
대원군은 형에게 그 카랑한 음성으로 말했다.
「김좌근과 김병기한테 내 말이라고 전해 주시죠. 김좌근은 비록 영상 자리에선 물러났으나 상신(相臣)으로 조정에 머물러 있고, 김병기는 그렇게 서둘러서 낙향을 하지 않아도 되니, 안심하고 서울에 있으라더라고 전해 주시죠!」

이최응은 두 눈만 껌벅거리고 있었다.

대원군은 카악 하고 가래를 타구에 뱉었다.

「형님께 분명히 말씀해 두겠어요. 나는 집안끼리 해먹는다는 백성들의 뒷공론은 듣고 싶지 않아요. 당분간 형님들은 가만히 계세요.」

형 이최응한테 벼슬길에 대한 기대를 걸고 있지 말라는 말이었다.

이최응은 입맛을 쩍쩍 다시면서 계면쩍어했다.

그는 싱거운 말을 한마디 불쑥 꺼냈다. 정말 필요없는 화제였다.

「조성하 형제가 태공을 섭섭히 여긴다는 말이 떠돌더군.」

대원군은 발끈 역정을 낼 것 같았으나 그러지를 않았다.

「섭섭한 사람이 한둘이겠습니까. 우선 형님도 섭섭하실 게고, 대왕대비께서도 섭섭하실 게고……그러나 그런 주위 사람들의 눈치만 보다간 아무것도 못 합니다.」

대원군은 이 말 끝에 잠깐 생각에 잠기는 듯하다가 형을 쏘아봤다.

「김병기한테 전하십쇼. 여주목에 대해선 고려하겠다고 하더라구요. 그리고 돈 20만 냥은 먼저 받으십시오. 정치를 하려면 재정이 필요하니까요.」

듣고 있던 이최응은 고개를 갸우뚱했다.

대원군의 말은 지극히 모호한 것이다.

고려해 보겠다는 것은 안 될 수도 있다는 뜻인데 우선 돈은 받아 두라는 것이다.

그리고, 정치를 하려면 재정이 필요하다는 말은 20만 냥을 몽땅 운현궁으로 가져오라는 말도 된다. 이최응은 망설이다가 말했다.

「그렇잖아도 돈을 먼저 바치라고 하니까, 함경도에서 올 돈이 아직 안 와서 그러니 며칠만 참으라고 하더군. 그것도 김병기의 말은 아니고 그 측근의 귀띔이야.」

대원군은 고개를 끄덕이고 또 가래를 카악 타구에다 뱉었다. 함경도에서 올 돈이라면 그도 알고 있는 것이다. 함경감사 이유원이 새로 주조한 돈을 김병기한테 보내 오기로 됐다는 것은 김병기 입에서 나온 말인 것이다. 대원군은 형 이최응에게 말했다.
「김병기한테 전하십쇼. 내일 내 김병기 집엘 심방하겠노라구.」
이최응은 어리둥절했다. 대원군이 몸소 세도 잃은 김병기의 집엘 가겠다니. 모를 이야기다. 직접 거래하겠다는 것인가. 아니면,
 (무슨 속셈이 있는가?)
형제는 침묵해 버렸다. 밖에는 진눈깨비가 사각사각 소리를 내며 내리고 있다.

● 제3권에서 이어집니다.